Ken Follett

Die NADEL

Deutsch von Bernd Rullkötter
Neu bearbeitet und ergänzt von Walter Bodemer

Weltbild

Originaltitel: Storm Island

Genehmigte Lizenzausgabe für
Verlagsgruppe Weltbild GmbH
Steinerne Furt 67, 86167 Augsburg 2004

Gesetzt aus der FB Garamond
Druck und Bindung: GGP Media GmbH, Karl-Marx-Str. 24, 07381 Pößneck

Gedruckt auf chlorfrei gebleichtem Papier

Printed in Germany

ISBN 3-89897-098-1

Danksagung

Mein Dank an Malcolm Hulke
für unschätzbare Hilfe,
großzügig gewährt.

Vorwort

Zu Beginn des Kriegsjahres 1944 stellte der deutsche Geheimdienst Beweismaterial für die Anwesenheit einer riesigen Armee im Südosten Englands zusammen.

Aufklärungsflugzeuge brachten Photographien von Kasernen und Flugplätzen sowie von Schiffsflotten in *The Wash* zurück; General George S. Patton wurde gesichtet, wie er in seiner unverwechselbaren blaßroten Reiterhose seine weiße Bulldogge ausführte; es gab immer wieder regen Funkverkehr zwischen Einheiten, die in der Gegend stationiert waren; deutsche Spione in Großbritannien bestätigten die Vorgänge in ihren Berichten.

Natürlich gab es keine Armee. Die Schiffe waren Nachbildungen aus Gummi und Holz; die Kasernen waren reine Filmkulisse; die Funksignale waren ohne Bedeutung; die Spione waren Doppelagenten.

Der Feind sollte fälschlicherweise glauben, die Landung erfolge im Pas de Calais, damit die Landung in der Normandie am D-Day als Überraschungscoup gelingen konnte.

Es war ein gewaltiges, fast unmögliches Täuschungsmanöver. Tausende von Menschen waren an dessen Durchführung beteiligt. Es wäre ein Wunder gewesen, wenn keiner von Hitlers Spionen je davon erfahren hätte.

Gab es überhaupt Spione? Damals glaubten die Engländer, von Mitgliedern der sogenannten Fünften Kolonne umgeben zu sein. Nach dem Krieg entstand der Mythos, der englische Geheimdienst MI5 habe bis Weihnachten 1939 alle fassen können. In Wahrheit scheint es nur sehr wenige gegeben zu haben, und der MI5 enttarnte fast alle.

Aber einer genügt schon ...

Wir wissen, daß die Deutschen in Südostengland das sahen, was sie sehen sollten; daß sie einen Trick vermuteten und daß sie sich sehr bemühten, die Wahrheit herauszufinden.

Soweit ist alles Geschichte. Was folgt, ist frei erfunden. Aber ich glaube, so ähnlich ist es geschehen...

Camberley, Surrey
Juni 1977

Fast alle Deutschen wurden getäuscht – nur Hitler hatte eine richtige Vermutung, zögerte aber, ihr gemäß zu handeln.

A. J. P. Taylor
English History 1914–1945

Erster Teil

1

Es war der kälteste Winter seit fünfundvierzig Jahren. Die Dörfer waren eingeschneit, und die Themse war zugefroren. An einem Tag im Januar verspätete sich der Zug von Glasgow nach London sogar um 24 Stunden. Der Schnee und die Verdunklung ließen das Autofahren immer gefährlicher werden: Die Zahl der Unfälle verdoppelte sich, und die Menschen erzählten sich Witze darüber, daß es gefährlicher sei, mit einem *Austin Seven* nachts durch Picadilly zu fahren, als mit einem Panzer durch den Westwall zu stoßen.

Als der Frühling endlich kam, war es herrlich. Sperrballons trieben majestätisch am hellen, blauen Himmel, und Soldaten auf Heimaturlaub flirteten mit Mädchen in ärmellosen Kleidern auf den Straßen von London.

London wirkte kaum wie die Hauptstadt eines Landes, das sich im Krieg befand. Natürlich gab es Anzeichen dafür. Henry Faber, der mit dem Rad von Waterloo Station nach Highgate fuhr, bemerkte sie: Haufen von Sandsäcken vor wichtigen öffentlichen Gebäuden, Anderson-Schutzräume in den Gärten der Vorstädte, Propagandaplakate über Evakuierung und Luftschutz. Faber fielen diese Dinge auf – er war weit aufmerksamer als ein durchschnittlicher Eisenbahnangestellter. Er sah Scharen von Kindern in den Parks und schloß daraus, daß die Landverschickung ein Fehlschlag gewesen war. Ihm entging nicht die Zahl der Autos, die trotz der Benzinrationierung auf der Straße fuhren, und er las, welche neuen Modelle die Autofirmen ankündigten. Faber wußte, was es bedeutete, daß Arbeiter zur Nachtschicht in die Fabriken strömten, in denen wenige Monate zuvor die Tagschicht kaum genug zu tun gehabt hatte. Vor allem beobachtete er die Truppenverschiebungen per Eisenbahn: Alle Papiere gingen über sein Büro. Daraus ließ sich eine Menge erfahren. Heute hatte er zum Beispiel einen

Stoß Formulare abgestempelt, die ihn vermuten ließen, daß eine neue Expeditionsstreitmacht zusammengezogen wurde. Er war sich recht sicher, daß sie aus rund hunderttausend Mann bestehen und für Finnland bestimmt sein würde.

Es gab Anzeichen, ja, aber das Ganze hatte etwas Komisches an sich. Im Radio machte man sich über den Bürokratismus der Kriegsverordnungen lustig, in den Luftschutzbunkern wurde gemeinsam gesungen, und modebewußte Frauen trugen ihre Gasmasken in eigens von Modeschöpfern entworfenen Behältern. Man unterhielt sich über den Sitzkrieg. Er überstieg, wie ein Kinofilm, die eigene Erlebniswelt, war aber zugleich trivial. Und bislang hatte sich noch jeder Fliegeralarm als blinder Alarm erwiesen.

Faber sah die ganze Sache anders – aber er war auch ein ganz anderer Mensch.

Er bog mit seinem Rad in die Archway Road und beugte sich ein wenig vor, um die Steigung besser zu bewältigen; seine langen Beine pumpten so unermüdlich wie die Kolben einer Lokomotive. Für sein Alter war er sehr fit. Er war neununddreißig, was er allerdings verschwieg; er log fast in allem, um sich nicht unnötig zu gefährden.

Faber begann zu schwitzen, während er den Hügel nach Highgate hochstrampelte. Das Haus, in dem er wohnte, war eines der am höchsten gelegenen Londons, deshalb hatte er es sich ausgesucht. Es war ein viktorianischer Ziegelbau am Ende einer Terrasse von sechs gleichartigen Bauten. Die Häuser waren hoch, schmal und finster – wie der Geist der Männer, für die sie gebaut worden waren. Jedes besaß drei Stockwerke und ein Untergeschoß mit einem Dienstboteneingang. Für das gehobene Bürgertum des 19. Jahrhunderts war ein Dienstboteneingang unverzichtbarer Bestandteil, selbst wenn man keine Diener hatte. Faber war zynisch, was die Engländer anging.

Nummer sechs hatte Mr. Harold Garden gehört, dem Besitzer von Garden's Tea and Coffee, einer kleinen Firma, die während der Weltwirtschaftskrise pleite ging. Da er nach dem Prinzip gelebt hatte, daß Zahlungsunfähigkeit eine Todsünde ist, war dem bankrotten Mr. Garden nichts anderes übriggeblieben, als zu sterben. Das Haus war alles, was er seiner Witwe hinterlassen hatte, die nun Zimmer vermieten mußte. Sie hatte Spaß an ihrer Rolle als Hauswirtin, obwohl die Etikette ihres gesellschaftlichen Standes verlangte, daß sie so tat, als schäme sie sich dessen ein bißchen. Faber hatte ein Zimmer mit Dachfenster im Obergeschoß. Er wohnte dort von Montag bis Freitag und erzählte Mrs. Garden, daß er das Wochenende bei seiner Mutter in Erith verbringe. In Wirklichkeit hatte er eine weitere Hauswirtin in Blackheath, die ihn Mr. Baker nannte und ihn für den Handelsreisenden einer Papierwarenfirma hielt, der die ganze Woche unterwegs war.

Er schob sein Rad unter den finster-abweisenden, hohen Vorderzimmerfenstern vorbei den Gartenpfad hinauf. Dann stellte er es in den Schuppen und kettete es mit einem Vorhängeschloß am Rasenmäher an – es war nämlich verboten, ein Fahrzeug unverschlossen abzustellen. Die Saatkartoffeln in den Kisten, die überall im Schuppen standen, trieben Keime. Mrs. Garden pflanzte jetzt auf ihren Blumenbeeten Gemüse an – ihr Beitrag zum Krieg an der Heimatfront.

Faber betrat das Haus, hängte seinen Hut an den Ständer im Flur, wusch sich die Hände und ging hinein zum Abendessen. Drei der anderen Mieter aßen schon: ein pickeliger Junge aus Yorkshire, der unbedingt Soldat werden wollte, ein Süßwaren-Vertreter mit Geheimratsecken und sandfarbenem Haar und ein pensionierter Marineoffizier, der nach Fabers Überzeugung an Altersschwachsinn litt. Faber nickte ihnen zu und setzte sich.

Der Vertreter erzählte gerade einen Witz. »Der Staffelführer sagte: ›Sie sind entschieden zu früh zurück!‹ Da drehte sich der Pilot um und sagte: ›Warum? Ich habe meine Flugblätter bündelweise abgeworfen. War das nicht richtig?‹ Da meinte der Staffelführer: »Um Gottes willen, Sie hätten jemanden verletzen können!«

Der Marineoffizier lachte gackernd, und Faber lächelte.

Mrs. Garden kam mit einer Teekanne herein. »Guten Abend, Mr. Faber. Wir haben schon ohne Sie angefangen. Ich hoffe, es macht Ihnen nichts aus.«

Faber bestrich eine Scheibe Vollkornbrot dünn mit Margarine und sehnte sich für einen Moment nach einer Scheibe fetter Wurst. »Ihre Saatkartoffeln können gepflanzt werden«, sagte er.

Er beeilte sich mit dem Essen. Die anderen diskutierten darüber, ob Chamberlain entlassen und durch Churchill ersetzt werden solle. Immer, wenn Mrs. Garden etwas sagte, blickte sie Faber an und schien auf seine Reaktion zu warten. Sie hatte ein gerötetes Gesicht und war ein bißchen übergewichtig. Obwohl sie in Fabers Alter war, trug sie die Kleidung einer Dreißigjährigen. Faber hatte schnell gemerkt, daß sie nach einem neuen Mann Ausschau hielt. Er beteiligte sich nicht an der Diskussion.

Mrs. Garden drehte das Radio an. Es summte eine Weile, dann sagte ein Sprecher: »Hier ist der *BBC Home Service. It's That Man Again*!«

Faber kannte die Sendung. Regelmäßig trat ein deutscher Spion namens Funf auf. Faber entschuldigte sich und ging auf sein Zimmer.

Nach der Sendung *It's That Man Again* blieb Mrs. Garden allein im Wohnzimmer zurück. Der Marineoffizier war mit dem Vertreter in den Pub gegangen, und der Junge aus Yorkshire, der fromm war, in eine Gebetsstunde. Sie saß mit einem kleinen Glas Gin im Wohnzimmer, betrachtete die Verdunklungsvorhänge und dachte an Mr. Faber. Wenn er nur nicht soviel Zeit in seinem Zimmer verbringen würde! Sie brauchte Gesellschaft, und zwar seine.

Solche Gedanken weckten Schuldgefühle in ihr; um diese zu beschwichtigen, dachte sie an Mr. Garden. Bilder der Erinnerung kamen in ihr hoch, vertraut, aber so verschwommen wie eine alte Filmkopie mit ausgeleierter Spule und einem unverständlichen Tonstreifen. Obwohl sie sich gut daran erinnern konnte, wie es war, ihn bei sich im Zimmer zu haben, konnte sie sich nur mit Mühe sein Gesicht oder seine Kleidung oder seine Bemerkungen zu den Kriegsnachrichten des Tages vorstellen. Er war ein kleiner, flinker Mann gewesen, erfolgreich im Geschäft, wenn das Glück ihm lächelte, und erfolglos, wenn nicht, zurückhaltend vor anderen und von unersättlicher Zärtlichkeit im Bett. Sie hatte ihn sehr geliebt. Wenn dieser Krieg erst einmal richtig angefangen hatte, würde es viele Frauen in ihrer Lage geben. Sie goß sich einen weiteren Drink ein.

Mr. Faber war so ruhig – das war das Problem. Er schien keine Laster zu haben. Er rauchte nicht, er roch nie nach Alkohol, und er verbrachte fast jeden Abend in seinem Zimmer und hörte im Radio klassische Musik. Außerdem las er viele Zeitungen und machte lange Spaziergänge. Sie vermutete, daß er trotz seiner niederen Stellung sehr klug war. Seine Beiträge zum abendlichen Gespräch im Eßzimmer waren immer etwas durchdachter als die der anderen. Sicher könnte er eine bessere Stelle bekommen, wenn er es versuchte. Doch offenbar interessierte ihn das nicht.

Das gleiche galt für sein Aussehen. Er hatte eine gute Figur, war hochgewachsen, mit recht muskulösem Nacken und breiten Schultern, ohne ein Gramm Fett. Er hatte lange Beine, ein kräftiges Gesicht mit hoher Stirn, nicht zu kurzem Kinn und hellblauen Augen; es war nicht hübsch wie das eines Filmstars, doch ein Gesicht, das einer Frau gefällt. Sein Mund allerdings war klein und dünnlippig. Sie stellte sich vor, daß er grausam sein konnte. Mr. Garden war zu jeder Grausamkeit unfähig gewesen.

Trotzdem gehörte Mr. Faber auf den ersten Blick nicht zu den Männern, nach denen eine Frau sich umdrehen würde. Die Hose seines alten, abgetragenen Anzugs war immer ungebügelt – sie hätte das mit Freuden für ihn getan, doch er bat sie nie darum –, und er trug immer einen schäbigen Regenmantel und eine flache Schauermannsmütze. Er hatte keinen Schnurrbart. Sein Haar ließ er alle zwei Wochen kurz schneiden. Es war, als wolle er nach nichts aussehen.

Er brauchte eine Frau, darüber gab es keinen Zweifel. Sie fragte sich einen Moment lang, ob er das war, was man als »weibisch« bezeichnete, verwarf den Gedanken jedoch sofort. Er brauchte eine Frau, die ihn herausputzte und seinen Ehrgeiz weckte. Sie brauchte einen Mann, der ihr Gesellschaft leistete und – sie liebte.

Aber er machte nicht den geringsten Annäherungsversuch.

Manchmal hätte sie vor Enttäuschung schreien können. Dabei war sie sich sicher, daß sie attraktiv aussah. Während sie sich einen weiteren Gin einschenkte, schaute sie in den Spiegel. Sie hatte ein nettes Gesicht, blondes lockiges Haar und genug, an dem sich ein Mann festhalten konnte... Sie kicherte. Wahrscheinlich war sie beschwipst.

Sie nippte an ihrem Drink und überlegte, ob sie den ersten Schritt machen sollte. Mr. Faber war offensichtlich schüchtern – chronisch schüchtern. Das andere Geschlecht war ihm nicht gleichgültig – das hatte sie bei zwei Gelegenheiten an seinen Augen ablesen können, als er sie im Nachthemd gesehen hatte. Sollte sie ihm gegenüber vielleicht keß auftreten? Was hatte sie schon zu verlieren? Sie versuchte, sich das Schlimmste vorzustellen. Angenommen, er würde sie zurückweisen. Nun, es wäre peinlich – sogar demütigend, aber niemand brauchte etwas davon zu erfahren. Er würde eben ausziehen müssen.

Der Gedanke, einen Korb zu bekommen, hatte ihr die ganze Lust verdorben. Sie stand langsam auf. Es war Zeit, ins Bett zu gehen. Wenn sie im Bett noch einen Gin trank, würde sie schlafen können. Sie nahm die Flasche mit nach oben.

Ihr Schlafzimmer lag unter dem von Mr. Faber. Während sie sich auszog, konnte sie Geigenmusik aus seinem Radio hören. Sie zog ein neues Nachthemd an – rosa, mit besticktem Ausschnitt, und niemand würde es bewundern! Wie Mr. Faber wohl nackt aussehen würde? Wahrscheinlich hatte er keinen Bauch, aber Haare auf der Brust und hervorstehende Rippen. Er war ja schlank. Vielleicht war sein Hintern auch nicht sehr groß? Sie kicherte wieder und dachte: »Ich bin unmöglich.«

Dann goß sie sich ihren letzten Drink ein. Sie nahm den Drink mit ins Bett und holte ihr Buch; aber es war ihr zu anstrengend, sich auf die Buchstaben zu konzentrieren. Außerdem war sie der Abenteuer aus zweiter Hand überdrüssig. Geschichten über gefährliche Liebschaften sind angenehm zu lesen, wenn einem der eigene Ehemann treu und sicher ist, aber eine Frau braucht mehr als die Romane von Barbara Cartland. Sie nippte an ihrem Gin und wünschte sich, daß Mr. Faber das Radio abstellen würde. Es war, als versuche man, bei einem Tanztee zu schlafen!

Natürlich könnte sie ihn bitten, es abzuschalten. Sie schaute auf die Uhr neben ihrem Bett: Es war nach zehn. Sie könnte ihren Morgenrock anziehen, der zu ihrem Nachthemd paßte, ihr Haar ein wenig durchkämmen, dann in ihre Hausschuhe schlüpfen – ganz hübsche, mit einem Rosenmuster –, hinauf zum nächsten Treppenabsatz huschen, ja – und einfach leise an seine Tür klopfen. Er würde aufmachen, vielleicht mit Hose und Unterhemd bekleidet, und sie dann so ansehen, wie er sie angesehen hatte, als sie im Nachthemd auf dem Weg ins Badezimmer gewesen war ...

»Du dumme alte Kuh«, sagte sie laut zu sich selbst. »Du suchst doch nur nach einer Ausrede, um hinaufgehen zu können.«

Warum brauchte sie überhaupt einen Vorwand? Sie war erwachsen, es war ihr Haus, und in zehn Jahren hatte sie keinen Mann kennengelernt, der genau der Richtige gewesen wäre. Und, zum Teufel, sie brauchte einen starken, harten, behaarten Mann über sich, der auf ihren Brüsten liegen, ihr in die Ohren keuchen und ihr mit seinen breiten, flachen Händen zwischen die Schenkel fahren würde. Denn schon morgen könnten die Deutschen Gasbomben abwerfen, und alle würden sie röchelnd an dem Gift sterben. Und sie hätte ihre letzte Chance verspielt.

Sie leerte ihr Glas, stand auf, zog ihren Morgenrock an, schlüpfte in ihre Hausschuhe und holte ihren Schlüsselbund, falls er die Tür abgeschlossen hatte und ihr Klopfen wegen des Radios nicht hören konnte.

Niemand war auf dem Treppenabsatz. Sie fand die Treppe in der Dunkelheit. Zwar hatte sie vor, die knarrende Stufe auszulassen, doch sie stolperte auf dem losen Teppich und machte dadurch besonders viel Lärm. Aber niemand schien sie zu hören, deshalb ging sie weiter und pochte ganz oben an die Tür. Vorsichtig drückte sie den Griff hinunter. Die Tür war abgeschlossen.

Das Radio wurde leiser gestellt, und Mr. Faber rief: »Ja, bitte?«

Er hatte eine gute Aussprache: Seine Stimme war weder die eines Cockneys noch die eines Ausländers, sie war ganz einfach angenehm akzentfrei.

Sie fragte: »Dürfte ich mit Ihnen sprechen?«

Er schien zu zögern, dann antwortete er: »Ich bin schon ausgezogen.«

»Ich auch«, sagte sie kichernd und öffnete die Tür mit ihrem Zweitschlüssel. Er stand mit einer Art Schraubenzieher in der Hand vor dem Radio. Er trug eine Hose, aber kein Unterhemd. Sein Gesicht war weiß, er schien zu Tode erschrocken.

Sie trat ein und schloß die Tür hinter sich. Was sollte sie sagen? Plötzlich erinnerte sie sich an einen Satz aus einem amerikanischen Film und fragte: »Würden Sie ein einsames Mädchen zu einem Gläschen einladen?« Es war eigentlich albern, da sie wußte, daß er keinen Alkohol auf dem Zimmer hatte, und ihr Aufzug zum Ausgehen bestimmt nicht geeignet war. Aber es klang verführerisch.

Es schien die gewünschte Wirkung zu haben. Ohne ein Wort zu sagen, kam er langsam auf sie zu. Sie machte einen Schritt nach vorne, seine Arme umfingen sie, sie schloß die Augen und hob das Gesicht. Er küßte sie, und sie bewegte sich ein wenig in seinen Armen. Dann spürte sie einen entsetzlichen, unerträglich stechenden Schmerz im Rücken und öffnete den Mund, um zu schreien.

Er hatte sie auf der Treppe stolpern hören. Wenn sie noch eine Minute länger gewartet hätte, wären der Sender wieder in seinem Koffer und die Codebücher in der Schublade gewesen, und sie hätte nicht zu sterben brauchen. Bevor er das Beweismaterial jedoch hatte verstecken können, war der Schlüssel im Schloß zu hören gewesen. Als sie die Tür öffnete, hatte das Stilett schon in seiner Hand gelegen.

Da sie sich in seinen Armen wand, verfehlte Faber ihr Herz mit dem ersten Stich der Waffe. Er mußte ihr die Finger in den Rachen stecken, um sie am Schreien zu hindern. Noch einmal stieß er zu, doch sie bewegte sich wieder, so daß die Klinge eine Rippe traf und nur ihre Haut oberflächlich ritzte. Dann spritzte das Blut heraus, und er wußte, daß es keine saubere Arbeit sein würde. Das war es nie, wenn man nicht mit dem ersten Stoß traf.

Sie zappelte jetzt zu sehr, um mit einem Stich getötet zu werden. Er ließ die Finger in ihrem Mund, packte sie mit dem Daumen am Kinn und stieß sie gegen die Tür zurück. Ihr Kopf knallte gegen das Holz. Wenn er nur das Radio nicht leiser gestellt hätte! Aber wie hätte er so etwas auch ahnen sollen?

Er zögerte, bevor er sie umbrachte, denn es wäre viel besser, wenn sie auf dem Bett stürbe – besser für die Vertuschung, die er schon zu planen begann –, aber wie konnte er sie dorthin schaffen, ohne Lärm zu machen. Er packte ihr Kinn noch fester, preßte ihren Kopf gegen die Tür, so daß sie ihn nicht bewegen konnte, und holte weit aus. Die Klinge riß ihr fast die ganze Kehle auf, denn das Stilett war kein Messer mit scharfer Schneide. Faber mochte diese Tötungsart nicht sonderlich.

Er sprang zurück, um den Blutspritzern auszuweichen, und machte dann wieder einen Schritt nach vorne, um sie aufzufangen, bevor sie zu Boden fiel. Danach schleppte er sie zum Bett, wobei er versuchte, ihren Hals nicht anzusehen, und legte sie hin.

Faber hatte schon vorher getötet, weshalb er mit der Reaktion rechnete: Sie kam immer, sobald er sich sicher fühlte. Er ging hinüber zu dem Ausguß in der Zimmerecke und wartete darauf Sein Gesicht war in dem kleinen Rasierspiegel zu sehen. Es war weiß, und seine Augen blickten starr. Er betrachtete sein Spiegelbild und dachte: Mörder. Dann übergab er sich.

Danach fühlte er sich besser. Jetzt konnte er an die Arbeit gehen. Er wußte, was zu tun war. Noch während er sie getötet hatte, waren ihm die Einzelheiten klargeworden.

Er wusch sich das Gesicht, putzte sich die Zähne und säuberte das Waschbecken. Dann setzte er sich an den Tisch neben das Funkgerät. Er schaute in sein Notizbuch, fand die Stelle und begann, den Code zu senden. Es war eine lange Meldung – über die Aufstellung einer Armee für Finnland. Mittendrin wurde er unterbrochen; er schrieb die Mitteilung in Chiffre auf den Notizblock. Als er fertig war, verabschiedete er sich mit: »Grüße an Willi.«

Nachdem Faber das Sendegerät säuberlich in einen Spezialkoffer eingepackt hatte, verstaute er seine restlichen Habseligkeiten in einen zweiten Koffer. Er zog seine Hose aus, tupfte die Blutflecke mit einem Schwamm ab und wusch sich dann am ganzen Körper.

Schließlich blickte er zu der Leiche hinüber.

Jetzt war sie ihm gleichgültig. Es war Krieg, und sie waren Feinde. Sie oder er! Die Frau war eine Bedrohung gewesen; nun verspürte er nur noch

Erleichterung darüber, daß diese Bedrohung beseitigt war. Sie hätte ihn nicht erschrecken sollen.

Trotzdem war der letzte Schritt widerwärtig. Er öffnete ihren Morgenrock, hob ihr Nachthemd und zog es bis zu ihrer Hüfte hoch. Sie trug einen Schlüpfer. Er zerriß ihn, so daß ihr Schamhaar zu sehen war. Arme Frau, sie hatte ihn nur verführen wollen! Aber er hätte sie nicht aus dem Zimmer bekommen, ohne daß sie den Sender gesehen hätte. Die britische Propaganda hatte eine Art Agentenhysterie verbreitet, die ans Lächerliche grenzte. Wenn die Abwehr tatsächlich über so viele Spione verfügte, wie die Zeitungen behaupteten, hätten die Briten den Krieg schon längst verloren.

Er trat zurück und betrachtete die Leiche mit gesenktem Kopf. Irgend etwas stimmte nicht. Er versuchte, sich in die Lage eines Sexualverbrechers hineinzuversetzen. Wenn ich wahnsinnig vor Begierde nach einer Frau wie Una Garden wäre und sie getötet hätte, nur um mich an ihr auszutoben, was würde ich dann tun?

Natürlich: So ein Wahnsinniger würde ihre Brüste sehen wollen. Faber beugte sich über den Körper, packte den Ausschnitt des Nachthemdes und riß ihn bis zur Hüfte auf. Ihre großen Brüste sackten zur Seite.

Der Polizeiarzt würde bald herausfinden, daß sie nicht vergewaltigt worden war, aber das spielte keine Rolle. Faber hatte auf einem Kriminalistenlehrgang in Heidelberg erfahren, daß viele Sexualverbrechen nicht vollendet wurden. Außerdem hätte er die Täuschung nicht so weit treiben können, auch nicht für Deutschland. Er verdrängte den Gedanken.

Faber wusch sich noch einmal die Hände und zog sich an. Es war fast Mitternacht. Er würde noch eine Stunde warten, bevor er verschwand. Das war sicherer.

Er setzte sich, um zu überlegen, was er falsch gemacht hatte.

Zweifellos hatte er einen Fehler gemacht. Wenn er wirklich an alles gedacht hätte, wäre er völlig sicher gewesen, hätte niemand hinter sein Geheimnis kommen können. Mrs. Garden war dahintergekommen, oder besser gesagt, sie wäre dahintergekommen, wenn sie ein paar Sekunden länger gelebt hätte. Also war er nicht völlig sicher gewesen, also hatte er keine vollkommene Tarnung gehabt, also hatte er einen Fehler begangen.

Er hätte einen Riegel an der Tür anbringen sollen. Es war besser, für chronisch schüchtern gehalten als nachts heimlich von Hauswirtinnen im Nachthemd und mit Zweitschlüsseln besucht zu werden.

Das war der äußere Fehler. Der entscheidende, grundlegende Fehler aber bestand darin, daß er eine zu gute Partie war, um Junggeselle zu sein. Es war ein ärgerlicher, kein selbstgefälliger Gedanke. Er wußte, daß er ein netter, attraktiver Mann war und es keinen offensichtlichen Grund dafür gab, weshalb er unverheiratet sein sollte. Er begann, darüber nachzudenken, wie er das in Zukunft erklären sollte, um sich Frauen wie Mrs. Garden vom Hals zu halten.

Der Grund war in seinem eigentlichen Wesen zu suchen. Warum war er noch ungebunden? Voller Unbehagen rutschte er auf seinem Stuhl herum, weil er ungern Selbstbespiegelung betrieb. Die Antwort war einfach. Er hatte keine Frau, weil er Agent war. Weitere Gründe, sollte es sie geben, interessierten ihn nicht.

Er würde die Nacht im Freien verbringen müssen – im Highgate Wood. Am nächsten Morgen würde er seine Koffer in der Gepäckaufbewahrung eines Bahnhofes abgeben und dann abends zu seinem Zimmer in Blackheath fahren.

Seine zweite Identität würde ihm Schutz bieten. Es war kaum zu befürchten, daß die Polizei ihn fassen würde. Der Handelsreisende, der das Zimmer in Blackheath an Wochenenden bewohnte, war ein ganz anderer Typ als der Eisenbahnangestellte, der seine Hauswirtin ermordet hatte. In Blackheath kannte man ihn als gesprächig, vulgär und aufdringlich; er trug auffallende Krawatten, schmiß im Pub Runden und kämmte sein Haar anders. Die Polizei würde nach einem schäbigen kleinen Triebtäter fahnden, der nicht piep sagen konnte, bis er sexuell erregt war. Niemand würde einen zweiten Blick auf den gutaussehenden Vertreter im gestreiften Anzug verschwenden, der offensichtlich ständig auf Frauen scharf war und es nicht nötig hatte, sie umzubringen, damit sie ihm ihren Busen zeigten.

Er würde sich noch eine weitere Identität zulegen müssen – zwei waren das mindeste. Er brauchte eine neue Arbeitsstelle und neue Papiere: Paß, Kennkarte, Markenheft und Geburtsurkunde. Zum Teufel mit Mrs. Garden. Warum hatte sie sich nicht wie gewöhnlich betrunken, bis sie einschlief?

Es war ein Uhr. Faber schaute sich ein letztes Mal im Zimmer um. Es war ihm gleichgültig, daß er Spuren hinterließ. Seine Fingerabdrücke waren natürlich im ganzen Haus zu finden; niemand würde daran zweifeln, wer der Mörder war. Auch verspürte er kein Bedauern, den Ort zu verlassen, der zwei Jahre sein Zuhause gewesen war. Er hatte ihn nicht als sein Zuhause betrachtet. Noch nie hatte er etwas als sein Zuhause angesehen. Dies hier würde für ihn immer nur das Zimmer sein, in dem er gelernt hatte, daß an eine Tür ein Riegel gehört.

Er knipste das Licht aus, nahm seine Koffer, schlich die Treppe hinunter, aus der Tür hinaus und verschwand in der Nacht.

2

Heinrich II. war ein bemerkenswerter König. In einem Zeitalter, in dem der Begriff »Blitzbesuch« noch nicht geprägt worden war, eilte er mit einer solchen Geschwindigkeit zwischen England und Frankreich hin und her, daß man ihm magische Kräfte zumaß – ein Gerücht, das er verständlicherweise mitnichten zu unter- drücken suchte. Im Jahre 1173 – entweder im Juni oder im September, je nachdem, welche Quelle man bevorzugt – kam er nach England und reiste so schnell wieder nach Frankreich ab, daß kein zeitgenössischer Schreiber es je festhalten konnte. Später entdeckten Historiker Aufzeichnungen über die Kosten seiner Unternehmungen in den Schatzkammerrollen. Damals wurde sein Königreich im Norden und Süden von seinen Söhnen angegriffen – an der schottischen Grenze und im Süden von Frankreich. Aber was genau war der Zweck seines Besuches? Mit wem traf er sich? Warum wurde der Besuch geheimgehalten, obwohl der Nimbus von der magischen Reisegeschwindigkeit des Königs eine Armee aufwog? Was erreichte er damit?

Dieses Problem beschäftigte Percival Godliman im Sommer des Jahres 1940, als Hitlers Armeen wie eine Sichel über die französischen Kornfelder fegten und die Briten in heillosem Durcheinander unter blutigen Verlusten aus dem Kessel von Dünkirchen flohen.

Professor Godliman wußte mehr über das Mittelalter als irgend jemand sonst. Sein Buch über den Schwarzen Tod hatte alle bisherigen Thesen der Mittelalterforschung über den Haufen geworfen; es war sogar ein Bestseller gewesen und als Penguin-Taschenbuch herausgekommen. Danach hatte er sich einer etwas früheren und noch schwerer zugänglichen Periode zugewandt.

Eine der Sekretärinnen des Instituts fand Godliman um 12.30 Uhr an einem strahlenden Junitag in London über eine Handschrift gebeugt. Er übersetzte mühsam das mittelalterliche Latein und machte Notizen in seiner eigenen, noch weniger leserlichen Handschrift. Der Sekretärin, die ihren Lunch im Garten des Gordon Square essen wollte, gefiel der Handschriftenraum nicht, weil er nach Tod roch. Man brauchte auch ungefähr so viele Schlüssel, um dorthin zu kommen, wie bei einem Grabgewölbe.

Godliman stand wie ein Vogel auf einem Bein am Lesepult; ein Scheinwerfer strahlte sein Gesicht von oben unfreundlich an. Er hätte der Geist des Mönchs sein können, der das Buch verfaßt hatte und nun in der Kühle bei seiner geliebten Chronik wacht. Das Mädchen räusperte sich und wartete darauf, daß er sie bemerkte. Godliman war ein kleiner, kurzsichtiger Mann mit runden Schultern, der einen Tweedanzug trug. Sie wußte, daß er völlig vernünftig sein konnte, wenn man ihn einmal aus dem Mittelalter herausgezerrt hatte. Wieder hüstelte sie und sagte: »Professor Godliman?«

Er blickte auf und lächelte, als er sie erkannte. Jetzt wirkte er nicht mehr wie ein Geist, sondern eher wie ein vertrottelter Familienvater.

»Hallo!« sagte er erstaunt, als begegne er seiner Hausnachbarin mitten in der Sahara.

»Ich sollte Sie daran erinnern, daß Sie im Savoy mit Colonel Terry zum Lunch verabredet sind.«

»Oh, ja.« Er nahm seine Uhr aus der Westentasche und schaute auf das Zifferblatt. »Wenn ich zu Fuß gehe, wird es Zeit.«

Sie nickte. »Ich habe Ihre Gasmaske mitgebracht.«

»Sie sind sehr aufmerksam!« Er lächelte wieder, und sie kam zu dem Schluß, daß er ganz nett aussah. Er nahm die Gasmaske. »Brauche ich meinen Mantel?«

»Sie hatten heute morgen keinen dabei. Es ist ziemlich warm. Soll ich hinter Ihnen abschließen?«

»Vielen Dank, vielen Dank.« Er zwängte sein Notizbuch in die Jackentasche und ging hinaus.

Die Sekretärin blickte sich um, erschauerte und folgte ihm.

Colonel Andrew Terry war ein Schotte mit rotem Gesicht, und er war spindeldürr, was daran liegen mochte, daß er schon ein Leben lang stark rauchte. Er hatte schütteres dunkelblondes Haar, das ausgiebig pomadisiert war. Godliman traf ihn an einem Ecktisch im Savoy Grill an; er trug Zivil. Drei Zigarettenstummel lagen im Aschenbecher. Terry stand auf, um ihm die Hand zu schütteln.

Godliman sagte: »Morgen, Onkel Andrew.« Terry war der jüngere Bruder seiner Mutter.

»Wie geht's, Percy?«

»Ich schreibe ein Buch über die Plantagenets.« Godliman setzte sich.

»Sind deine Handschriften immer noch in London? Das überrascht mich.«

»Wieso?«

Terry zündete sich eine weitere Zigarette an. »Du solltest sie aufs Land bringen, um sie vor Bomben zu schützen.«

»Wirklich?«

»Die halbe Nationalgalerie ist in ein Riesenloch irgendwo in Wales verpflanzt worden. Wäre vielleicht vernünftig, auch dorthin zu verschwinden. Der junge Kenneth Clark ist mehr auf Zack als du. Du hast doch bestimmt nicht mehr viele Studenten.«

»Das stimmt.« Godliman ließ sich von einem der Kellner die Speisekarte geben und sagte: »Ich möchte nichts zu trinken.« Terry sah seine Speisekarte nicht an. »Im Ernst, Percy, warum bist du noch in der Stadt?«

Godlimans Augen schienen klar zu werden wie das Bild auf einer Leinwand, wenn der Projektor scharf eingestellt wird, als müsse er zum erstenmal nachdenken, seit er das Restaurant betreten hatte. »Es ist richtig, wenn Kinder und Leute von der Bedeutung eines Bertrand Russell nicht hier bleiben. Aber ich – mir käme es vor, als liefe ich davon und ließe andere für mich kämpfen. Das ist natürlich kein sehr rationales Argument, sondern reine Gefühlssache, nichts Logisches.«

Terry lächelte wie jemand, dessen Erwartungen sich erfüllt haben. Doch er ließ das Thema fallen und studierte die Speisekarte. Nach einer Weile sagte er: »Du meine Güte, *Le-Lord-Woolton-Pastete*!«

Godliman grinste. »Ich bin sicher, daß es trotzdem nur Kartoffeln und Gemüse sind.«

Als sie bestellt hatten, fragte Terry: »Was hältst du von unserem neuen Premierminister?«

»Der Mann ist ein Esel. Aber Hitler ist immerhin ein Narr, und sieh nur, wie erfolgreich er dabei ist. Und was meinst du?«

»Wir können mit Winston auskommen. Wenigstens ist er entschlossen, Krieg zu führen.«

Godliman zog die Augenbrauen hoch. »Wir? Bist du wieder dabei?«

»Ich habe eigentlich nie damit aufgehört.«

»Aber du hast doch gesagt –«

»Percy. Kannst du dir eine Dienststelle vorstellen, wo alle ausnahmslos behaupten, nicht für die Armee zu arbeiten?«

»Das ist doch nicht zu glauben. Die ganze Zeit ...«

Der erste Gang wurde gebracht. Sie brachen eine Flasche weißen Bordeaux an. Godliman aß eingelegten Lachs und wirkte nachdenklich.

Schließlich sagte Terry: »Denkst du an das letzte Mal?«

Godliman nickte. »Ich war noch jung damals. Eine schreckliche Zeit.« Doch seine Stimme klang sehnsüchtig.

»Dieser Krieg ist ganz anders. Meine Leute gehen nicht hinter die feindlichen Linien und zählen Biwaks wie ihr. Na ja, das kommt noch vor, aber das ist heutzutage nicht mehr so wichtig. Wir hören einfach den Funkverkehr mit.«

»Senden sie nicht verschlüsselt?«

Terry zuckte die Achseln. »Codes können geknackt werden. Wir erfahren heute fast alles, was wir wissen wollen.« Godliman blickte sich um, aber niemand war in Hörweite. Er brauchte Terry nicht zu sagen, daß solch sorgloses Gerede lebensgefährlich sein konnte.

Terry fuhr fort: »Meine Aufgabe ist es eigentlich, dafür zu sorgen, daß sie nicht die Informationen kriegen, die sie über uns benötigen.«

Als nächster Gang folgte Hühnerpastete. Rindfleisch stand nicht auf der Karte. Godliman schwieg, doch Terry sprach weiter.

»Canaris ist ein komischer Bursche. Admiral Wilhelm Canaris, Chef der Abwehr. Ich habe ihn einmal getroffen, bevor es losging. England gefällt ihm. Ich würde sagen, daß er von Hitler nicht sehr begeistert ist. Jedenfalls wissen wir, daß er den Befehl erhielt, eine großangelegte Geheimdienstoperation gegen uns einzuleiten, als Vorbereitung auf die Landung in England – aber er tut nicht viel. Einen Tag nach Kriegsausbruch haben wir seinen besten Mann in England verhaftet. Er sitzt im Wandsworth-Gefängnis. Unbrauchbar, die Spione von Canaris. Alte Damen in Pensionen, verrückte Faschisten, kleine Gauner!«

Godliman unterbrach: »Hör zu, mein Lieber, jetzt reicht's.« Er zitterte leicht, er war wütend und wurde aus dem Gesagten nicht schlau. »All das ist geheim. Ich will davon nichts wissen!«

Terry war unbeeindruckt. »Möchtest du noch etwas? Ich nehme Schokoladeneis.«

Godliman stand auf. »Nein, danke. Ich gehe zurück an meine Arbeit, wenn es dir nichts ausmacht.«

Terry blickte kühl zu ihm hoch. »Die Welt kann auf deine Neueinschätzung der Plantagenets warten, Percy. Wir haben Krieg, mein Guter. Ich möchte, daß du für mich arbeitest.«

Godliman starrte ihn lange an. »Was in aller Welt könnte ich schon tun?«

Terry lächelte wie ein Wolf. »Spione fangen.«

Auf dem Rückweg zum College war Godliman trotz des Wetters niedergeschlagen. Keine Frage, er würde Colonel Terrys Angebot annehmen. Sein Land führte Krieg. Es war ein gerechter Krieg. Wenn er auch zu alt war, um an der Front zu kämpfen, war er immer noch jung genug, um zu helfen.

Doch der Gedanke, seine Arbeit unterbrechen zu müssen – und für wie viele Jahre? –, deprimierte ihn. Seine Liebe galt der Geschichte. Seit dem Tode seiner Frau vor zehn Jahren hatte ihn das mittelalterliche England ganz in Beschlag genommen. Ihm gefielen die Entwirrung von Geheimnissen, die Entdeckung kaum sichtbarer roter Fäden, die Lösung von Widersprüchen, die Demaskierung von Lügen, Propaganda und Mythen. Sein neues Buch würde auf seinem Gebiet das beste der letzten hundert Jahre sein, und die nächsten hundert würde sich kein anderes mit ihm vergleichen lassen. Es hatte sein Leben so lange Zeit beherrscht, daß der Gedanke, es im Stich zu lassen, fast unwirklich schien, so schwer zu verdauen wie die Nachricht, daß man Waise ist und überhaupt nicht verwandt mit den Menschen, die man immer Mutter und Vater genannt hat.

Das schrille Heulen der Sirenen unterbrach seine Gedanken. Er überlegte, ob er den Alarm ignorieren sollte. So viele Menschen taten es, und zu Fuß würde er nur zehn Minuten bis zum College brauchen. Aber er hatte keinen wirklichen Grund mehr, in sein Arbeitszimmer zurückzukehren – er wußte, daß er heute nicht mehr arbeiten würde. Deshalb eilte er in eine U-Bahn-Station und schloß sich der dichten Menge von Londonern an, die sich die Treppe hinab auf den verschmutzten Bahnsteig drängten. Dort blieb er an der Wand stehen, starrte ein Reklameplakat für Bovril-Brühe an und dachte: Aber es geht nicht nur um das, was ich aufgeben muß.

Es deprimierte ihn auch, wieder dem Geheimdienst zuarbeiten zu sollen. Es gab einiges, was ihm daran gefiel: die Bedeutung von Kleinigkeiten, der Wert, den man der Intelligenz zumaß, die Gewissenhaftigkeit, die Detektivarbeit. Doch er haßte Dinge wie Erpressung, Verrat und Betrug und die Art und Weise, wie man dem Feind das Messer in den Rücken stieß.

Mehr Leute drängten auf den Bahnsteig. Godliman setzte sich, solange es noch Platz gab, und bemerkte, daß neben ihm ein Mann saß, der die Uniform eines Busfahrers trug. Der Mann lächelte und sagte: »Oh, in England zu sein, nun da es Sommer ist. Wissen Sie, wer das gesagt hat?«

»Da es April ist«, korrigierte Godliman. »Es war Browning.«

»Ah, ich habe gehört, es sei Adolf Hitler gewesen«, sagte der Fahrer. Eine

Frau neben ihm quiekte vor Lachen, und er wandte sich ihr zu. »Haben Sie gehört, was der Evakuierte zu der Frau des Farmers sagte?«

Godliman schaltete ab und erinnerte sich an einen April, in dem er sich nach England gesehnt hatte. Er hatte hoch oben auf dem Ast einer Platane gehockt und durch den kalten Nebel über ein französisches Tal hinweg hinter die deutschen Linien gespäht. Selbst durch sein Fernrohr hatte er nichts als verschwommene dunkle Gestalten sehen können. Er hatte gerade hinunterrutschen und vielleicht noch ein oder zwei Meilen weiter gehen wollen, als ganz plötzlich drei deutsche Soldaten aufgetaucht waren. Sie hatten sich um den Fuß des Baumes herum gesetzt und Zigaretten angezündet. Nach einer Weile hatten sie Karten hervorgeholt und zu spielen begonnen. Dem jungen Percival Godliman war klargeworden, daß sie es irgendwie geschafft hatten, sich zu drücken, und daß sie den ganzen Tag hier sein würden. Er war auf dem Baum geblieben, fast ohne sich zu bewegen, bis er erbärmlich fror, seine Muskeln sich verkrampften und seine Blase zu platzen drohte. Da hatte er seinen Revolver gezogen und die drei erschossen – einen nach dem anderen, von oben durch ihre kurzgeschorenen Schädel. Drei Menschen, die gelacht und geflucht und ihren Sold verspielt hatten, waren einfach ausgelöscht worden. Es war das erste Mal gewesen, daß er getötet hatte, und er hatte nichts denken können als: Nur weil ich pinkeln mußte.

Godliman rückte auf dem kalten Beton des Bahnsteigs zur Seite und ließ die Erinnerung verblassen. Ein warmer Wind wehte aus dem Tunnel, und ein Zug fuhr ein. Die Menschen, die ausstiegen, suchten sich einen Platz, um auf die Entwarnung zu warten. Godliman lauschte den Stimmen.

»Hast du Churchill im Radio gehört? Wir haben ihn im *Duke of Wellington* gehört. Der alte Jack Thornton hat geheult. Blöder alter Trottel ...«

»Anscheinend ist Kathys Junge in einem Herrenhaus und hat seinen eigenen Diener! Mein Alfie melkt die Kuh ...«

»Wir haben schon so lange kein Filetsteak auf der Speisekarte gehabt, daß ich ganz vergessen habe, wie das schmeckt ...«

»Das Weinkomitee sah den Krieg kommen und kaufte zweihunderttausend Flaschen, Gott sei Dank ...«

»Ja, eine Hochzeit im kleinen Kreis, aber warum soll man warten, wenn man nicht weiß, was morgen passiert?«

»Sie nennen es Frühling, Ma, sagt er mir, und dort gibt's jedes Jahr einen ...«

»Sie ist wieder schwanger, mußt du wissen... Ja, dreizehn Jahre seit dem letzten Mal... Dabei dachte ich, ich weiß, was man tun muß!«

»Nein, Peter ist nie aus Dünkirchen zurückgekommen... Der Busfahrer bot ihm eine Zigarette an. Godliman lehnte ab und zog seine Pfeife hervor. Jemand begann zu singen.

Ein Luftschutzwart kam her und schrie:
»Ma, mach den Laden dicht –
Man sieht ja alles!« – »Ach«, rief sie,
»Das stört uns beide nicht.«
Oh! Hoch die Knie, Mother Brown...

Es dauerte nicht lang, bis alle sangen. Godliman fiel ein. Er wußte, daß dies eine Nation war, die einen Krieg verlor und sang, um ihre Angst zu verbergen, wie ein Mann pfeift, der nachts an einem Friedhof vorbeigeht. Er wußte, daß die plötzliche Zuneigung, die er für London und die Londoner verspürte, ein Gefühl von kurzer Dauer war, verwandt mit Massenhysterie. Er mißtraute seiner inneren Stimme, die flüsterte: »Darum geht es; deswegen führen wir Krieg, dafür lohnt es sich zu kämpfen.« Er wußte es, doch er machte sich nichts daraus, da er zum erstenmal seit vielen Jahren das unverfälschte körperliche Gefühl von Kameradschaft fühlte und genoß. Als Entwarnung gegeben wurde, gingen alle singend die Treppe hinauf zur Straße. Godliman fand eine Telefonzelle und rief Colonel Terry an, um ihn zu fragen, wann er anfangen könne.

3

Die kleine Dorfkirche war alt und sehr schön. Eine Feldsteinmauer umschloß den Friedhof, auf dem wilde Blumen wuchsen. Die Kirche selbst – jedenfalls Teile davon – hatte schon hier gestanden, als Großbritannien zuletzt von einer wirklichen Invasion heimgesucht worden war, vor fast einem Jahrtausend. Die Nordwand des Hauptschiffs, mehrere Fuß breit und nur von zwei winzigen Fenstern durchbrochen, würde sich an diese letzte Landung erinnern können. Sie war gebaut worden, als Kirchen nicht nur Schutz vor geistiger, sondern auch vor körperlicher Verfolgung boten. Die kleinen halbrunden Fenster waren besser dazu geeignet, Pfeile hinauszuschießen, als den Sonnenschein des Herrn einzulassen. Tatsächlich hatte die örtliche Bürgerwehr detaillierte Pläne für die Verwendung der Kirche, falls und wenn die gegenwärtigen Barbaren vom europäischen Festland den Kanal überqueren sollten.

Aber in diesem August des Jahres 1940 dröhnten keine Armeestiefel auf den Fliesen des Chors – noch nicht. Die Sonne glühte durch die bunten Fensterscheiben, die Cromwells Bilderstürmer und die Habgier Heinrichs VIII. überlebt hatten; das Dach vibrierte unter den Klängen einer Orgel, die noch nicht von Holzwürmern und Trockenfäule zerfressen war.

Es war eine wunderschöne Hochzeit. Lucy trug natürlich ein weißes Kleid. Ihre fünf Schwestern in aprikosenfarbenen Kleidern waren Brautjungfern. David hatte die Ausgehuniform eines Oberleutnants der Royal Air Force an; sie war noch ganz steif und neu, da er sie zum erstenmal trug. Sie sangen den 23. Psalm ›Der Herr ist mein Hirte‹ zu der Melodie von *Crimond*.

Lucys Vater sah stolz aus, wie es sich für einen Mann an dem Tag gehört, da seine älteste und schönste Tochter einen prächtigen Jungen in Uniform heiratet. Er war Farmer, doch er hatte seit langem nicht mehr auf einem Traktor gesessen, weil er sein Ackerland verpachtet hatte, um von den Einkünften Rennpferde zu züchten. Aber in diesem Winter würde seine Weide natürlich gepflügt werden, so daß man Kartoffeln anpflanzen konnte. Obwohl er im Grunde mehr Gentleman als Farmer war, besaß er die von der frischen Luft gebräunte Haut, die breite Brust und die kurzen, kräftigen Hände der Menschen vom Land. Die meisten Männer in den Bänken auf seiner Seite der Kirche ähnelten ihm: Sie waren breitschultrig und hatten rote Gesichter. Einige, die keinen Frack trugen, hatten Tweedanzüge und festes Schuhwerk an.

Auch die Brautjungfern sahen entsprechend aus; sie waren Landmädchen. Doch die Braut war wie ihre Mutter. Ihr Haar war von einem tiefen Dunkelrot, lang und kräftig, glänzend und prachtvoll. Sie hatte weit auseinanderstehende bernsteinfarbene Augen in einem ovalen Gesicht. Als sie den Pfarrer mit ihrem offenen, direkten Blick anschaute und mit ihrer festen, deutlichen Stimme »Ja« sagte, war er verblüfft und dachte: »Mein Gott, sie meint es ernst!« – welch seltsamer Gedanke eines Pfarrers mitten in einer Trauung.

Die Familie auf der anderen Seite des Kirchenschiffs hatte auch gewisse Kennzeichen. Davids Vater war Rechtsanwalt. Sein ständiges Stirnrunzeln war berufsbedingt und verbarg ein sonniges Gemüt. (Er war im letzten Krieg Major der Infanterie gewesen und dachte, daß all das Gerede über die RAF und den Luftkrieg eine Modeerscheinung sei, die bald vorübergehen werde.) Doch niemand sah so aus wie er, nicht einmal sein Sohn, der jetzt am Altar stand und versprach, seine Frau bis in den Tod zu lieben, der vielleicht, was Gott verhüte, unmittelbar bevorstand. Nein, sie alle mit ihrem fast schwarzen Haar, der dunklen Haut und den langen, schlanken Gliedern glichen Davids Mutter, die jetzt neben ihrem Mann saß.

David war der größte von allen. Er hatte im letzten Jahr an der Cambridge University eine Reihe von Hochsprungrekorden gebrochen. Für einen Mann sah er beinahe zu gut aus – sein Gesicht wäre feminin gewesen, hätte es nicht den dunklen, nicht zu beseitigenden Schatten eines starken Bartes gehabt. Er rasierte sich zweimal am Tag. Seine Wimpern waren lang, und er sah intelligent aus, was stimmte, und feinfühlig, was nicht stimmte.

Es war ein Idyll: Zwei glückliche, hübsche Menschen, Kinder von großbürgerlichen, wohlhabenden Familien, wie sie das Rückgrat Großbritanniens bildeten, heirateten bei schönstem Sommerwetter, das England bieten kann, in einer Dorfkirche.

Als sie zu Mann und Frau erklärt wurden, waren die Augen beider Mütter trocken, und beide Väter weinten.

Während ein weiteres Paar klebriger, champagnernasser Lippen mittleren Alters ihre Wange küßte, dachte Lucy, daß der Brauch, die Braut zu küssen, doch etwas Barbarisches an sich hatte. Wahrscheinlich leitete er sich von noch barbarischeren Bräuchen im Mittelalter ab, als es jedem Mann des Stammes gestattet war – jedenfalls wurde es Zeit, daß die Leute sich endlich zivilisiert benahmen und die ganze Sache abgeschafft wurde.

Lucy hatte gewußt, daß ihr dieser Teil der Hochzeit nicht gefallen würde. Sie mochte Champagner gern, aber sie war nicht gerade verrückt nach Hühnerschlegeln oder unförmigen Kaviarhäufchen auf kaltem Toast. Und dann die Reden und die Photographien und die Witze über die Flitterwochen ... Aber es hätte schlimmer kommen können. Im Frieden hätte ihr Vater die Albert Hall gemietet.

Bis jetzt hatten neun Leute gesagt: »Mögen all eure Sorgen klein sein«; einer hatte mit kaum zu übertreffender Originalität erklärt: »Ich wünsche mir, daß mehr als ein Zaun um euren Garten läuft.« Lucy hatte zahllose Hände geschüttelt und so getan, als überhöre sie Bemerkungen wie: »Ich hätte nichts dagegen, heute nacht in Davids Pyjama zu stecken.« David hatte eine Rede gehalten, in der er Lucys Eltern dafür dankte, daß sie ihm die Hand ihrer Tochter gegeben hatten, als wäre sie etwas Lebloses, das man wie ein Geschenk in weißen Satin wickelt und dem verdientesten Bewerber überreicht. Lucys Vater war einfallslos genug gewesen zu verkünden, daß er keine Tochter verliere, sondern einen Sohn gewinne. Alles war hoffnungslos gaga, aber man tat es eben für seine Eltern.

Ein entfernter Onkel tauchte, leicht schwankend, aus der Richtung auf, wo die Bar war. Lucy unterdrückte ein Schaudern. Sie stellte ihn ihrem Mann vor: »David, das ist Onkel Norman.« Onkel Norman schüttelte kräftig Davids knochige Hand. »Na, mein Junge, wann beginnt dein Einsatz?«

»Morgen, Sir.«

»Was, keine Flitterwochen?«

»Nur vierundzwanzig Stunden.«

»Aber wie ich höre, hast du gerade erst deine Pilotenausbildung beendet.«

»Ja, aber ich konnte schon vorher fliegen. In Cambridge gelernt. Bei der gegenwärtigen Lage wird jeder Pilot gebraucht. Ich nehme an, daß ich schon morgen in der Luft bin.«

Lucy sagte ruhig: »David, bitte!« – er schenkte ihr jedoch keine Beachtung.

»Was wirst du fliegen?« fragte Onkel Norman mit der Begeisterung eines Schuljungen.

»Eine Spitfire. Ich habe sie gestern gesehen. Tolle Mühle!« David hatte sich bewußt den ganzen RAF-Jargon angeeignet – Mühlen und Kisten und der Bach und Banditen um 2 Uhr. »Sie hat acht Kanonen, fliegt 350 Knoten und kann in einem Schuhkarton gewendet werden.«

»Großartig, großartig. Ihr Jungs haut die Luftwaffe ganz schön in die Pfanne, was?«

»Gestern haben wir sechzig runtergeholt und nur elf von unseren verloren«, sagte David stolz, als hätte er sie alle selbst abgeschossen. »Vorgestern, als sie Yorkshire angriffen, haben wir dem verdammten Pack eine Abfuhr erteilt, daß sie mit dem Schwanz zwischen den Beinen wieder nach Norwegen abgezischt sind. Und keine einzige Kiste dabei verloren!«

Onkel Norman packte David an der Schulter mit der Inbrunst des Beschwipsten. »Nie«, zitierte er schwülstig, »hatten so viele so wenigen so viel zu verdanken. Das hat Churchill gesagt.«

David versuchte ein leichtes Grinsen. »Er muß von den Kasinorechnungen gesprochen haben.«

Lucy war die Art zuwider, wie sie Blutvergießen und Zerstörung verharmlosten. Sie sagte: »David, wir sollten jetzt gehen und uns umziehen.«

Sie fuhren getrennt zu Lucys Heim. Ihre Mutter half ihr aus dem Hochzeitskleid. »Nun, mein Kind, ich weiß nicht genau, was du heute nacht erwartest, aber du solltest wissen –«

»Oh, Mutter, laß das!« unterbrach Lucy. »Es ist ungefähr zehn Jahre zu spät, um mich aufzuklären. Wir schreiben das Jahr 1940!«

Ihre Mutter errötete leicht. »Na gut, Kind«, sagte sie sanft. »Aber wenn du über irgend etwas sprechen möchtest, später vielleicht …«

Lucy fiel ein, daß es ihre Mutter einige Mühe kosten mußte, so etwas zu sagen, und es tat ihr leid, daß sie so schroff reagiert hatte. »Danke.« Sie berührte die Hand ihrer Mutter. »Ich denke daran.«

»Dann lass' ich dich jetzt allein. Ruf mich an, wenn du etwas brauchst.« Sie küßte Lucy auf die Wange und ging hinaus.

Lucy saß im Unterrock vor dem Frisiertisch und begann ihr Haar zu bürsten. Sie wußte genau, was heute nacht auf sie zukommen würde. Es wurde ihr ein wenig warm ums Herz, als sie sich erinnerte.

Es war eine wohlüberlegte Verführung gewesen, obwohl Lucy damals nicht daran gedacht hatte, daß David jeden Schritt geplant haben könnte.

Es geschah im Juni, ein Jahr nachdem sie sich beim »Fröhlichen Lumpenball« kennengelernt hatten. Inzwischen trafen sie sich jede Woche, und David hatte einen Teil der Osterferien bei Lucys Familie verbracht. Mutter und Vater waren mit ihm einverstanden: Er sah gut aus, war klug, benahm sich wie ein Gentleman und stammte aus genau derselben Gesellschaftsschicht wie sie. Ihr Vater hielt ihn für etwas zu überheblich, doch ihre Mutter meinte, daß der Landadel das seit sechshundert Jahren über Studenten in unteren Semestern gesagt habe; sie selbst glaubte, daß David gut zu seiner Frau sein werde, was auf lange Sicht schließlich am wichtigsten sei. Im Juni verbrachte Lucy also ein Wochenende auf Davids Familienwohnsitz.

Es war die viktorianische Imitation eines Landsitzes aus dem 18. Jahrhundert, ein rechteckiges Haus mit neun Schlafzimmern und einer von Bäumen umgebenen Terrasse. Lucy fand es besonders beeindruckend, daß es den Leuten, die den Garten angelegt hatten, wohl klar gewesen sein mußte, daß er erst lange Zeit nach ihrem Tod voll erblühen würde. Es war sehr behaglich, und die beiden tranken in der Nachmittagssonne auf der Terrasse Bier. David erzählte, daß er zusammen mit vier Freunden aus dem Fliegerclub der Universität zur Offiziersausbildung der RAF angenommen worden war. Er wollte Jagdflieger werden.

»Ich fliege nicht schlecht«, sagte er, »und man wird Leute brauchen, wenn dieser Krieg erst richtig losgeht. Die Leute sagen, daß er diesmal in der Luft entschieden wird.«

»Hast du keine Angst?« fragte sie leise.

»Kein bißchen«, antwortete er. Dann legte er eine Hand auf seine Augen und sagte: »Doch, ich habe Angst.«

Sie fand, daß er sehr tapfer sei, und hielt seine Hand.

Etwas später zogen sie Badezeug an und gingen zum See hinunter. Das Wasser war klar und kühl, aber die Sonne schien noch kräftig, und die Luft war warm. Sie plätscherten fröhlich umher, als wüßten sie, daß ihre Kindheit zu Ende war.

»Kannst du gut schwimmen?« fragte er.

»Besser als du!«

»Schön, um die Wette bis zur Insel.«

Lucy hielt eine Hand vor ihr Gesicht, um von der Sonne nicht zu sehr geblendet zu werden. Sie blieb eine Weile so stehen, als wisse sie nicht, wie begehrenswert sie mit ihren erhobenen Armen und den nach hinten gereckten Schultern in ihrem nassen Badeanzug aussah. Die Insel war ein kleines Fleckchen Erde mit Büschen und Bäumen in der Mitte des Sees – knapp dreihundert Meter entfernt.

Sie ließ die Hände sinken, rief »Los!« und begann schnell zu kraulen.

David mit seinen langen Armen und Beinen gewann natürlich. Lucy geriet in Schwierigkeiten, als sie noch fast fünfzig Meter von der Insel entfernt war. Sie versuchte es mit Brustschwimmen, doch selbst dafür war sie zu erschöpft, so daß sie sich auf den Rücken legen und treiben lassen mußte. David, der schon am Ufer saß und wie ein Walroß prustete, glitt wieder ins Wasser und schwamm ihr entgegen. Er hielt sie von hinten mit dem korrekten Rettungsschwimmergriff unter den Armen fest und zog sie langsam zur Insel. Seine Hände lagen genau unter ihren Brüsten.

»Das macht Spaß«, sagte er, und sie kicherte trotz ihrer Atemlosigkeit.

Kurz darauf meinte er: »Vielleicht sollte ich 's dir doch sagen.«

»Was?« keuchte sie.

»Der See ist nur vier Fuß tief.«

»Du Schuft!« Sie wand sich prustend und lachend aus seinen Armen heraus und fand Boden unter den Füßen.

David nahm ihre Hand und führte sie aus dem Wasser heraus, zwischen den Bäumen hindurch. Er zeigte auf ein altes Ruderboot, das kieloben dalag und vor sich hin faulte. »Als Junge bin ich damit immer hierher gerudert. Ich hatte eine von Papas Pfeifen, eine Schachtel Streichhölzer und ein bißchen Tabak in einem gerollten Stück Papier bei mir. Hier hab' ich dann immer geraucht.«

Sie waren auf einer völlig von Büschen umsäumten Lichtung. Der grasbedeckte Untergrund war sauber und federte unter ihren Schritten. Lucy ließ sich zu Boden fallen.

»Wir schwimmen langsam zurück«, sagte David.

»Reden wir doch nicht jetzt schon davon«, erwiderte sie.

Er setzte sich neben sie und küßte sie, dann drückte er sie sanft nach unten, bis sie auf dem Rücken lag. Während er ihre Hüfte streichelte und ihren Hals küßte, hörte sie auf zu frösteln.

Als er die Hand vorsichtig und schüchtern auf den Hügel zwischen ihren Beinen legte, wölbte sie den Körper nach oben, damit er fester zudrückte. Sie zog sein Gesicht an sich und küßte ihn feucht und leidenschaftlich. Seine Hände glitten zu den Trägern ihres Badeanzugs, und er schob sie über ihre Schultern nach unten. Sie sagte: »Nein.«

Er vergrub das Gesicht zwischen ihren Brüsten. »Lucy, bitte.«

»Nein.«

Er sah sie an. »Es könnte meine letzte Chance sein.«

Sie rollte sich auf die Seite und stand auf. Dann – wegen des Krieges, wegen des bittenden Ausdrucks auf seinem geröteten jungen Gesicht und wegen des beharrlichen Glühens in ihrem Innern – zog sie ihren Badeanzug auf einen Schlag aus und nahm die Badekappe ab, so daß sich ihr dunkelrotes Haar über ihre Schultern ergoß. Sie kniete sich vor ihn hin, nahm sein Gesicht in die Hände und führte seine Lippen an ihre Brust.

Sie verlor ihre Jungfräulichkeit schmerzlos, mit Begeisterung und nur ein wenig zu schnell.

Ihr Schuldbewußtsein würzte die Erinnerung und machte sie noch angenehmer. Es mochte eine geschickt eingefädelte Verführung gewesen sein, aber sie war ein bereitwilliges, um nicht zu sagen begieriges Opfer gewesen, besonders am Ende.

Lucy zog ihre Reisesachen an. Sie hatte ihn an jenem Nachmittag auf der Insel zweimal schockiert: Zuerst, als sie wollte, daß er ihre Brust küßte, und dann, als sie ihm mit den Händen geholfen hatte, in sie einzudringen. Anscheinend geschah so etwas nicht in den Büchern, die er las. Wie die meisten ihrer Freundinnen hatte Lucy D. H. Lawrence gelesen, um etwas über Sex zu erfahren. Sie vertraute seiner Choreographie, mißtraute aber der Begleitmusik. Das, was seine Romanfiguren miteinander anstellten, klang angenehm, aber so toll nun auch wieder nicht. Sie erwartete keine Trompetenstöße, Blitzgewitter und das Schlagen von Zimbeln bei ihrem sexuellen Erwachen.

David war noch ein wenig unwissender als sie. Aber er war rücksichtsvoll und fand Vergnügen an ihrem Vergnügen. Sie war sicher, daß das am wichtigsten war.

Seit dem ersten Mal hatten sie es nur einmal wieder getan.

Genau eine Woche vor der Hochzeit hatten sie wieder miteinander geschlafen. Es hatte ihren ersten Streit ausgelöst.

Diesmal war es im Hause ihrer Eltern – morgens, als alle weg waren. Er kam im Morgenmantel in ihr Zimmer und schlüpfte zu ihr ins Bett. Fast hätte sie an Lawrence' Trompetenstöße und Zimbeln geglaubt. David stand sofort danach wieder auf.

»Geh nicht«, sagte sie.

»Und wenn jemand kommt?«

»Das nehme ich auf meine Kappe. Komm wieder ins Bett.« Sie fühlte sich wohlig, schläfrig und zufrieden, und sie wollte ihn neben sich haben.

Er zog seinen Morgenmantel an. »Es macht mich nervös.«

»Vor fünf Minuten warst du nicht nervös.« Sie streckte die Hand nach ihm aus. »Leg dich zu mir. Ich möchte deinen Körper kennenlernen.«

»Mein Gott, du bist schamlos.«

Sie blickte ihn an, um zu sehen, ob er scherzte. Als sie merkte, daß er es ernst gemeint hatte, wurde sie wütend. »Was, zum Teufel, soll das bedeuten?«

»Du benimmst dich nicht... wie es sich gehört!«

»Was für ein Blödsinn –«

»Du benimmst dich wie eine – eine Nutte.«

Nackt und wütend sprang sie aus dem Bett. Ihre schönen Brüste wogten vor Zorn. »Was verstehst du denn schon von Nutten?«

»Nichts!«

»Und was verstehst du von Frauen?«

»Ich weiß, wie sich eine Jungfrau benehmen soll!«

»Ich bin... ich war... bevor du...« Sie setzte sich auf die Bettkante und brach in Tränen aus.

Das war natürlich das Ende des Streits. David legte die Arme um sie und sagte: »Es tut mir leid, ehrlich, wirklich. Für mich bist du auch die erste. Ich weiß nicht, was ich erwarten soll, und ich bin verwirrt... Schließlich wird einem darüber nie etwas gesagt, oder?«

Sie schniefte und schüttelte zustimmend den Kopf. Was ihn wirklich nervös machte, war bestimmt die Gewißheit, daß er in acht Tagen mit einem zerbrechlichen Flugzeug starten und über den Wolken um sein Leben kämpfen mußte. Sie verzieh ihm also, er trocknete ihre Tränen, und sie legten sich wieder ins Bett. Danach war er sehr lieb zu ihr...

Lucy war jetzt fast fertig. Sie musterte sich in einem bis zum Boden reichenden Spiegel. Ihr Kostüm wirkte mit seinen geraden Schultern und Epauletten leicht militärisch, doch die Bluse darunter war zum Ausgleich sehr weiblich. Ihr Haar war unter einem eleganten, flachen runden Hut in Ringellöckchen gelegt. In diesem Jahr wäre es nicht richtig gewesen, todschick angezogen daherzukommen. Aber sie hatte den Eindruck, daß es ihr gelungen war, flott, aber praktisch und doch zugleich attraktiv auszusehen, wie es jetzt immer mehr Mode wurde.

David wartete schon im Flur auf sie. Er küßte sie und sagte: »Sie sehen wunderbar aus, Mrs. Rose.«

Sie wurden zurück zur Hochzeitsgesellschaft gefahren, damit sie sich von allen verabschieden konnten, bevor sie abreisten, um die Nacht in London, im *Claridge's*, zu verbringen. Danach würde David weiter nach Biggin Hill fahren und Lucy nach Hause zurückkehren. Sie würde bei ihren Eltern wohnen. Wenn David Urlaub hatte, konnten sie ein Landhaus benutzen.

Eine halbe Stunde lang wurden nochmals Hände geschüttelt und Küsse ausgetauscht, dann gingen sie hinaus zum Auto. Ein paar von Davids Cousins hatten sich sein MG-Kabrio vorgenommen. Konservendosen und ein alter Stiefel waren mit Bindfäden an den Stoßstangen befestigt, die Trittbretter waren voller Konfetti, und »jung verheiratet« war mit hellrotem Lippenstift überall auf den Lack gekritzelt.

Sie fuhren lächelnd und winkend ab, während die Gäste fast die ganze Straße hinter ihnen füllten. Eine Meile weiter hielten sie an und säuberten das Auto.

Es dämmerte bereits, als sie wieder losfuhren. Davids Scheinwerfer waren verdunkelt, aber er fuhr trotzdem ungemein schnell. Lucy fühlte sich sehr glücklich.

David sagte: »Im Handschuhfach ist eine Flasche Schampus.«

Lucy öffnete das Fach. Der Champagner und zwei Gläser waren sorgfältig in Seidenpapier eingewickelt. Er war noch recht kalt. Der Korken löste sich mit einem lauten Knall und schoß hinaus in die Nacht. David zündete sich eine Zigarette an, während Lucy den Sekt einschenkte.

»Wir kommen zu spät zum Abendessen«, sagte er.

»Na und?« Sie reichte ihm ein Glas. Sie war im Grunde zu erschöpft und müde, um zu trinken. Das Auto schien schrecklich schnell zu fahren. Sie überließ David fast den ganzen Champagner. Er begann den *St. Louis Blues* zu pfeifen.

Es war ein eigenartiges Erlebnis, bei Verdunklung durch England zu fahren. Man vermißte plötzlich Lichter, die man vor dem Krieg gar nicht wahrgenommen hatte: Lichter auf Veranden von Landhäusern und in den Fenstern von Bauernhöfen, an den Türmen von Kathedralen und an Gasthausschildern – vor allem aber das helle Glühen der tausend Lichter einer nahen Stadt, das sich niedrig am Horizont zeigt. Selbst wenn man etwas hätte sehen können, hätte es keine Wegweiser gegeben, um sich zu orientieren: Sie waren entfernt worden, um die deutschen Fallschirmspringer zu verwirren, mit denen jederzeit gerechnet wurde.

Aber David kannte den Weg nach London ohnehin gut.

Sie fuhren eine lange Steigung hinauf. Der kleine Sportwagen bewältigte sie spielend. Lucy blickte mit halbgeschlossenen Augen in die vor ihnen liegende Schwärze. Der Abhang des Hügels war steil und gewunden. Lucy hörte das ferne Brummen eines näher kommenden Lastwagens.

Die Reifen des MG quietschten, während David um die Kurven raste. »Du fährst, glaube ich, zu schnell«, sagte Lucy nachsichtig.

Das Hinterteil des Autos geriet in einer Linkskurve ins Schleudern. David schaltete zurück; er wollte nicht bremsen, damit der Wagen nicht nochmals ins Rutschen kam. Zu beiden Seiten waren die Heckenreihen vage im Licht der abgedunkelten Scheinwerfer zu erkennen. Eine scharfe Rechtskurve folgte, und David verlor wieder die Gewalt über die Hinterräder. Die Kurve schien überhaupt nicht aufzuhören. Das kleine Auto rutschte zur Seite und drehte sich um hundertachtzig Grad, so daß es in die entgegengesetzte Richtung fuhr; dann drehte es sich weiter.

Lucy schrie. »David!«

Plötzlich trat der Mond hinter den Wolken hervor, und sie sahen den Lastwagen. Er kämpfte sich im Schneckentempo den Hang empor. Dichter Rauch, vom Mond in silbernes Licht getaucht, strömte aus seiner schnauzenförmigen Motorhaube. Lucys Blick erhaschte das Gesicht des Fahrers, sogar seine Tuchmütze und seinen Schnurrbart. Sein Mund stand vor Entsetzen offen, während er sich auf die Bremsen stemmte. Das Auto fuhr jetzt wieder vorwärts. Der Platz würde knapp reichen, wenn David die Beherrschung über das Auto wiedergewinnen konnte. Er zog das Lenkrad mühsam herum und berührte das Gaspedal. Das war ein Fehler.

Der MG und der Lastwagen stießen frontal zusammen.

4

Das Ausland hat Spione, England hat *Military Intelligence*, wie der britische Geheimdienst traditionell genannt wird. Als ob der Euphemismus nicht genügte, wird er auch noch zu MI abgekürzt. Im Jahre 1940 war der MI ein Teil des Kriegsministeriums. Er breitete sich damals – was niemanden überraschte – aus wie Unkraut, und seine verschiedenen Abteilungen wurden durch Ziffern gekennzeichnet: M19 kümmerte sich um die Fluchtrouten aus Kriegsgefangenenlagern durch das besetzte Europa hindurch in neutrale Länder; MI8 hörte den Funkverkehr des Feindes ab und war wertvoller als sechs Regimenter; MI6 schickte Agenten nach Frankreich.

Es war der MI5, dem sich Professor Percival Godliman im Herbst des Jahres 1940 anschloß. An einem kalten Septembermorgen tauchte er im Kriegsministerium in Whitehall auf, nachdem er die Nacht damit zugebracht hatte, überall im East End Feuer zu löschen. Die deutschen Luftangriffe hatten ihren Höhepunkt erreicht, und er war Hilfsfeuerwehrmann.

Im Frieden, wenn es nach Godlimans Meinung auf Spionage ohnehin nicht ankam, arbeiteten im Geheimdienst nur Soldaten. Doch jetzt, so fand er heraus, war der MI mit Amateuren besetzt; er entdeckte zu seiner Freude, daß er die Hälfte der Angehörigen des MI kannte. Am ersten Tag traf er einen Rechtsanwalt aus seinem Klub, einen Kunsthistoriker, der zusammen mit ihm auf dem College gewesen war, einen Archivar seiner Universität und einen Schriftsteller, dessen Kriminalromane er am liebsten las.

Um 10 Uhr wurde er in Colonel Terrys Büro gebeten. Terry war schon mehrere Stunden dort gewesen: Im Papierkorb lagen zwei leere Zigarettenschachteln.

Godliman fragte: »Muß ich dich jetzt ›Sir‹ nennen?«

»Hier gibt's nicht viel Trara, Percy. ›Onkel Andrew‹ genügt vollkommen. Setz dich!«

Trotzdem strahlte Terry eine Frische aus, die ihm im Savoy gefehlt hatte. Godliman fiel auf, daß er nicht lächelte und daß sich seine Aufmerksamkeit immer wieder einem Stapel ungelesener Funksprüche auf dem Schreibtisch zuwandte.

Terry schaute auf seine Uhr und sagte: »Ich werde dich ganz kurz ins Bild setzen – den Vortrag beenden, den ich beim Lunch begonnen habe.«

Godliman lächelte. »Diesmal werde ich mich nicht aufs hohe Roß setzen.«

Terry zündete sich eine neue Zigarette an.

»Canaris' Spione in Großbritannien waren von Anfang an unfähig«, erklärte Terry, als sei ihre Unterhaltung nicht schon vor drei Monaten, sondern erst vor fünf Minuten unterbrochen worden. »Dorothy O'Grady war ein typischer Fall: Man erwischte sie dabei, wie sie militärische Telephonleitungen auf der Insel Wight zerschnitt. Sie schickte Briefe nach Portugal, die mit einer Art unsichtbarer Tinte geschrieben waren, wie man sie in Geschäften für Scherzartikel kaufen kann.

Eine neue Welle von Spionen kam im September herüber. Ihre Aufgabe war es, Großbritannien für die geplante Landung der Deutschen auszukundschaften. Sie sollten Karten von Küstenstreifen anfertigen, die für eine Invasion von See aus geeignet waren, von Feldern und Straßen, auf denen schwere Segler mit Bodentruppen landen konnten, von Panzerfallen und Straßensperren und Stacheldrahthindernissen.

Man schien sie schlecht ausgewählt, zu hastig verpflichtet, unzureichend ausgebildet und miserabel ausgerüstet zu haben. Die vier, die in der Nacht vom 2. zum 3. September kamen, sind ein gutes Beispiel. Meier, Kieboom, Pons und Waldberg. Kieboom und Pons landeteten in der Morgendämmerung nicht weit von Hythe und wurden von einem Gefreiten namens Tollervey von der Somerset Light Infantry, verhaftet, der sie dabei überraschte, wie sie in den Dünen eine große Wurst verputzten. Waldberg gelang es sogar, einen Funkspruch nach Hamburg abzusetzen:

> SICHER ANGEKOMMEN. DOKUMENT VERNICHTET.
> ENGLISCHE PATROUILLE 200 METER VON DER KÜSTE.
> STRAND MIT BRAUNEN NETZEN UND EISENBAHN-
> SCHWELLEN IN EINER ENTFERNUNG VON 50 METERN.
> KEINEN MINEN. WENIG SOLDATEN. UNVOLLENDETES
> BLOCKHAUS. NEUE STRASSE WALDBERG.

Offensichtlich wußte er nicht, wo er war, und er hatte nicht einmal einen Codenamen besessen. Er war in seiner Ausbildung so gut über England unterrichtet worden, daß er nichts von den englischen Schankgesetzen wußte: Er betrat um 9 Uhr morgens einen Pub und bestellte ein Viertel Cider.«

Godliman mußte darüber lachen, und Terry sagte: »Warte – es kommt noch doller.

Der Gastwirt riet Waldberg, um 10 Uhr wiederzukommen.

Er könne in der Stunde doch die Dorfkirche besichtigen. Erstaunlicherweise ist Waldberg genau um 10 Uhr wieder aufgetaucht und wurde von zwei auf Fahrrädern herbeigeeilten Polizisten verhaftet.«

»Das klingt wie eine Textvorlage für *It's That Man Again*«, warf Godliman ein.

»Meier wurde ein paar Stunden später gefunden. Elf weitere Agenten wurden danach in wenigen Wochen aufgegriffen, die meisten von ihnen innerhalb von Stunden nach ihrer Landung auf britischem Boden. Fast allen stand der Gang aufs Schafott bevor.«

»Fast allen?«, fragte Godliman.

»Ja«, antwortete Terry. »Ein paar wurden unserer Abteilung B1 (a) übergeben. Ich komme gleich darauf zurück.

Andere landeten in der Republik Irland. Einer war Ernst Weber-Drohl, ein bekannter Akrobat, der zwei uneheliche Kinder in Irland hat. Er war dort in Varietés als ›der stärkste Mann der Welt‹ aufgetreten. Die Garda Siochana verhaftete ihn, belegte ihn mit einer Geldstrafe von drei Pfund und überließ ihn B1 (a).

Ein weiterer Fall war der von Hermann Goetz. Er sprang irrtümlich mit dem Fallschirm über Nord- statt über Südirland ab, wurde von der IRA ausgeraubt, durchschwamm die Boyne in seiner gefütterten Unterwäsche und schluckte schließlich seine Giftkapsel. Er hatte eine Taschenlampe bei sich, auf der ›Made in Germany‹ stand.

Warum beschäftigen wir gescheite Burschen wie dich«, fuhr Terry fort, »wenn es so leicht ist, diese Stümper zu schnappen?

Zwei Gründe. Erstens: Wir können nicht wissen, wie viele wir nicht geschnappt haben. Zweitens: Entscheidend ist, was wir mit denen machen, die wir nicht aufhängen. Hier kommt B1 (a) ins Spiel. Aber um das zu erklären, muß ich bis ins Jahr 1936 zurückgehen.

Alfred George Owens war Elektroingenieur bei einer Firma, die einige Regierungsaufträge erhalten hatte. Er besuchte Deutschland mehrmals in den dreißiger Jahren und gab der Admiralität hin und wieder freiwillig technische Informationen weiter, die er dort bekommen hatte. Schließlich reichte der Marinegeheimdienst ihn an den MI6 weiter, der ihn als Agenten einsetzte. Die Abwehr warb ihn ungefähr zur selben Zeit an – wie der MI6 herausfand –, als er einen Brief von ihm an eine bekannte deutsche Deckadresse abfing. Offensichtlich war er ein Mann ohne Prinzipien. Ihm kam es nur darauf an, Spion zu sein. Wir nannten ihn Snow, die Deutschen nannten ihn Johnny.

Im Januar 1939 erhielt Snow einen Brief, der (a) die Gebrauchsanweisung für ein Funkgerät und (b) einen Schein für die Gepäckaufbewahrung in Victoria Station enthielt.

Er wurde am Tage nach Kriegsausbruch verhaftet. Man sperrte ihn mit seinem Funkgerät (das er gegen Vorlage des Gepäckscheins in einem Koffer abgeholt hatte) ins Wandworth-Gefängnis ein. Er hielt den Kontakt mit Hamburg aufrecht, aber jetzt wurden all seine Botschaften von der Abteilung B1 (a) des MI5 geschrieben.

Die deutsche Abwehr befahl ihm, Verbindung mit zwei weiteren deutschen Agenten aufzunehmen, die wir sofort hochgehen ließen. Sie gaben ihm außerdem einen Code und Anweisungen für den Funkverkehr, was von unschätzbarem Wert war.

Nach Snow kamen Charlie, Rainbow, Summer, Biscuit und schließlich ein kleines Heer von feindlichen Agenten, die alle regelmäßigen Kontakt mit Canaris hatten, alle sein Vertrauen zu genießen schienen – und alle völlig vom britischen Gegenspionage-Apparat gelenkt wurden.

Am Horizont zeichnete sich für den MI5 noch undeutlich eine unglaublich verlockende Perspektive ab: Mit ein bißchen Glück könnte er *das gesamte deutsche Spionagenetz in Großbritannien unterwandern und nach seiner Pfeife tanzen lassen.*

Agenten zu Doppelagenten zu machen, statt sie zu hängen, hat zwei entscheidende Vorteile«, meinte Terry abschließend. »Da der Feind seine Spione immer noch für aktiv hält, versucht er nicht, sie durch andere zu ersetzen, die vielleicht nicht gefangen werden. Und da wir die Informationen liefern, welche die Spione an ihre Führungsoffiziere weitergeben, können wir den Feind täuschen und seine Strategen irreführen.«

»So einfach kann es doch nicht sein«, sagte Godliman.

»Natürlich nicht.« Terry öffnete ein Fenster, um den Mief von Zigaretten- und Pfeifenrauch abziehen zu lassen. »Damit das System funktioniert, muß es nahezu lückenlos sein. Wenn es hier eine erhebliche Zahl von echten Agenten gibt, widersprechen ihre Informationen denen der Doppelagenten, und die Abwehr riecht den Braten.«

»Das klingt ungeheuer aufregend«, meinte Godliman. Seine Pfeife war ausgegangen.

Terry lächelte zum ersten Mal an diesem Morgen. »Man wird dir hier erzählen, daß es sehr anstrengend ist – lange Arbeitszeiten, große nervliche Belastung, Enttäuschungen –, aber du hast recht, es ist aufregend.« Er schaute auf die Uhr. »Ich möchte dich jetzt mit einem sehr aufgeweckten jungen Mann aus meinem Stab bekanntmachen. Ich begleite dich zu seinem Büro.«

Sie verließen das Zimmer, stiegen einige Treppen hinauf und gingen durch mehrere Flure. »Er heißt Frederick Bloggs und ärgert sich, wenn man Witze darüber macht, denn er ist alles andere als ein Tölpel«, fuhr Terry fort. »Wir haben ihn Scotland Yard abspenstig gemacht – er war Inspektor im Special Branch. Wenn du jemanden fürs Praktische brauchst, setz ihn ein. Dein Rang ist höher als seiner, aber darauf würde ich nicht zuviel geben – das ist hier nicht üblich. Aber wahrscheinlich brauche ich dir das gar nicht zu sagen.«

Sie betraten ein kleines, kahles Zimmer, dessen Fenster auf eine nackte Wand schaute. Auf dem Boden lag kein Teppich. Die Photographie eines hübschen Mädchens hing an der Wand, und ein Paar Handschellen baumelte am Hutständer.

Terry sagte: »Frederick Bloggs, Percival Godliman. Ich lasse euch jetzt allein.«

Der Mann hinter dem Schreibtisch war blond und untersetzt. Er muß gerade groß genug gewesen sein, um in den Polizeidienst aufgenommen zu werden, dachte Godliman. Seine Krawatte war alles andere als eine Augenweide, er hatte jedoch ein angenehmes, offenes Gesicht und ein gewinnendes, breites Lächeln. Sein Händedruck war fest.

»Hören Sie zu, Percy«, sagte er, »ich wollte gerade zum Lunch nach Hause flitzen – wollen Sie nicht mitkommen? Meine Frau macht großartige Würstchen mit Fritten.« Er sprach mit breitem Cockney-Akzent.

Wurst mit Pommes frites war nicht gerade Godlimans Lieblingsessen, doch er nahm die Einladung an.

Sie gingen zum Trafalgar Square und nahmen einen Bus nach Hoxton.

Bloggs sagte grinsend: »Ich habe ein wunderbares Mädchen geheiratet, aber sie kann um's Verrecken nicht kochen. Es gibt jeden Tag Wurst und Fritten.«

In Ostlondon schwelten immer noch Feuer nach dem Luftangriff der letzten Nacht. Sie kamen an Gruppen von Feuerwehrmännern und Freiwilligen vorbei, die in den Trümmern wühlten, die letzten Brandherde löschten und den Schutt von den Straßen räumten. Sie sahen einen alten Mann, der sein Radio, offenbar das teuerste Stück für ihn, aus einem halbzerbombten Haus heraustrug.

Godliman machte Konversation. »Wir sollen also zusammen Spione fangen?«

»Wir werden's versuchen.«

Bloggs' Heim war eine schmale Doppelhaushälfte mit nur drei Zimmern, in einer Straße, in der alle Häuser gleich aussahen. In jedem der winzigen Vorgärten wurde Gemüse angebaut. Mrs. Bloggs war das hübsche Mädchen von der Photographie an der Bürowand. Sie sah erschöpft aus. Bloggs sagte: »Sie fährt einen Krankenwagen während der Luftangriffe. Stimmt's, Liebling?« Er war stolz auf sie. Sie hieß Christine.

»Jeden Morgen, wenn ich zurückkomme, frage ich mich, ob das Haus noch da ist«, erklärte sie.

»Wie Sie merken, macht sie sich um das Haus mehr Sorgen als um mich«, flachste Bloggs.

Godliman nahm eine Medaille aus einem Schaukästchen vom Kaminsims. »Wofür ist die?«

Ehe Bloggs etwas sagen konnte, hatte Christine schon geantwortet. »Er hat einem Verbrecher, der ein Postamt überfallen hatte, die Schrotflinte abgenommen.«

»Ich sehe, Sie passen glänzend zusammen«, entgegnete Godliman.

»Sind Sie verheiratet, Percy?« fragte Bloggs.

»Ich bin Witwer.«

»Tut mir leid.«

»Meine Frau starb 1930 an Tuberkulose. Wir hatten keine Kinder.«

»Wir wollen auch noch keine«, sagte Bloggs. »Nicht, solange die Welt so aussieht.«

»Aber Fred, das interessiert ihn doch gar nicht!« tadelte Christine. Sie ging hinaus in die Küche.

Sie setzten sich zum Essen an einen quadratischen Tisch in der Mitte des Zimmers. Godliman war gerührt von diesem Paar und seiner Häuslichkeit und dachte plötzlich an seine Eleanor. Das war ungewöhnlich, denn sentimentale Anwandlungen waren ihm seit Jahren nicht mehr untergekommen. Vielleicht lag es an seinen Nerven. Der Krieg brachte merkwürdige Dinge zustande.

Christines Kochkunst war wirklich grauenhaft. Die Würste waren angebrannt. Bloggs ertränkte seine Mahlzeit in Tomatenketchup, und Godliman tat fröhlich das gleiche.

Wieder in Whitehall angekommen, zeigte Bloggs Godliman die Kartei über noch nicht identifizierte Feindagenten, die vermutlich immer noch in Großbritannien aktiv waren.

Es gab im wesentlichen drei Informationsquellen. Die erste bestand aus den Einwanderungslisten des Innenministeriums. Die Paßkontrolle war seit langem ein Arm des Geheimdienstes, und es gab eine Liste – die bis zum letzten Krieg zurückging – von Ausländern, die ins Land eingereist, es aber nicht verlassen hatten und auch unter keiner anderen Rubrik, etwa als Sterbefall oder bei Einbürgerung, erfaßt worden waren. Bei Kriegsausbruch waren sie alle vor Kommissionen geladen worden, die sie in drei Gruppen einteilten. Zuerst wurden nur Ausländer der Gruppe »A« interniert, aber bis Juli 1940 waren, nach einiger Panikmache durch die Fleet Street, auch die Gruppen »B« und »C« aus dem Verkehr gezogen. Es gab eine kleine Zahl von Einwanderern, die nicht ausfindig gemacht werden konnten. Die Annahme, daß einige von ihnen Spione waren, bot sich an.

Ihre Daten waren in Bloggs' Kartei festgehalten.

Die zweite Quelle war der Funkverkehr. Die Abteilung C des MI8 tastete in jeder Nacht die Frequenzen ab, zeichnete alles auf, was nicht mit Sicherheit britischen Ursprungs war, und gab es an die Government Code and Cipher School weiter, ein Institut für Codes und Geheimschriften, das von der Regierung eingerichtet worden war. Diese Schule, die erst kürzlich von der Londoner Berkeley Street in ein Landhaus in Bletchley Park verlegt worden war, konnte man eigentlich nicht als solche bezeichnen. Unter ihrem Dach hatten sich Schachmeister, Musiker, Mathematiker und Kreuzworträtselfans versammelt, die dem Glauben anhingen, daß jeder Code, den ein Mensch ersinnen kann, von einem anderen Menschen geknackt werden konnte. Alle im Vereinigten Königreich gesendeten Funksprüche, die nicht von irgendeiner amtlichen Stelle ausgingen, wurden als Botschaften von Spionen betrachtet.

Bloggs' Kartei enthielt die dechiffrierten Botschaften.

Schließlich gab es noch die Doppelagenten, doch ihr Wert war in Wirklichkeit weit geringer, als es sich der Geheimdienst erhofft hatte. Zwar hatten Funksprüche, welche die Abwehr an diese umgedrehten Spione gesandt hatte, von der Ankunft mehrerer neuer Agenten in England berichtet und dazu beigetragen, eine schon länger im Lande lebende Spionin zu entlarven: Mrs. Matilda Krafft aus Bornemouth, die mit der Post Geld an Snow geschickt hatte und danach ins Holloway-Gefängnis gesteckt worden war. Aber auch über die Doppelagenten war es nicht möglich gewesen, die Identität oder den Standort jener unauffälligen und tüchtigen professionellen Spione aufzudecken, die für einen Geheimdienst am wertvollsten sind. Niemand bezweifelte, daß es sie gab. Dafür waren Anhaltspunkte vorhanden: Jemand mußte zum Beispiel Snows Funkgerät aus Deutschland herübergebracht und in der Gepäckaufbewahrung von Victoria Station für ihn hinterlegt haben. Doch entweder die Abwehr oder die Spione selbst waren zu vorsichtig, um durch Kontaktaufnahme mit den Doppelagenten aufzufliegen.

Jedenfalls standen auch diese Anhaltspunkte in Bloggs' Kartei.

Andere Quellen wurden zur Zeit erschlossen: Wissenschaftler im Dienst der Regierung waren dabei, die Methoden der trigonometrischen Netzlegung (der Funkpeilung von Sendern) zu verbessern; und MI6 versuchte, das Agentennetz in Europa wiederaufzubauen, das in der Flutwelle von Hitlers Armeen untergegangen war.

Was darüber an kärglichen Erkenntnissen vorlag, hatte ebenfalls seinen Weg in Bloggs' Kartei gefunden.

»Es kann einen manchmal zur Raserei treiben», sagte er zu Godliman. »Schauen Sie sich das an.«

Er entnahm der Kartei einen langen Funkspruch über britische Pläne zur Entsendung einer Expeditionsstreitmacht nach Finnland. »Das wurde Anfang des Jahres abgefangen. Eine tadellose Information. Man versuchte gerade, den Mann zu orten, als er anscheinend ohne Grund mittendrin abbrach – vielleicht wurde er gestört. Einige Minuten später fing er erneut an, aber er hatte schon wieder aufgehört zu senden, bevor unsere Jungs ihn anpeilen konnten.«

»Was soll das – ›Grüße an Willi‹?« fragte Godliman.

»Ja, das ist wichtig«, sagte Bloggs. Er begann sich zu ereifern. »Hier ist ein Teil einer anderen Meldung, noch gar nicht lange her. Sehen Sie: ›Grüße an Willi.‹ Diesmal wurde ihm geantwortet. Er wird als ›die Nadel‹ bezeichnet. Der Bursche ist ein Profi. Schauen Sie sich seine Funksprüche an: knapp, sparsam, aber detailliert und völlig unmißverständlich.«

Godliman studierte das Fragment der zweiten Nachricht. »Es scheint sich um die Wirkung der Bombenangriffe zu handeln.«

»Er muß sich im East End umgetan haben. Ein Profi.«

»Was wissen wir sonst noch über ihn?«

Bloggs' Gesicht verlor schlagartig den Ausdruck jugendlichen Eifers. »Das ist leider alles.«

»Sein Codename ist ›die Nadel‹; er verabschiedet sich mit ›Grüße an Willi‹; er hat gute Informationen – und das ist alles?«

»Tja, leider.«

Godliman saß auf der Schreibtischkante und starrte aus dem Fenster. An der Mauer des gegenüber liegenden Gebäudes konnte er unter einem reichverzierten Fenstersims das Nest einer Mauerschwalbe erkennen.

»Haben wir bei diesem Kenntnisstand irgendwelche Aussichten, ihn zu fassen?«

Bloggs hob die Schultern. »So gut wie keine.«

5

Das Wort »öde« muß für Orte wie diesen erfunden worden sein. Die Insel ist ein J-förmiger Felsbrocken, der sich mürrisch aus der Nordsee erhebt.

Auf der Karte gleicht sie der oberen Hälfte eines zerbrochenen Spazierstocks; sie verläuft parallel zu den Breitengraden; der gebogene Griff weist nach Aberdeen, der zerbrochene, zerklüftete Stumpf zeigt drohend auf das ferne Dänemark. Die Insel ist zehn Meilen lang.

An ihren Rändern ragen die Klippen großenteils schroff aus dem kalten Meer. Kein lieblicher Strand schmeichelt den Wellen. Erbittert über diese Grobheit, hämmern die Wellen in ohnmächtigem Zorn auf den Felsen ein – ein zehntausend Jahre währender Wutanfall, den die Insel ungestraft mißachtet.

In der Biegung des J ist das Meer ruhiger, denn dort hat es sich selbst einen angenehmeren Zugang geschaffen. Seine Gezeiten haben so viel Sand und Tang, Treibholz und Kieselsteine und Muschelschalen in die Krümmung geworfen, daß dort nun zwischen dem Fuß der Klippen und dem Rand des Wassers eine Sichel entstanden ist – mehr oder weniger ein Strand.

Jeden Sommer lassen die Pflanzen auf der Spitze der Klippen eine Handvoll Samen auf den Strand fallen, so wie ein reicher Mann Bettlern ein paar Groschen zuwirft. Wenn der Winter milde ist und der Frühling nicht zu spät kommt, gelingt es einigen Samen, auf dem Boden Halt zu finden und Wurzeln zu treiben. Aber sie haben nie genug Kraft, um selbst zu blühen und ihre eigenen Samen zu verbreiten. Die Vegetation des Strandes hängt also von Jahr zu Jahr von Almosen ab.

Auf dem eigentlichen Land, das durch die Klippen dem Zugriff des Meeres entzogen ist, wächst und vermehrt sich Grünzeug. Die Vegetation besteht vor allem aus einer dürftigen Grasnarbe, die gerade gut genug ist, um die wenigen knochigen Schafe zu ernähren, aber fest genug, um die Bodenkrume auf den Felsen der Insel zu verankern. Ein paar Dornensträucher dienen den Kaninchen als Behausung, und eine mutige Gruppe von Koniferen steht am windgeschützten Hang des Hügels am Ostende.

Das höher gelegene Land wird von Heidekraut beherrscht. Alle paar Jahre steckt der Mann – ja, es gibt hier einen Mann – die Heide in Brand, so daß Gras wächst und die Schafe auch hier grasen können. Nach ein oder zwei Jahren kommt das Heidekraut jedoch wieder – Gott weiß, woher – und vertreibt die Schafe, bis der Mann es wieder abbrennt.

Die Kaninchen sind hier, weil sie hier geboren wurden, die Schafe sind hier, weil man sie hierhergebracht hat, der Mann ist hier, um sich um die Schafe zu kümmern, doch die Vögel sind hier, weil es ihnen gefällt. Es gibt Hunderttausende von ihnen: langbeinige Strandpieper, die *piep piep piep* pfeifen, während sie losfliegen, und *pe-pe-pe-pe,* wenn sie im Sturzflug sind wie eine Spitfire, die aus der Sonne heraus eine Messerschmidt angreift; Wiesenknarren, die der Mann selten zu Gesicht bekommt, von deren Anwesenheit er aber weiß, da ihr Krächzen ihn nachts wachhält; Raben, Aaskrähen, Dreizehenmöwen und zahllose Seemöwen; dazu ein Paar Goldadler, auf die der Mann schießt, wenn er sie sieht, denn er *weiß,* daß sie lebende Lämmer schlagen und sich nicht mit Kadavern begnügen – da können ihm Naturforscher und Biologen aus Edinburgh erzählen, was sie wollen.

Der beständigste Besucher der Insel ist der Wind. Er kommt meist aus Nordost, von wirklich kalten Orten, wo es Fjorde, Gletscher und Eisberge gibt. Oft bringt er Schnee und peitschenden Regen und kalten, kalten Nebel als unwillkommene Geschenke mit. Manchmal kommt er aber auch mit leeren Händen, nur um einen Höllenlärm zu machen: Er heult und brüllt, reißt Sträucher aus, knickt Bäume und peitscht den ungezügelten Ozean zu neuen Ausbrüchen schaumgesprenkelter Wut auf. Unermüdlich ist er, dieser Wind, und das ist sein Fehler. Wenn er nur hie und da käme, könnte er die Insel überraschen und wirkliche Schäden anrichten. Da er aber immer nur heult und bläst, hat sich die Insel auf ihn eingestellt. Die Pflanzen graben sich mit ihren Wurzeln tief in das Erdreich ein, die Kaninchen verstecken sich im untersten Dickicht, die Bäume wachsen mit bereits gekrümmtem Stamm empor, um den Peitschenhieben des Windes zu trotzen, die Vögel nisten auf windgeschützten Felsvorsprüngen, und das Haus des Mannes ist niedrig und fest gemauert, erbaut mit dem Geschick, das von alters her mit dem Wind umzugehen versteht.

Dieses Haus besteht aus großen grauen Steinen und grauen Schieferplatten, grau wie die Farbe des Meeres. Es hat kleine Fenster, dicht schließende Türen und einen gemauerten Schornstein. Es steht oben auf dem Hügel am Ostende der Insel, nicht weit von dem zersplitterten Stumpf des zerbrochenen Spazierstocks. Es krönt den Hügel und trotzt Wind und

Regen, nicht aus Übermut, sondern damit der Mann nach den Schafen sehen kann.

Ein weiteres, ähnliches Haus steht zehn Meilen entfernt am gegenüberliegenden Ende der Insel in einer Umgebung, die mehr oder weniger ein Strand ist. Vor einiger Zeit wohnte hier noch ein Mann. Er glaubte, alles besser zu wissen als die Insel; deshalb wollte er Hafer und Kartoffeln anbauen und ein paar Kühe halten. Er kämpfte drei Jahre mit dem Wind, der Kälte und dem Boden, bevor er seinen Irrtum eingestand. Als er gegangen war, wollte niemand sein Haus haben.

Die Insel ist unnachgiebig. Nur unnachgiebige Dinge können hier überleben: harte Felsen, anspruchsloses Gras, zähe Schafe, wilde Vögel, massive Häuser und starke Männer; harte und kalte Dinge, grausame und bittere und scharfe Dinge, rauhe, ruhige und entschlossene Dinge; Dinge, die so kalt und hart und unbarmherzig sind wie die Insel selbst.

Das Wort »öde« wurde für Orte wie diesen erfunden.

»Die Insel heißt Storm Island«, sagte Alfred Rose. »Ich glaube, sie wird euch gefallen.«

David und Lucy Rose saßen im Bug des Fischerbootes und blickten über die unruhige See. Es war ein schöner Novembertag, kalt und windig, doch klar und trocken. Die schwache Sonne glänzte auf den kleinen Wellen.

»Ich habe sie 1926 gekauft«, fuhr Papa Rose fort, »als wir dachten, daß es eine Revolution geben würde und wir uns irgendwo vor der Arbeiterklasse verstecken müßten. Für eine Genesung ist sie bestens geeignet.«

Lucy hielt seinen Tonfall für verdächtig jovial, aber sie mußte zugeben, daß die Insel hübsch aussah: vom Wind zerzaust, natürlich und frisch. Und dieser Schritt war vernünftig. Sie mußten sich von ihren Eltern lösen und in ihrer Ehe nochmals von vorne anfangen. Es hatte wenig Sinn, in eine Stadt zu ziehen, die bombardiert werden würde, da keiner von ihnen imstande war, wirklich helfen zu können. Es schien zu schön, um wahr zu sein, als Davids Vater plötzlich verraten hatte, daß er eine Insel vor der Küste Schottlands besaß.

»Mir gehören auch die Schafe«, sagte Papa Rose. »Jeden Frühling kommen Scherer vom Festland herüber, und die Wolle bringt gerade genug ein, um Tom McAvity zu entlohnen. Der alte Tom ist der Schafhirte.«

»Wie alt ist er?« fragte Lucy.

»Du lieber Himmel, er muß siebzig sein!«

»Vermutlich ist er ein wenig... eigenartig.« Das Boot bog in die Bucht ein, und Lucy konnte zwei kleine Gestalten auf der Anlegestelle erkennen: einen Mann und einen Hund.

»Eigenartig? Nicht mehr als du, wenn du seit zwanzig Jahren allein gelebt hättest. Er unterhält sich mit seinem Hund.« Lucy wandte sich an den Besitzer des kleinen Bootes. »Wie oft kommen Sie hier vorbei?«

»Einmal alle zwei Wochen, Missus. Ich bringe Toms Einkäufe – das ist nicht viel – und seine Post – das ist noch weniger. Sie brauchen mir nur jeden zweiten Montag Ihre Liste zu geben, und wenn die Sachen in Aberdeen zu kriegen sind, bringe ich sie mit.«

Er schaltete den Motor ab und warf Tom ein Tau zu. Der Hund bellte und lief, außer sich vor Aufregung, im Kreis herum.

Lucy stellte einen Fuß auf das Schanzdeck und sprang auf die Anlegestelle hinüber.

Tom nahm ihre Hand. Sein Gesicht war wie aus Leder, und er hatte eine gewaltige Bruyèrpfeife mit einem Deckel im Mundwinkel. Er war kleiner als sie, aber sehr breit, und sah unglaublich gesund aus. Er trug die verfilzteste Tweedjacke, die sie je gesehen hatte, darunter einen Strickpullover, den irgendeine ältliche Schwester, wer weiß wo, gestrickt haben mußte, eine karierte Mütze und Armeestiefel. Seine Nase war riesig, rot und geädert. »Freut mich sehr«, sagte er höflich, als sei sie heute schon die soundsovielte Besucherin, und nicht die erste Menschenseele, die er seit vierzehn Tagen gesehen hatte.

»Hier, Tom«, sagte der Kapitän. Er reichte zwei Pappkartons aus dem Boot. »Diesmal gibt's keine Eier, aber hier ist ein Brief aus Devon.«

»Der muß von meiner Nichte sein.«

Lucy dachte: Das erklärt den Pullover.

David war immer noch im Boot. Der Schiffer stand hinter ihm und fragte: »Sind Sie bereit?«

Tom und Papa Rose bückten sich in das Boot, um ihm zu helfen, und die drei hievten David in seinem Rollstuhl auf die Anlegestelle.

»Wenn ich jetzt nicht verschwinde, muß ich zwei Wochen auf den nächsten Bus warten«, sagte Papa Rose mit einem Lächeln. »Ihr werdet sehen, daß das Haus ganz nett hergerichtet ist. All eure Sachen sind dort. Tom zeigt euch, wo alles ist.« Er küßte Lucy, drückte Davids Schulter und schüttelte Tom die Hand. »Ruht euch ein paar Monate zusammen aus, werdet ganz gesund, und kommt zurück.«

Lucy wußte, daß sie nicht zurückkehren würden – jedenfalls nicht vor Ende des Krieges. Doch sie hatte es noch niemandem gesagt.

Papa stieg wieder ins Boot. Es drehte in einem engen Kreis ab. Lucy winkte, bis es hinter der Landspitze verschwunden war.

Da Tom den Rollstuhl schob, nahm Lucy seine Lebensmittel.

Zwischen dem zum Land hin gelegenen Ende der Anlegestelle und der Spitze der Klippe war eine lange, steile, schmale Rampe, die sich wie eine Brücke hoch über den Strand erhob. Lucy hätte Mühe gehabt, den Rollstuhl nach oben zu bekommen, aber Tom schaffte es ohne sichtliche Anstrengung.

Das Haus war perfekt.

Es war klein und grau und lag windgeschützt in einer Mulde. Alle Holzteile waren frisch gestrichen, und ein wilder Rosenbusch wuchs neben der Treppe. Rauch kräuselte aus dem Schornstein und wurde von der Brise weggeblasen. Die winzigen Fenster blickten auf die Bucht hinaus.

Lucy sagte: »Ich finde es herrlich!«

Das Haus war geputzt, gelüftet und frisch gestrichen worden; auf dem Steinfußboden lagen dicke Teppiche. Das Haus hatte vier Zimmer: unten eine modernisierte Küche und ein Wohnzimmer mit einem Steinkamin; oben zwei Schlafzimmer. Die eine Seite des Hauses war mit Bedacht umgestaltet worden. Es gab neue Rohrleitungen, ein neues Badezimmer oben und unten einen Küchenanbau.

Ihre Kleider hingen in den Schränken. Im Bad fanden sie Handtücher und in der Küche Lebensmittel.

Tom sagte: »Ich möchte Ihnen in der Scheune etwas zeigen.«

Es war ein Schuppen, keine Scheune. Er war hinter dem Haus versteckt. Darin stand ein glänzender neuer Geländewagen.

»Mr. Rose sagt, daß er extra umgebaut wurde, damit der junge Mr. Rose ihn fahren kann«, erklärte Tom. »Er hat eine automatische Schaltung, der Gashebel und die Bremse werden mit der Hand bedient. Das hat er gesagt.« Er schien die Worte wie ein Papagei zu wiederholen, als könne er sich wenig unter einer Schaltung, einem Gashebel und einer Bremse vorstellen.

»Ist es nicht klasse, David?« fragte Lucy.

»Toll. Aber wohin soll ich damit fahren?«

»Sie können mich jederzeit besuchen und mit mir eine Pfeife rauchen und einen Whisky trinken«, sagte Tom. »Ich habe mich schon lange darauf gefreut, wieder Nachbarn zu haben.«

»Vielen Dank«, meinte Lucy.

»Das hier ist der Generator«, sagte Tom, der sich umgedreht hatte und mit dem Finger darauf deutete. »Ich habe genauso einen. Hier kommt der Treibstoff rein. Er liefert Wechselstrom.«

»Das ist ungewöhnlich«, erwiderte David. »Kleine Generatoren liefern meist Gleichstrom.«

»Tja, ich weiß eigentlich nicht, was der Unterschied ist, aber das hier soll sicherer sein.«

»Stimmt. Hier würde Sie ein elektrischer Schlag nur durchs Zimmer werfen, aber Gleichstrom würde Sie umbringen.« Sie gingen zurück zum Haus.

»Na, Sie werden sich häuslich einrichten wollen, und ich muß mich um die Schafe kümmern«, sagte Tom. »Auf Wiedersehen also! Oh! Fast hätte ich's vergessen: Bei einem Notfall können Sie mit dem Festland über Funk Verbindung aufnehmen.«

David war überrascht. »Sie haben einen Sender?«

»Ja«, antwortete Tom stolz. »Ich bin Feindbeobachter für das Königliche Flugmeldekorps.«

»Haben Sie schon mal einen entdeckt?« fragte David.

Lucys Augen blitzten bei dem Sarkasmus, der in Davids Stimme lag, mißbilligend auf, aber Tom schien nichts bemerkt zu haben. »Noch nicht«, entgegnete er.

»Na, dann auf jeden Fall viel Glück.«

Nachdem Tom fortgegangen war, meinte Lucy: »Er will eben auch etwas tun.«

»Es gibt viele in England, die auch etwas tun wollen«, gab David bitter zurück.

Und das, dachte Lucy, ist das Problem. Sie ließ das Thema fallen und schob den Rollstuhl, in dem ihr verkrüppelter Mann saß, in ihr neues Heim.

Als man Lucy gebeten hatte, die Krankenhauspsychologin aufzusuchen, hatte sie sofort angenommen, daß David einen Hirnschaden davongetragen habe. Sie hatte sich geirrt.

»Das einzige, was mit seinem Kopf nicht stimmt, ist eine schlimme

Prellung an der linken Schläfe«, hatte die Psychologin gesagt. »Der Verlust beider Beine verursacht jedoch ein Trauma, und man kann noch nicht absehen, wie das seinen Geisteszustand beeinflussen wird. Hat er sich sehr gewünscht, Pilot zu werden?«

Lucy überlegte. »Er hatte Angst, aber ich glaube, daß er es sich trotzdem sehr gewünscht hat.«

»Er wird jeden Trost und jede Hilfe brauchen, die Sie ihm geben können. Und Geduld natürlich. Wir können Ihnen jetzt schon sicher sagen, daß er für eine Weile reizbar und schlecht gelaunt sein wird. Er braucht Liebe und Ruhe.«

Während der ersten Monate auf der Insel schien er jedoch weder das eine noch das andere zu wollen. Er schlief nicht mit ihr, vielleicht weil er wartete, bis seine Verletzungen voll ausgeheilt waren, doch er ruhte sich auch nicht aus. Er widmete sich mit Feuereifer der Schafzucht und raste mit seinem Spezial-Geländewagen, den Rollstuhl hinter den Sitz geklemmt, über die Insel. Als Betsy, Toms Hund, blind zu werden begann, half er Tom, einen neuen Hund abzurichten, er brannte das Heidekraut ab, baute Zäune entlang den tückischen Klippen und schoß auf die Adler. Und im Frühling war er jede Nacht bei den Schafen zum Ablammen. Und als nichts zu tun blieb, fällte er eines Tages eine große alte Kiefer in der Nähe von Toms Haus und verbrachte zwei Wochen damit, sie zu entrinden und in handliche Scheite zu hacken, die er als Feuerholz zum Haus transportierte. Nichts ging ihm über wirklich schwere körperliche Arbeit. Er lernte, sich fest an den Rollstuhl zu schnallen, damit er Halt hatte, wenn er eine Axt oder einen Vorschlaghammer schwang. Wenn Tom keine Arbeit für ihn hatte, übte er stundenlang mit zwei Keulen, die er sich geschnitzt hatte. Seine Arm- und Rückenmuskeln nahmen groteske Formen an wie die von Männern, die Preise beim Gewichtheben gewinnen.

Er weigerte sich rundheraus, Geschirr abzuwaschen, Essen zu kochen oder das Haus zu putzen.

Lucy war nicht unglücklich. Sie hatte befürchtet, daß er den ganzen Tag am Kamin sitzen und über sein Schicksal nachgrübeln würde. Es beunruhigte sie ein wenig, daß er wie ein Besessener arbeitete, aber immerhin ließ er sich nicht gehen.

An Weihnachten erzählte sie ihm von dem Baby. Am Morgen hatte sie ihm eine Motorsäge geschenkt und von ihm einen Ballen Seide bekommen. Tom kam zum Dinner; sie aßen eine Wildgans, die er geschossen hatte.

Danach fuhr David den Schafhirten nach Hause. Als er zurückkam, öffnete Lucy eine Flasche Brandy.

Dann sagte sie: »Ich habe noch ein Geschenk für dich, aber du kannst es erst im Mai aufmachen.«

Er lachte. »Wovon in aller Welt redest du? Wieviel Brandy hast du getrunken, während ich weg war?«

»Ich bekomme ein Kind.«

Er starrte sie an. In seiner Miene war nichts von dem Lachen geblieben. »Mein Gott, das hat uns gerade noch gefehlt.«

»David!«

»Ja, verdammt... Wann ist das passiert?«

»Das ist nicht schwer auszurechnen, oder?« sagte sie bitter.

»Es muß eine Woche vor der Hochzeit gewesen sein. Ein Wunder, daß es den Unfall überstanden hat.«

»Warst du bei einem Arzt?«

»Ha – wann denn?«

»Du bist also nicht sicher?«

»Oh, David, sei doch nicht so begriffsstutzig. Ich bin sicher, weil meine Periode aufgehört hat, meine Brustwarzen weh tun, ich mich morgens übergebe und meine Taille zehn Zentimeter dicker geworden ist. Wenn du mich je anschautest, wärest du auch sicher.«

»Schon gut.«

»Was ist los mit dir? Eigentlich solltest du begeistert sein.«

»Oh, natürlich. Vielleicht haben wir einen Sohn, dann kann ich mit ihm spazierengehen und Fußball mit ihm spielen. Er wird aufwachsen und sich wünschen, wie sein Vater, der Kriegsheld, zu sein – ein beschissener beinloser Krüppel!«

»Oh, David, David«, flüsterte Lucy. Sie kniete sich vor seinen Rollstuhl. »David, so etwas darfst du nicht denken. Er wird dich achten. Er wird zu dir aufblicken, weil du wieder mit deinem Leben fertig wirst, weil du in deinem Rollstuhl die Arbeit von zwei Männern leistest und weil du deine Behinderung mit Mut und Gelassenheit trägst.«

»Sei nicht so verdammt herablassend«, schnappte er. »Du redest wie ein salbungsvoller Priester.«

Sie stand auf. »Tu nicht so, als wenn's meine Schuld wäre. Auch Männer können sich vorsehen.«

»Gegen unsichtbare Lastwagen in der Verdunklung hilft keine Vorsicht!«

Es war eine alberne, unsinnige Entschuldigung. Sie wußten es beide, deshalb antwortete Lucy nicht. Weihnachten erschien ihr plötzlich vollkommen nichtssagend; die bunten Papierschnitzel an der Wand, der Baum in der Ecke, die Reste des Gänsebratens, die in der Küche darauf warteten, weggeworfen zu werden – nichts davon hatte das geringste mit ihrem Leben zu tun. Sie begann sich zu fragen, warum sie auf dieser öden Insel war, mit einem Mann, der sie nicht zu lieben schien, mit einem Baby, das er nicht wollte. Es wurde ihr klar, daß sie nirgendwohin gehen, nichts anderes mit ihrem Leben anfangen und niemand anders sein konnte als Mrs. David Rose.

Schließlich sagte David: »Ich gehe jetzt schlafen.«

Er rollte hinaus auf den Flur, stemmte sich aus dem Stuhl und hievte sich rückwärts die Treppe empor. Sie hörte, wie er oben über den Boden rutschte, wie das Bett knarrte, als er sich hinaufschwang, wie er seine Kleidung in die Zimmerecke schleuderte, als er sich auszog, und das letzte Ächzen der Bettfedern, als er sich hinlegte und die Decke über seinen Pyjama zog.

Trotzdem weinte sie nicht.

Sie blickte auf die Brandyflasche und dachte: »Wenn ich sie austrinke und danach ein Bad nehme, bin ich vielleicht morgen früh schon nicht mehr schwanger.«

Sie dachte eine Weile darüber nach, bis sie zu dem Schluß kam, daß ein Leben ohne David, ohne die Insel und ohne das Kind noch schlimmer sein würde, weil es keinen Inhalt hätte.

Deswegen weinte sie auch nicht, und sie trank auch den Brandy nicht, und sie verließ auch die Insel nicht; sie ging nach oben, legte sich ins Bett und lag wach neben ihrem schlafenden Mann, hörte dem Wind zu und versuchte, nicht nachzudenken, bis die Möwen zu schreien begannen und eine regengraue Dämmerung sich langsam über der Nordsee ausbreitete und das kleine Schlafzimmer mit kaltem, freudlosem Silberlicht erhellte. Dann endlich schlief sie ein.

Als der Frühling anbrach, kam eine Art Frieden über sie, als seien alle Drohungen aufgeschoben, solange das Baby noch nicht geboren war. Als der Februarschnee getaut war, pflanzte sie Blumen und Gemüse auf dem Fleckchen Erde zwischen der Küchentür und der Scheune. Eigentlich glaubte sie nicht, daß sie wachsen würden.

Sie putzte das Haus gründlich und sagte David, daß er es selbst tun müsse, wenn er es vor August noch einmal für nötig halten sollte. Sie schrieb an ihre Mutter, strickte viel und bestellte Windeln per Post. Ihre Mutter schlug vor, sie solle nach Hause fahren, um dort das Baby zu bekommen, doch sie wußte, daß sie dann nie zurückkehren würde. Sie machte lange Spaziergänge durch die Moore, bis es ihr am Ende zu beschwerlich wurde. Die Flasche Brandy bewahrte sie in einem Schrank auf, an den David nie ging, und immer wenn sie sich niedergeschlagen fühlte, sah sie die Flasche an und dachte daran, was sie beinahe verloren hätte.

Drei Wochen vor dem ausgerechneten Geburtstermin nahm sie das Boot nach Aberdeen. David und Tom winkten ihr von der Anlegestelle nach. Die See war so rauh, daß Lucy und der Kapitän entsetzliche Angst hatten, sie könne niederkommen, bevor sie das Festland erreichten. In Aberdeen ging sie ins Krankenhaus. Vier Wochen später brachte sie das Baby auf demselben Boot mit nach Hause.

David erfuhr gar nichts. Wahrscheinlich dachte er, daß Frauen so leicht gebären wie Mutterschafe. Er ahnte nichts vom Schmerz der Wehen und der schrecklichen, unmöglichen Dehnung, von der Qual danach und den herrischen, neunmalklugen Schwestern, die nicht wollten, daß man sein Baby anfaßte, weil man nicht so flott, tüchtig, ausgebildet und steril war wie sie. Er sah nur, daß sie schwanger abreiste und mit einem schönen, weiß eingewickelten, gesunden Jungen zurückkehrte, und er sagte: »Wir werden ihn Jonathan nennen.«

Sie setzten noch »Alfred« nach Davids und »Malcolm« nach Lucys Vater hinzu und »Thomas» nach dem alten Tom, doch sie nannten den Jungen »Jo«, als sei er zu winzig für »Jonathan«, ganz zu schweigen von »Jonathan Alfred Malcolm Thomas Rose«. David lernte, ihm die Flasche zu geben, ihn aufstoßen zu lassen und seine Windeln zu wechseln; gelegentlich schaukelte er ihn sogar auf dem Schoß, aber bei alledem blieb er innerlich unbeteiligt und gleichgültig. Seine Einstellung zu dem Kind war eine rein funktionale, wie bei den Schwestern im Krankenhaus, nicht wie bei Lucy. Tom stand dem Kind innerlich näher als David. Lucy hatte es Tom verboten, in Gegenwart des Säuglings zu rauchen. Der alte Knabe steckte also seine große Bruyèrpfeife in seine Hosentasche, benutzte sie stundenlang nicht, gluckste vor dem kleinen Jo, sah ihm zu, wie er mit den Füßchen strampelte, oder half Lucy, den Kleinen zu baden. Als Lucy ihn einmal freundlich darauf hinwies, daß er doch seine Schafe vernachlässige, sagte Tom, daß die Tiere beim Fressen keinen Aufpasser brauchten. Er wolle lieber zusehen, wie Jo das Fläschchen bekomme,. Er schnitzte eine Rassel aus Treibholz und füllte sie mit kleinen, runden Kieselsteinen, und er war überglücklich, als Jo danach griff und sie schüttelte, ohne daß man ihm das vorgemacht hätte.

David und Lucy schliefen immer noch nicht miteinander. Zuerst waren da seine Verletzungen gewesen, danach ihre Schwangerschaft, und dann hatte sie sich von der Geburt erholen müssen. Aber inzwischen gab es keine Gründe mehr dagegen.

Eines Nachts sagte sie: »Mein Zustand ist wieder normal.«

»Wie meinst du das?«

»Nach dem Baby. Mein Körper ist normal. Ich bin gesund.«

»Ach so! Das ist schön.« Und er rollte sich auf die andere Seite.

Sie sorgte dafür, daß sie immer gleichzeitig zu Bett gingen, damit er sie beim Ausziehen beobachten konnte, aber er wandte ihr immer den Rücken zu.

Während sie kurz vor dem Einnicken dalagen, bewegte sie sich oft so, daß ihre Hand oder ihr Schenkel oder ihre Brust ihn berührte – eine flüchtige, aber unmißverständliche Einladung. Er reagierte nicht.

Lucy war davon überzeugt, daß bei ihr alles stimmte. Sie war keine Nymphomanin; denn sie wollte nicht einfach Sex, sondern Sex mit David. Selbst wenn es einen anderen Mann unter siebzig auf der Insel gegeben hätte, wäre sie bestimmt nicht in Versuchung geraten. Sie war keine Dirne, die nach Sex gierte, sondern eine Ehefrau, die nach Liebe hungerte.

Der entscheidende Moment kam eines Nachts, als sie beide Seite an Seite hellwach auf dem Rücken lagen und auf den Wind und Jos leise Atemgeräusche aus dem Nebenzimmer lauschten. Es schien Lucy an der Zeit, daß er es tat oder geradeheraus sagte, warum nicht. Er würde sich um eine Entscheidung herumdrücken, wenn sie diese nicht erzwang. Vielleicht war es besser, sie sofort zu erzwingen, als noch länger so vor sich hin zu leben.

Sie fuhr also mit dem Arm über seine Schenkel, öffnete den Mund, um zu sprechen – und schrie vor Überraschung fast auf, als sie merkte, daß er eine Erektion hatte. Er war also dazu fähig! Und er wollte es auch, oder warum sonst... Ihre Hand schloß sich triumphierend um den Beweis seines Verlangens, sie rückte näher an ihn heran und seufzte: »David –«

»Um Gottes willen!« Er packte ihr Handgelenk, stieß ihre Hand von sich und drehte sich auf seine Seite.

Aber diesmal wollte sie seine Zurückweisung nicht mit demütigem Schweigen hinnehmen. »David, warum nicht?«

»Oh, verflucht!« Er schlug die Zudecke zurück, schwang sich auf den Fußboden, ergriff die Daunendecke mit einer Hand und schleppte sich zur Tür.

Lucy setzte sich im Bett auf und schrie ihn an: »Warum nicht?«

Jo begann zu weinen.

David zog die leeren Hosenbeine seines abgeschnittenen Pyjamas hoch, zeigte auf die faltige weiße Haut seiner Stümpfe und erwiderte: »Deshalb nicht! Deshalb nicht!« Er rutschte die Treppe hinunter, um auf dem Sofa zu schlafen. Lucy ging ins Nebenzimmer, um Jo zu beruhigen.

Sie brauchte lange, um ihn wieder in den Schlaf zu wiegen, wahrscheinlich weil sie selbst so sehr Trost benötigte. Das Baby schmeckte die Tränen auf ihren Wangen, und sie fragte sich, ob es schon ihre Bedeutung ahnte: Gehörten Tränen denn nicht zu den ersten Dingen, die ein Baby verstehen lernt? Sie brachte es nicht über sich, ihm etwas vorzusingen oder ihm zuzuflüstern, daß alles in Ordnung sei. Sie drückte Jo fest an sich und wiegte ihn hin und her, und als er sie mit seiner Wärme und seiner Nähe beruhigt hatte, schlief er ein.

Sie legte ihn zurück in sein Kinderbett, blieb stehen und betrachtete ihn eine Weile. Es hatte keinen Sinn, sich wieder hinzulegen. Sie konnte Davids tiefes Schnarchen aus dem Wohnzimmer hören – er mußte starke Tabletten nehmen, damit die ständigen Schmerzen ihn nicht wach hielten. Lucy mußte fort, und sei es nur für ein paar Stunden, an einen Ort, wo sie ihn weder sehen noch hören und wo er sie nicht finden konnte, wenn er wollte. Sie zog eine Hose und einen Pullover, einen schweren Mantel und Stiefel an, schlich nach unten und hinaus in die Nacht.

Draußen zogen Nebel über das Land, feucht und bitterkalt, wie es typisch für die Insel war, Lucy schlug den Kragen ihres Mantels hoch, überlegte, ob sie wieder zurückgehen und einen Schal holen sollte, entschied sich aber dagegen. Sie patschte den schlammigen Pfad entlang und war froh darüber, daß der Nebel ihr beißend an die Kehle sprang. Das kleine Unbehagen, das vom Wetter verursacht wurde, lenkte sie von dem größeren Schmerz in ihrem Innern ab.

Sie erreichte die Spitze der Klippen und ging vorsichtig die steile, schmale Rampe hinab, indem sie die Füße fest auf die glitschigen Bretter stellte. Unten sprang sie auf den Sand und stapfte zum Rand des Meeres.

Der Wind und das Wasser fochten ihren ewigen Streit miteinander aus. Der Wind fuhr von oben auf die Wellen herab, um sie zu foppen, und die

See brandete zischend und spritzend ans Ufer. Beide waren dazu verdammt, auf immer miteinander zu hadern.

Lucy ließ sich von dem Lärm und dem Wetter betäuben. Sie schritt den steinigen Strand entlang, bis er jäh dort endete, wo das Wasser auf die Klippen traf. Hier machte sie kehrt. Die ganze Nacht hindurch ging sie am Strand auf und ab. Kurz vor der Morgendämmerung überkam es sie wie eine plötzliche Eingebung: Es ist seine Art, Stärke zu beweisen.

Für sich allein genommen, war der Gedanke nicht sonderlich hilfreich, hielt er doch seine wahre Bedeutung wie in einer geschlossenen Faust verborgen. Also dachte sie eine Weile angestrengt nach, und, siehe da, die Faust öffnete sich, und es zeigte sich etwas, das wie eine kleine Perle der Weisheit war, die in einer Handfläche ruht. Vielleicht hatte alles miteinander zu tun: Davids Kälte ihr gegenüber, wie er sich auszog, wie er Bäume fällte, mit dem Geländewagen fuhr, mit den Keulen trainierte und daß er hierher gekommen war, auf eine kalte, grausame Insel in der Nordsee.

Was hatte er gesagt? »... sein Vater, der Kriegsheld, ein beinloser Krüppel...« Er mußte etwas beweisen, etwas, das, in Worte gefaßt, abgedroschen klang – etwas, das er als Kampfflieger hätte tun können, aber nun mit Bäumen, Zäunen, Keulen und einem Rollstuhl tun mußte. Man hatte ihm die Prüfung verweigert, und er wollte sagen können: »Ich hätte sie sowieso bestanden, seht doch, wie ich leiden kann.«

Es war von grausamer, hoffnungsloser, zum Himmel schreiender Ungerechtigkeit: Er hatte Mut gehabt, er hatte sich Verletzungen zugezogen, aber er konnte nicht stolz darauf sein. Wenn eine Messerschmidt ihn die Beine gekostet hätte, wäre der Rollstuhl wie ein Orden gewesen, wie eine Tapferkeitsmedaille. Doch jetzt würde er sein ganzes Leben lang sagen müssen: »Es war während des Krieges – nein, nicht im Kampf. Es war ein Autounfall. Ich hatte meine Ausbildung beendet und sollte am nächsten Tag kämpfen. Meine Mühle war eine Schönheit, ich hatte sie gesehen. Ich weiß, daß ich tapfer gewesen wäre...«

Ja, so will er beweisen, wie stark er ist. Vielleicht konnte auch sie stark sein. Sie würde Möglichkeiten finden, das ramponierte Schiff ihres Lebens so weit zu reparieren, daß es wieder segeln würde. David war einmal gut und großzügig und liebevoll gewesen, und sie mußte nun lernen, geduldig zu warten, während er darum kämpfte, wieder ganz der Mann zu werden, der er früher gewesen war. Sie konnte neue Hoffnungen finden, neue Dinge, für die es sich zu leben lohnte. Andere Frauen hatten die Kraft aufgebracht, damit fertig zu werden, daß ihre Männer gefallen oder in Gefangenschaft geraten oder daß sie ausgebombt worden waren.

Lucy hob einen Kieselstein auf, holte aus und schleuderte ihn mit aller Kraft hinaus aufs Meer. Sie sah oder hörte nicht, wie er aufschlug; er könnte seine Bahn ewig fortgesetzt haben und die Erde umkreisen wie ein Satellit in einer Weltraumgeschichte.

Sie rief: »Ich kann auch stark sein!« Dann drehte sie sich um und ging langsam die Rampe hinauf zum Haus zurück. Es war fast Zeit, Jo zum erstenmal zu füttern.

6

Es sah wie eine Villa aus. Im gewissen Sinne war es auch eine: ein großes Haus mit eigenem Park in dem Städtchen Wohldorf, einem Vorort im Grünen nördlich von Hamburg. Es hätte der Besitz eines Reeders, eines erfolgreichen Importeurs oder eines Industriellen sein können. In Wirklichkeit gehörte es der Abwehr.

Sein Schicksal verdankte es dem Wetter – nicht dem hiesigen, sondern dem dreihundert Kilometer südöstlich in Berlin, wo die atmosphärischen Bedingungen für den Funkverkehr mit England nicht geeignet waren.

Nur bis zum Erdgeschoß war es eine Villa. Darunter befanden sich zwei riesige Betonbunker und Funkgeräte im Wert von mehreren Millionen Reichsmark. Die elektronischen Anlagen waren von einem gewissen Major Werner Trautmann aufgebaut worden. Er hatte gute Arbeit geleistet. Jeder Bunker hatte zwanzig kleine, schalldichte Abhörkabinen, in denen Funker saßen, die einen Spion an der Art erkennen konnten, wie er seine Botschaft morste – so leicht, wie man die Handschrift der eigenen Mutter auf einem Briefumschlag erkennt.

Beim Bau der Empfangsgeräte hatte man auf Qualität geachtet; denn die Geräte, mit denen die Nachrichten gesendet wurden, waren eher mit Blick auf Raumersparnis als auf Leistungsfähigkeit entworfen worden. Es waren überwiegend die kleinen, Klamotten genannten Koffergeräte, die Telefunken für Admiral Wilhelm Canaris, den Chef der Abwehr, entwickelt hatte.

An diesem Abend waren die Frequenzen vergleichsweise ruhig, so daß jeder Bescheid wußte, als die Nadel sich meldete. Der Funkspruch wurde von einem der älteren Funker entgegengenommen. Er morste eine Bestätigung, entschlüsselte die Nachricht in aller Eile, riß das Blatt von seinem Notizblock ab und ging zum Telephon.

Nachdem er dem Hauptquartier in der Sophienterrasse in Hamburg über die direkte Leitung Meldung gemacht hatte, kam er zu seiner Kabine zurück, um eine Zigarette zu rauchen. Er bot dem Jungen in der benachbarten Kabine ebenfalls eine an. Die beiden standen ein paar Minuten lang zusammen, lehnten sich gegen die Wand und rauchten.

Der Junge fragte: »Was Wichtiges?«

Der Ältere zuckte die Achseln. »Es ist nie unwichtig, wenn er sich meldet. Aber diesmal ist's nicht viel. Die Luftwaffe hat St. Paul's wieder nicht getroffen.«

»Keine Antwort für ihn?«

»Wir glauben nicht, daß er auf Antworten wartet. Er macht, was er für richtig hält. Er war schon immer so. Ich habe ihm das Funken beigebracht. Als ich damit fertig war, dachte er schon, alles besser zu wissen als ich.«

Der Junge war von Ehrfurcht überwältigt. »Du hast die Nadel getroffen?«

»Oh, ja«, sagte der Ältere und schnippte die Asche weg.

»Was ist das für einer?«

»Als Saufkumpan taugt er nicht viel. Ich glaube, er mag Frauen, heimlich jedenfalls, aber mit den Kumpels ein paar Runden zu kippen – da spielt sich nichts ab. Trotzdem ist er der beste Agent, den wir haben.«

»Wirklich?«

»Mit Sicherheit. Manche sagen, der beste Spion, den wir je hatten. Es wird erzählt, er habe fünf Jahre in der Sowjetunion gelebt und sich im NKWD hochgedient. Zum Schluß soll er einer der engsten Vertrauten Stalins gewesen sein ... Ich weiß nicht, ob es stimmt, aber er wäre dazu fähig. Ein echter Profi. Der Führer weiß das auch.«

»Hitler kennt ihn?«

Der Ältere nickte. »Früher wollte er immer alle Botschaften der Nadel sehen. Ich weiß nicht, ob das heute auch noch so ist. Aber der Nadel wäre das auch egal. Den Mann kann nichts beeindrucken. Weißt du was? Er sieht jeden so an, als ob er sich überlegt, wie er ihn umbringen kann, wenn der andere eine falsche Bewegung macht.«

»Ich bin froh, daß ich ihn nicht ausbilden mußte.«

»Er lernte schnell, das muß ich zugeben.«

»Ein guter Schüler?«

»Einer der besten. Er hat jeden Tag von morgens bis abends geübt, bis er alles beherrschte. Danach sagte er nicht mal mehr guten Morgen zu mir. Es fällt ihm sogar schwer, Canaris zu grüßen. Seine Funksprüche beendet er immer mit ›Grüße an Willi‹. Soviel macht er sich aus Dienstgraden.«

Sie rauchten ihre Zigaretten zu Ende und traten sie auf dem Boden aus. Dann hob der Ältere die Kippen auf und steckte sie in die Tasche, da es eigentlich nicht erlaubt war, im Bunker zu rauchen. Die Empfangsgeräte waren immer noch ruhig.

»Ja, er weigert sich, seinen Codenamen zu benutzen«, fuhr der Ältere fort. »Von Braun hat ihm den verpaßt, und er hielt nie viel davon. Er mag auch von Braun nicht. Erinnerst du dich – nein, das war, bevor du hier anfingst –, wie Braun der Nadel befahl, zu dem Flugplatz in Farnborough in Kent zu fahren? Die Antwort kam in null Komma nichts: ›Es gibt keinen Flugplatz in Farnborough in Kent. Aber in Farnborough in Hampshire ist einer. Zum Glück versteht die Luftwaffe mehr von Geographie als du, du Arschloch.‹ Einfach so.«

»Das ist vielleicht verständlich. Wenn wir Fehler machen, setzen wir ihr Leben aufs Spiel.«

Der Ältere runzelte die Stirn. Er sah es als sein Vorrecht an, solche Urteile zu fällen, und mochte es gar nicht, wenn seine Zuhörerschaft eigene Meinungen äußerte. »Vielleicht«, sagte er unwirsch.

Der Junge spielte wieder den erstaunten Fragesteller. »Und wieso mag er seinen Codenamen nicht?«

»Er sagt, daß er eine Bedeutung hat und daß ein Codewort mit einer Bedeutung jemanden verraten kann. Von Braun hörte nicht darauf.«

»Eine Bedeutung? Die Nadel? Was soll das heißen?«

Aber in diesem Moment piepste das Gerät des Älteren, und er eilte an seinen Platz zurück und blieb die Erklärung schuldig.

Zweiter Teil

7

Der Funkspruch verärgerte Faber, weil er ihn dazu zwang, sich mit Problemen zu befassen, denen er bisher ausgewichen war.

Hamburg hatte alles darangesetzt, daß die Botschaft ihn sicher erreichte. Er hatte sein Rufzeichen gesendet, und statt mit dem üblichen »Verstanden – Fortfahren« hatten sie mit »Gehen Sie zu Rendezvous Eins« geantwortet.

Er bestätigte den Befehl, übermittelte seinen Bericht und packte das Funkgerät wieder in den Koffer ein. Dann schob er sein Fahrrad aus dem Moor von Erith hinaus – er war als Vogelbeobachter getarnt – und erreichte die Straße nach Blackheath. Während er zu seiner engen Zweizimmerwohnung zurückfuhr, fragte er sich, ob er dem Befehl gehorchen solle.

Zwei Gründe sprachen dagegen: ein professioneller und ein persönlicher.

Der professionelle Grund bestand darin, daß »Rendezvous Eins« ein alter Code war, den Canaris schon 1937 eingeführt hatte. Er besagte, daß er an der Tür eines bestimmten Geschäfts zwischen Leicester Square und Piccadilly Circus einen anderen Agenten treffen solle. Beide würden einander daran erkennen, daß sie eine Bibel in der Hand hielten. Es würde dann zu einem im voraus festgelegten Wortwechsel kommen:

»Welches Kapitel nehmen wir heute?«

»Das erste Buch der Könige, Kapitel 13.«

Wenn sie sicher waren, daß man sie nicht verfolgte, würden sie dann darin übereinstimmen, daß das Kapitel *»most inspiring«* – höchst erbaulich – sei. Andernfalls würde einer sagen: »Tut mir leid, ich habe es noch nicht gelesen.«

Der Ladeneingang war vielleicht nicht mehr da, aber das beunruhigte Faber nicht. Er befürchtete, daß Canaris den Code wahrscheinlich an die meisten der tollpatschigen Amateure gegeben hatte, die den Kanal im Jahre 1940 überquert hatten und in den Armen des MI5 gelandet waren. Faber wußte, daß man sie erwischt hatte, da ihre Hinrichtung durch den Strang bekanntgegeben worden war – zweifellos, um die Öffentlichkeit zu überzeugen, daß etwas gegen die sogenannte Fünfte Kolonne unternommen wurde. Wahrscheinlich hatten sie alle vor dem Tod ihre Geheimnisse verraten, so daß die Briten den alten Rendezvouscode jetzt vermutlich kannten. Wenn sie den Funkspruch aus Hamburg abgefangen hatten, mußte der Geschäftseingang von höflichen jungen Engländern wimmeln, die Bibeln bei sich trugen und übten, »*most inspiring*« mit deutschem Akzent auszusprechen.

Damals, in jenen berauschenden Tagen, als die Landung in England so nahe schien, hatte die Abwehr jeglichen Professionalismus in den Wind geschlagen. Seitdem traute Faber Hamburg nicht mehr. Er teilte ihnen nicht mit, wo er wohnte; er weigerte sich, mit anderen Agenten in Großbritannien Verbindung aufzunehmen; er änderte seine Sendefrequenz, ohne sich darum zu kümmern, ob er dabei die Kreise eines anderen störte.

Wenn er seinen Vorgesetzten immer gehorcht hätte, wäre er nicht so lange am Leben geblieben.

In Woolidge stießen viele Radfahrer zu Faber. Es waren Arbeiter, die am Ende der Tagschicht aus der Munitionsfabrik strömten. Ihre fröhliche Erschöpfung erinnerte Faber an seinen persönlichen Grund, weswegen er überlegte, den Befehl zu verweigern: Er glaubte, daß Deutschland dabei war, den Krieg zu verlieren. Jedenfalls konnten die Deutschen keine Siege vermelden. Die Russen und Amerikaner waren in den Krieg eingetreten, der Afrikafeldzug war gescheitert, die Italiener hatten kapituliert. Die Alliierten würden gewiß in diesem Jahr – 1944 – in Frankreich landen. Faber wollte sein Leben nicht sinnlos aufs Spiel setzen.

Er kam nach Hause und stellte das Fahrrad ein. Während er sich das Gesicht wusch, wurde ihm klar, daß er aller Logik zum Trotz zu dem Treffen gehen wollte.

Das war verrückt! Er begab sich für eine verlorene Sache in Gefahr, aber es juckte ihn einfach. Der Grund war, daß er sich unerträglich langweilte. Die Routinemeldungen, das Beobachten von Vögeln, das Fahrrad, das Essen in Pensionen – es war vier Jahre her, seit er etwas erlebt hatte, was entfernt an Aktion erinnerte. Er schien nicht im geringsten gefährdet zu sein, und das machte ihn nervös, weil er sich unsichtbare Bedrohungen einbildete. Am wohlsten fühlte er sich, wenn er eine wirkliche Bedrohung verspürte und konkrete Maßnahmen dagegen ergreifen konnte.

Ja, er würde zu dem Treffen gehen. Aber nicht so, wie sich die Abwehr das vorstellte.

Trotz des Krieges sah man noch viele Menschen auf den Straßen des Londoner West End. Faber fragte sich, ob es in Berlin genauso sei. Er kaufte eine Bibel in der Buchhandlung Hatchard's in Piccadilly und steckte sie in die Innentasche seines Mantels, so daß sie nicht zu sehen war. Es war ein milder, feuchter Tag, an dem es von Zeit zu Zeit nieselte. Faber trug einen Regenschirm.

Das Treffen war für die Zeit zwischen 9 und 10 Uhr oder zwischen 17 und 18 Uhr vorgesehen. Der eine sollte jeden Tag dorthin gehen, bis der andere auftauchte. Wenn es an fünf aufeinanderfolgenden Tagen zu keinem Kontakt gekommen war, sollten beide es zwei Wochen lang an jedem zweiten Tag erneut versuchen. Danach sollte man aufgeben.

Faber war um zehn nach neun am Leicester Square. Der Kontaktmann stand im Eingang des Tabakwarengeschäfts. Er hatte eine schwarz eingebundene Bibel unter dem Arm und tat so, als stelle er sich dort unter. Faber beobachtete ihn aus den Augenwinkeln heraus und lief mit gesenktem Kopf an ihm vorbei. Der Mann war recht jung, hatte einen blonden Schnurrbart und wirkte wohlgenährt. Er trug einen schwarzen, zweireihigen Regenmantel, las den Daily Express und hatte Kaugummi im Mund.

Faber kannte ihn nicht.

Als Faber zum zweitenmal auf der gegenüber liegenden Straßenseite vorbeiging, entdeckte er den Verfolger. Ein kleiner, stämmiger Mann, der einen Trenchcoat und einen Schlapphut trug, die bei englischen Polizisten in Zivil so beliebt waren, stand im Foyer eines Bürogebäudes und spähte durch die Glastüren auf die gegenüberliegende Straßenseite.

Es gab zwei Möglichkeiten. Wenn der Agent nicht wußte, daß man ihm auf die Schliche gekommen war, brauchte Faber ihn nur vom Treffpunkt fortzulotsen und den Verfolger abzuschütteln. Die andere Möglichkeit war jedoch, daß man den Agenten aus dem Verkehr gezogen hatte und der Mann im Eingang zur Gegenseite gehörte. Dann durften weder er noch der Verfolger Fabers Gesicht sehen.

Faber ging vom schlimmsten Fall aus und überlegte, was zu tun sei.

Auf dem Platz stand eine Telefonzelle. Faber ging hinein und merkte sich die Nummer. Dann suchte er das erste Buch der Könige, Kapitel 13, in der

Bibel, riß die Seite heraus und kritzelte auf den Rand: »Kommen Sie zu der Telefonzelle auf dem Platz.«

Er spazierte in den Nebenstraßen hinter der Nationalgalerie umher, bis er einen kleinen Jungen von etwa zehn oder elf Jahren fand, der auf einer Stufe saß und Steine in eine Pfütze warf.

Faber fragte ihn: »Kennst du das Tabakgeschäft auf dem Platz dort?«

»Jaa«, antwortete der Junge.

»Magst du Kaugummi?«

»Jaa.«

Faber gab ihm die Seite, die er aus der Bibel gerissen hatte. »Im Eingang des Tabakladens steht ein Mann. Wenn du ihm das gibst, kriegst du von ihm Kaugummi.«

»Geht klar«, sagte der Junge. Er stand auf. »Is' das 'n Yankee?«

»Jaa«, sagte Faber.

Der Junge rannte davon. Faber folgte ihm. Als der Junge sich dem Agenten näherte, duckte Faber sich in den Eingang des gegenüberliegenden Gebäudes. Der Verfolger war immer noch da und spähte durch das Glas. Faber stand genau vor der Tür und nahm ihm damit die Sicht über die Straße hinweg. Er öffnete seinen Regenschirm und tat so, als habe er damit Probleme. Er sah, wie der Agent dem Jungen etwas gab und davonging.

Faber beendete die Posse mit dem Regenschirm und schlug die entgegengesetzte Richtung ein. Er blickte über die Schulter zurück und sah, wie der Verfolger auf die Straße lief und nach dem verschwundenen Agenten Ausschau hielt.

Faber betrat die nächstgelegene Telefonzelle und wählte die Nummer der Zelle auf dem Platz. Er brauchte ein paar Minuten, um durchzukommen. Endlich war eine tiefe Stimme zu hören: »Hallo?«

Faber sagte: »Welches Kapitel nehmen wir heute?«

»Das erste Buch der Könige, Kapitel 13.«

»Höchst erbaulich.«

»Ja, nicht wahr?«

Der Trottel hat keine Ahnung von der Gefahr, in der er schwebt, dachte Faber. Laut sagte er: »Nun?«

»Ich muß Sie sehen.«

»Das ist unmöglich.«

»Aber es muß sein!« In der Stimme schwang etwas mit, das an Verzweiflung grenzte; jedenfalls kam es Faber so vor. »Die Botschaft kommt von ganz oben – verstehen Sie?«

Faber tat, als zögere er. »Also gut. Ich treffe Sie heute in einer Woche um 9 Uhr am Haupteingang von Euston Station.«

»Geht's nicht eher?«

Faber hängte auf und trat hinaus. Er verschwand rasch um zwei Ecken und hatte die Telefonzelle auf dem Platz wieder im Blick. Der Agent ging in Richtung Piccadilly. Von dem Verfolger war nichts zu sehen. Faber folgte dem Agenten.

Der Mann betrat die U-Bahn-Station am Piccadilly Circus und löste eine Fahrkarte nach Stockwell. Faber fiel sofort ein, wie er einfacher dorthin gelangen konnte. Er verließ die Station, ging schnell zum Leicester Square und nahm einen Zug der Northern Line. Der Agent würde in Waterloo umsteigen müssen, während Fabers Zug durchfuhr. Faber würde also Stockwell zuerst erreichen.

Tatsächlich mußte Faber vor der Station in Stockwell 25 Minuten warten, bis der Agent auftauchte. Faber folgte ihm wieder. Er ging in ein Lokal.

Es gab überhaupt keine Möglichkeit, sich in der Nähe des Lokals aufzuhalten, ohne irgendwie Verdacht zu erregen: keine Ladenfenster, keine Parkbänke, keine Bushaltestelle und keinen Taxistand. Faber mußte also die Straße auf und ab gehen und dabei so tun, als habe er ein Ziel. Wenn er von dem Lokal aus nicht mehr gesehen werden konnte, ging er auf der anderen Straßenseite zurück. Die ganze Zeit über saß der Agent in der warmen, dunstigen Kneipe, trank einen warmen Tee und aß einen heißen Toast.

Nach einer halben Stunde kam er wieder heraus. Faber folgte ihm durch eine Reihe von Wohnstraßen.

Der Agent hatte es nicht eilig. Er ging wie jemand, der nach Hause zurückkehrt und für den Rest des Tages nichts mehr zu tun hat. Da er sich nie dabei umschaute, dachte Faber: Also tatsächlich ein Amateur.

Endlich ging er in ein Haus – eines der schäbigen, anonymen, unauffälligen Pensionen, denen Spione überall den Vorzug geben. Unter dem Dach war ein Fenster. Dort würde das Zimmer des Agenten sein, ganz oben zum besseren Funkempfang.

Faber ging am Haus vorbei und musterte die gegenüber liegende Straßenseite. Ja – dort. Eine Bewegung hinter einem Fenster im Obergeschoß. Er erhaschte einen flüchtigen Blick auf ein Jackett und eine

Krawatte, ein Gesicht, das wieder verschwand. Die Gegenseite war auch hier. Der Agent mußte gestern zum Treffpunkt gefahren sein und nicht bemerkt haben, daß der MI5 ihm nach Hause folgte – das heißt natürlich, wenn er nicht selbst zum MI5 gehörte.

Faber bog um die Ecke, ging die nächste Parallelstraße hinunter und zählte die Häuser. Fast unmittelbar hinter dem Gebäude, das der Agent betreten hatte, lag die Ruine eines zerbombten Doppelhauses. Sehr gut.

Auf dem Weg zurück zur Station war sein Gang beschwingter, sein Herz schlug einen Takt schneller, und sein Blick war hellwach. So gefiel es ihm. Das Spiel hatte begonnen.

In dieser Nacht zog er sich schwarz an: eine Wollmütze, einen Rollkragenpullover unter einer kurzen ledernen Fliegerjacke, eine in die Socken gesteckte Hose, Schuhe mit Gummisohlen – alles in Schwarz. Er würde fast unsichtbar sein, da auch London in der Verdunklung schwarz war.

Faber fuhr auf dem Fahrrad, dessen Beleuchtung gedämpft war, durch ruhige Gassen und vermied die Hauptstraßen. Es war nach Mitternacht, und er sah niemanden. Eine Viertelmeile vor seinem Ziel kettete er sein Rad mit einem Vorhängeschloß an den Zaun im Hof eines Pubs an.

Er ging nicht zum Haus des Agenten, sondern zu der Ruine in der nächsten Straße. Vorsichtig bahnte er sich seinen Weg durch das Geröll im Vorgarten, trat durch den klaffenden Eingang und durchquerte das Haus. Es war sehr dunkel. Ein dichter Vorhang aus niedrigen Wolken verhüllte den Mond und die Sterne. Faber mußte langsam mit vorgestreckten Händen gehen.

Er erreichte das Ende des Hintergartens, sprang über den Zaun und schlich durch die nächsten beiden Gärten. In einem der Häuser bellte einen Moment lang ein Hund.

Der Garten der Pension war ungepflegt. Faber geriet in einen Brombeerstrauch. Die Dornen zerkratzten ihm das Gesicht. Er duckte sich unter einer Wäscheleine hindurch – das Licht reichte gerade, um sie zu erkennen.

Nachdem er das Küchenfenster gefunden hatte, nahm er einen kleinen Meißel mit schaufelförmiger Klinge aus der Tasche. Der Fensterkitt war alt und brüchig und löste sich hier und dort schon. Nach zwanzig Minuten lautloser Arbeit nahm er die Scheibe aus dem Rahmen und legte sie behutsam in das Gras. Er leuchtete mit einer Taschenlampe durch das Loch, um sich zu vergewissern, daß ihm nichts den Weg versperrte, und kletterte hinein.

In dem verdunkelten Haus roch es nach gekochtem Fisch und Desinfektionsmittel. Faber schloß die Hintertür auf – für den Fall einer schnellen Flucht –, bevor er den Hausflur betrat. Er ließ die Taschenlampe aufblitzen, nur einen kurzen Moment, und sah sich rasch um. Er erkannte einen gekachelten Gang, einen Nierentisch, den er umgehen mußte, eine Reihe von Mänteln an Haken und zur Rechten eine mit einem Läufer ausgelegte Treppe.

Leise kletterte er die Treppe hinauf.

Er war mitten auf dem Treppenabsatz, der zum zweiten Stock führte, als er das Licht unter der Tür sah. Eine Sekunde später war das Husten eines Asthmatikers und das Geräusch der Toilettenspülung zu hören. Mit zwei großen Schritten war Faber an der Tür und preßte sich regungslos an die Wand.

Das Licht fiel auf den Treppenabsatz, als die Tür aufging. Faber ließ das Stilett aus dem Ärmel in seine Hand gleiten. Der alte Mann kam aus der Toilette heraus und ging über den Treppenabsatz. Das Licht ließ er brennen. An der Tür zu seinem Schlafzimmer stöhnte er, drehte sich um und kam zurück.

Der muß mich sehen, dachte Faber. Er packte den Griff des Stiletts fester. Aus halbgeschlossenen Augen blickte der alte Mann auf den Fußboden. Er sah erst auf, als er nach der Lichtschnur griff. Der Tod war ihm jetzt sehr nahe – aber der Mann fuchtelte so sehr in der Luft herum, um die Schnur zu finden, daß Faber klar war, daß der Mann mehr oder minder schlafwandelte.

Das Licht ging aus, der alte Mann schlurfte in sein Bett zurück, und Faber atmete wieder durch.

Am Ende der zweiten Treppenflucht war nur eine einzige Tür. Faber probierte sie vorsichtig aus. Sie war verschlossen.

Er nahm ein weiteres Werkzeug aus der Jackentasche. Das Gurgeln der sich auffüllenden Wasserspülung übertönte das Geräusch, das Faber beim Aufbrechen des Schlosses mit seinem Dietrich machte. Er öffnete die Tür und lauschte.

Tiefes, regelmäßiges Atmen war zu hören. Es kam aus der gegenüberliegenden Zimmerecke. Er konnte nichts sehen. Ganz langsam durchquerte er das pechschwarze Zimmer und streckte bei jedem Schritt die Hände nach vorn aus, bis er neben dem Bett stand.

Faber hatte die Taschenlampe in der linken Hand, das Stilett lose im

Ärmel, und seine rechte Hand war frei. Er knipste die Taschenlampe an und packte den Schlafenden mit einem Würgegriff am Hals.

Der Agent riß die Augen auf – sie waren voller Furcht –, konnte aber keinen Laut von sich geben. Faber stieg rittlings auf das Bett und setzte sich auf ihn. Dann flüsterte er: »Das erste Buch der Könige, Kapitel 13«, und lockerte seinen Griff.

»Sie!« sagte der Agent. Er starrte in den Strahl der Taschenlampe und versuchte, Fabers Gesicht auszumachen. Dabei rieb er sich den Hals dort, wo Fabers Hand zugedrückt hatte.

Faber zischte: »Keinen Laut!« Er richtete die Taschenlampe auf die Augen des Agenten und zog das Stilett mit der rechten Hand.

»Wollen Sie mich nicht aufstehen lassen?«

»Im Bett sind Sie mir lieber. Da können Sie nicht noch mehr anrichten.«

»Anrichten? Noch mehr?«

»Sie wurden auf dem Leicester Square beobachtet, ich konnte Ihnen hierher folgen, und dieses Haus wird überwacht. Wie kann ich Ihnen also trauen?«

»Mein Gott, es tut mir leid.«

»Warum hat man Sie geschickt?«

»Die Botschaft mußte persönlich übergeben werden. Der Befehl kommt vom Führer selbst.« Der Agent hielt inne.

»Ja, was für ein Befehl?«

»Ich ... muß sicher sein, daß Sie der Richtige sind.«

»Wie können Sie sicher sein?«

»Ich muß Ihr Gesicht sehen.«

Faber zögerte und richtete dann kurz die Taschenlampe auf sich selbst. »Zufrieden?«

»Die Nadel«, flüsterte der Mann.

»Und wer sind Sie?«

»Major Friedrich Kaldor, zu Befehl.«

»Also hätten Sie mir zu befehlen.«

»Oh, nein. Sie sind während Ihrer Abwesenheit zweimal befördert worden. Jetzt sind Sie Oberstleutnant.«

»Haben die in Hamburg nichts Besseres zu tun?«

»Freuen Sie sich nicht?«

»Ich wäre froh, wenn ich zurückkehren und Major von Braun zum Latrinendienst abordnen könnte.«

»Darf ich aufstehen?«

»Auf keinen Fall. Vielleicht schmachtet der wirkliche Major Kaldor im Wandsworth-Gefängnis, und Sie sind ein Agent des MI5, der nur darauf wartet, seinen Freunden im Haus gegenüber ein Zeichen zu geben.«

»Wie Sie wollen.«

»Welchen Befehl hat also Hitler selbst gegeben?«

»Nun, im Reich glaubt man, daß es dieses Jahr eine Invasion in Frankreich geben wird.«

»Großartig. Weiter.«

»Man glaubt, daß General Patton die First United States Army Group in East Anglia zusammenzieht. Ist das die Invasionstruppe, folgt daraus, daß sie über die Straße von Dover angreift.«

»Das klingt logisch. Aber ich habe noch keine Anzeichen von dieser Patton-Armee gesehen.«

»Auch in den höchsten Kreisen in Berlin herrscht eine gewisse Unsicherheit. Der Astrologe des Führers –«

»Was?«

»Ja, er hat einen Astrologen, der ihm rät, die Normandie zu verteidigen.«

»Du lieber Himmel! Ist es schon so weit gekommen?«

»Der Führer erhält aber auch viele irdische Ratschläge. Ich persönlich glaube, daß er den Astrologen nur als Vorwand benutzt, wenn er meint, daß die Generale unrecht haben, sie aber nicht widerlegen kann.«

Faber seufzte. Solche Neuigkeiten hatte er befürchtet. »Fahren Sie fort.«

»Sie haben den Auftrag, die Stärke von FUSAG einzuschätzen: Truppenzahl, Artillerie, Luftunterstützung –«

»Ich weiß, wie man die Stärke von Armeen feststellt, vielen Dank.«

»Natürlich.« Er unterbrach sich. »Ich habe den Befehl, die Bedeutung des Auftrags zu unterstreichen, Herr Oberstleutnant.«

»Das haben Sie ja nun getan. Sagen Sie – sieht's in Berlin wirklich so schlecht aus?«

Der Agent zögerte. »Nein. Die Moral ist gut, die Waffenproduktion steigt jeden Monat, die Menschen spucken auf die Bomber der RAF –«

»Das genügt«, unterbrach ihn Faber. »Propaganda kann ich auch im Radio hören.«

Der jüngere Mann schwieg.

»Haben Sie mir sonst noch etwas mitzuteilen?« fragte Faber. »Offiziell, meine ich.«

»Ja. Für die Dauer des Auftrags haben Sie einen speziellen Fluchtweg.«

»Die Sache wird tatsächlich für wichtig gehalten.«

»Sie werden von einem U-Boot in der Nordsee aufgenommen, genau zehn Meilen östlich von Aberdeen. Es wird auftauchen, wenn Sie es auf Ihrer normalen Frequenz rufen. Sobald ich Hamburg mitgeteilt habe, daß der Befehl weitergeleitet ist, steht die Route zur Verfügung. Das Boot wird jeden Freitag und Montag um 18 Uhr da sein und bis 6 Uhr morgens warten.«

»Aberdeen ist eine große Stadt. Haben Sie die genauen Koordinaten?«

»Ja.« Der Agent nannte die Ziffern, Faber prägte sie sich ein.

»Ist das alles, Major?«

»Ja, Herr Oberstleutnant.«

»Was gedenken Sie mit den Herren vom MI5 auf der anderen Straßenseite anzufangen?«

Der Agent zuckte die Schultern. »Ich werde Ihnen entwischen müssen.«

Faber dachte: Es hat keinen Zweck. »Wie sind Ihre Befehle, nachdem Sie mich getroffen haben? Haben Sie einen Fluchtweg?«

»Nein. Ich soll an einen Ort namens Weymouth fahren, ein Boot stehlen und damit nach Frankreich zurückkehren.«

Das war nicht als Plan zu bezeichnen. Faber dachte: Canaris wußte, was geschehen würde. Also gut. »Und wenn die Briten Sie schnappen und foltern?«

»Ich habe eine Giftkapsel bei mir.«

»Und Sie werden sie benutzen?«

»Ganz sicher.«

Faber blickte ihn an. »Möglicherweise«, sagte er. Er drückte die linke Hand gegen die Brust des Agenten, als wolle er aufstehen. So konnte er genau ertasten, wo die Rippen zu Ende waren und der Unterleib begann. Er stieß die Spitze des Stiletts direkt unterhalb der Rippen hinein und führte es nach oben zum Herzen. Die Augen des Agenten weiteten sich in einem Moment des Entsetzens. Ein Schrei blieb ihm im Hals stecken. Sein Körper verkrampfte sich. Faber stieß das Stilett noch einen Zoll tiefer hinein. Die Augen schlossen sich, und der Körper wurde schlaff.

Faber sagte: »Du hast mein Gesicht gesehen.«

8

Ich glaube, die Sache ist uns aus den Händen geglitten«, sagte Percival Godliman.

Frederick Bloggs nickte zustimmend. »Es ist meine Schuld.«

Der Junge sieht erschöpft aus, dachte Godliman. Er sah schon seit fast einem Jahr so aus – seit der Nacht, in der man die zerquetschte Leiche seiner Frau unter den Trümmern ihres zerbombten Hauses in Hoxton hervorgezogen hatte.

»Mir liegt nicht daran, Schuldzuweisungen vorzunehmen», entgegnete Godliman energisch. »Tatsache ist, daß in den wenigen Sekunden, in denen Sie Blondie aus den Augen verloren haben, auf dem Leicester Square etwas geschehen ist.«

»Meinen Sie, daß der Kontakt hergestellt wurde?«

»Möglicherweise.«

»Als wir ihn dann in Stockwell wieder erwischten, dachte ich, daß er es einfach für den Tag aufgegeben hatte.«

»Wenn das stimmte, wäre er gestern und heute wieder am Treffpunkt erschienen.«

Godliman legte auf seinem Schreibtisch Streichhölzer zu Figuren zusammen – eine Denkhilfe, die ihm zur Gewohnheit geworden war. »Rührt sich im Haus immer noch nichts?«

»Nein. Er ist seit 48 Stunden dort geblieben.«

Bloggs wiederholte: »Es ist meine Schuld.«

»Hören Sie bloß auf, alter Junge«, sagte Godliman. »Ich traf die Entscheidung, ihn nicht festzunehmen, damit er uns auf die Spur eines anderen Agenten führt. Ich glaube immer noch, daß es richtig war.«

Bloggs saß bewegungslos da, die Hände in den Taschen seines Regenmantels vergraben. Seine Miene war ausdruckslos. »Falls ein Kontakt zustande gekommen ist, sollten wir Blondie sofort schnappen und herausfinden, welchen Auftrag er hatte.«

»Dadurch verlieren wir jede Möglichkeit, Blondie zu jemandem zu folgen, der wirklich gefährlich ist.«

»Die Entscheidung liegt bei Ihnen.«

Godliman hatte seine Streichhölzer so hingelegt, daß sie eine Kirche bildeten. Er starrte sie einen Augenblick lang an, nahm dann einen Halfpenny aus der Tasche und warf ihn hoch. »Zahl«, sagte er. »Geben Sie ihm noch 24 Stunden.«

Der Hauswirt war ein irischer Republikaner mittleren Alters aus Lisdoonvarna im County Clare, der insgeheim hoffte, daß die Deutschen den Krieg gewinnen und die Grüne Insel für immer von der englischen Unterdrückung befreien würden. Er humpelte arthritisch durch das alte Haus, sammelte seine wöchentliche Miete ein und stellte sich vor, wieviel Geld er hätte, wenn es diese Mietpreisbindung nicht gäbe. Ein reicher Mann war er nicht – er besaß nur zwei Häuser, dieses und das kleinere, in dem er wohnte. Er war ständig schlecht gelaunt.

In der ersten Etage klopfte er an die Tür eines alten Mannes. Dieser Mieter freute sich immer, ihn zu sehen. Wahrscheinlich freute er sich über jeden Besuch. Er sagte: »Hallo, Mr. Riley, möchten Sie eine Tasse Tee?«

»Heute keine Zeit.«

»Schade.« Der alte Mann übergab ihm das Geld. »Ich nehme an, daß Sie das Küchenfenster schon gesehen haben?«

»Nein, ich war noch nicht dort.«

»Oh! Eine Glasscheibe fehlt. Ich habe einen Verdunklungsvorhang drübergehängt, aber natürlich zieht es.«

»Wer hat sie eingeschlagen?« fragte der Hauswirt.

»Komisch, sie ist nicht zerbrochen. Liegt einfach so auf dem Gras. Vielleicht ist ja der alte Kitt einfach abgefallen«, sinnierte der Alte. »Ich setze sie wieder ein, wenn Sie ein bißchen Kitt besorgen können.«

Du alter Narr, dachte der Hauswirt. Laut sagte er: »Ist Ihnen nicht der Gedanke gekommen, daß jemand eingebrochen haben könnte?«

Der alte Mann schien erstaunt. »Nein.«

»Vermißt jemand Wertgegenstände?«

»Davon hat mir keiner was gesagt.« Der Hauswirt ging zur Tür. »In Ordnung, ich seh's mir an, wenn ich unten bin.«

Der alte Mann folgte ihm in den Hausflur. »Ich glaube nicht, daß der Neue oben ist«, meinte er. »Seit zwei Tagen habe ich keinen Laut gehört.«

Der Hauswirt schnupperte. »Hat er in seinem Zimmer gekocht?«

»Keine Ahnung, Mr. Riley.«

Die beiden stiegen die Treppe hinauf. Der alte Mann sagte: »Er ist sehr ruhig, wenn er jetzt da ist.«

»Er muß mit dem Kochen aufhören. Es riecht widerlich.« Der Hauswirt klopfte an die Tür. Niemand antwortete. Er öffnete und trat ein. Der alte Mann folgte ihm.

»So, so, so«, sagte der alte Sergeant jovial. »Ich glaube, wir haben's mit 'nem Toten zu tun.«

Er stand an der Tür und schaute ins Zimmer. »Irgendwas angefaßt, Paddy?«

»Nein«, erwiderte der Hauswirt. »Und mein Name ist Riley. Mister Riley.«

Der Polizist achtete nicht darauf »Aber noch nicht lange tot. Ich hab' schon Schlimmeres gerochen.« Sein prüfender Blick glitt über die alte Kommode, den Koffer auf dem niedrigen Tisch, den verblichenen Teppich, die schmutzigen Vorhänge an dem Dachfenster und das zerwühlte Bett in der Ecke. Es gab keine Zeichen eines Kampfes.

Er ging hinüber zum Bett. Das Gesicht des jungen Mannes war friedlich, seine Hände waren an die Brust gepreßt. »Ich würde sagen Herzanfall, wenn er nicht so jung wäre.« Es gab kein leeres Schlaftablettenröhrchen, das auf einen Selbstmord hindeutete. Er nahm die lederne Brieftasche von der Kommode und sah sich ihren Inhalt an: eine Kennkarte, ein Lebensmittelmarkenheft und ein ziemlich dickes Bündel Banknoten. »Die Papiere sind in Ordnung, und ausgeraubt hat man ihn nicht.«

»Er wohnt erst seit etwa einer Woche hier«, bemerkte der Hauswirt vorsichtig. »Ich weiß fast gar nichts über ihn. Er ist aus Nordwales gekommen, um in einer Fabrik zu arbeiten.«

»Wenn er so gesund gewesen wäre, wie er aussah, hätte er Soldat sein müssen«, sagte der Sergeant. Er öffnete den Koffer auf dem Tisch. »Verflucht, was ist das denn?«

Der Hauswirt und der alte Mann hatten sich inzwischen in das Zimmer vorgeschoben. Der Hauswirt erklärte: »Das ist ein Funkgerät«, während der alte Mann gleichzeitig sagte: »Er blutet.«

»Rühren Sie die Leiche nicht an!« warnte der Sergeant.

»Er hat ein Messer in den Bauch gekriegt«, sagte der alte Mann unbeirrt.

Der Sergeant hob behutsam eine der leblosen Hände, die auf der Brust lagen, hoch und entdeckte einen kleinen Fleck getrockneten Blutes. »Er hat geblutet«, sagte er. »Wo ist das nächste Telefon?«

»Fünf Häuser weiter unten«, antwortete der Hauswirt.

»Schließen Sie dieses Zimmer ab, und bleiben Sie draußen, bis ich zurückkomme.«

Der Sergeant verließ das Haus und klopfte an die Tür des Nachbarn, der ein Telefon hatte. Eine Frau öffnete. »Guten Morgen, Madam. Darf ich Ihr Telefon benutzen?«

»Kommen Sie herein.« Sie zeigte ihm das Telefon, das auf einem Tischchen im Flur stand. »Was ist passiert – etwas Aufregendes?«

»Ein Mieter ist in einer Pension gestorben, etwas weiter die Straße rauf«, sagte er, während er wählte.

»Ermordet?« fragte sie mit aufgerissenen Augen.

»Das überlasse ich den Experten. Hallo? Superintendent Jones, bitte. Hier spricht Canter.« Er sah die Frau an. »Darf ich Sie bitten, eben in die Küche zu gehen, während ich mit meinem Chef spreche?«

Sie gehorchte enttäuscht.

»Hallo, Chef. Die Leiche hat eine Stichwunde, und im Koffer ist ein Funkgerät.«

»Wie war noch die Adresse, Sarge?«

Sergeant Canter gab sie ihm.

»Ja, das ist die, die sie beobachtet haben. Das ist Sache des MI5, Sarge. Gehen Sie zu Nummer 42, und erzählen Sie den Beschattern dort, was Sie gefunden haben. Ich rede mit deren Chef. Also los!«

Canter dankte der Frau und überquerte die Straße. Er war ziemlich aufgeregt. Dies war erst sein zweiter Mord in 31 Jahren als städtischer Polizist, und er hatte sogar mit Spionage zu tun! Vielleicht schaffte er es doch noch bis zum Inspektor. Er pochte an die Tür von Nummer 42. Sie öffnete sich, und zwei Männer standen vor ihm.

Sergeant Canter fragte: »Sind Sie die Geheimagenten vom MI5?«

Bloggs traf zur selben Zeit ein wie der Mann vom Special Branch, Detective-Inspector Harris, den er noch aus seinen Tagen bei Scotland Yard kannte. Canter zeigte ihnen die Leiche.

Sie standen einen Augenblick lang still und betrachteten das friedliche junge Gesicht mit dem blonden Schnurrbart.

Harris fragte: »Wer ist das?«

»Sein Codename ist Blondie«, erklärte Bloggs. »Wir nehmen an, daß er vor zwei Wochen mit dem Fallschirm abgesprungen ist. Wir fingen einen Funkspruch ab, in dem er mit einem anderen Agenten ein Treffen ausmachte. Da wir den Code kannten, konnten wir den Treffpunkt überwachen. Wir hofften, daß Blondie uns zu dem eigentlich gesuchten Agenten führen würde. Der ist viel gefährlicher.«

»Und was ist hier passiert?«

»Keine Ahnung.«

Harris warf einen Blick auf die Wunde in der Brust des Agenten. »Stilett?«

»Wahrscheinlich. Saubere Arbeit. Unter den Rippen durch direkt ins Herz. Geht ganz schnell.«

»Es gibt schlimmere Todesarten.«

Sergeant Canter warf ein: »Möchten Sie sehen, wie er hereingekommen ist?«

Er führte sie nach unten in die Küche. Sie schauten sich den Fensterrahmen und die unzerbrochene Glasscheibe an, die auf dem Rasen lag.

»Außerdem ist die Zimmertür mit einem Dietrich geöffnet worden«, sagte Canter.

Sie setzten sich an den Küchentisch, und Canter machte Tee. Bloggs bemerkte: »Es geschah in der Nacht, nachdem ich ihn am Leicester Square aus den Augen verloren hatte. Ich habe alles versaut.«

»Niemand ist vollkommen«, sagte Harris.

Sie tranken ihren Tee und schwiegen eine Weile. »Wie geht's dir eigentlich?« fragte Harris. »Du läßt dich im Yard nicht mehr sehen.«

»Viel zu tun.«

»Wie geht's Christine?«

»Bei einem Bombenangriff umgekommen.«

Harris' Augen weiteten sich. »Du armer Kerl.«

»Bei dir alles in Ordnung?«

»Habe meinen Bruder in Afrika verloren. Kanntest du ihn?«

»Nein.«

»'ne tolle Nummer. Saufen? So was hast du noch nicht gesehen. Hat so viel dafür ausgegeben, daß er es sich nicht leisten konnte zu heiraten – vielleicht ganz gut, so wie sich die Dinge entwickelt haben.«

»Die meisten haben irgend jemanden verloren.«

»Wenn du nichts vorhast, komm am Sonntag zu uns zum Dinner.«

»Danke, aber ich arbeite jetzt sonntags.«

Harris nickte. »Na, dann eben, wenn es dir paßt.«

Ein Kriminalbeamter steckte den Kopf durch die Tür und wandte sich an Harris: »Können wir das Beweismaterial einpacken, Chef?«

Harris blickte Bloggs an.

»Ich bin fertig.«

»In Ordnung, Jungs, fangt an«, befahl Harris.

»Angenommen, er hat den Kontakt hergestellt, nachdem ich ihn verloren hatte, und den hiesigen Agenten hierherbestellt«, sagte Bloggs. »Der hiesige Agent hat vielleicht eine Falle gewittert – das würde erklären, weshalb er durchs Fenster hereinkam und das Schloß mit dem Dietrich öffnete.«

»Dann wäre er ein verteufelt mißtrauischer Hund«, bemerkte Harris.

»Vielleicht haben wir ihn deshalb nie erwischt. Egal, er schleicht in Blondies Zimmer und weckt ihn auf. Jetzt weiß er, daß es keine Falle ist, stimmt's?«

»Stimmt.«

»Warum bringt er Blondie dann um?«

»Vielleicht sind sie handgreiflich geworden.«

»Dafür gibt es keine Anzeichen.«

Harris runzelte die Stirn und blickte in seine leere Tasse. »Vielleicht hat er rausgekriegt, daß Blondie beobachtet wurde, und hatte Angst, daß wir uns den Jungen schnappen und ihn zum Reden bringen würden.«

Bloggs sagte: »Dann wäre er ein Schwein.«

»Vielleicht haben wir ihn deshalb nie gekriegt.«

»Kommen Sie herein. Setzen Sie sich. MI6 hat gerade angerufen. Canaris ist entlassen worden.«

Bloggs trat ein, setzte sich und fragte: »Ist das eine gute oder eine schlechte Nachricht?«

»Eine sehr schlechte«, antwortete Godliman. »Es hätte zu keinem dümmeren Zeitpunkt passieren können.«

»Darf ich erfahren, wieso?«

Godliman betrachtete ihn mit zusammengekniffenen Augen. »Ich denke, daß Sie es wissen sollten. Im Augenblick haben wir vierzig Doppelagenten, die falsche Informationen über alliierte Pläne für die Invasion in Frankreich nach Hamburg senden.«

Bloggs pfiff durch die Zähne. »Ich wußte nicht, daß es um so viel geht. Ich vermute, die Doppelagenten sagen, daß wir in Cherbourg landen, aber in Wirklichkeit ist es Calais, oder umgekehrt.«

»So ungefähr. Anscheinend brauche ich die Einzelheiten nicht zu wissen. Man hat sie mir jedenfalls nicht erzählt. Egal, das Ganze ist jetzt in Gefahr. Wir kennen Canaris, wir wußten, daß wir ihn getäuscht hatten, und wir hätten ihn weiter täuschen können. Ein Neuer wird den Agenten seines Vorgängers vielleicht mißtrauen. Außerdem: Wir hatten ein paar Überläufer von der anderen Seite. Sie hätten die Spione der Abwehr hier verraten können, wenn die nicht schon vorher entlarvt worden wären. Das ist ein weiterer Grund für die Deutschen, unseren Doppelagenten zu mißtrauen.

Möglicherweise ist auch etwas durchgesickert. Tausende von Menschen wissen von unserem Täuschungsmanöver. Es gibt Doppelagenten in Island, Kanada und Ceylon – früher auch im Nahen Osten.

Und letztes Jahr machten wir einen schweren Fehler, als wir einen Deutschen namens Erich Carl zurückschickten. Wir erfuhren erst später, daß er ein Abwehragent war – ein echter. Während seiner Internierung auf der Insel Man könnte er von zwei Doppelagenten, Mutt und Jeff, und vielleicht von einem dritten, Tate, gehört haben.

Wir bewegen uns also auf dünnem Eis. Wenn ein anständiger Abwehragent in Großbritannien von *Fortitude* – das ist der Tarnname für das Täuschungsmanöver – erfährt, ist die ganze Strategie in Gefahr. Um es klar zu sagen, wir könnten den Scheißkrieg verlieren.«

Bloggs unterdrückte ein Lächeln. Er konnte sich an Zeiten erinnern, in denen Professor Godliman nicht einmal die Bedeutung solcher Wörter gekannt hätte.

Der Professor fuhr fort: »Ich habe dafür zu sorgen – das hat der Zwanzigerausschuß ganz deutlich gemacht –, daß es keine Abwehragenten in Großbritannien gibt.«

»Letzte Woche wären wir recht sicher gewesen, daß es tatsächlich so ist«, sagte Bloggs. »Jetzt wissen wir, daß es wenigstens einen gibt.«

»Und er ist uns durch die Finger geschlüpft.«

»Dann müssen wir ihn eben wieder aufspüren.«

»Ich weiß nicht«, antwortete Bloggs düster. »Wir wissen nicht, von welchem Teil des Landes aus er operiert, und wir haben nicht die geringste Ahnung, wie er aussieht. Er ist zu gerissen, um sich durch die Funkpeilung orten zu lassen, während er sendet – sonst hätten wir ihn schon vor langer Zeit geschnappt. Wir kennen nicht einmal seinen Codenamen. Womit sollen wir also anfangen?«

»Mit unaufgeklärten Verbrechen«, sagte Godliman. »Einem Spion bleibt nichts anderes übrig, als das Gesetz zu brechen. Er fälscht Papiere, stiehlt Benzin und Munition, umgeht Kontrollpunkte, betritt Sperrgebiete, macht Photos, und wenn jemand ihm auf die Schliche kommt, bringt er ihn um. Die Polizei muß einfach von einigen dieser Verbrechen erfahren, wenn der Spion schon längere Zeit tätig ist. Wenn wir die Akten mit den seit Kriegsbeginn ungelösten Verbrechen durchgehen, werden wir Anhaltspunkte finden.«

»Ist Ihnen nicht klar, daß die meisten Verbrechen nicht aufgeklärt werden?«, fragte Bloggs ungläubig. »Die Akten würden die Albert Hall füllen!«

Godliman zuckte die Schultern. »Dann beschränken wir uns eben auf London und fangen mit den Morden an.«

Sie fanden das, was sie suchten, schon am ersten Tag. Zufällig stieß Godliman darauf. Zuerst erkannte er die Bedeutung dessen, was er gefunden hatte, gar nicht.

Es war die Akte über den Mord an einer Mrs. Una Garden in Highgate im Jahre 1940. Jemand hatte ihr die Kehle durchgeschnitten, und sie war sexuell belästigt, wenn auch nicht vergewaltigt worden. Sie war mit einer erheblichen Alkoholmenge im Blut im Zimmer ihres Mieters gefunden worden. Die Sache war ziemlich eindeutig: Sie hatte ein Stelldichein mit dem Mieter gehabt, er hatte weiter gehen wollen, als ihr lieb war, sie hatten sich gestritten, er hatte sie umgebracht, und durch den Mord war sein Geschlechtstrieb befriedigt worden. Aber die Polizei hatte den Mieter nie gefunden.

Godliman hatte die Akte übergehen wollen: Spione ließen sich nicht auf Sexualverbrechen ein. Aber was Akten betraf, war er ein gewissenhafter Mann, der jedes Wort las. Infolgedessen entdeckte er, daß die unglückliche Mrs. Garden neben der tödlichen Verletzung an der Kehle auch Stilettwunden im Rücken hatte.

Godliman und Bloggs saßen sich an einem Holztisch im Archiv von Old Scotland Yard gegenüber. Godliman warf die Akte über den Tisch. »Ich glaube, das ist er.«

Bloggs blätterte sie durch und sagte: »Der Stilettmörder.«

Sie unterschrieben, um die Akte ausleihen zu können, und legten die kurze Entfernung zum Kriegsministerium zu Fuß zurück. Als sie Godlimans Zimmer betraten, lag ein dechiffrierter Funkspruch auf dem Schreibtisch. Er las ihn flüchtig durch und schlug dann mit der Faust auf den Tisch. »Er ist es!«

Bloggs las: »Befehl empfangen. Grüße an Willi.«

»Erinnern Sie sich an ihn?« fragte Godliman. »Die Nadel.«

»Ja«, sagte Bloggs zögernd. »Aber hieraus läßt sich nicht viel entnehmen.«

»Überlegen Sie! Ein Stilett ist wie eine Nadel. Es ist derselbe Mann: der Mord an Mrs. Garden, all die Funksprüche, die wir 1940 nicht einordnen konnten, das Treffen mit Blondie...«

»Möglicherweise.« Bloggs sah nachdenklich drein.

»Ich kann es beweisen«, sagte Godliman. »Entsinnen Sie sich an den Funkspruch über die Invasionstruppe für Finnland, den Sie mir zeigten, als ich am ersten Tag hierherkam? An den, der unterbrochen wurde?«

»Ja.« Bloggs ging zur Kartei, um ihn herauszusuchen.

»Wenn mein Gedächtnis mich nicht trügt, stimmen das Datum des Funkspruchs und des Mordes überein... und ich wette, daß der Mord zeitlich mit der Unterbrechung zusammenfällt.«

Bloggs sah sich den Bericht in der Kartei an. »Stimmt beide Male.«

»Na also!«

»Er ist mindestens ein Jahr in London aktiv gewesen, und wir haben bis jetzt gebraucht, um ihm auf die Spur zu kommen«, sinnierte Bloggs. »Es wird bestimmt nicht leicht sein, ihn zu fassen.«

Godliman wirkte plötzlich raubtierhaft. »Er mag gerissen sein, aber er ist nicht so gerissen wie ich«, sagte er mit verkniffenem Gesicht. »Ich werde ihn festnageln. Darauf kann der Scheißkerl sich verlassen.«

Bloggs lachte laut. »Mein Gott, Sie haben sich verändert, Professor.«

Godliman sagte: »Ist Ihnen klar, daß Sie zum erstenmal seit einem Jahr gelacht haben?«

9

Das Versorgungsboot fuhr um die Landspitze herum und tuckerte unter blauem Himmel in die Bucht von Storm Island hinein. Zwei Frauen waren an Bord: Die eine war die Frau des Kapitäns – er war eingezogen worden, und sie betrieb jetzt das Geschäft –, und die andere war Lucys Mutter.

Sie verließ das Boot. Sie trug praktische Kleidung – eine Art Männerjacke und einen kniefreien Rock. Lucy umarmte sie mit aller Kraft.

»Mutter! Was für eine Überraschung!«

»Aber ich habe dir doch geschrieben.«

Der Brief lag in der Post, die das Boot mitbrachte. Ihre Mutter hatte vergessen, daß die Post nur alle vierzehn Tage nach Storm Island kam.

»Ist das mein Enkel? Ist er nicht ein großer Junge?«

Der kleine Jo, der fast drei Jahre alt war, drehte sich schüchtern um und versteckte sich hinter Lucys Rock. Er war dunkelhaarig, hübsch und groß für sein Alter.

»Ist er nicht wie sein Vater!« rief Mutter.

»Ja«, sagte Lucy. »Frierst du dich nicht tot? Komm hinauf zum Haus. Wo hast du nur diesen Rock her?«

Sie nahmen die Lebensmittel und stiegen die Rampe zur Spitze der Klippen hinauf. Mutter plapperte dabei. »Das ist jetzt Mode, mein Kind. Man spart Stoff. Aber auf dem Festland ist es nicht so kalt wie hier. So ein Wind! Ich kann meinen Koffer wohl an der Anlegestelle lassen – wer sollte ihn stehlen! Jane ist mit einem amerikanischen Soldaten verlobt – einem Weißen, Gott sei Dank. Er kommt aus Milwaukee und mag kein Kaugummi. Ist das nicht schön? Nun brauche ich nur noch vier Töchter zu verheiraten. Dein Vater ist jetzt Hauptmann in der Bürgerwehr, wußtest du das? Er patrouilliert die halbe Nacht auf dem Gemeindeanger und wartet auf deutsche Fallschirmspringer. Onkel Stevens Warenhaus wurde zerbombt – ich weiß nicht, was er tun wird, es handelt sich um einen Fall von Feindeinwirkung oder wie man das nennt –«

»Langsam, Mutter, du hast vierzehn Tage Zeit, um mir alle Neuigkeiten zu erzählen«, lachte Lucy.

Sie erreichten das Haus. Mutter sagte: »Ist es nicht schön?« Sie traten ein. »Es ist einfach wunderschön.«

Lucy bat ihre Mutter, sich an den Küchentisch zu setzen, und machte Tee. »Tom bringt deinen Koffer. Er kommt bald zum Lunch.«

»Der Schafhirte?«

»Ja.«

»Findet er denn genügend Sachen, um David zu beschäftigen?«

Lucy lachte. »Es ist genau umgekehrt. Ich bin sicher, daß er dir selbst davon erzählen wird. Du hast mir noch nicht gesagt, warum du hier bist.«

»Meine Liebe, es wird langsam Zeit, daß ich dich besuche. Ich weiß, daß wir keine unnötigen Reisen machen sollen, aber einmal in vier Jahren, das ist doch nicht besonders übertrieben, oder?«

Sie hörten den Jeep vor der Tür, und einen Moment später rollte David herein. Er küßte seine Schwiegermutter und stellte Tom vor.

Lucy sagte: »Tom, Sie können sich Ihren Lunch heute dadurch verdienen, daß Sie Mutters Koffer heraufbringen. Sie hat dafür Ihre Lebensmittel getragen.«

David wärmte seine Hände am Herd. »Es ist eisig heute.«

»Du betreibst die Schafzucht also wirklich ernsthaft?« fragte Mutter.

»Die Herde ist dreimal so groß wie vor drei Jahren«, erwiderte David. »Mein Vater hat diese Insel nie richtig bewirtschaftet. Ich habe oben auf den Klippen sechs Meilen eingezäunt, die Weiden verbessert und moderne Zuchtmethoden eingeführt. Wir haben nicht nur mehr Schafe, sondern jedes Tier liefert auch mehr Fleisch und Wolle.«

Mutter sagte zögerlich: »Ich nehme an, daß Tom die körperliche Arbeit macht und du die Befehle gibst.«

David lachte. »Wir sind gleichberechtigte Partner, Mutter.«

Es gab Herz zum Lunch, und beide Männer aßen Berge von Kartoffeln. Mutter lobte Jos Tischmanieren. Nach dem Essen zündete David eine Zigarette an, und Tom stopfte seine Pfeife.

»Was ich wirklich wissen möchte, ist, wann ich mehr Enkelkinder bekomme«, erklärte Mutter. Sie lächelte strahlend.

Es folgte ein langes Schweigen.

»Es ist wirklich großartig, wie David sich gemacht hat«, sagte Mutter.

»Ja«, antwortete Lucy.

Sie gingen auf den Klippen spazieren. Am dritten Tag von Mutters Besuch war der Wind schwächer geworden; es war milde genug, um hinauszugehen. Sie nahmen Jo mit, der einen Fischerpullover und einen Pelzmantel trug. Auf einem Hügel hatten sie haltgemacht, um David, Tom und den Hund beim Zusammentreiben der Schafe zu beobachten. Lucy sah, daß das Gesicht ihrer Mutter einen inneren Kampf widerspiegelte: Sorge wetteiferte mit taktvollem Schweigen. Sie beschloß, ihrer Mutter die Mühe des Fragens zu ersparen. »Er liebt mich nicht«, sagte sie.

Mutter blickte sich schnell um, um sicherzugehen, daß Jo nicht in Hörweite war. »So schlimm ist es bestimmt nicht, Kind. Männer zeigen ihre Liebe auf versch...«

»Mutter, wir sind nicht mehr Mann und Frau gewesen – nicht richtig –, seit wir geheiratet haben.«

»Aber...?« Sie deutete mit einem Nicken auf Jo.

»Das war eine Woche vor der Hochzeit.«

»Oh! O Gott.« Sie war schockiert. »Ist es – der Unfall?«

»Ja, aber nicht so, wie du denkst. Es ist nichts Körperliches. Er... will einfach nicht.« Lucy weinte leise; die Tränen kullerten über ihre windgebräunten Wangen.

»Habt ihr darüber gesprochen?«

»Ich habe es versucht. Mutter, was soll ich tun?«

»Vielleicht wird es mit der Zeit besser –«

»Es ist schon fast vier Jahre her!«

Sie begannen schweigend über die Heide zu wandern, der schwachen Nachmittagssonne entgegen. Jo jagte Möwen. Mutter sagte: »Einmal hätte ich deinen Vater fast verlassen.«

Nun war Lucy schockiert. »Wann?«

»Kurz nach Janes Geburt. Es ging uns damals noch nicht so gut – Vater arbeitete noch für seinen Vater, und es gab eine Wirtschaftskrise. Ich war zum drittenmal in drei Jahren schwanger, und mir schien, daß sich vor mir ein Leben ohne Abwechslung auftat, in dem ich ein Baby nach dem anderen haben würde und mit dem Geld sehr haushalten müßte. Nichts schien die Eintönigkeit zu durchbrechen. Dann entdeckte ich, daß er sich mit einer seiner alten Flammen traf – Brenda Simmonds, du kanntest sie nicht, sie ging nach Basingstoke. Plötzlich fragte ich mich, wofür ich all das tat, und mir fiel keine vernünftige Antwort ein.«

Lucy erinnerte sich nur schwach und bruchstückhaft an jene Tage. Damals war ihr die Ehe ihrer Eltern als Beispiel zufriedener Beständigkeit und dauerhaften Glücks erschienen. Sie fragte: »Warum hast du es nicht getan? Ihn verlassen, meine ich.«

»Oh, das tat man damals einfach nicht. Man konnte sich nicht so leicht scheiden lassen, und eine Frau bekam keine Arbeitsstelle.«

»Heute arbeiten Frauen überall.«

»Das haben sie im letzten Krieg auch getan, aber danach änderte sich alles, als es ein paar arbeitslose Männer gab. Diesmal wird es wohl nicht anders sein. Die Männer setzen sich durch, im allgemeinen.«

»Und du bist froh, daß du geblieben bist.« Es war keine Frage.

»Leute in meinem Alter sollten keine Erklärungen über ›das Leben‹ abgeben. Doch in meinem Leben mußte ich immer Kompromisse schließen, und das gilt auch für die meisten Frauen, die ich kenne. Beständigkeit sieht immer nach Aufopferung aus, aber das stimmt nur selten. Ich will dir keine Ratschläge geben. Du würdest sie nicht annehmen, und wenn du es tätest, würdest du mich wahrscheinlich hinterher dafür verantwortlich machen, wenn etwas schiefgeht.«

»Oh, Mutter.« Lucy lächelte.

»Wollen wir umkehren? Ich glaube, daß wir für einen Tag weit genug gegangen sind.«

Eines Abends in der Küche sagte Lucy zu David: »Ich möchte gern, daß Mutter noch zwei Wochen bleibt, wenn sie will.«

Mutter war oben, brachte Jo zu Bett und erzählte ihm eine Geschichte.

»Genügen zwei Wochen nicht, um meine Persönlichkeit auseinanderzunehmen?«

»Sei nicht albern, David.«

Er rollte hinüber zu ihrem Stuhl. »Willst du behaupten, daß ihr nicht über mich redet?«

»Natürlich reden wir über dich – du bist mein Mann.«

»Was erzählst du ihr denn?«

»Warum machst du dir solche Sorgen?« fragte Lucy, nicht ohne Bosheit. »Weshalb schämst du dich?«

»Verdammt, ich muß mich überhaupt nicht schämen. Nur, wer hat es schon gern, wenn sein persönliches Leben von zwei Klatschweibern durchgehechelt wird?«

»Wir klatschen nicht über dich.«

»Was erzählst du ihr?«

»Wie empfindlich du bist!«

»Beantworte meine Frage!«

»Ich erzähle ihr, daß ich dich verlassen will, und sie versucht, es mir auszureden.«

Er wirbelte herum und rollte davon. »Sag ihr, daß sie sich meinetwegen keine Gedanken zu machen braucht.«

»Meinst du das ernst?« rief Lucy.

Er hielt an. »Ich brauche niemanden, verstehst du? Ich komme allein zurecht. Ich bin auf niemanden angewiesen.«

»Und was ist mit mir?« sagte sie ruhig. »Vielleicht brauche ich jemanden.«

»Wozu?«

»Um mich zu lieben.«

Mutter kam herein und spürte die Spannung. »Er schläft fest«, sagte sie. »Er war schon eingenickt, bevor Aschenbrödel auf den Ball kam. Ich fange schon mal mit dem Packen an, damit ich nicht alles morgen machen muß.« Sie ging wieder hinaus.

»Glaubst du, daß es sich je ändern wird, David?« fragte Lucy.

»Ich weiß nicht, was du meinst.«

»Wird es je so sein ... wie vor unserer Hochzeit?«

»Meine Beine werden nicht wieder wachsen, wenn du das meinst.«

»O Gott, weißt du denn nicht, daß mir das nichts ausmacht? Ich will nur geliebt werden.«

David zuckte mit den Schultern. »Das ist dein Problem.« Er rollte hinaus, bevor sie zu weinen begann.

Mutter blieb nicht noch weitere zwei Wochen. Lucy ging am nächsten Tag mit ihr hinunter zur Anlegestelle. Es regnete stark, und sie trugen beide Gummimäntel. Sie warteten stumm auf das Boot und sahen zu, wie der Regen das Meer mit winzigen Kratern übersäte. Mutter hielt Jo in den Armen.

»Es wird mit der Zeit bestimmt besser werden«, sagte sie. »Vier Jahre sind nichts in einer Ehe.«

»Ich glaube nicht, daß er sich ändern wird, aber mir bleibt kaum was anderes übrig, als darauf zu hoffen. Jo, der Krieg und Davids Behinderung – wie könnte ich ihn verlassen?«

Das Boot kam. Lucy tauschte ihre Mutter gegen drei Kartons mit Lebensmitteln und fünf Briefe ein. Die See war kabbelig. Mutter saß in der winzigen Kajüte des Bootes. Sie winkten ihr nach, bis das Boot hinter der

Landspitze verschwunden war. Lucy fühlte sich sehr einsam. Jo begann zu weinen. »Ich will nicht, daß Oma weggeht!«

»Ich auch nicht«, sagte Lucy.

10

Godliman und Bloggs gingen Seite an Seite auf dem Bürgersteig einer Londoner Geschäftsstraße, die einige Bombentreffer erhalten hatte. Sie waren ein Paar, das schlecht zusammenpaßte: der gebeugt gehende Professor mit dicken Brillengläsern und einer Pfeife, der nicht auf den Weg achtete und kurze, trippelnde Schritte machte, und der plattfüßige junge Mann, blond und zielstrebig, mit seinem Trenchcoat und dem melodramatischen Hut. Eine Karikatur, die nach einer Unterzeile verlangte.

Godliman sagte: »Ich glaube, die Nadel hat gute Beziehungen.«

»Wieso?«

»Wie könnte er sonst so aufsässig sein, ohne bestraft zu werden? Seine ›Grüße an Willi‹ müssen sich auf Canaris beziehen.«

»Sie meinen, daß er ein Freund von Canaris ist.«

»Er ist mit irgend jemandem befreundet – vielleicht mit einem, der mächtiger ist, als Canaris es war.«

»Worauf wollen Sie hinaus?«

»Leute, die gute Beziehungen haben, knüpfen diese gewöhnlich in der Schule, an der Universität oder auf der Offiziersschule. Sehen Sie sich das an.«

Sie standen vor einem Geschäft, das ein riesiges Loch hatte, wo einst ein Schaufenster gewesen war. Ein primitives, handbemaltes Schild war an den Fensterrahmen genagelt. Darauf stand:

»Noch offener als sonst.«

Bloggs lachte. »Ich habe neulich eines an einer zerbombten Polizeiwache gesehen: ›Benehmt euch. Hier ist immer noch offen.«

»Solche Sprüche haben sich zu einer kleinen Kunstform entwickelt.«

Sie gingen weiter. Bloggs sagte: »Und wenn nun die Nadel zusammen mit hohen Tieren von der Wehrmacht ausgebildet wurde?«

»Bei solchen Lehrgängen werden immer Bilder gemacht. Midwinter im Kellergeschoß in Kensington – wo MI6 vor dem Krieg war – hat eine Sammlung mit Tausenden von Photographien deutscher Offiziere: Lehrgangsphotos, Saufgelage im Casino, Abschiedsparaden, Händedruck mit Adolf, Zeitungsbilder – einfach alles.«

»Ich verstehe. Wenn Sie also recht haben und die Nadel das deutsche Pendant zu Eton oder Sandhurst besucht hat, haben wir wahrscheinlich ein Bild von ihm.«

»Mit größter Sicherheit. Spione sind notorisch kamerascheu, aber sie werden erst Spione, wenn sie längst erwachsen sind. Auf Midwinters Photos wird die Nadel noch jung sein.«

Sie umgingen einen gewaltigen Krater vor einem Friseurladen. Der Laden hatte nichts abbekommen, doch der traditionelle rot-weiß gestreifte Stab lag zersplittert auf dem Bürgersteig. Auf dem Schild im Fenster stand: »Wir wären fast wegrasiert worden – warum kommen Sie nicht auch zur Rasur?«

»Wie können wir ihn erkennen?« fragte Bloggs. »Niemand hat ihn je gesehen.«

»Doch. In Mrs. Gardens Pension in Highgate kennt man ihn genau.«

Das viktorianische Haus erhob sich auf einem Hügel, der einen Ausblick auf London bot. Es war aus roten Ziegelsteinen gebaut. Bloggs schien, daß es wütend auf den Schaden sah, den Hitler in seiner Stadt anrichtete. Von der Höhe aus, wo es stand, ließen sich gut Funksprüche absetzen. Die Nadel mußte in der obersten Etage gewohnt haben. Bloggs fragte sich, welche Geheimnisse der Spion in den für England so dunklen Tagen des Jahres 1940 von hier aus nach Hamburg übermittelt haben mochte. Koordinaten von Flugzeugfabriken und Stahlwerken, Einzelheiten über die Küstenverteidigung, politischen Klatsch, Berichte über Gasmasken, Anderson-Schutzräume, Sandsäcke und die britische Moral. Und über Bombenschäden: »Gut gemacht, Leute, Ihr habt Christine Bloggs endlich erwischt« – Schluß jetzt!

Die Tür wurde von einem alten Mann in einer schwarzen Jacke und mit gestreifter Hose geöffnet.

»Guten Morgen. Ich bin Inspektor Bloggs von Scotland Yard. Dürfte ich bitte mit dem Hausbesitzer sprechen?«

Bloggs sah, daß plötzlich Furcht in den Augen des Mannes stand. Dann erschien eine junge Frau an der Tür und sagte: »Bitte, treten Sie ein.«

Der gekachelte Flur roch nach Bohnerwachs. Bloggs hängte Hut und Mantel an einen Ständer. Der alte Mann verschwand irgendwo im Haus, und die Frau führte Bloggs in ein Wohnzimmer. Es war wertvoll eingerichtet, auf üppige, altmodische Art. Auf einem Servierwagen standen Flaschen mit Whisky, Gin und Sherry; alle waren ungeöffnet. Die Frau setzte sich auf einen Sessel mit Blumenmuster und schlug die Beine übereinander.

»Warum hat der alte Mann Angst vor der Polizei?« fragte Bloggs.

»Mein Schwiegervater ist deutscher Jude. Er kam 1935 hierher, um Hitler zu entkommen. 1940 wurde er von Ihren Leuten in ein Konzentrationslager gebracht. Seine Frau beging deshalb Selbstmord. Er ist gerade von der Insel Man entlassen worden. Der König schrieb ihm einen Brief und entschuldigte sich für die Ungelegenheiten, die man ihm bereitet hat.«

Bloggs erwiderte: »Wir haben keine Konzentrationslager.«

»Wir haben sie erfunden. In Südafrika. Wußten Sie das nicht? Wir sind stolz auf unsere Geschichte, aber wir vergessen gern Teile davon. Es fällt uns leicht, die Augen vor unangenehmen Tatsachen zu verschließen.«

»Vielleicht ist das ganz gut so.«

»Bitte?«

»1939 täuschten wir uns über die unangenehme Tatsache hinweg, daß wir einen Krieg gegen Deutschland nicht gewinnen konnten – und sehen Sie, was passiert ist.«

»Das sagt mein Schwiegervater auch. Er ist nicht so zynisch wie ich. Was können wir für Scotland Yard tun?«

Der Wortwechsel hatte Bloggs Spaß gemacht. Widerwillig wurde er wieder dienstlich. »Es geht um einen Mord, der sich hier vor vier Jahren ereignete.«

»Das ist lange her!«

»Vielleicht haben wir jetzt neues Beweismaterial.«

»Ich weiß natürlich davon. Die frühere Eigentümerin wurde von einem Mieter ermordet. Mein Mann kaufte das Haus von ihrem Nachlaßverwalter – sie hatte keine Erben.«

»Ich möchte die anderen Leute finden, die damals hier Mieter waren.«

»Ja.« Die Feindseligkeit der Frau war jetzt verschwunden. An ihrem intelligenten Gesicht konnte man ablesen, daß sie angestrengt nachdachte. »Als wir hierherkamen, waren noch drei da, die schon vor dem Mord hier wohnten: ein pensionierter Marineoffizier, ein Vertreter und ein Junge aus Yorkshire. Der Junge ist Soldat geworden – er schreibt uns noch. Der Vertreter wurde zur Marine eingezogen und ist gefallen. Das weiß ich, weil zwei seiner fünf Frauen mit uns Kontakt aufnahmen! Und der Fregattenkapitän ist noch hier.«

»Noch hier!« Das war ein Glücksfall. »Könnte ich mit ihm sprechen?«

»Natürlich.« Sie stand auf. »Er ist ziemlich alt geworden. Ich bringe Sie zu seinem Zimmer.«

Sie stiegen die mit einem Läufer ausgelegte Treppe zum ersten Stockwerk hinauf. Sie sagte: »Während Sie mit ihm reden, suche ich den letzten Brief von dem Jungen heraus.« Sie klopfte an die Tür. Meine Hauswirtin hätte das nicht getan, dachte Bloggs bei sich.

Eine Stimme rief: »Es ist offen«, und Bloggs trat ein.

Der Commander saß, eine Decke über den Knien, in einem Sessel neben dem Fenster. Er trug einen Blazer, Schlips und Kragen und eine Brille. Sein Haar war dünn, sein Schnurrbart grau und seine Haut schlaff und faltig in einem Gesicht, das einmal energisch gewesen sein mochte. Das Zimmer war das Heim eines Mannes, der von Erinnerungen lebt: Bloggs sah Gemälde von Segelschiffen, einen Sextanten, ein Teleskop und eine Photographie des Commanders als Junge an Bord von *HMS Winchester*.

»Sehen Sie sich das an«, sagte der Commander, ohne sich umzudrehen. »Warum ist der Bursche nicht in der Marine?«

Bloggs ging hinüber zum Fenster. Ein von einem Pferd gezogener Bäckerwagen stand am Bordstein vor dem Haus; das alte Pferd steckte den Kopf in seinen Futterbeutel, während die Ware ausgeliefert wurde. Der »Bursche« war eine Frau mit kurzem blonden Haar, die eine Hose trug. Sie hatte einen prächtigen Busen. Bloggs lachte. »Es ist eine Frau in Hosen«, sagte er.

»Du meine Güte, Sie haben recht!« Der Commander drehte sich um. »Heutzutage kann man nie wissen. Frauen in Hosen!«

Bloggs stellte sich vor. »Wir untersuchen erneut einen Mord, der hier 1940 begangen wurde. Wie ich höre, haben Sie damals zur selben Zeit wie der Hauptverdächtige, ein gewisser Henry Faber, hier gewohnt.«

»Stimmt! Was kann ich für Sie tun?«

»Wie gut entsinnen Sie sich an Faber?«

»Sehr gut. Ein hochgewachsener Bursche, dunkles Haar, höflich, ruhig. Ziemlich schäbige Kleidung – wenn man ihn nur nach dem Äußeren beurteilte, konnte man sich leicht irren. Ich hatte nichts gegen ihn – hätte ihn gern besser kennengelernt, aber das wollte er nicht. Er muß in Ihrem Alter gewesen sein.«

Bloggs unterdrückte ein Lächeln. Er war daran gewöhnt, daß man ihn für älter hielt, einfach weil er Kriminalbeamter war.

Der Commander fuhr fort: »Ich bin sicher, daß er es nicht getan hat. Ich verstehe etwas von menschlichen Charakteren – als Schiffskommandant lernt man das –, und wenn der Mann ein Sexualverbrecher war, bin ich Hermann Göring.«

Bloggs stellte plötzlich einen Zusammenhang zwischen der Blondine in Hosen und der falschen Einschätzung seines Alters her. Die Schlußfolgerung deprimierte ihn. »Wissen Sie, Sie sollten von einem Polizisten immer seinen Ausweis verlangen.«

Der Commander war ein wenig verblüfft. »Also gut, zeigen Sie ihn mir.«

Bloggs öffnete seine Brieftasche und klappte sie um, so daß Christines Bild zu sehen war. »Hier.«

Der Commander musterte es einen Moment lang, dann sagte er: »Sehr gut getroffen.«

Bloggs seufzte. Der alte Mann war fast blind.

Er stand auf. »Das ist im Augenblick alles. Vielen Dank.«

»Immer zu Diensten. Möchte helfen, so gut ich kann. Heute bin ich nicht mehr viel für England wert – man muß schon ein ziemlich hoffnungsloser Fall sein, wenn man nicht einmal mehr für die Bürgerwehr tauglich ist.«

»Auf Wiedersehen.« Bloggs ging hinaus.

Die Frau stand unten im Flur. Sie übergab Bloggs einen Brief. »Die Adresse ist ein Postfach der Streitkräfte. Sie werden leicht herausfinden können, wo es ist.«

»Sie wußten, daß mir der Commander nicht helfen kann.«

»Ich habe es mir gedacht. Aber er ist dankbar für jeden Besucher.« Sie öffnete die Tür.

Bloggs gab einem inneren Drang nach. »Darf ich Sie zum Essen einladen?«

Ein Schatten glitt über ihr Gesicht. »Mein Mann ist immer noch auf der Insel Man.«

»Entschuldigen Sie – ich dachte –«

»Keine Ursache. Ich fühle mich trotzdem geschmeichelt.«

»Ich wollte Sie überzeugen, daß wir nicht die Gestapo sind.«

»Das weiß ich. Eine Frau, die einsam ist, wird leicht verbittert.«

»Ich habe meine Frau bei einem Bombenangriff verloren.«

»Dann wissen Sie, wie einen der Haß überwältigt.«

»Ja«, sagte Bloggs. »Das erfüllt einen mit Haß.« Er schritt die Stufen hinab. Die Tür schloß sich hinter ihm. Es hatte zu regnen angefangen.

An jenem Tag hatte es auch geregnet. Bloggs war spät dran. Er hatte sich mit Godliman neue Unterlagen angesehen. Jetzt beeilte er sich, denn er wollte noch eine halbe Stunde mit Christine zusammensein, bevor ihr Dienst im Krankenwagen begann. Es war dunkel, und der Fliegerangriff hatte schon begonnen. Das, was Christine nachts sah, war so schrecklich, daß sie seit einiger Zeit nicht mehr darüber sprach.

Bloggs war stolz auf sie, sehr stolz. Die Leute, die mit ihr zusammenarbeiteten, sagten, sie ersetze mindestens zwei Männer: Sie raste durch das verdunkelte London wie ein erfahrener Chauffeur, fegte auf zwei Rädern um die Straßenecken, pfiff vor sich hin und machte Witze, während die Stadt um sie herum in Flammen aufging. »Die Furchtlose« nannte man sie. Bloggs allerdings wußte es besser: Sie hatte schreckliche Angst, wollte sich aber nichts anmerken lassen. Er wußte es, weil er morgens ihre Augen sah, wenn er aufstand und sie ins Bett ging. Dann ließ sie einige Stunden lang die Verstellung fallen. Es war also nicht Furchtlosigkeit, sondern Mut, und er war stolz auf sie.

Es regnete stärker, als er aus dem Bus ausstieg. Er zog seinen Hut tiefer ins Gesicht und stellte seinen Mantelkragen hoch. An einem Kiosk kaufte er Zigaretten für Christine: Seit einiger Zeit rauchte sie, wie sehr viele andere Frauen auch. Der Inhaber gab Bloggs nur fünf Stück, weil Tabak knapp war. Er legte sie in ein Zigarettenetui aus Bakelit von Woolworth.

Ein Polizist hielt ihn an und verlangte seine Kennkarte: wieder zwei Minuten verplempert. Ein Krankenwagen fuhr vorbei, der dem von Christine ähnlich sah; es war ein konfiszierter, grün angestrichener Lastwagen, der früher zum Transport von Obst gedient hatte.

Es würde nicht mehr lange dauern, bis er zu Hause war. Die Explosionen kamen näher, und er konnte den Lärm der Flugzeuge deutlich hören. Dem East End stand an diesem Abend wieder ein neuer Feuerzauber bevor. Er würde in dem Bunker bei Morrison schlafen.

Eine große Bombe schlug ganz in der Nähe ein. Er ging schneller. Er würde im Bunker auch zu Abend essen.

Er bog in die Straße ein, sah die Krankenwagen und Feuerwehrautos und fing an zu rennen.

Die Bombe war in der Mitte der Straße niedergegangen, auf der Seite, wo er wohnte, und zwar ziemlich in der Nähe. Herr im Himmel, doch nicht –

Das Dach hatte einen Volltreffer erhalten, und das Haus war buchstäblich plattgedrückt worden. Er rannte zu der Menge hin – Nachbarn, Feuerwehrleute und freiwillige Helfer. »Ist meiner Frau etwas passiert? Ist sie herausgekommen? Ist sie womöglich da drin?«

Ein Feuerwehrmann sah ihn mitleidig an. »Niemand ist da rausgekommen, Kumpel.«

Leute vom Bergungstrupp suchten die Trümmer ab. Plötzlich schrie einer von ihnen: »Hierher!« Dann sagte er: »Ach du meine Fresse, das ist ja die furchtlose Bloggs!«

Frederick rannte zu der Mauer hin. Christine lag unter dem Rest einer riesigen Mauer. Ihr Gesicht war zu sehen, ihre Augen waren geschlossen.

Der Mann rief: »Bergungsgeräte, Leute, und zwar ein bißchen plötzlich!«

Christine stöhnte und bewegte sich.

Bloggs sagte: »Sie lebt!« Er kniete sich neben sie hin und schob seine Hände unter die ersten Steine.

Der Mann sagte: »Das kriegst du nicht weg, Junge!« Das Mauerwerk hob sich ein wenig.

»Paß auf, du bringst dich noch um«, sagte der Mann, und er bückte sich, um Bloggs zu helfen.

Als sie die Mauer einen halben Meter vom Boden hochgehoben hatten, stemmten sie ihre Schultern darunter. Die schwere Mauer lastete jetzt nicht mehr auf Christine. Ein dritter Mann kam hinzu und ein vierter. Zusammen drückten sie die Mauer weiter nach oben.

Bloggs sagte: »Ich hebe sie heraus.«

Er kroch unter die schräg stehende Wand und legte seine Arme um Christine.

Jemand schrie: »Scheiße, es rutscht!«

Bloggs tauchte auf, Christine fest an seine Brust gepreßt. Sobald die beiden in Sicherheit waren, ließen die Männer los und sprangen zur Seite. Das Gemäuer fiel mit einem widerlich dumpfen Schlag auf die Erde zurück. Und das alles war auf Christine heruntergefallen. Bloggs war klar, daß sie das nicht überleben würde.

Er trug sie zum Krankenwagen, der sofort losfuhr. Bevor sie starb, öffnete sie noch einmal die Augen und sagte: »Du wirst den Krieg ohne mich gewinnen müssen, Kleiner.«

Jahre später, als Bloggs von Highgate nach London hinunterging und der Regen sich auf seinem Gesicht wieder mit den Tränen vermischte, dachte er, daß die Frau in dem Haus, in dem Faber gewohnt hatte, eine große Wahrheit ausgesprochen hatte: Der Haß wurde übermächtig.

Im Krieg werden Jungen zu Männern, Männer werden Soldaten, und Soldaten werden befördert. Deshalb wurde Billy Parkin, der achtzehn Jahre alt war und Lehrling in der Gerberei seines Vaters in Scarborough hätte sein sollen, in der Armee aber für einundzwanzig gehalten wurde, zum Sergeant befördert. Er hatte den Befehl erhalten, seinen Trupp durch einen heißen, trockenen Wald zu einem staubigen, gekalkten italienischen Dorf zu führen.

Die Italiener hatten kapituliert, aber die Deutschen noch nicht. Sie waren es, die Italien gegen die britisch-amerikanische Invasion verteidigten. Die Alliierten stießen auf Rom vor, und für Sergeant Parkins Trupp war es ein langer Marsch.

Sie kamen auf der Kuppe eines Hügels aus dem Wald heraus und legten sich flach auf den Bauch, um ins Dorf hinabzuschauen. Parkin holte seinen Feldstecher hervor und sagte: »Verdammte Scheiße, was würd' ich jetzt für 'ne Scheiß-Tasse Scheiß-Tee geben.« Inzwischen hatte er sich an Alkohol, Zigaretten und Frauen gewöhnt, und seine Ausdrucksweise unterschied sich nicht mehr von der jedes anderen Soldaten. An Gebetsversammlungen nahm er nicht mehr teil.

Manche dieser Dörfer wurden verteidigt, manche nicht. Parkin mußte zugestehen, daß diese Taktik etwas für sich hatte: Man wußte nicht, welche Orte verteidigt wurden, und deshalb mußte man sich allen vorsichtig nähern, und das kostete Zeit.

Der Hang des Hügels bot wenig Deckung – nur ein paar Sträucher. Das Dorf begann an seinem Fuß. Es bestand aus einigen weißen Häusern, einem Fluß mit einer Holzbrücke, noch einigen weiteren Häusern an einer kleinen Piazza mit einem Rathaus und einem Uhrenturm. Vom Turm bis zur Brücke war die Sicht unbehindert. Wenn der Feind überhaupt hier war, mußte er im Rathaus sein. Ein paar Gestalten arbeiteten auf den umliegenden Feldern. Der Himmel wußte, wer sie waren. Sie konnten echte Bauern sein oder Mitglieder aller möglichen Gruppen: *fascisti, mafiosi, corsos, partigianos, communisti*... oder sogar Deutsche. Erst wenn die Schießerei losging, würde man wissen, auf welcher Seite sie standen.

Parkin sagte: »Also los, Corporal.«

Corporal Watkins verschwand wieder im Wald und tauchte fünf Minuten später auf dem Sandweg auf, der ins Dorf führte. Er trug einen Zivilhut und eine schmutzige alte Decke über der Uniform. Er stolperte mehr, als daß er ging, und auf seinen Schultern lag ein Bündel, das alles enthalten konnte – von einem Sack Zwiebeln bis zu einem toten Kaninchen. Am diesseitigen Rand des Dorfes verschwand er in der Dunkelheit eines niedrigen Häuschens.

Nach einer Weile kam er heraus. Dicht an der Wand stehend, wo er vom Dorf aus nicht gesehen werden konnte, blickte er hinauf zu den Soldaten auf dem Hügel und winkte: eins, zwei, drei.

Der Trupp kletterte den Hang hinunter zum Dorf.

»Alle Häuser leer, Sarge«, meldete Watkins.

Parkin nickte. Es hatte nichts zu sagen.

Sie rückten zwischen den Häusern hindurch zum Fluß vor.

Parkin befahl: »Du bist dran, Smiler. Schwimm über den Mississippi hier.«

Schütze »Smiler« Hudson legte seine Ausrüstung fein säuberlich zusammen, nahm den Helm ab, zog Stiefel und Uniformjacke aus und glitt in den schmalen Strom. Er tauchte an der gegenüberliegenden Seite auf, kletterte am Ufer hoch und verlor sich zwischen den Häusern. Diesmal mußten sie länger warten: Die Gegend, die ausgekundschaftet werden mußte, war größer. Schließlich kam Hudson über die Holzbrücke zurück. »Wenn sie hier sind, verstecken se sich«, sagte er.

Er nahm seine Sachen wieder an sich, und der Trupp überquerte die Brücke ins Dorf. Sie gingen dicht an der Häuserfront entlang, während sie sich der Piazza näherten. Ein Vogel flog von einem Dach auf, und Parkin zuckte zusammen. Einige der Männer traten ein paar Türen auf, an denen sie vorbeikamen. Niemand zeigte sich.

Sie standen am Rand der Piazza. Parkin nickte zum Rathaus hinüber. »Bist du reingegangen, Smiler?«

»Ja, Sir.«

»Sieht also aus, als wenn das Dorf uns gehört.«

»Ja, Sir.«

Parkin machte einen Schritt nach vorn, um die Piazza zu überqueren – da brach der Sturm los. Gewehre knallten, und überall pfiffen Kugeln. Jemand schrie. Parkin rannte nach vorn, schlug Haken und duckte sich. Vor ihm brüllte Watkins vor Schmerz und umklammerte sein Bein. Parkin hob ihn hoch. Eine Kugel prallte klingend von seinem Stahlhelm ab. Er raste auf das nächste Haus zu, warf sich gegen die Tür und fiel nach innen.

Die Schießerei hörte auf. Parkin riskierte einen Blick nach draußen. Ein Mann lag verletzt auf der Piazza: Hudson. Brutale Gerechtigkeit. Hudson bewegte sich, und ein einzelner Schuß ertönte. Dann war es still. Parkin sagte: »Scheißkerle.«

Watkins fingerte fluchend an seinem Bein herum. »Kugel noch drin?« fragte Parkin.

Watkins schrie »Au!«, grinste und hielt etwas in die Höhe. »Nicht mehr.«

Parkin spähte wieder hinaus. »Sie sind im Uhrenturm. Kaum zu glauben, daß sie genug Platz haben. Können nicht viele sein.«

»Aber sie können schießen.«

»Ja, sie haben uns festgenagelt.« Parkin runzelte die Stirn. »Hast du Knallfrösche dabei?«

»Ja.«

»Laß mal sehen.« Parkin öffnete Watkins' Tornister und nahm eine Pionier-Sprengladung heraus. »Hier. Mach mir 'ne Zündschnur für zehn Sekunden.«

Die anderen waren in dem Haus auf der gegenüberliegenden Straßenseite. Parkin rief: »He!«

Ein Gesicht erschien an der Tür. »Sarge?«

»Ich schmeiße 'nen Knaller. Gebt mir Deckung, wenn ich schreie.«

»In Ordnung.«

Parkin zündete sich eine Zigarette an und nahm von Watkins die Sprengladung entgegen. Er brüllte »Feuer!«, steckte die Zündschnur mit der Zigarette an, sprang auf die Straße, holte aus und warf die Bombe auf den Uhrenturm. Er eilte gebückt ins Haus zurück, während ihm das Feuer seiner eigenen Männer in den Ohren widerhallte. Eine Kugel schrammte über das Gebälk, und ein Splitter traf ihn unter dem Kinn. Er hörte, wie die Sprengladung hochging.

Bevor er aufblicken konnte, schrie jemand auf der anderen Straßenseite: »Volltreffer!«

Parkin trat hinaus. Der alte Uhrenturm war zusammengebrochen. Ein widersinniges Läuten erklang, während sich der Staub über die Trümmer legte.

»Haben Sie mal Cricket gespielt?« fragte Watkins. »Das war ein verdammt guter Wurf.«

Parkin ging zur Mitte der Piazza. Dort lagen menschliche Einzelteile, die auf etwa drei Deutsche schließen ließen. »Der Turm war sowieso etwas wacklig. Wahrscheinlich wäre er umgefallen, wenn wir alle zusammen geniest hätten.« Er wandte sich ab. »Noch 'n Tag, noch 'n Dollar.« Es war eine Redensart der Yankees.

»Sarge? Telefon.« Es war der Funker.

Parkin ging zurück und nahm ihm den Hörer ab. »Sergeant Parkin.«

»Major Roberts. Sie sind ab sofort vom aktiven Dienst freigestellt, Sergeant.«

»Warum?« Parkins erster Gedanke war, daß sie sein wahres Alter entdeckt hatten.

»Hohe Tiere wollen, daß Sie nach London kommen. Fragen Sie mich nicht, warum, denn ich weiß es auch nicht. Übergeben Sie Ihrem Korporal das Kommando, und kommen Sie zum Standort zurück. Ein Wagen kommt Ihnen auf der Straße entgegen.«

»Ja, Sir.«

»Der Befehl besagt auch, daß Sie auf keinen Fall Ihr Leben aufs Spiel setzen sollen. Verstanden?«

Parkin grinste und dachte an den Uhrenturm und das Dynamit. »Verstanden.«

»Na, schön. Also los, Sie Glückspilz.«

Alle hatten ihn als Jungen bezeichnet, aber sie hatten ihn nur gekannt, bevor er Soldat geworden war, dachte Bloggs. Ohne Zweifel war er jetzt ein Mann. Er bewegte sich selbstbewußt und ungezwungen, musterte aufmerksam seine Umgebung und war im Beisein von Vorgesetzten respektvoll, aber nicht befangen. Bloggs wußte, daß er log, was sein Alter betraf, nicht wegen seines Aussehens oder seines Verhaltens, sondern wegen der kleinen Anzeichen, die immer dann zutage traten, wenn vom Alter gesprochen wurde – Anzeichen, die Bloggs als erfahrener Vernehmer gewohnheitsmäßig wahrnahm.

Parkin war amüsiert gewesen, als er erfahren hatte, daß er sich Bilder ansehen sollte. Nun, am dritten Tag in Mr. Midwinters staubigem Gewölbe in Kensington, war die Belustigung verflogen, und Langeweile hatte eingesetzt. Am meisten ärgerte ihn, daß er nicht rauchen durfte.

Es war noch langweiliger für Bloggs, der dabeizusitzen und ihn zu beobachten hatte.

Einmal bemerkte Parkin: »Sie würden mich nicht extra aus Italien hierherholen, um bei einem vier Jahre alten Mordfall zu helfen, der auch bis nach dem Krieg Zeit hätte. Außerdem sind auf diesen Bildern hauptsächlich deutsche Offiziere. Sagen Sie mir's lieber, wenn es etwas ist, worüber ich den Schnabel halten soll.«

»Es ist etwas, worüber Sie den Schnabel halten sollen«, sagte Bloggs.

Parkin wandte sich wieder seinen Bildern zu.

Alle waren alt, meistens vergilbt und verblichen. Viele stammten aus Büchern, Zeitschriften und Zeitungen. Manchmal nahm Parkin ein Vergrößerungsglas, das Mr. Midwinter aufmerksamerweise bereitgelegt hatte, um sich ein winziges Gesicht in einer Gruppe genauer anzusehen. Immer, wenn das geschah, wurde Bloggs' Puls schneller, bis Parkin das Glas zur Seite legte und sich das nächste Bild vornahm.

Ihren Lunch aßen sie in einem Pub in der Nähe. Das Ale war dünn wie fast alle Biersorten während des Krieges, aber Bloggs hielt es dennoch für klug, dem jungen Parkin nicht mehr als zwei Halbe zu gestatten – allein hätte er eine ganze Gallone ausgetrunken.

»Mr. Faber war ein ruhiger Typ«, sagte Parkin. »Das hätte ich ihm gar nicht zugetraut. Na ja, die Hauswirtin sah nicht schlecht aus. Und sie brauchte es. Vielleicht hätte ich sie selbst haben können, wenn ich gewußt hätte, wie man's anstellt. Aber ich war erst – achtzehn.«

Sie aßen Brot und Käse, und Parkin verputzte ein Dutzend eingelegter Zwiebeln. Auf dem Rückweg blieben sie vor dem Haus stehen, während Parkin eine weitere Zigarette rauchte. »Wissen Sie«, fuhr er fort, »er war ein ziemlich großer Bursche, gutaussehend, höflich. Wir dachten alle, daß er nichts Besonderes sei, weil seine Kleidung ärmlich war, weil er mit einem Fahrrad fuhr und kein Geld hatte. Vielleicht war das aber auch nur raffinierte Tarnung?« Seine Augenbrauen waren fragend hochgezogen.

»Vielleicht«, sagte Bloggs.

An jenem Nachmittag fand Parkin nicht nur ein Bild von Faber, sondern deren drei.

Eines davon war erst neun Jahre alt.

Und Mr. Midwinter hatte das Negativ.

Heinrich Rudolf Hans von Müller-Guder (»Wir wollen ihn einfach Faber nennen«, sagte Godliman lachend) wurde am 26. Mai 1900 in dem Dorf Oln in Westpreußen geboren. Die Familie seines Vaters besaß seit Generationen in der Gegend ausgedehnte Güter. Sein Vater war der zweite Sohn, ebenso wie Heinrich. Alle zweitältesten Söhne wurden Heeresoffiziere. Seine Mutter, die Tochter eines hohen Beamten im wilhelminischen Kaiserreich, wurde dazu geboren und erzogen, einen Adeligen zu heiraten – was sie auch tat.

Im Alter von dreizehn Jahren besuchte Heinrich die Kadettenanstalt in Karlsruhe; zwei Jahre später wurde er in die Hauptkadettenanstalt Groß-Lichterfelde bei Berlin geschickt. Beides waren Anstalten, in denen es streng zuging, in denen mit Rohrstöcken, kalten Bädern und schlechtem Essen den Kadetten militärische Zucht beigebracht wurde. Heinrich lernte trotzdem Englisch und Französisch und beschäftigte sich mit Geschichte; er legte die Reifeprüfung mit den besten Noten ab, die seit der Jahrhundertwende vergeben worden waren. Nur drei weitere Punkte in seiner Schullaufbahn sind noch erwähnenswert: In einem bitterkalten Winter widersetzte er sich den Vorschriften, schlich bei Nacht und Nebel aus der Schule und ging über zweihundert Kilometer zu Fuß, bis er bei seiner Tante war. Seinem Ringkampflehrer brach er den Arm beim Training. Und er wurde wegen Ungehorsam gezüchtigt.

Im Jahre 1920 diente er kurz als Fähnrich in der entmilitarisierten Zone, in Friedrichsfeld bei Wesel; er absolvierte 1921 pro forma einen Offizierslehrgang an der Kavallerie-Schule in Hannover und erhielt 1922 sein Leutnantspatent.

In den nächsten Jahren übernahm er kurzfristig ein halbes Dutzend verschiedener Posten, wie es für jemanden üblich ist, der einmal Generalstabsoffizier werden soll. Er zeichnete sich weiterhin als Sportler aus, wobei er sich auf Langstreckenlauf verlegte. Er hatte keine engen Freunde, war nie verheiratet und zeigte keine Neigungen, mit der NSDAP zu sympathisieren.

Seine nächste Beförderung verzögerte sich wegen eines Vorfalls. Es wurde nie ganz klar, worum es tatsächlich ging, aber es scheint, als habe die Tochter eines Oberstleutnants aus dem Kriegsministerium, die schwanger geworden war, dabei eine Rolle gespielt. 1928 war Faber dann Oberleutnant. Seine Gewohnheit, mit höheren Offizieren wie mit Gleichrangigen zu reden, wurde als verzeihlich akzeptiert, da er nicht nur ein aufstrebender junger Offizier, sondern auch ein preußischer Adeliger war.

In den späten zwanziger Jahren freundete sich Admiral Wilhelm Canaris mit Heinrichs Onkel Otto, dem älteren Bruder seines Vaters, an und verbrachte einige Male seinen Urlaub auf dem Familiengut in Oln.

Im Jahre 1931 war Adolf Hitler, damals noch nicht deutscher Kanzler, dort zu Gast. 1933 wurde Heinrich zum Hauptmann befördert und zur besonderen Verwendung nach Berlin beordert. Aus dieser Zeit stammte die letzte Photographie von ihm.

Dann schien er, zumindest nach den allgemein zugänglichen Quellen, plötzlich nicht mehr zu existieren.

»Wir können uns den Rest leicht zusammenreimen«, sagte Percival Godliman. »Die Abwehr bildet ihn im Funken, im Ver- und Entschlüsseln von Codes, in Kartographie, Einbruch, Erpressung, Sabotage und im lautlosen Töten von Menschen aus. Er kommt etwa 1937 nach London und hat ausreichend Zeit, um sich eine solide Identität aufzubauen – vielleicht sogar auch zwei. Die Arbeit für den Geheimdienst macht aus ihm einen noch größeren Einzelgänger, als er ohnehin schon war. Als der Krieg ausbricht, glaubt er, die Berechtigung zum Töten zu haben.« Er betrachtete das Photo auf seinem Schreibtisch. »Ein hübscher Kerl!«

Es war ein Bild der Leichtathletikmannschaft des Jägerbataillons 10, Hannover. Faber stand in der Mitte und hielt einen Pokal in der Hand. Er hatte eine hohe Stirn, kurzgeschorenes Haar, ein langes Kinn und einen kleinen Mund, den ein schmaler Schnurrbart zierte.

Godliman gab das Bild an Billy Parkin weiter. »Hat er sich sehr verändert?«

»Er sieht etwas älter aus, aber das könnte an seinem ... Auftreten liegen.« Er sah sich die Photographie nachdenklich an. »Sein Haar ist jetzt länger, und der Schnurrbart ist verschwunden.« Er schob das Bild über den Schreibtisch zurück. »Aber er ist es, kein Zweifel.«

»Es gibt noch zwei weitere Punkte in seiner Akte, beides Mutmaßungen«, sagte Godliman. »Erstens wird angenommen, daß er 1933 zum Geheimdienst ging – das ist die übliche Vermutung, wenn es plötzlich und ohne erkennbaren Grund keine Akte über einen Offizier mehr gibt. Der zweite Punkt betrifft ein Gerücht, das durch keine zuverlässige Quelle bestätigt wurde: Er soll für ein paar Jahre unter dem Namen Vassilij Zankov ein enger Berater Stalins gewesen sein.«

»Das ist unglaublich«, meinte Bloggs. »Ich kann's mir nicht vorstellen.«

Godliman zuckte die Achseln. »Irgend jemand hat Stalin dazu überredet, die Elite seines Offizierskorps hinrichten zu lassen, während Hitler seine Macht ausbaute.«

Bloggs schüttelte den Kopf und wechselte das Thema. »Was unternehmen wir jetzt?«

Godliman dachte nach. »Sergeant Parkin muß zu uns versetzt werden. Er ist der einzige, der die Nadel tatsächlich gesehen hat. Außerdem weiß er zuviel. Wir können ihn unmöglich wieder an die Front zurückschicken Er könnte gefangengenommen und verhört werden und alles verraten. Zweitens, lassen Sie einen erstklassigen Abzug von diesem Photo machen; ein Retuschierkünstler soll die Haare länger machen und den Schnurrbart verschwinden lassen. Dann können wir Kopien davon verteilen.«

»Sollen wir eine Großfahndung auslösen?« fragte Bloggs zweifelnd.

»Nein. Zunächst müssen wir vorsichtig sein. Wenn es in allen Zeitungen steht, erfährt er davon und verschwindet. Senden Sie das Photo im Moment nur an alle Polizeidienststellen.«

»Ist das alles?«

»Ich glaube schon. Wenn Ihnen nicht noch etwas einfällt.«

Parkin räusperte sich. »Sir?«

»Ja.«

»Ich würde lieber zu meiner Einheit zurückgehen. Ich bin eigentlich kein Schreibstubenhengst, wenn Sie wissen, was ich meine.«

»Sie haben keine Wahl, Sergeant. In diesem Stadium spielt ein italienisches Dorf mehr oder weniger keine Rolle – aber durch diesen Faber könnten wir den Krieg verlieren. Das ist mein voller Ernst.«

11

Faber war zum Angeln gefahren.

Er lag ausgestreckt auf dem Deck eines dreißig Fuß langen Bootes, genoß den Frühlingssonnenschein und fuhr mit etwa drei Knoten durch den Kanal. Eine Hand hielt lässig das Ruder, die andere eine Angelrute, deren Leine im Wasser hinter dem Boot herschleppte.

Er hatte den ganzen Tag noch nichts gefangen.

Er angelte nicht nur, sondern beobachtete auch Vögel – beides aus Interesse (er wußte inzwischen recht viel über die blöden Vögel) und als Vorwand dafür, daß er einen Feldstecher trug. Heute morgen zum Beispiel hatte er das Nest eines Eisvogels gesehen.

Die Leute im Verleih in Norwich hatten ihm das Boot mit Freuden für zwei Wochen vermietet. Die Geschäfte gingen schlecht: Sie hatten jetzt nur noch zwei Boote, und eines davon war seit Dünkirchen nicht mehr benutzt worden. Faber hatte um den Preis gefeilscht, aber nur der Form halber. Am Ende hatten sie noch einen Spind voller Konserven dazu gegeben.

In einem Geschäft in der Nähe hatte er Köder gekauft, die Angelausrüstung hatte er aus London mitgebracht. Die Leute hatten ihm gesagt, daß er schönes Wetter erwischt habe, und wünschten ihm Petri Heil. Nicht einer hatte seine Kennkarte sehen wollen.

So weit, so gut.

Die eigentlichen Schwierigkeiten standen ihm noch bevor.

Denn es war nicht nur schwierig, die Stärke einer Armee zu erkunden, zunächst mußte man sie einmal finden.

Im Frieden stellte die Armee ihre eigenen Wegweiser auf. Jetzt hatte sie nicht nur ihre eigenen, sondern auch alle anderen Wegweiser entfernt.

Die einfachste Lösung wäre, sich in ein Auto zu setzen und dem ersten besten Militärfahrzeug zu folgen, bis es anhielt. Faber hatte jedoch kein Auto. Es war nahezu unmöglich für einen Zivilisten, eines zu mieten; selbst wenn man eines bekommen konnte, war dafür kein Benzin aufzutreiben. Außerdem lief ein Zivilist, der in der Gegend herumfuhr, Armeelastwagen folgte und sich Armeelager anschaute, Gefahr, verhaftet zu werden.

Deshalb hatte er sich das Boot besorgt.

Einige Jahre vor dem Verbot, Landkarten zu verkaufen, hatte Faber entdeckt, daß Großbritannien Binnenwasserstraßen besaß, die Tausende von

Meilen lang waren. Das natürliche Flußnetz war während des 19. Jahrhunderts durch ein Spinnengewebe von Kanälen erweitert worden. In manchen Gegenden gab es fast so viele Wasserwege wie Straßen. Norfolk war ein Beispiel.

Das Boot hatte viele Vorteile. Auf einer Straße mußte man ein Ziel haben; auf einem Fluß konnte man einfach dahinsegeln. Man fiel auf, wenn man in einem geparkten Auto schlief; in einem vertäuten Boot zu schlafen war normal. Der Wasserweg war menschenleer. Und wer hatte je von einer Kanalsperre gehört?

Es gab auch Nachteile. Flugplätze und Kasernen müssen in der Nähe von Straßen sein, nicht aber unbedingt an Flüssen. Faber mußte die Gegend bei Nacht auskundschaften. Er ließ sein vertäutes Boot zurück und streifte im Mondlicht über die Hügel. Es waren erschöpfende Rundgänge von vierzig Meilen, bei denen er das, was er suchte, leicht verpassen konnte – wegen der Dunkelheit oder einfach, weil er nicht genug Zeit hatte, jede Quadratmeile Land abzusuchen.

Wenn er ein oder zwei Stunden nach dem Morgengrauen zurückkehrte schlief er gewöhnlich bis zum Mittag und segelte dann weiter, wobei er gelegentlich beidrehte, um auf einen nahe gelegenen Hügel zu klettern und die Aussicht zu prüfen. An Schleusen, einsamen Farmhäusern und Pubs am Flußufer unterhielt er sich mit Leuten in der Hoffnung, womöglich etwas über Truppen, die in der Nähe lagen, zu erfahren. Bisher ohne Erfolg.

Faber begann sich zu fragen, ob er in der richtigen Gegend sei. Er versuchte, sich in General Pattons Lage zu versetzen: Wenn ich plante, von einem Standort in Ostengland aus in Frankreich östlich der Seinemündung zu landen, wo würde ich meine Truppen stationieren? Norfolk kam in Frage: ein weites, einsames Land, meistens flach, weshalb es sich für Flugzeuge eignete. Es lag außerdem nahe am Meer, so daß man schnell losschlagen konnte. Und *The Wash* war außerdem ein natürlicher Ort, um eine Flotte zu sammeln. Seine Vermutungen mochten jedoch aus Gründen, die er nicht kannte, unzutreffend sein. Bald würde er sich überlegen müssen, ob er schnell über Land ein neues Gebiet aufsuchen sollte: vielleicht das Fenn.

Eine Schleuse tauchte vor ihm auf; er holte die Segel ein, wurde langsamer, glitt sanft in die Schleuse und stieß leicht an die Tore. Das Haus des Schleusenwärters stand am Ufer. Faber legte seine Hände trichterförmig um den Mund und rief: »Hallo!« Dann wartete er. Er hatte gelernt, daß Schleusenwärter zu der Sorte Mensch gehörten, die sich nicht hetzen ließen. Überdies war Teezeit; da waren sie fast zu nichts zu bewegen.

Eine Frau trat vor die Haustür und winkte ihm zu. Faber winkte zurück, sprang ans Ufer, vertäute das Boot und ging ins Haus. Der Schleusenwärter saß in Hemdsärmeln am Küchentisch und sagte: »Sie haben's doch nicht eilig?«

Faber lächelte. »Überhaupt nicht.«

»Gieß ihm eine Tasse Tee ein, Mavis.«

»Nicht nötig«, sagte Faber höflich.

»Keine Sorge, wir haben gerade eine Kanne aufgeschüttet.«

»Vielen Dank.« Faber setzte sich. Die kleine Küche war luftig und sauber, und sein Tee wurde ihm in einer hübschen Porzellantasse serviert.

»Angelurlaub?« fragte der Schleusenwärter.

»Angeln und Vögel beobachten«, antwortete Faber. »Ich möchte bald irgendwo anlegen und ein paar Tage an Land verbringen.«

»Ach so. Dann bleiben Sie am besten auf der anderen Seite des Kanals. Auf dieser Seite ist Sperrgebiet.«

»Wirklich? Ich wußte nicht, daß es in dieser Gegend Armeegelände gibt.«

»Doch, es fängt ungefähr eine Meile von hier an. Ob's die Armee ist, weiß ich nicht. Das hat mir keiner gesagt.«

»Wahrscheinlich brauchen wir's nicht zu wissen.«

»Ja. Wenn Sie ausgetrunken haben, lasse ich Sie durch die Schleuse. Und danke, daß ich meinen Tee in Ruhe austrinken durfte.«

Sie verließen das Haus, Faber stieg ins Boot und band es los.

Die Tore hinter ihm schlossen sich langsam, dann ließ der Wärter das Wasser ab. Das Boot sank allmählich mit dem Wasserspiegel in der Schleuse, danach öffnete sich das Vordertor.

Faber setzte Segel und fuhr hinaus. Der Schleusenwärter winkte ihm nach.

Nach etwa vier Meilen hielt er wieder an und vertäute das Boot an einem kräftigen Baum am Ufer. Während er auf den Anbruch der Nacht wartete, machte er sich ein Abendessen mit Wurstbrät aus der Dose, trockenen Keksen und einer Flasche Wasser. Er zog seine schwarze Kleidung an, legte seinen Feldstecher, seine Kamera und ein Exemplar von *Seltene Vögel*

Ostenglands in eine Umhängetasche, steckte seinen Kompaß ein und nahm seine Taschenlampe. Er war bereit.

Faber löschte die Sturmlaterne, schloß die Kabinentür ab und sprang ans Ufer. Nachdem er im Licht der Taschenlampe auf seinen Kompaß gesehen hatte, betrat er den Waldgürtel, der am Kanal entlanglief. Er ging von seinem Boot aus ungefähr eine halbe Meile genau südlich, bis er auf einen Zaun traf. Es war ein Maschendrahtzaun, sechs Fuß hoch, der oben mit Stacheldraht gesichert war. Er zog sich in den Wald zurück und kletterte auf einen hohen Baum.

Der Himmel war leicht bewölkt. Ab und zu trat der Mond hervor. Hinter dem Zaun lag offenes Gelände, eine sanfte Anhöhe. Für Faber nichts Neues. Er hatte so etwas schon bei Biggin Hill in Aldershot und bei einer Unzahl von Militärgebieten in ganz Südengland gesehen. Das Gebiet war doppelt gesichert: eine Fußstreife, die am Zaun entlang ging, und bei den Anlagen Wachtposten, die sich nicht von der Stelle rühren durften.

Beide konnten mit Geduld und Vorsicht umgangen werden.

Faber kletterte vom Baum herunter und kehrte zu dem Zaun zurück. Er versteckte sich hinter einem Busch und wartete.

Er mußte wissen, wann die Patrouille an dieser Stelle vorbeikam. Wenn er Glück hatte, bald. Von der Größe des Geländes her zu urteilen, das er einsehen konnte, würde die Patrouille nachts nur einmal eine Runde um den ganzen Zaun schaffen.

Er hatte Glück. Kurz nach 22 Uhr hörte er Stiefeltritte, und drei Männer marschierten an der Innenseite des Zaunes vorbei.

Fünf Minuten später kletterte Faber über den Zaun.

Er benutzte seine Taschenlampe nicht, hielt sich, wenn er konnte, möglichst eng an Hecken und Bäume und vermied Erhebungen, wo man ihn leicht hätte ausmachen können, wenn der Mond plötzlich hinter den Wolken hervorkäme. Die karge Landschaft wirkte wie ein abstraktes Gemälde in Schwarz, Grau und Silber. Der Boden unter seinen Füßen war etwas aufgeweicht, als ob es Sümpfe in der Nähe gäbe. Ein Fuchs rannte über das Feld vor ihm, so schnell wie ein Windhund und so anmutig wie eine Katze.

Es war 23.30 Uhr, als er auf die ersten Anzeichen militärischer Aktivität stieß – höchst seltsame Anzeichen.

Der Mond trat hervor, und er sah, vielleicht eine Viertelmeile vor sich, mehrere Reihen eingeschossiger Gebäude, die der Bauweise nach Militärbaracken sein mußten.

Er ließ sich sofort zu Boden fallen. Zugleich kamen ihm bereits Zweifel an dem, was er gesehen hatte. War das echt? Es gab weder Lichter noch Geräusche.

Er lag zehn Minuten still da, um abzuwarten, ob sich das Rätsel lösen würde. Aber nichts geschah, außer daß ein Dachs dahergetapert kam, ihn sah und sich wieder davonmachte.

Faber kroch weiter.

Als er näher kam, merkte er, daß die Militärbaracken nicht nur unbewohnt, sondern auch unfertig waren. Die meisten von ihnen bestanden aus kaum mehr als einem Dach, das auf Eckpfosten ruhte. Manche besaßen nur eine einzige Wand.

Ein plötzliches Geräusch. Er blieb stehen: ein Mann lachte. Faber lag still und beobachtete. Ein Streichholz flammte kurz auf, verlöschte und hinterließ zwei glühende rote Punkte in einer der unfertigen Hütten: Wachtposten.

Faber berührte das Stilett in seinem Ärmel und kroch weiter, von den Posten weg in Richtung auf die andere Seite des Lagers.

Die halbfertigen Baracken hatten keinen Fußboden und kein Fundament. Es standen keine Baufahrzeuge herum, keine Schubkarren, Betonmischmaschinen, Schaufeln oder Haufen von Ziegelsteinen. Ein Schlammpfad führte vom Lager aus über die Felder, doch in den Furchen wuchs neues Gras: Offensichtlich war er in letzter Zeit nicht oft benutzt worden.

Es war, als habe jemand beschlossen, hier zehntausend Mann unterzubringen, und dann seine Absicht ein paar Wochen nach Beginn der Bauarbeiten geändert.

Aber irgend etwas wollte nicht so recht zu dieser Erklärung passen.

Faber strich leise umher, immer auf der Hut, falls es den Posten in den Kopf kam, einen Rundgang zu machen. In der Mitte des Lagers stand eine Gruppe von Militärfahrzeugen. Sie waren alt und rostig und ausgeschlachtet – keines hatte einen Motor oder irgendwelche Innenteile. Doch wenn man schon veraltete Fahrzeuge ausschlachtet, verschrottet man dann nicht auch die Karosserien?

Die Hütten, die eine Wand besaßen, standen in der äußersten Reihe, und ihre Wände blickten in Richtung Zaun. Es war wie eine Filmkulisse, nicht wie ein Bauplatz.

Faber meinte, alles erfahren zu haben, was er hier erfahren konnte. Er ging zum Ostrand des Lagers, ließ sich auf Hände und Knie fallen und kroch davon, bis er hinter einer Hecke außer Sicht war. Eine halbe Meile weiter, kurz vor der Kuppe eines Hügels, schaute er sich um. Nun sah es wieder genau wie eine Kaserne aus.

Es gab da eine Erklärung für das alles. Die Idee war aber noch zu vage, brauchte noch Zeit.

Fünf Meilen weiter sah er den Flugplatz.

Dort standen mehr Flugzeuge, als er der gesamten Royal Air Force zugetraut hätte: Pathfinders zum Abwerfen von Christbäumen, Lancasters und amerikanische B-17 für Zermürbungsangriffe, Hurricanes und Spitfires und Moskitos für Aufklärungs- und Tiefflüge – genug Maschinen für eine Invasion.

Ihre Fahrgestelle waren ausnahmslos in die weiche Erde eingesunken, und sie standen bis zum Rumpf im Schlamm. Wieder fehlten Lichter und Geräusche.

Faber tat das gleiche wie vorher; er kroch flach auf die Flugzeuge zu, bis er die Posten ausgemacht hatte. In der Mitte des Flugplatzes stand ein kleines Zelt. Das schwache Glühen einer Lampe drang durch die Zeltwand. Zwei Männer waren dort, vielleicht drei.

Als Faber sich den Maschinen näherte, schienen sie flacher zu werden, als seien sie alle zusammengedrückt worden.

Er erreichte die erste und berührte sie verblüfft. Es war ein Stück Sperrholz von einem halben Zoll Dicke, das wie der Umriß einer Spitfire ausgesägt, mit Tarnfarbe angestrichen und mit Seilen am Boden befestigt worden war.

Alle anderen Flugzeuge waren von derselben Art.

Es standen mehr als tausend davon herum.

Faber erhob sich. Er beobachtete das Zelt aus den Augenwinkeln, bereit, sich bei der geringsten Bewegung zu Boden fallen zu lassen. Er schlich um den ganzen nachgemachten Flugplatz herum, betrachtete die nachgemachten Kampfflugzeuge und Bomber und brachte sie mit der kulissenartigen Kaserne in Verbindung. Bei dem Gedanken an die Folgerungen aus dem, was er gefunden hatte, wurde ihm schwindelig.

Er wußte, daß er weitere Flugplätze wie diesen, weitere halbfertige Kasernen finden würde, wenn er seine Nachforschungen fortsetzte. So würde er im Wash gewiß auf eine Flotte aus Sperrholz-Zerstörern und Truppentransportern stoßen.

Es war ein gewaltiger, sorgfältig geplanter, kostspieliger, ungeheuerlicher Trick.

Natürlich konnte dies alles einer näheren Beobachtung nie und nimmer standhalten. Aber diese Anlagen waren nicht dazu gedacht, einen Beobachter am Boden irrezuführen.

Die deutsche Luftaufklärung sollte getäuscht werden!

Sogar ein niedrig fliegendes Flugzeug, das mit den modernsten Kameras und den hochempfindlichsten Filmen ausgerüstet war, würde mit Bildern zurückkommen, die unbestreitbar eine enorme Konzentration von Mannschaften und Maschinen zeigten.

Kein Wunder, daß das OKW mit einer Landung östlich der Seine rechnete.

Es stand zu vermuten, daß das Täuschungsmanöver noch durch andere Maßnahmen unterstützt wurde. Die Briten würden sich im Funkverkehr auf FUSAG beziehen und dabei Codes benutzen, die, wie sie wußten, gebrochen waren. Gefälschte Spionageberichte würden durch die portugiesische Diplomatenpost nach Hamburg geschleust werden. Es gab zahllose Möglichkeiten.

Die Briten hatten vier Jahre Zeit gehabt, für diese Invasion aufzurüsten. Der größte Teil der Deutschen Wehrmacht kämpfte in Rußland. Wenn die Alliierten einmal auf französischem Boden Fuß faßten, würden sie nicht mehr aufzuhalten sein. Die einzige Chance der Deutschen bestand darin, sie schon am Strand anzugreifen und zu vernichten, während sie die Landungsboote verließen.

Wenn die Deutschen an der falschen Stelle warteten, wäre auch diese eine Chance vertan.

Die ganze Strategie wurde mit einemmal deutlich. Sie war einfach und von verheerender Wirkung.

Faber mußte Hamburg benachrichtigen.

Er fragte sich, ob man ihm glauben würde.

Kriegsstrategien werden selten auf das Wort eines einzigen Mannes hin geändert. Sein Ansehen war außergewöhnlich groß, aber war es *so* groß?

Von Braun, dieser Idiot, würde ihm nie glauben. Er haßte Faber seit Jahren und würde jede Gelegenheit ergreifen, ihn zu diskreditieren. Canaris, von Roenne ... er hatte kein Vertrauen in diese Leute.

Und dann war da noch was: der Funkweg. Er traute sich nicht, diese Meldung per Funk zu übermitteln; seit Wochen hatte er das Gefühl, daß der Funkcode nicht mehr sicher war. Wenn die Briten herausfanden, daß ihr Geheimnis aufgedeckt war ...

Es gab nur eine Lösung: Er mußte Beweise sammeln und sie selbst nach Berlin bringen.

Er brauchte Photos.

Zunächst würde er Bilder von dieser gigantischen Scheinarmee machen, dann nach Schottland fahren, sich von dem U-Boot aufnehmen lassen und die Bilder persönlich dem Führer übergeben. Mehr konnte er nicht tun. Und nicht weniger.

Um photographieren zu können, brauchte er Licht. Er würde bis zum Morgengrauen warten müssen. Auf seinem Weg hierher hatte er eine verfallene Scheune bemerkt; dort konnte er den Rest der Nacht verbringen.

Er orientierte sich an seinem Kompaß und machte sich auf. Die Scheune war weiter entfernt, als er gedacht hatte, und er brauchte eine Stunde, um sie zu erreichen. Es war ein alter Holzbau mit Löchern im Dach. Die Ratten hatten sie schon längst verlassen, da sie nichts mehr zu fressen fanden, aber auf dem Heuboden hingen Fledermäuse.

Faber legte sich auf ein paar Bretter, konnte jedoch nicht schlafen, da er ständig daran denken mußte, daß er allein imstande war, den Verlauf des größten Krieges der Geschichte zu ändern.

Sonnenaufgang war um 5.21 Uhr. Um 4.20 Uhr verließ Faber die Scheune.

Obwohl er nicht hatte schlafen können, hatten die zwei Stunden Ruhe gereicht, ihn körperlich und geistig zu erfrischen; er war jetzt in bester Stimmung. Der Westwind vertrieb die Wolken, der Mond war untergegangen, aber Sterne blinkten am Himmel.

Faber hatte die Zeit gut abgepaßt. Der Himmel wurde merklich heller, als er in Sichtweite des »Flugplatzes« kam.

Die Posten waren immer noch in ihrem Zelt. Wenn er Glück hatte, schliefen sie noch. Faber wußte aus eigener Erfahrung, daß es beim Wacheschieben am schwersten ist, die letzten Stunden durchzuhalten.

Und wenn sie herauskämen, würde er sie eben töten müssen.

Er suchte sich eine geeignete Stelle aus und legte in die Leica einen 35-mm-Agfa-Film mit 36 Bildern und kurzer Belichtungszeit ein. Er hoffte, daß die lichtempfindliche Beschichtung nicht gelitten hatte, denn er hatte den Film schon vor Kriegsbeginn in seinem Koffer verstaut. In Großbritannien konnte man zur Zeit keine Filme kaufen. An sich müßte er in Ordnung sein; denn Faber hatte ihn in einem lichtundurchlässigen Beutel aufbewahrt und vor Hitze geschützt.

Als sich der rote Rand der Sonne langsam über den Horizont schob, begann er mit den Aufnahmen. Er machte eine Reihe von Bildern aus verschiedenen Winkeln und Entfernungen und beschloß die Serie mit einer Nahaufnahme von einer der Flugzeugattrappen: Die Bilder würden sowohl den Schein als auch die Wirklichkeit zeigen.

Während er die letzte Aufnahme machte, bemerkte Faber aus den Augenwinkeln eine Bewegung. Er ließ sich flach auf die Erde fallen und kroch unter eine Moskito aus Sperrholz. Ein Soldat tauchte aus dem Zelt auf', ging ein paar Schritte und pinkelte auf den Boden. Der Mann streckte sich, gähnte und zündete sich eine Zigarette an. Er warf einen Blick über den Flugplatz, fröstelte und kehrte zum Zelt zurück.

Faber stand auf und lief los.

Nach einer Viertelmeile schaute er sich um. Der Flugplatz war außer Sicht. Er hielt sich westlich, Richtung »Kaserne«.

Dies würde mehr sein als ein gewöhnlicher Spionagecoup.

Sein ganzes Leben lang hatte Hitler immer die richtigen Ahnungen gehabt. Der Mann, der den Beweis erbrachte, daß der Führer wieder einmal recht hatte und alle Experten sich irrten, würde nicht mit einem Schulterklopfen abgespeist werden. Faber wußte, daß Hitler ihn schon jetzt für den besten Agenten der Abwehr hielt. Dieser Triumph könnte ihm vielleicht sogar Canaris' Posten einbringen.

Wenn er es schaffte.

Er lief schneller, legte zwanzig Meter im Trott und zwanzig im normalen Schrittempo zurück, um dann wieder in Trab zu verfallen. Um 6.30 Uhr hatte er die »Kaserne« erreicht. Mittlerweile war es ganz hell geworden, und er konnte nicht nahe herangehen, da die Posten sich nicht in einem Zelt, sondern in einer der Hütten ohne Wände aufhielten, von wo sie nach allen Seiten freie Sicht hatten. Er legte sich neben einer Hecke auf den Boden und machte seine Bilder aus der Entfernung. Gewöhnliche Abzüge würden nur eine Kaserne zeigen, aber auf entsprechenden Vergrößerungen müßte die Täuschung im Detail zu erkennen sein.

Als Faber sich auf den Rückweg zum Boot machte, hatte er dreißig Aufnahmen geschossen. Wieder beeilte er sich, denn jetzt war er schrecklich auffällig: ein schwarzgekleideter Mann, der einen Segeltuchbeutel mit Ausrüstungsgegenständen aller Art trug und über die offenen Felder eines Sperrgebietes lief.

Er erreichte den Zaun eine Stunde später, ohne etwas anderes als Wildgänse gesehen zu haben. Während er über den Draht kletterte, ließ seine Spannung spürbar nach. Innerhalb des Zaunes sprachen alle Verdachtsmomente gegen ihn. Jetzt konnte er wieder in seine Rolle als Vogelbeobachter, Angler und Segler schlüpfen. Das größte Risiko war überstanden.

Gemächlicheren Schritts durchquerte er das Waldstück, um wieder zu Atem zu kommen und die Anspannung der Nacht abflauen zu lassen. Er würde noch ein paar Meilen weitersegeln, beschloß er, und dann irgendwo anlegen und ein paar Stunden schlafen.

Vor ihm lag der Kanal. Es war vorbei. Das Boot sah schmuck aus in der Morgensonne. Sobald er wieder unterwegs war, würde er sich etwas Tee machen, dann –

Ein Mann in Uniform trat aus der Kabine des Bootes und fragte: »Na, wer sind Sie denn wohl?«

Faber blieb regungslos stehen, während die eisige Ruhe und die alten Instinkte von ihm Besitz ergriffen. Der Eindringling trug die Uniform eines Captains der Bürgerwehr. Er trug irgendeine Schußwaffe in einem Pistolenhalfter, dessen Lasche zugeknöpft war. Er war groß und sehnig, schien aber schon Ende Fünfzig zu sein. Unter seiner Mütze war weißes Haar zu sehen. Er machte keine Anstalten, seine Pistole zu ziehen. Faber hatte das alles wahrgenommen, bevor er antwortete: »Sie sind auf meinem Boot, deshalb sollte ich Sie fragen, wer Sie sind.«

»Captain Stephan Langham, Bürgerwehr.«

»James Baker.« Faber blieb am Ufer. Ein Captain ging nicht allein auf Streife.

»Und was tun Sie hier?«

»Ich mache Urlaub.«

»Wo sind Sie gewesen?«

»Vögel beobachten.«

»Schon vor dem Morgengrauen? Halten Sie ihn in Schach, Watson. –«

Ein jüngerer Mann in Drillichzeug erschien hinter Faber. Er trug eine Schrotflinte. Faber blickte sich um. Ein weiterer Soldat stand rechts von ihm.

Der Captain rief: »Aus welcher Richtung ist er gekommen, Corporal?«

Die Antwort kam vom Wipfel einer Eiche. »Aus dem Sperrgebiet, Sir.«

Faber rechnete sich seine Chancen aus. Vier gegen einen – wenn man den Corporal auf dem Baum nicht mitrechnete. Sie hatten nur zwei Schußwaffen: die Schrotflinte und die Pistole des Captains. Außerdem waren sie Dilettanten. Auch das Boot könnte hilfreich sein.

Er sagte: »Sperrgebiet? Ich habe nur ein Stück Zaun gesehen. Würden Sie bitte den Schießprügel nicht auf mich richten. Er könnte losgehen.«

»Niemand beobachtet Vögel in der Dunkelheit«, erklärte der Captain.

»Wenn man sich sein Versteck im Schutz der Dunkelheit aussucht, ist man getarnt, wenn die Vögel aufwachen. So wird's normalerweise gemacht. Hören Sie, ich weiß, die Bürgerwehr ist unheimlich patriotisch und eifrig, aber wir wollen's doch nicht übertreiben, oder? Genügt es nicht, wenn Sie meine Papiere überprüfen und einen Bericht machen?«

Der Captain schien leicht verunsichert. »Was ist in dem Segeltuchbeutel?«

»Ein Feldstecher, eine Kamera und ein ornithologischer Führer.« Fabers Hand glitt zu dem Beutel. »Lassen Sie das«, befahl der Captain. »Schauen Sie hinein, Watson.«

Da war er: der Fehler des Dilettanten. »Hände hoch«, sagte Watson.

Faber hob die Hände über den Kopf, seine rechte Hand war dicht am linken Jackenärmel. Er überlegte sich den Ablauf der nächsten paar Sekunden: Auf keinen Fall durfte geschossen werden.

Watson näherte sich Faber von links, richtete die Schrotflinte auf ihn und öffnete den Segeltuchbeutel. Faber zog das Stilett aus dem Ärmel, ging den Mann von der Seite an und stach das Messer bis zum Heft nach unten in Watsons Nacken. Seine andere Hand entwand dem jungen Mann die Schrotflinte.

Die beiden anderen Soldaten auf dem Ufer kamen auf ihn zu, und der Corporal stieg geräuschvoll von der Eiche herab.

Faber zog das Stilett aus Watsons Nacken, während der Mann zusammenbrach. Der Captain nestelte an der Klappe seiner Pistolentasche. Faber sprang in den Hohlraum des Bootes. Das Boot schwankte, so daß der Captain taumelte. Faber stieß mit dem Messer nach ihm, aber er konnte den Mann nicht genau treffen, da dieser zu weit weg war. Die Spitze des Stiletts verfing sich im Aufschlag der Uniformjacke, schnellte dann ruckartig nach oben und schlitzte dem Mann das Kinn auf. Seine Hand löste sich von dem Halfter und griff nach der Wunde.

Faber wirbelte herum, um sich den beiden am Ufer zuzuwenden. Einer der Soldaten stürzte auf ihn zu. Faber machte einen Ausfallschritt und streckte dabei den rechten Arm vor. Der Soldat sprang in eine acht Zoll lange Klinge hinein.

Der Aufprall warf Faber um, wobei ihm das Heft der Waffe entglitt. Der Soldat fiel auf das Stilett. Faber lag auf den Knien. Er hatte keine Zeit, das Messer herauszuziehen, da der Captain sein Halfter öffnete. Faber sprang ihn an, und seine Hände fuhren dem Offizier ins Gesicht. Die Pistole kam zum Vorschein. Fabers Daumen bohrten sich in die Augen des Captains, der vor Schmerz schrie und versuchte, Fabers Arme zur Seite zu stoßen.

Der vierte Mann landete mit einem dumpfen Aufprall im Kielraum des Bootes. Faber ließ von dem Captain ab, der jetzt ohnehin nichts mehr sehen und deswegen auch seine Pistole nicht benutzen konnte, selbst wenn er es schaffte, sie zu entsichern. Der neue Gegner hielt einen Polizeiknüppel in der Hand, mit dem er kraftvoll zuschlug. Faber wich nach rechts aus, so daß der Hieb zwar nicht seinen Kopf, dafür aber die linke Schulter traf. Sein linker Arm war für kurze Zeit wie gelähmt. Faber schlug mit der Handkante zu und erwischte den Mann im Nacken, ein kraftvoller, gezielter Hieb. Erstaunlicherweise ging der Mann nicht zu Boden, sondern hob erneut den Knüppel. Faber verkürzte die Distanz. Er hatte jetzt wieder Gefühl im linken Arm, wenngleich der höllisch wehtat. Er packte das Gesicht des Soldaten mit beiden Händen, stieß, drehte, stieß wieder. Das Genick des Mannes brach mit einem scharfen Knacken. Im selben Augenblick traf der Knüppel Faber, diesmal am Kopf. Er torkelte benommen zur Seite.

Der Captain, immer noch taumelnd, kam ihm in die Quere. Faber stieß ihn zurück. Seine Mütze flog durch die Luft, als er rücklings über das Schanzdeck stolperte und mit einem Aufplatschen in den Kanal fiel.

Der Corporal ließ sich das letzte Stück von der Eiche hinunter zu Boden fallen. Faber zog das Stilett aus der Brust des Soldaten, der sich selbst daran aufgespießt hatte, und sprang ans Ufer. Watson lebte noch, aber es würde nicht mehr lange dauern: Blut sprudelte aus der Wunde in seinem Nacken hervor.

Faber und der Corporal standen einander gegenüber. Der Corporal hatte ein Gewehr.

Er war außer sich vor Schreck. In den wenigen Sekunden, die er gebraucht hatte, um die Eiche herunterzuklettern, hatte dieser Fremde zwei seiner Kameraden getötet und den dritten in den Kanal geworfen. Entsetzen flackerte in seinen Augen.

Faber warf einen Blick auf das Gewehr. Es war alt – geradezu ein

Museumsstück. Wenn der Corporal irgendwelches Vertrauen darin gehabt hätte, hätte er es schon längst abgefeuert.

Der Corporal machte einen Schritt nach vorne, und Faber bemerkte, daß er sein rechtes Bein nachzog – vielleicht hatte er es verletzt, als er vom Baum heruntergesprungen war. Faber trat zur Seite und zwang den Corporal, sein Gewicht auf das schwache Bein zu verlagern, während er das Gewehr weiter auf Faber gerichtet hielt. Faber schob die Schuhspitze unter einen Stein und kickte ihn nach oben. Die Augen des Corporals folgten dem Stein, und Faber griff an.

Der Corporal drückte ab, doch nichts geschah. Die alte Flinte hatte Ladehemmung. Selbst wenn er gefeuert hätte, hätte er Faber verfehlt: Seine Augen waren auf den Stein gerichtet, er taumelte auf dem schwachen Bein, und Faber hatte sich bewegt.

Faber tötete ihn mit einem Stich in den Nacken.

Nur der Captain war noch übrig.

Faber blickte auf und sah, daß der Mann am gegenüberliegenden Ufer aus dem Wasser kletterte. Er fand einen Stein und schleuderte ihn hinüber. Der Stein traf den Captain am Kopf, aber der Mann hievte sich an Land und begann zu laufen.

Faber rannte zum Ufer, tauchte mit einen Kopfsprung in den Kanal, schwamm ein paar Züge unter Wasser und kam an der anderen Seite wieder hoch. Der Captain war hundert Meter vor ihm und lief, so schnell er konnte, doch er war alt. Faber nahm die Jagd auf. Er kam stetig näher, bis er das gehetzte, stoßweise Atmen des Mannes hören konnte. Der Captain wurde langsamer, stolperte und fiel in einen Busch.

Faber hatte ihn eingeholt und drehte ihn um. »Du bist ein Teufel«, stammelte der Captain.

»Du hast mein Gesicht gesehen«, sagte Faber und tötete ihn.

12

Die dreimotorige Transportmaschine vom Typ Ju 52 mit dem Hakenkreuz auf den Tragflächen kam holpernd auf der regennassen Landebahn bei Rastenburg in den ostpreußischen Wäldern zum Stehen. Ein Mann mit ausgeprägten Gesichtszügen – große Nase, breiter Mund und große Ohren – stieg aus und schritt schnell über das Rollfeld zu einem wartenden Mercedes.

Während das Auto durch den düsteren, feuchten Wald fuhr, nahm Feldmarschall Erwin Rommel seine Mütze ab und strich sich nervös über das dünner werdende Haar. Er wußte, daß in ein paar Wochen ein anderer Mann diesen Weg mit einer Bombe in der Aktentasche zurücklegen würde – einer Bombe, die für den Führer persönlich bestimmt sein würde. Inzwischen mußte weitergekämpft werden, damit der neue deutsche Regierungschef – vielleicht sogar er selbst – aus einer Position der Stärke heraus mit den Alliierten verhandeln konnte.

Nach einer Fahrt von fünfzehn Kilometern kam der Wagen an der Wolfsschanze an, dem Führerhauptquartier, wo sich Hitler mit einem immer enger, immer neurotischer werdenden Kreis von Generälen umgab.

Es nieselte. Regen tropfte von den hohen Nadelbäumen, die das Grundstück umgaben. Am Tor zu Hitlers persönlichem Quartier setzte Rommel die Mütze auf und stieg aus dem Auto. SS-Gruppenführer Rattenhuber, der Chef des Sicherheitskommandos, streckte wortlos die Hand aus, um Rommels Pistole entgegenzunehmen.

Die Konferenz sollte in dem unterirdischen Bunker stattfinden, einem kalten, feuchten, stickigen Schutzraum, der mit Beton gepanzert war. Rommel ging die Stufen hinab und trat ein. Etwa ein Dutzend Teilnehmer wartete schon auf die Mittagslage: Himmler, Göring, von Ribbentrop, Keitel. Rommel nickte ihnen grüßend zu und setzte sich auf einen harten Stuhl, um ebenfalls zu warten.

Alle standen auf, als Hitler eintrat. Er trug eine graue Uniformjacke und eine schwarze Hose. Rommel fiel auf, daß der Führer immer gebeugter ging. Er begab sich direkt zum anderen Ende des Bunkers, wo eine große Karte von Nordwesteuropa an der Wand hing. Hitler wirkte müde und gereizt. Er begann ohne Einleitung zu sprechen.

»Die Alliierten werden in Europa landen. Und zwar in diesem Jahr. Ausgangspunkt wird Großbritannien sein, amerikanische und britische Truppen nehmen daran teil. Sie werden in Frankreich landen. Wir werden sie bei Flut vernichten. Das steht außer Diskussion.«

Er blickte sich um, als fordere er seinen Stab heraus, ihm zu widersprechen. Alle schwiegen. Rommel fröstelte: Der Bunker war kalt wie ein Grab.

»Die Frage ist: Wo werden sie landen? Herr von Roenne – Ihr Bericht.«

Oberst Alexis von Roenne, Chef der Fremden Heere West, stand auf. Er hatte eine steile Karriere hinter sich, seit er während der Wiederbewaffnung als einfacher Hauptmann erneut in die Wehrmacht eingetreten war. Er hatte Hitler vor dem Frankreichfeldzug eine Analyse geliefert, die als entscheidender Faktor für den deutschen Sieg bezeichnet wurde. Es war ungewöhnlich, daß Roenne selbst vortrug, denn eigentlich lief alles über den SD, der nach Canaris' Entlassung im Februar 1944 und der Eingliederung von dessen Abwehrorganisation noch mächtiger geworden war als zuvor.

Roenne sagte: »Wir sind umfassend, aber keineswegs vollständig im Bilde. Der Codename der Alliierten für die Invasion ist *Overlord*. Die Truppenkonzentrationen in Großbritannien sind folgende.« Er nahm einen Zeigestock und ging zur Wandkarte. »Erstens: entlang der Südküste. Zweitens: hier in der Gegend von Südostengland. Drittens: in Schottland. Die Ansammlung in Südostengland ist bei weitem die größte. Wir vermuten, daß die Invasion drei Stoßrichtungen haben wird.

Erstens: ein Täuschungsmanöver in der Normandie. Zweitens: der Hauptstoß über den Pas de Calais. Drittens: eine Entlastungsoffensive, die Invasion Norwegens von Schottland aus. Alle Geheimdienstquellen stützen diese Voraussage.« Er setzte sich.

»Ihre Meinung, meine Herren?« fragte Hitler.

Rommel, Oberbefehlshaber der Heeresgruppe B, dem die Verteidigung der Atlantikküste oblag, sagte: »Ich kann das mehr oder weniger bestätigen. Die Straße von Dover ist mit Abstand am stärksten bombardiert worden.«

Göring fragte: »Welche Geheimdienstquellen stützen Ihre Prognose, Herr von Roenne?«

Roenne erhob sich wieder. »Es gibt drei: Luftaufklärung, Abhören feindlichen Funkverkehrs und Agentenberichte.« Er setzte sich.

Hitler verschränkte die Hände schützend vor dem Unterleib, eine nervöse Angewohnheit, die bedeutete, daß er eine Rede halten würde. »Ich will Ihnen sagen, welche Überlegungen ich anstellen würde, wenn ich Winston

Churchill wäre. Ich würde mich fragen: östlich der Seine oder westlich. Der Osten ist näher. Aber in der modernen Kriegsführung gibt es nur zwei Entfernungen – innerhalb und außerhalb der Reichweite von Kampfflugzeugen. Beide Möglichkeiten befinden sich innerhalb dieser Reichweite. Deshalb spielt die Entfernung keine Rolle.

Im Westen gibt es einen großen Hafen – Cherbourg – im Osten keinen. Und vor allem – der östliche Teil der Küste ist stärker befestigt als der westliche. Auch der Feind verfügt über Luftaufklärung.

Ich würde mich für den westlichen Teil entscheiden. Und was täte ich anschließend? Nun: Ich würde den Deutschen das Gegenteil weismachen! Ich würde doppelt so viele Bomber zum Pas de Calais wie in die Normandie schicken. Ich würde jede Brücke über die Seine zerstören. Dann würde ich irreführende Funksprüche senden, falsche Geheimdienstberichte abschicken und meine Truppen so zusammenziehen, daß der Feind daraus nicht schlau wird. Ich würde Dummköpfe wie Rommel und von Roenne täuschen und hoffen, den Führer selbst hinters Licht zu führen!«

Göring sprach als erster nach einer längeren Pause. »Mein Führer, ich glaube, daß Sie Churchill schmeicheln, wenn Sie ihm so viel Scharfsinn wie sich selbst zutrauen.«

Die Spannung in dem ungemütlichen Bunker ließ merklich nach. Göring hatte genau das Richtige gesagt; es war ihm gelungen, seine abweichende Meinung in ein Kompliment zu kleiden. Die anderen taten es ihm gleich, wobei jeder glaubte, die Lage noch etwas überzeugender vorzutragen. Die Alliierten würden der Schnelligkeit wegen den kürzeren Seeweg wählen. Da die Küste in Frankreich nicht soweit entfernt liege, könnten die Flugzeuge, die als Jagdschutz dienten, leichter wieder auftanken und innerhalb kürzerer Zeit wieder in das Kampfgeschehen eingreifen; der Südosten Englands biete zudem mit seinen Flußmündungen und natürlichen Häfen ein besseres Sprungbrett. Auch sei unwahrscheinlich, daß alle Geheimdienstberichte ausnahmslos falsch seien.

Hitler hörte eine halbe Stunde lang zu und hob dann gebieterisch die Hand. »Ich habe bereits im Dezember '41 den westwallartigen Ausbau der Atlantikküste angeordnet und im August '42 den Bau von 1500 Bunkern zur Verteidigung des Westraumes, weil ich schon damals ahnte, daß sich die entscheidende Landung der Alliierten an den Kaps der Normandie und der Bretagne vollziehen würde. Die vorzüglichen Häfen dort wären ideale Brückenköpfe. Das hat mir meine Intuition damals gesagt, und das sagt sie mir jetzt!« Ein Schaumspritzer zeigte sich auf der Unterlippe des Führers.

Von Roenne ergriff das Wort. (Er hat mehr Mut als ich, dachte Rommel.) »Mein Führer, unsere Überprüfungen gehen natürlich weiter. Es gibt noch einen besonderen Vorgang, über den Sie Bescheid wissen sollten. Ich habe in den letzten Wochen einen Spezialagenten nach England entsandt. Er sollte mit dem Spion, der den Decknamen ›die Nadel‹ trägt, Verbindung aufnehmen.«

Hitlers Augen glänzten. »Ich kenne den Mann. Fahren Sie fort.«

»Sein Befehl lautet, die Stärke der First United States Army Group unter General Patton in Südostengland zu erkunden. Wenn die Nadel herausfindet, daß zuviel Aufhebens darum gemacht wird, müssen wir unsere Voraussage zweifellos überdenken. Wenn er jedoch berichtet, daß die Armee so stark ist, wie wir im Moment glauben, dürfte feststehen, daß Calais das Ziel ist.«

Göring sah von Roenne an. »Wer ist das: die Nadel?«

Hitler beantwortete die Frage. »Der einzige zuverlässige Agent, den Canaris je anwarb – weil er es auf meinen Befehl hin tat. Ich kenne seine Familie – eine Stütze des Reiches. Stark, treu und aufrecht. Und die Nadel – ein hervorragender Mann, hervorragend! Ich lese all seine Berichte. Er war schon in London, seitdem –«

Von Roenne unterbrach: »Mein Führer –«

Hitler funkelte ihn wütend an, schien aber zu erkennen, daß sich der Spionagechef zu Recht eingeschaltet hatte. »Ja?«

Von Roenne sagte zögerlich: »Sie werden den Bericht der Nadel also akzeptieren?«

Hitler nickte. »Der Mann wird die Wahrheit herausfinden.«

Dritter Teil

13

Faber lehnte sich zitternd an einen Baum und übergab sich.

Dann überlegte er, ob er die vier Toten beerdigen solle.

Er schätzte, daß es dreißig bis sechzig Minuten dauern würde, je nachdem wie gut er die Leichen begrub. In dieser Zeit könnte er erwischt werden.

Er mußte diese Gefahr gegen die wertvollen Stunden abwägen, die er gewinnen konnte, wenn er die Entdeckung der Morde hinauszögerte. Die Männer würden sehr bald vermißt werden; gegen 9 Uhr dürfte die Suche beginnen. Wenn sie auf einer Routinestreife gewesen waren, wäre ihr Weg bekannt. Man würde zunächst jemanden an der Route entlangschicken. Wenn die Leichen so liegenblieben, wie sie waren, würde er sie finden und Alarm schlagen. Sonst würde er sich zurückmelden und eine umfassende Suchaktion auslösen, mit Bluthunden und Polizisten, die die Büsche durchstöberten. Es mochte den ganzen Tag dauern, bis sie die Leichen entdeckten. Inzwischen konnte Faber in London sein. Zu dem Zeitpunkt, wo sie die Leichen finden würden, durfte er sich unter keinen Umständen mehr in der Umgebung aufhalten. Er beschloß, die zusätzliche Stunde zu riskieren.

Faber schwamm mit dem alten Captain auf den Schultern über den Kanal zurück. Er ließ ihn ohne viel Federlesens hinter einen Busch fallen, holte die beiden Leichen aus dem Stauraum des Bootes und stapelte sie auf den Captain. Dann legte er noch Watson und den Corporal hinzu.

Er hatte keinen Spaten, doch das Grab mußte groß sein. Nahe am Waldrand fand er einen Flecken lockeren Erdreiches. Der Boden war dort leicht ausgehöhlt, was ihm die Arbeit erleichterte. Er nahm einen Topf aus der winzigen Kombüse des Bootes und begann zu graben.

Mühelos räumte er einen halben Meter Lauberde weg. Dann stieß er auf eine Tonschicht, und das Graben wurde äußerst mühsam. In einer halben Stunde war er nur vierzig Zentimeter weitergekommen. Es mußte reichen.

Faber trug eine Leiche nach der anderen zu dem Loch und warf sie hinein. Dann zog er seine lehmige, blutverschmierte Kleidung aus und warf sie obenauf. Er bedeckte das Grab mit loser Erde und einer Schicht von Blättern, die er von Büschen und Bäumen in der Nähe abriß. Das müßte genügen, um einer ersten, oberflächlichen Prüfung standzuhalten.

Er scharrte mit dem Fuß Erde über die Stelle am Ufer, wo Watson verblutet war. Auch im Boot war Blut, wo der Soldat gelegen hatte, der Faber ins Messer gesprungen war. Faber fand einen Lappen und reinigte das Deck.

Danach zog er saubere Kleidung an, setzte Segel und legte ab.

Er warf weder die Angel aus, noch beobachtete er Vögel. Dies war nicht die Zeit, seine Tarnung mit irgendwelchem Schnickschnack zu garnieren. Vielmehr setzte er alle Segel, um so schnell wie möglich von dem Grab wegzukommen. Er mußte das Boot verlassen und so bald wie möglich ein schnelleres Transportmittel finden. Während er dahinsegelte, überlegte er sich, ob es vorteilhafter sei, einen Zug zu nehmen oder ein Auto zu stehlen. Ein Auto war schneller, wenn es ihm gelang, eines zu stehlen; aber die Suche danach könnte recht bald beginnen, ohne Rücksicht darauf, ob man den Diebstahl mit der vermißten Bürgerwehrpatrouille in Verbindung brachte. Einen Bahnhof zu finden mochte länger dauern, doch es schien sicherer: Wenn er vorsichtig war, würde für den größten Teil des Tages kein Verdacht auf ihn fallen.

Was aber sollte er mit dem Boot machen? Das beste wäre, es zu versenken. Dabei könnte man ihn aber entdecken. Wenn er es in irgendeinem Hafen zurückließ oder es einfach am Ufer des Kanals vertäute, würde es die Polizei um so schneller mit den Morden in Verbindung bringen. Und außerdem würde das die Richtung verraten, in die er sich absetzte. Er schob die Entscheidung auf.

Dummerweise wußte er nicht genau, wo er war. Auf seiner Karte der englischen Wasserstraßen war jede Brücke, jeder Hafen und jede Schleuse verzeichnet, aber sie gab keinen Aufschluß über Eisenbahnlinien. Er schätzte, daß er mit einem Fußmarsch von ein oder zwei Stunden ein halbes Dutzend Dörfer erreichen könnte, doch ein Dorf mußte nicht unbedingt einen Bahnhof haben.

Am Ende löste das Glück zwei Probleme auf einen Schlag: Der Kanal führte unter einer Eisenbahnbrücke hindurch.

Faber nahm seinen Kompaß, den Film aus der Kamera, seine Brieftasche und sein Stilett. Der Rest seiner Habe würde mit dem Boot versinken.

Der Treidelpfad war auf beiden Seiten von Bäumen beschattet, und es gab keine Straßen in der Nähe. Er rollte die Segel zusammen, montierte den Mast am Fuß ab und legte ihn auf das Deck. Dann zog er den Stöpsel des Spundlochs aus dem Kiel und trat ans Ufer, wobei er das Tau festhielt.

Das Boot füllte sich allmählich mit Wasser und trieb unter die Brücke. Faber zerrte an dem Tau, um es genau unter dem Brückenbogen untergehen zu lassen. Das Achterdeck versank zuerst, der Bug folgte, und schließlich schlug das Wasser des Kanals über dem Dach der Kabine zusammen. Ein paar Luftblasen stiegen hoch, das war alles. Der Umriß des Bootes wurde vor einem flüchtigen Blick durch den Schatten der Brücke verdeckt. Faber warf auch das Tau ins Wasser.

Die Eisenbahnlinie verlief von Nordosten nach Südwesten. Faber kletterte auf den Damm und ging nach Südwesten, in die Richtung, wo London lag. Die Strecke war zweigleisig, wahrscheinlich eine ländliche Nebenlinie. Es würden nur wenige Züge verkehren, aber sie würden an allen Bahnhöfen halten.

Die Sonne wurde wärmer, während er dahinwanderte, und die Anstrengung brachte ihn zum Schwitzen. Nachdem er seine blutbefleckte Kleidung vergraben hatte, hatte er einen zweireihigen Blazer und schwere Flanellhosen angezogen. Jetzt zog er den Blazer aus und schwang ihn über die Schulter.

Nach vierzig Minuten hörte er ein fernes *Puff-Puff-Puff* und versteckte sich in einem Gebüsch neben den Schienen. Eine alte Dampflokomotive fuhr langsam in nordöstlicher Richtung vorbei. Sie stieß große Rauchwolken aus und zog Waggons, die mit Kohle beladen waren. Wenn er sich von vorne dem Zug näherte, könnte er aufspringen. Sollte er? Es würde ihm jedenfalls einen langen Fußmarsch ersparen. Andererseits würde er sich so schmutzig machen, daß er auffallen könnte. Und er könnte Probleme haben, wieder abzuspringen, ohne daß ihn jemand sah.

Nein, es war sicherer, zu Fuß zu gehen.

Der Gleiskörper lief schnurgerade durch die flache Landschaft. Faber kam an einem Farmer vorbei, der sein Feld mit einem Trecker pflügte. Er konnte nicht vermeiden, daß er gesehen wurde. Der Farmer winkte ihm zu, ohne seine Arbeit zu unterbrechen. Er war viel zu weit entfernt, um Fabers Gesicht genau erkennen zu können.

Als er etwa zehn Meilen zurückgelegt hatte, sah Faber eine halbe Meile entfernt eine Bahnstation vor sich. Er konnte zunächst nur den erhöhten Bahnsteig und eine Reihe von Signalen ausmachen. Er verließ den Bahndamm und ging, immer an Bäumen entlang, über die Felder, bis er auf eine Straße traf.

Nach ein paar Minuten erreichte er das Dorf. Nichts verriet ihm seinen Namen. Jetzt, da die drohende Landung der Deutschen nur noch eine ferne Erinnerung war, wurden Wegweiser und Namensschilder zwar wieder aufgestellt, aber in diesem Dorf war man noch nicht soweit.

Es gab ein Postamt, ein Getreidelager und einen Pub, der *The Bull* hieß. Eine Frau mit einem Kinderwagen sagte freundlich »Guten Morgen!«, als er am Kriegerdenkmal vorbeikam. Der kleine Bahnhof sonnte sich schläfrig in der Frühlingssonne. Faber ging hinein.

Ein Fahrplan hing am Anschlagbrett. Faber stellte sich davor. Hinter dem kleinen Fenster des Fahrkartenschalters sagte eine Stimme: »Danach würd' ich mich an Ihrer Stelle nicht richten. Das ist die größte Dichtung seit der *Forsyte Saga*.«

Faber hatte gewußt, daß der Fahrplan veraltet sein würde, aber er hatte herausfinden wollen, ob die Züge nach London fuhren. Gott sei Dank war dem so. »Haben Sie 'ne Ahnung, wann der nächste Zug nach Liverpool Street abfährt?« Faber hatte sich umgedreht und war zum Schalter gegangen.

Der Beamte lachte sarkastisch. »Irgendwann heute, wenn Sie Glück haben.«

»Ich möchte jedenfalls eine Fahrkarte. Einfach, bitte.«

»Fünf Schilling, vier Pence. Wie man hört, sind die italienischen Züge pünktlich«, sagte der Beamte.

»Jetzt nicht mehr«, erwiderte Faber. »Außerdem habe ich lieber unpünktliche Züge und dafür unsere Politik.«

Der Mann warf ihm einen unsicheren Blick zu. »Sie haben natürlich recht. Wollen Sie in *The Bull* warten? Sie werden den Zug hören – wenn nicht, lasse ich Sie holen.«

Faber wollte nicht, daß noch mehr Menschen sein Gesicht sahen. »Nein, danke, ich würde nur Geld ausgeben.« Er nahm seine Fahrkarte und ging auf den Bahnsteig.

Der Beamte folgte ihm einige Minuten später und setzte sich neben ihn auf die Bank, die in der Sonne stand. »Haben Sie's eilig?«

Faber schüttelte den Kopf. »Der Tag, ist für mich verloren. Ich bin zu spät aufgestanden, habe mich mit dem Chef gestritten, und der Lastwagen, der mich mitgenommen hat, hatte eine Panne.«

»Solche Tage gibt es. Tja.« Der Beamte schaute auf seine Uhr. »Der Zug ist heute morgen pünktlich hochgefahren, und was raufgeht, kommt auch wieder runter. Sie könnten Glück haben.« Er ging zurück in sein Büro.

Faber hatte Glück. Der Zug kam zwanzig Minuten später. Er war voller Farmer, Familien, Geschäftsleute und Soldaten. Faber fand einen Platz auf dem Fußboden in der Nähe eines Fensters. Als der Zug losrumpelte, nahm er eine weggeworfene, zwei Tage alte Zeitung auf, borgte sich einen Bleistift und fing an, das Kreuzworträtsel zu lösen. Er war stolz darauf, englische Kreuzworträtsel lösen zu können: Das war die Nagelprobe, die zeigte, ob man eine Fremdsprache wirklich beherrschte. Nach einer Weile ließ die gleichmäßige Bewegung des Zuges ihm die Lider schwer werden. Er träumte.

Es war ein bekannter Traum, der Traum von seiner Ankunft in London.

Er war aus Frankreich gekommen – mit einem belgischen Paß, der ihn als Jan van Gelder auswies, einen Vertreter von Phillips (was den Koffer mit dem Funkgerät erklären würde, wenn der Zoll ihn öffnete). Sein Englisch war damals fließend, aber es fehlten ihm noch Ausdrücke aus der Umgangssprache. Der Zoll hatte ihn nicht belästigt: Er war ein Verbündeter. Er hatte den Zug nach London genommen. In jenen Tagen gab es viele leere Plätze in den Waggons, und man konnte essen. Faber hatte als Abendessen Roastbeef und Yorkshire-Pudding bestellt. Er hatte sich mit einem Geschichtsstudenten aus Cardiff über die politische Situation Europas unterhalten. Der Traum entsprach der Wirklichkeit, bis der Zug in Waterloo anhielt. Dann verwandelte er sich in einen Alptraum.

Die Schwierigkeiten begannen an der Sperre. Wie alle Träume hatte auch dieser seine eigene, widersinnige Logik. Was beanstandet wurde, war nicht sein gefälschter Paß, sondern seine völlig korrekte Fahrkarte. Der Kontrolleur sagte: »Das ist eine Karte von der Abwehr.«

»Nein«, widersprach Faber mit lächerlich starkem deutschen Akzent. Was war mit seinen zarten englischen Konsonanten geschehen? Er brachte sie nicht über die Zunge. *»I have it in Dover* gekauft.« Verflucht, jetzt war es aus.

Doch der Kontrolleur, der sich in einen Londoner Bobby, dem noch nicht einmal der Helm fehlte, verwandelt hatte, schien den plötzlichen

Rückfall ins Deutsche nicht bemerkt zu haben. Er lächelte höflich und sagte: »Ich muß jetzt Ihre ›Klamotte‹ überprüfen, Sir.«

Der Bahnhof war voller Menschen. Faber dachte, daß er entkommen könne, wenn er sich unter die Menge mischte. Er ließ sein Kofferfunkgerät fallen, flüchtete und drängte sich durch die Leute. Plötzlich merkte er, daß er seine Hose im Zug gelassen hatte und daß auf seinen Socken Hakenkreuze waren. Er würde sich im ersten besten Geschäft eine Hose kaufen müssen, bevor den Leuten der Mann mit den Nazistrümpfen und ohne Hose auffiel. Dann sagte jemand in der Menge: »Ihr Gesicht kenne ich doch«, und stellte ihm ein Bein. Er plumpste hin und landete auf dem Boden des Eisenbahnwagens, auf dem er eingeschlafen war.

Faber blinzelte, gähnte und schaute sich um. Er hatte Kopfschmerzen. Einen Moment lang war er erleichtert darüber, daß es nur ein Traum gewesen war, dann amüsierte er sich über die alberne Symbolik – Hakenkreuzsocken, du lieber Himmel!

Ein Mann in einem Arbeitsanzug neben ihm sagte: »Sie haben gut geschlafen.«

Faber blickte jäh auf. Er hatte immer Angst davor, im Schlaf zu reden und sich zu verraten. »Ich habe schlecht geträumt.« Der Mann schwieg.

Es wurde dunkel. Er hatte wirklich lange geschlafen. Das Licht – eine einzige blaue Birne – ging plötzlich an, und jemand zog die Rouleaus herunter. Die Gesichter der Menschen wurden zu bleichen, ausdruckslosen Ovalen. Der Arbeiter wurde wieder gesprächig. »Sie haben das Aufregendste verpaßt«, sagte er.

Faber runzelte die Stirn. »Was ist passiert?« Es war unmöglich, daß er irgendeine Polizeikontrolle verschlafen hatte.

»So 'n Yankeezug ist vorbeigefahren. Ungefähr zehn Meilen schnell, ein Nigger saß im Führerstand und bimmelte mit der Glocke, und vorne dran ein riesiger Schienenräumer! Wie im Wilden Westen.«

Faber lächelte und dachte wieder an seinen Traum. In Wirklichkeit hatte es bei seiner Ankunft in London keine Zwischenfälle gegeben. Er hatte zunächst ein Hotelzimmer genommen, wobei er immer noch seine belgische Identität benutzte.

Innerhalb einer Woche hatte er mehrere Landfriedhöfe besucht, die Namen von Männern seines Alters von den Grabsteinen abgeschrieben und drei Abschriften von Geburtsurkunden beantragt. Dann hatte er sich ein Zimmer genommen und mit Hilfe von gefälschten Empfehlungen einer nicht existierenden Firma in Manchester eine bescheidene Anstellung gefunden. Er hatte sich sogar vor dem Krieg in das Wählerverzeichnis von Highgate eintragen lassen und für die Konservativen gestimmt. Als die Rationierung begann, waren die Lebensmittelhefte über die Hausbesitzer an jeden verteilt worden, der zu einem bestimmten Zeitpunkt im Haus übernachtet hatte. Faber hatte es geschafft, einen Teil jener Nacht in drei verschiedenen Häusern zu verbringen und so Papiere für jede seiner Identitäten zu bekommen. Er hatte den belgischen Paß verbrannt – für den unwahrscheinlichen Fall, daß er einen Paß brauchte, konnte er sich drei britische zulegen.

Der Zug hielt an. Der Lärm auf dem Bahnsteig verriet den Passagieren, daß sie am Ziel waren. Als Faber ausstieg, merkte er, wie hungrig und durstig er war. Er hatte den ganzen Tag noch nichts gegessen. Er ging durch die Sperre und fand die Bahnhofsgaststätte. Sie war voll von Menschen, meist Soldaten, die an den Tischen schliefen oder zu schlafen versuchten. Faber bestellte ein Käsebrot und eine Tasse Tee.

»Essen gibt es nur für Soldaten«, sagte die Frau hinter dem Tresen.

»Dann eben nur Tee.«

»Haben Sie 'ne Tasse?«

Faber war überrascht. »Nein.«

»Wir auch nicht, mein Bester.«

Faber überlegte, ob er im Great Eastern Hotel essen sollte, aber das würde Zeit kosten. Er fand einen Pub, trank zwei Halbe Dünnbier, kaufte dann eine Tüte Pommes frites in einer Fischbraterei und aß sie, auf dem Bürgersteig stehend, aus dem Zeitungspapier, in das sie eingewickelt waren. Er war überrascht, wie satt er davon wurde.

Nun mußte er eine Drogerie finden und dort einbrechen. Er wollte seinen Film entwickeln, sicher sein, daß die Bilder gut geworden waren. Er hatte nicht die Absicht, womöglich mit einem Film, auf dem nichts zu sehen war, nach Deutschland zurückzukehren. Wenn die Bilder nichts geworden waren, würde er einen neuen Film stehlen und nochmals Aufnahmen machen müssen. Der Gedanke war unerträglich.

Es mußte ein Einzelgeschäft sein, nicht Teil einer Ladenkette, wo Filme zum Entwickeln in ein Zentrallabor gebracht wurden. Das Geschäft mußte in einer Gegend liegen, in der die Bewohner sich Kameras leisten konnten (oder vor dem Krieg hätten leisten können). Der Teil von Ostlondon, in dem die Liverpool Street Station lag, kam nicht in Frage. Er beschloß, sich nach Bloomsbury aufzumachen.

Die vom Mondlicht beschienenen Straßen waren still. Bis jetzt hatte es heute abend noch keinen Alarm gegeben. Zwei Militärpolizisten hielten ihn in der Chancery Lane an und verlangten seine Kennkarte. Faber tat so, als sei er leicht angetrunken, und die Polizisten fragten nicht, was er auf der Straße zu suchen habe.

Er fand das Geschäft, das er gesucht hatte, am Nordende der Southampton Row. Im Fenster hing ein Kodak-Schild. Erstaunlicherweise war der Laden geöffnet. Er trat ein.

Ein gebeugter, mürrischer Mann mit dünnem Haar und Brille stand hinter dem Ladentisch. Er trug einen weißen Kittel. Der Mann sagte: »Um diese Zeit lösen wir nur Rezepte ein. Kein Verkauf.«

»Schon gut. Ich wollte nur fragen, ob Sie Photos entwickeln.«

»Ja, wenn Sie morgen wiederkommen.«

»Sie entwickeln sie doch hier?« fragte Faber. »Ich brauche sie nämlich schnell.«

»Ja, wenn Sie morgen wiederkommen –«

»Könnte ich die Abzüge am selben Tag haben? Mein Bruder hat Heimaturlaub, und er möchte ein paar mitnehmen –«

»Schneller als 24 Stunden geht's nicht. Kommen Sie morgen wieder.«

»Danke, das werde ich tun«, log Faber. Beim Hinausgehen bemerkte er, daß das Geschäft in zehn Minuten schließen würde. Er überquerte die Straße und blieb wartend in einer dunklen Ecke stehen.

Genau um 21 Uhr kam der Drogist heraus, schloß die Tür hinter sich und ging die Straße hinunter. Faber nahm die entgegengesetzte Richtung und bog um zwei Ecken.

Es schien keinen Zugang zum hinteren Teil des Geschäfts zu geben. Das war ein Problem: Faber wollte nicht vorn einbrechen, damit nicht möglicherweise die unverschlossene Tür von einem Polizisten auf Streife entdeckt wurde, während er im Geschäft war. Er suchte in der Parallelstraße nach einem Durchgang.

Er ging die Parallelstraße entlang, um einen Durchlaß zu finden. Offensichtlich war da keiner. Aber es mußte doch eine Möglichkeit an der Rückseite geben, weil die beiden Straßen zu weit auseinander lagen, als daß die Häuser einen Verbund hätten bilden können.

Schließlich kam er zu einem großen alten Haus, dem Schild nach das

Studentenwohnheim eines nahegelegenen Colleges. Die Vordertür war offen. Faber trat ein und ging schnell bis zu einer Gemeinschaftsküche. Ein Mädchen saß allein am Tisch, trank Kaffee und las ein Buch. Faber murmelte: »College-Luftschutz.« Sie nickte nur und wandte sich wieder ihrem Buch zu. Faber ging durch die Hintertür hinaus.

Er durchquerte einen Hof, stieß unterwegs gegen mehrere Abfalleimer und fand eine Tür zu einem schmalen Weg. Sekunden später war er am Hinterausgang der Drogerie, der offenbar nie benutzt wurde. Er kletterte über ein paar Reifen und eine alte Matratze und warf sich mit der Schulter gegen die Tür. Das verfaulte Holz gab sofort nach, und Faber war im Haus.

Er fand die Dunkelkammer und schloß sich ein. Der Lichtschalter ließ eine trübe rote Lampe an der Decke aufglühen. Die Kammer war recht gut ausgerüstet: säuberlich etikettierte Flaschen mit Entwicklerflüssigkeit und Fixiermittel, ein Vergrößerungsgerät und sogar ein Trockner für die Abzüge.

Faber arbeitete rasch, aber sorgfältig. Er stellte die Temperatur der Bäder genau ein, verrührte die Flüssigkeiten, um den Film gleichmäßig zu entwickeln, und maß die Entwicklungszeit mit Hilfe einer großen elektrischen Uhr an der Wand.

Die Negative waren gestochen scharf Er ließ sie trocknen, gab sie dann in das Vergrößerungsgerät und machte einen kompletten Satz von etwa 25 x 20 Zentimeter großen Abzügen. Er war in Hochstimmung, als er sah, wie die Bilder allmählich im Entwicklerbad Konturen annahmen. Er hatte wirklich ausgezeichnete Arbeit geleistet!

Nun mußte eine wichtige Entscheidung getroffen werden.

Das Problem hatte ihn schon den ganzen Tag über beschäftigt. Da die Bilder fertig waren, konnte er ihm nicht mehr ausweichen.

Was wäre, wenn er es nicht schaffte, nach Hause zu kommen?

Der vor ihm liegende Weg war, gelinde ausgedrückt, voller Unwägbarkeiten. Was ihn selbst anging, so war er zwar davon überzeugt, daß er ungeachtet der Reisebeschränkungen und trotz der Küstenwache den Treffpunkt erreichen würde. Aber er konnte nicht dafür garantieren, daß das U-Boot dort sein oder heil durch die Nordsee zurückgelangen würde. Natürlich war es auch möglich, daß er auf die Straße ging und von einem Bus überfahren wurde.

Die Aussicht, daß er, nachdem er das größte Geheimnis des Krieges entdeckt hatte, sterben könnte und sein Geheimnis mit ins Grab nehmen würde, war zu schrecklich, um auch nur erwogen zu werden.

Er brauchte eine doppelte Absicherung, damit die Fotos, die das alliierte Täuschungsmanöver entlarvten, im Falle eines Falles dennoch die Abwehr erreichten. Also mußte er nach Hamburg schreiben.

Natürlich gab es keinen Postverkehr zwischen England und Deutschland. Die Post mußte über ein neutrales Land laufen. Alle Briefe dieser Art wurden bestimmt zensiert. Er könnte einen Code benutzen, aber das war sinnlos: Er mußte die Bilder schicken, denn es kam auf die Beweise an.

Es gab eine Route, allerdings eine alte. In der portugiesischen Botschaft in London arbeitete ein Diplomat, der aus politischen Gründen und weil er hohe Bestechungssummen einstrich, mit Deutschland sympathisierte. Er würde Mitteilungen mit der Diplomatenpost an die Deutsche Botschaft in Lissabon weiterleiten. Die Route war zu Beginn des Jahres 1939 eröffnet worden. Er hatte sie nur einmal benutzt. Canaris hatte wissen wollen, ob sie auch funktionierte.

Damals hatte sie funktioniert.

Aus Gründen, die er selbst nicht verstand, erfüllte ihn Wut. Er haßte es, sich auf andere verlassen zu müssen. Die Route bestand vielleicht nicht mehr oder war unsicher geworden; in diesem Fall würden die Briten entdecken, daß er ihrem Geheimnis auf die Spur gekommen war.

Eine Grundregel der Spionage besagt, daß der Gegner nicht wissen darf, welches seiner Geheimnisse man herausgefunden hat, damit der Wert der Entdeckung nicht zunichte gemacht wird. Doch diese Gefahr bestand hier nicht. Was könnten die Briten mit ihrem Wissen schon anfangen? Das Problem der Eroberung Frankreichs würde weiter bestehen.

Faber hatte sich entschieden. Die meisten Argumente sprachen zweifellos dafür, sein Geheimnis dem Kontaktmann in der portugiesischen Botschaft anzuvertrauen.

Obwohl sich in ihm alles dagegen sträubte, setzte er sich hin, um einen Brief zu schreiben.

14

Frederick Bloggs hatte einen unerfreulichen Nachmittag auf dem Lande verbracht.

Als vier besorgte Ehefrauen ihrer örtlichen Polizeiwache gemeldet hatten, daß ihre Männer nicht nach Hause gekommen waren, hatte ein Dorfschutzmann unter Einsatz seiner begrenzten logischen Fähigkeiten messerscharf geschlossen, daß eine ganze Streife der Bürgerwehr vermißt wurde. Er war recht sicher, daß die Männer sich einfach verlaufen hatten – schließlich waren sie alle taub, blöde oder senil, sonst wären sie in der Armee –, aber er hatte trotzdem seine vorgesetzte Dienststelle benachrichtigt, um sich abzusichern. Dem Sergeant im Einsatzraum, der die Meldung entgegengenommen hatte, war sofort klargewesen, daß die vermißten Männer sich in der Nähe eines militärischen Sperrgebiets befunden hatten. Er hatte seinem Inspektor Bericht erstattet, der Scotland Yard verständigte. Scotland Yard hatte jemanden vom Special Branch entsandt und den MI5 informiert, der Bloggs schickte.

Der Mann vom Special Branch war Harris, der auch den Mord in Stockwell bearbeitet hatte. Er und Bloggs trafen einander im Zug; die Lokomotive gehörte zu den Modellen aus dem Wilden Westen, welche die Amerikaner den Engländern wegen des großen Mangels an rollendem Material ausgeliehen hatten. Harris erneuerte seine Einladung zu einem sonntäglichen Dinner, und Bloggs erklärte wieder, daß er sonntags meistens arbeite.

Nachdem sie ausgestiegen waren, besorgten sie sich Räder, um auf dem Treidelpfad am Kanal entlangzufahren, bis sie auf den Suchtrupp trafen. Harris, der zehn Jahre älter und einen halben Zentner schwerer war als Bloggs, fand die Fahrt äußerst anstrengend.

Sie stießen unter einer Eisenbahnbrücke auf einen Teil der Suchmannschaft. Harris war froh, vom Rad steigen zu können. »Haben Sie was gefunden?« fragte er. »Leichen?«

»Nein, ein Boot«, sagte ein Polizist. »Wer sind Sie?«

Sie stellten sich vor. Ein Schutzmann in Unterhosen tauchte hinunter, um das Boot zu untersuchen. Er kam mit einem Stöpsel in der Hand wieder hoch.

Bloggs warf Harris einen Blick zu. »Absichtlich versenkt?«

»Sieht so aus.« Harris wandte sich an den Taucher. »Haben Sie sonst noch was gesehen?«

»Das Boot ist noch nicht lange da unten und in gutem Zustand. Der Mast wurde umgelegt, er ist nicht abgebrochen.«

»Sie haben in der kurzen Zeit sehr viel herausgefunden«, sagte Harris lobend.

»Ich bin Freizeitsegler«, antwortete der Taucher.

Harris und Bloggs bestiegen ihre Räder und fuhren weiter.

Als sie dem Haupttrupp begegneten, waren die Leichen gefunden worden.

»Ermordet, alle vier«, sagte der leitende Inspektor. »Captain Langham, Corporal Lee und die Soldaten Watson und Dayton. Dayton hat ein gebrochenes Genick, die anderen sind mit irgendeinem Messer umgebracht worden. Langhams Leiche hat eine Zeitlang im Kanal gelegen. Sie wurden alle in dem Grab verscharrt, das wir jetzt gefunden haben. Ein schrecklicher Mord!« Er war tief erschüttert.

Harris musterte die Leichen eingehend, die man nebeneinandergelegt hatte. »Ich habe solche Wunden schon mal gesehen, Fred«, sagte er.

Bloggs schaute genauer hin. »Himmel, das ist er.«

Harris nickte. »Der Stilettmörder.«

Der Inspektor fragte erstaunt: »Sie wissen, wer es getan hat?«

»Wir können's uns denken«, meinte Harris. »Wir glauben, daß er schon zwei Morde begangen hat. Wenn es derselbe Mann ist, wissen wir, wer er ist, aber nicht, *wo* er ist.«

Der Inspektor kniff die Augen zusammen. »Da die Sperrzone so nahe ist und der Special Branch und der MI5 so schnell hier auftauchen – können Sie mir sonst noch etwas über diesen Fall sagen?«

»Nur, daß Sie kein Wort verlauten lassen, bis Ihr Chef mit unseren Leuten gesprochen hat«, erwiderte Harris.

»Alles klar.«

»Wurde sonst noch etwas gefunden, Inspektor?« fragte Bloggs.

»Wir kämmen die Gegend noch durch, in immer größeren Kreisen – bis jetzt ohne Erfolg. Im Grab waren ein paar Kleidungsstücke.« Er zeigte auf sie.

Bloggs faßte sie vorsichtig an: eine schwarze Hose, ein schwarzer Pullover, eine kurze schwarze Lederjacke, wie sie bei der RAF üblich war.

Harris sagte: »Kleidung für Nachtarbeit.«

»Für einen großen Mann«, setzte Bloggs hinzu. »Wie groß ist unser Mann?«

»Über eins achtzig.«

»Sind Sie an den Männern vorbeigekommen, die das versenkte Boot gefunden haben?« fragte der Inspektor.

»Ja.« Bloggs runzelte die Stirn. »Wo befindet sich die nächste Schleuse?«

»Vier Meilen stromaufwärts.«

»Wenn unser Mann in einem Boot fuhr, müßte der Schleusenwärter ihn doch gesehen haben, nicht wahr?«

»Müßte er«, pflichtete der Inspektor bei.

»Am besten unterhalten wir uns mit ihm«, sagte Bloggs. Er ging zu seinem Rad zurück.

»Du willst doch nicht im Ernst noch einmal vier Meilen mit diesen Dingern fahren«, jammerte Harris.

»Strample dir nur ruhig etwas von deinem Sonntagsspeck runter.«

Sie benötigten für die Strecke fast eine ganze Stunde, da der Treidelpfad für Pferde, nicht für Fahrzeuge irgendwelcher Art gemacht war, uneben und schlammig, mit losen Steinen übersät und von Baumwurzeln durchzogen. Harris schwitzte und fluchte, als sie die Schleuse endlich erreicht hatten.

Der Schleusenwärter saß vor seinem Häuschen, rauchte eine Pfeife und genoß die milde Nachmittagsluft. Er war ein Mann mittleren Alters, der langsam sprach und sich noch langsamer bewegte. Leicht belustigt betrachtete er die beiden Radfahrer.

Bloggs sprach zuerst, da Harris völlig außer Atem war. »Wir sind Polizeibeamte.«

»Ah ja?« sagte der Schleusenwärter. »Warum so aufgeregt?«

Und dabei schaute er die beiden an, als sei er die Ruhe selbst.

Bloggs nahm die Photographie der Nadel aus der Brieftasche und gab sie dem Mann. »Haben Sie den schon mal gesehen?« Der Schleusenwärter legte das Bild auf seinen Schoß, während er ein frisches Streichholz an seine Pfeife hielt. Dann musterte er die Photographie für eine Weile und reichte sie zurück.

»Nun?« sagte Harris.

»Ja.« Der Schleusenwärter nickte langsam. »Er war gestern ungefähr um diese Zeit hier. Hat eine Tasse Tee mit mir getrunken. Ganz netter Bursche. Was hat er getan, nach der Verdunklung das Licht angemacht?«

Bloggs ließ sich auf die Bank fallen. »Jetzt ist alles klar.«

Harris dachte laut nach. »Er vertäut das Boot stromabwärts und geht bei Nacht ins Sperrgebiet.« Er sprach leise, damit der Schleusenwärter ihn nicht hören konnte. »Als er zurückkommt, hat die Bürgerwehr sein Boot entdeckt. Er räumt sie aus dem Weg, segelt ein bißchen weiter bis zur Bahnlinie, versenkt das Boot und... springt auf einen Zug.«

Bloggs fragte den Schleusenwärter: »Die Eisenbahnlinie, die den Kanal ein paar Meilen stromabwärts überquert – wohin führt sie?«

»Nach London.«

»Oh, Scheiße«, sagte Bloggs.

Bloggs traf um Mitternacht wieder im Kriegsministerium in Whitehall ein. Godliman und Parkin warteten dort auf ihn. »Kein Zweifel, er ist es.« Bloggs erzählte ihnen die Geschichte.

Parkin war aufgeregt, Godliman wirkte nur angespannt. Als Bloggs geendet hatte, sagte Godliman: »Jetzt ist er also wieder in London, und wir suchen wieder, in des Wortes doppelter Bedeutung, nach einer Nadel im Heuhaufen.« Er spielte mit den Streichhölzern, die er auf seinem Schreibtisch zu einem Bild zusammensetzte. »Wissen Sie, jedesmal wenn ich mir die Photographien ansehe, habe ich das Gefühl, daß ich dem verdammten Kerl schon einmal begegnet bin.«

»Denken Sie nach!« meinte Bloggs. »Wo?«

Godliman schüttelte entmutigt den Kopf. »Es kann nur einmal gewesen sein, an einem Ort außer der Reihe. Es kommt mir vor wie ein Gesicht, das ich bei einer Vorlesung gesehen habe oder im Hintergrund bei einer Cocktailparty. Ein flüchtiger Blick, eine zufällige Begegnung – selbst wenn es mir einfiele, würde uns das vermutlich nicht weiterhelfen.«

Parkin fragte: »Was ist denn eigentlich in dem Sperrgebiet drin?«

»Keine Ahnung – was wohl besagt, daß es wahrscheinlich von außerordentlicher Wichtigkeit ist.«

Alle schwiegen. Parkin zündete sich eine Zigarette mit einem von Godlimans Streichhölzern an. Bloggs blickte auf. »Wir könnten eine Million Abzüge von seinem Bild machen und jedem Polizisten, Luftschutzwart, Bürgerwehrmann, Soldaten und Gepäckträger auf den Bahnhöfen eins in die Hand drücken, es an die Bretterzäune kleben und in Zeitungen veröffentlichen... Godliman schüttelte den Kopf. »Zu riskant. Was passiert, wenn er seine Beobachtungen schon nach Hamburg weitergemeldet hat? Wenn wir einen öffentlichen Wirbel um den Mann veranstalten, weiß die

Abwehr, daß seine Informationen stimmen. Damit würden wir ihm nur Glaubwürdigkeit verleihen.«

»Aber wir müssen doch etwas tun.«

»Natürlich. Wir werden sein Bild an Polizeibeamte verteilen, seine Beschreibung an die Presse geben und behaupten, daß er ein ganz gewöhnlicher Mörder sei. Wir geben die Einzelheiten der Morde in Highgate und Stockwell bekannt, ohne zu sagen, daß es sich um einen Spionagefall handelt.«

»Sie meinen also, daß wir unser Blatt nicht ausreizen sollten?» fragte Parkin.

»Jedenfalls im Augenblick nicht.«

»Ich bringe die Sache beim Yard ins Rollen.« Bloggs nahm den Telefonhörer ab.

Godliman blickte auf seine Armbanduhr. »Heute nacht können wir nicht mehr viel tun, aber ich habe keine Lust, nach Hause zu gehen. Ich bin nicht müde.«

Parkin stand auf. »Dann werde ich einen Kessel auftreiben und etwas Tee machen.« Er ging hinaus.

Die Streichhölzer auf Godlimans Tisch hatten sich zu einem Pferdefuhrwerk zusammengefügt. Er nahm eines von den Läufen des Pferdes und steckte seine Pfeife damit an. »Haben Sie eine Freundin, Fred?« fragte er beiläufig.

»Nein.«

»Nicht seit –?«

»Nein.«

Godliman paffte an seiner Pfeife. »Es hat keinen Zweck, ewig zu trauern.«

Bloggs antwortete nicht.

Godliman sagte: »Schauen Sie, es steht mir nicht zu, Ihnen Ratschläge zu erteilen. Aber ich weiß, wie Sie sich fühlen – ich habe es selbst durchgemacht. Der einzige Unterschied war, daß am Tod meiner Frau niemand schuld ist.«

»Sie haben nicht wieder geheiratet«, entgegnete Bloggs, ohne Godliman anzusehen.

»Nein, und ich möchte nicht, daß Sie den gleichen Fehler machen. Wenn man in die Jahre kommt, kann es sehr bedrückend sein, allein zu leben.«

»Habe ich Ihnen je erzählt, daß sie die ›furchtlose Bloggs‹ genannt wurde?«

»Ja.«

Bloggs sah Godliman endlich an. »Sagen Sie mir, wo auf der Welt kann ich eine Frau wie sie finden?«

»Muß sie eine Heldin sein?«

»Nach Christine – ja.«

»England ist voll von Heldinnen, Fred.«

In diesem Moment trat Colonel Terry ein.

»Ah, Onkel Andrew –«, begrüßte ihn Godliman.

»Bleib sitzen«, unterbrach Terry. »Hör genau zu, es ist wichtig. Bloggs, Sie müssen es auch wissen. Der Mann, der die Bürgerwehrmänner getötet hat, hat ein Geheimnis erfahren, das für uns lebenswichtig ist.

Es wird eine Invasion geben. Jeder weiß das. Keiner weiß, wann oder wo. Es versteht sich von selbst, daß unser Ziel ist, die Deutschen in demselben Stand der Unwissenheit zu halten. Vor allem darüber, wo die Invasion stattfinden wird. Wir haben keine Mühen gescheut, um sicher zu gehen, daß der Feind in dieser Sache in die Irre geführt wird. Jetzt scheint es sicher, daß dem nicht so sein wird, wenn ihr Agent durchkommt. Er hat, das steht definitiv fest, unser Täuschungsmanöver durchschaut. Wenn wir nicht verhindern, daß er seine Erkenntnisse weitergibt, ist die ganze Invasion gefährdet – und damit der Ausgang des Krieges.

Ich habe bereits mehr gesagt, als ich wollte, doch es ist wichtig, die Dringlichkeit vor Augen zu führen und die genauen Konsequenzen eines Fehlschlags, falls es uns nicht gelingt, die Meldung abzufangen.« Er sagte ihnen nicht, daß die Normandie das Invasionsgebiet war, noch, daß der Pas de Calais via Ostengland die Ablenkungsroute darstellte – obwohl er sich sagen mußte, daß Godliman letzteres mit Sicherheit folgern würde, sobald Bloggs ihm über seine Bemühungen Bericht erstattet hatte, den Mörder der Bürgerwehrleute zu verfolgen.

Bloggs fragte: »Wie können Sie so sicher sein, daß der Spion Bescheid weiß?«

Terry ging an die Tür. »Kommen Sie herein, Rodriguez.«

Ein großer, gutaussehender Mann mit pechschwarzem Haar und einer langen Nase betrat das Zimmer und nickte Godliman und Bloggs höflich zu. »Senhor Rodriguez ist unser Mann in der portugiesischen Botschaft«, stellte Terry ihn vor. »Erzählen Sie ihnen, was passiert ist.«

Der Mann blieb an der Tür stehen und hielt seinen Hut in der Hand. »Ein Taxi kam gegen 23 Uhr zur Botschaft. Der Fahrgast stieg nicht aus, aber der Fahrer kam mit einem Umschlag an die Tür, der an Francisco adressiert war. Der Pförtner rief mich, den Anweisungen entsprechend, und ich nahm den Umschlag entgegen. Ich kam gerade rechtzeitig, um mir die Nummer des Taxis aufzuschreiben.«

»Ich lasse den Taxifahrer ermitteln«, sagte Terry. »In Ordnung, Rodriguez, Sie können wieder gehen. Und vielen Dank.«

Der hochgewachsene Portugiese verließ das Zimmer. Terry übergab Godliman einen großen gelben Umschlag, der an Manuel Francisco gerichtet war. Godliman öffnete ihn – das Siegel war schon erbrochen worden – und holte einen zweiten Umschlag heraus, auf dem eine Reihe sinnloser Buchstaben stand: vermutlich ein Code.

In dem inneren Umschlag lagen mehrere Blatt Papier, die mit der Hand beschrieben waren, und ein Satz großformatiger Photographien. Godliman untersuchte den Brief. »Sieht wie ein sehr einfacher Code aus.«

»Das brauchst du nicht zu lesen«, sagte Terry ungeduldig. »Sieh dir die Photos an.«

Es waren ungefähr dreißig Photographien, und Godliman betrachtete jedes einzelne, bevor er etwas sagte. Er gab sie an Bloggs weiter. »Das ist eine Katastrophe.«

Bloggs warf einen flüchtigen Blick auf die Bilder und legte sie hin.

»Das ist nur seine Rückversicherung«, sagte Godliman. »Die Negative hat er immer noch, und er bringt sie irgendwohin.«

Die drei Männer saßen regungslos da, wie auf einem Stillleben. Die einzige Lichtquelle war die Bürolampe, die auf Godlimans Schreibtisch brannte. Die einstmals weißen Wände, die verdunkelten Fenster, das spärliche Mobiliar und der abgetretene Büroteppich boten kaum einen spektakulären Hintergrund für ein Drama historischer Tragweite.

»Ich muß Churchill benachrichtigen«, erklärte Terry.

Das Telefon klingelte; der Colonel nahm den Hörer ab. »Ja. Gut. Er soll sofort herkommen – aber fragen Sie ihn zuerst, wo er den Fahrgast abgesetzt hat. Was? Wirklich? Danke, beeilen Sie sich.« Er hängte auf. »Das Taxi hat unseren Mann am University College Hospital abgesetzt.«

»Vielleicht wurde er bei dem Kampf mit den Bürgerwehrleuten verletzt«, mutmaßte Bloggs.

»Wo ist das Krankenhaus?« fragte Terry.

»Zu Fuß etwa fünf Minuten von Euston Station entfernt«, sagte Godliman. »Von Euston aus gehen Züge nach Holyhead, Liverpool, Glasgow ... alles Städte, von denen aus man eine Fähre nach Irland nehmen kann.«

»Von Liverpool nach Belfast«, fuhr Bloggs fort. »Dann ein Auto bis zur Grenze und hinüber nach Eire, während das U-Boot an der Atlantikküste auf ihn wartet. Die Strecke Holyhead-Dublin würde er wegen der Paßkontrolle nicht riskieren, und es hätte keinen Zweck, über Liverpool hinaus, etwa nach Glasgow, zu fahren.«

»Fred, Sie sollten an den Bahnhof gehen und das Bild von Faber herumzeigen«, sagte Godliman. »Vielleicht hat jemand ihn in einen Zug steigen sehen. Ich telefoniere mit dem Bahnhofsvorsteher und sage, daß Sie kommen. Außerdem erkundige ich mich, welche Züge seit etwa 22.30 Uhr abgefahren sind.«

Bloggs ergriff Hut und Mantel. »Ich beeile mich.«

Godliman nahm den Hörer von der Gabel. »Ja, wir müssen uns wirklich beeilen.«

In Euston Station waren immer noch viele Leute. Obwohl der Bahnhof normalerweise gegen Mitternacht geschlossen wurde, gab es während des Krieges so große Verspätungen, daß der letzte Zug oft noch nicht abgefahren war, bevor der erste Versorgungszug am Morgen eintraf. In der Bahnhofshalle mußte sich Bloggs durch einen Wust von Reisetaschen und auf dem Boden Schlafender durchkämpfen.

Bloggs zeigte drei Bahnpolizisten das Bild. Keiner von ihnen erkannte das Gesicht. Er wandte sich an zehn Gepäckträgerinnen: nichts. Er ging zu jeder Fahrkartensperre. Einer der Kontrolleure sagte mürrisch: »Wir sehen uns Fahrkarten an, nicht Gesichter.« Er befragte ergebnislos ein halbes Dutzend Reisende. Schließlich betrat er die Schalterhalle und zeigte jedem der Beamten das Bild.

Ein dicker, kahlköpfiger Mann mit einem schlechtsitzenden falschen Gebiß erkannte das Gesicht. »Es ist eine Art Spiel für mich«, erzählte er Bloggs. »Ich versuche, etwas an jedem Reisenden zu entdecken, das mir verrät, warum er verreist. Er könnte einen schwarzen Schlips haben, weil er zu einer Beerdigung muß; oder dreckige Stiefel bedeuten, daß er ein Farmer ist, der nach Hause fährt; oder eine weiße Stelle am Finger einer Frau, die ihren Ehering abgezogen hat ... Verstehen Sie, was ich meine? Meine Arbeit ist langweilig – aber ich will mich nicht beklagen –«

»Was haben Sie an diesem Mann bemerkt?» unterbrach Bloggs ihn.

»Nichts. Das war es eben – ich konnte mir nicht das geringste unter ihm vorstellen. Fast, als ob er es darauf anlegte, unauffällig zu sein. Wissen Sie, was ich meine?«

»Ich weiß, was Sie meinen.« Bloggs machte eine Pause. »Ich möchte, daß Sie jetzt sehr genau überlegen. Wohin fuhr er? Können Sie sich erinnern?«

»Ja«, antwortete der dicke Beamte. »Nach Inverness.«

»Das bedeutet nicht, daß er wirklich dorthin fährt«, sagte Godliman. »Er ist Profi – er weiß, daß wir uns auf Bahnhöfen erkundigen können. Wahrscheinlich kauft er automatisch eine Karte für die falsche Richtung.« Er blickte auf seine Uhr. »Er muß um 23.45 Uhr gefahren sein. Der Zug kommt jetzt gerade in Stafford an. Ich habe mit der Bahn gesprochen, und der Mann vom Stellwerk wurde informiert«, setzte er erklärend hinzu. »Der Zug wird vor Crewe angehalten werden. Eine Maschine steht bereit, die Sie beide nach Stoke-on-Trent fliegen wird. Parkin, Sie steigen dort in den Zug, wo man ihn gestoppt hat, vor Crewe. Sie werden als Schaffner verkleidet sein und sich jede Karte – und jedes Gesicht – im Zug ansehen. Wenn Sie Faber entdeckt haben, bleiben Sie einfach in seiner Nähe.

Bloggs, Sie warten an der Fahrkartensperre in Crewe, falls Faber beschließt, dort auszusteigen. Aber das wird er nicht. Sie steigen ein und als erster in Liverpool wieder aus. Dann warten Sie an der Sperre, bis Parkin und Faber rauskommen. Die Hälfte der dortigen Polizei ist im Einsatz, um Sie zu unterstützen.«

»Das klingt sehr gut, solange er mich nicht erkennt«, sagte Parkin. »Und wenn er sich noch von Highgate her an mein Gesicht erinnert?«

Godliman öffnete eine Schreibtischschublade, nahm eine Pistole heraus und gab sie Parkin. »Wenn er Sie erkennt, erschießen Sie den Schweinehund.«

Parkin steckte die Waffe ohne Kommentar ein.

»Sie sollten sich beide darüber im klaren sein, wie wichtig die Sache ist«, sagte Godliman. »Wenn wir den Mann nicht fassen, muß die Invasion in Frankreich verschoben werden – möglicherweise um ein Jahr. In diesem Jahr könnte sich das Kriegsglück wieder gegen uns wenden. Der Zeitpunkt ist vielleicht nie mehr so günstig.«

»Dürfen wir wissen, wie lange es noch bis zum D-Day dauert?«

Godliman sagte sich, daß sie zumindest dasselbe Recht darauf hatten wie er… schließlich hielten sie den eigenen Kopf dafür hin. »Ich weiß nur, daß es sich um Wochen handelt.«

Parkin dachte nach. »Dann also im Juni.«

Das Telefon klingelte, und Godliman nahm den Hörer ab. Kurz darauf blickte er hoch. »Ihr Wagen ist da.«

Bloggs und Parkin standen auf.

Godliman sagte: »Warten Sie einen Moment.«

Sie standen an der Tür und sahen den Professor an. Er sagte: »Ja, Sir. Selbstverständlich. Wird gemacht. Auf Wiedersehen, Sir.«

Bloggs konnte sich niemanden vorstellen, den Godliman mit »Sir« anredete. »Wer war denn das?«

»Churchill.«

»Was hat er gesagt?« fragte Parkin ehrfürchtig.

»Er wünscht Ihnen beiden viel Glück und Gottes Hilfe.«

15

In dem Eisenbahnwagen war es stockfinster. Faber dachte an die Witze, die manche Leute rissen:

»Nehmen Sie die Hand von meinem Knie. Nein, nicht Sie, Sie.« Die Briten konnten über alles Witze machen. Ihre Züge waren jetzt schlechter denn je, doch keiner beschwerte sich, da es um eine gute Sache ging. Faber zog die Dunkelheit vor: Darin blieb man unauffällig.

Vorhin hatten die Leute gesungen. Drei Matrosen im Gang hatten damit angefangen, und der ganze Wagen war eingefallen: alle Strophen von *Be Like the Kettle and Sing, There'll Always Be an England* (gefolgt von *Glasgow Belongs to Me* und *Land of My Fathers,* um niemanden zu übergehen) und, ganz den Umständen entsprechend, *Don't Get Around Much Any More*.

Es hatte Fliegeralarm gegeben, und der Zug fuhr darum nur noch dreißig Meilen pro Stunde. Eigentlich hätten sich alle auf den Boden werfen sollen, aber natürlich reichte der Platz nicht. Eine unbekannte weibliche Stimme hatte gesagt: »O Gott, ich habe Angst«, und eine männliche Stimme mit starker Cockney-Färbung hatte geantwortet: »Du bist völlig sicher, Mädel – ein bewegliches Ziel wird nicht getroffen.« Alle hatten gelacht, und damit war die Angst verflogen. Jemand öffnete einen Koffer und ließ eine Schachtel mit Eipulver-Sandwiches herumgehen.

Einer der drei Matrosen auf dem Gang wollte Karten spielen. »Wie denn – im Dunkeln?«

»Fühl die Ränder. Harrys Karten sind alle gezinkt.«

Der Zug hielt aus unerfindlichen Gründen gegen 4 Uhr morgens. Eine vornehme Stimme – der Spender der Sandwiches, dachte Faber – sagte: »Ich schätze, wir sind kurz vor Crewe.«

»Wie ich die Eisenbahn kenne, könnten wir überall zwischen Bolton und Bornemouth sein«, erklärte der Cockney.

Der Zug ruckte, setzte sich in Bewegung, und alle jubelten. Faber fragte sich, wo er denn nun zu finden sei, der Engländer aus den Karikaturen, mit seiner kühlen Zurückhaltung und seiner Unfähigkeit, Gefühle zu zeigen. Hier im Zug jedenfalls nicht.

Ein paar Minuten später sagte eine Stimme auf dem Gang: »Die Fahrkarten, bitte.« Faber bemerkte den Yorkshire-Akzent: Sie waren jetzt im Norden. Er kramte in seinen Taschen nach der Fahrkarte.

Faber hatte den Ecksitz an der Tür, so daß er auf den Gang hinausblicken konnte. Der Schaffner leuchtete mit einer Taschenlampe auf die Fahrkarten. Faber sah die Silhouette des Mannes im Widerschein des Lichts. Sie kam ihm irgendwie bekannt vor.

Er lehnte sich in seinen Sitz zurück, um abzuwarten. Der Alptraum fiel ihm ein: »Das ist eine Fahrkarte der Abwehr«, – er lächelte in der Dunkelheit.

Dann runzelte er die Stirn. Der Zug hält ohne Grund an; kurz danach beginnt die Fahrkartenkontrolle; das Gesicht des Schaffners ist irgendwie bekannt... Vielleicht war es bedeutungslos, aber Faber war noch am Leben, weil er sich immer um Dinge gekümmert hatte, die vielleicht bedeutungslos waren. Er blickte wieder hinaus auf den Gang, aber der Mann hatte ein Abteil betreten.

Der Zug hielt kurz an – der Bahnhof hieß nach Meinung der Experten in Fabers Abteil Crewe – und setzte sich dann wieder in Bewegung.

Faber konnte wieder einen Blick auf das Gesicht des Kontrolleurs werfen, und jetzt erinnerte er sich. Die Pension in Highgate! Der Junge aus Yorkshire, der Soldat werden wollte!

Faber beobachtete ihn eingehend. Der Schein der Taschenlampe glitt über das Gesicht jedes Fahrgastes. Er sah sich nicht nur die Fahrkarten an.

Nein, sagte Faber zu sich selbst. Keine voreiligen Schlußfolgerungen! Wie sollten sie ihm auch auf die Spur kommen? Sie konnten doch unmöglich herausgefunden haben, in welchem Zug er war; sie konnten doch nicht einen der wenigen Menschen auf der Welt, die wußten, wie er aussah, aufgetrieben und in so kurzer Zeit als Fahrkartenkontrolleur verkleidet in den Zug geschmuggelt haben. Das war unglaublich.

Parkin, so hieß er. Billy Parkin. Irgendwie wirkte er jetzt viel älter. Er kam näher.

Es mußte ein Doppelgänger sein – vielleicht ein älterer Bruder. Es konnte sich nur um einen Zufall handeln!

Parkin ging in das Nachbarabteil. Nun war keine Zeit mehr zu verlieren.

Faber nahm das Schlimmste an und traf die nötigen Vorbereitungen.

Er stand auf, verließ das Abteil und bahnte sich über Koffer, Reisetaschen und Menschen hinweg einen Weg zur Toilette. Sie war nicht besetzt. Er ging hinein und schloß die Tür ab.

Es war nur ein Zeitgewinn – Schaffner verzichteten nie darauf, auch die

Toiletten zu überprüfen. Er hockte auf dem Sitz und überlegte fieberhaft, wie er entkommen könne. Der Zug fuhr inzwischen wieder schneller, so schnell, daß er auch nicht abspringen konnte. Außerdem würde ihn jemand sehen, und wenn man wirklich nach ihm suchte, würde man den Zug anhalten.

»Die Fahrkarten, bitte.«

Parkin kam wieder näher.

Faber hatte einen Einfall. Das Verbindungsstück zwischen den Wagen war ein winziger Raum wie eine Luftschleuse; es war an den Seiten von einer Art Balg umgeben und an beiden Enden wegen des Lärms und der Zugluft durch Türen von den Wagen abgetrennt. Er verließ die Toilette, kämpfte sich bis zum Ende des Wagens durch, öffnete die Tür und betrat den Verbindungsgang. Dann schloß er die Tür hinter sich.

Es war eiskalt, und der Lärm war ohrenbetäubend. Faber setzte sich auf den Boden, rollte sich zusammen und stellte sich schlafend. Nur ein Toter hätte hier schlafen können, aber heutzutage machten die Leute in den Zügen die seltsamsten Dinge.

Er versuchte, die Kälteschauer zu unterdrücken.

Die Tür hinter ihm öffnete sich. »Ihre Fahrkarte, bitte.«

Er ignorierte die Aufforderung und hörte, wie sich die Tür schloß.

»Aufwachen, Dornröschen!« Die Stimme war nicht zu verkennen.

Faber tat so, als sei er im Schlaf gestört worden, und stand langsam auf, wobei er Parkin den Rücken zuwandte. Als er sich umdrehte, hatte er das Stilett in der Hand. Er drängte Parkin gegen die Tür, hielt ihm die Messerspitze an die Kehle und sagte:

»Keinen Laut, oder ich bringe dich um.«

Mit der linken Hand nahm er Parkins Taschenlampe und leuchtete dem jungen Mann ins Gesicht. Parkin sah nicht so erschrocken aus, wie er hätte sein müssen.

»So, so. Billy Parkin, der Soldat werden wollte und bei der Eisenbahn endete. Immerhin, es ist eine Uniform.«

Parkin sagte: »Sie!«

»Du weißt verdammt genau, daß ich es bin, kleiner Billy Parkin. Du hast mich gesucht. Warum?« Er bemühte sich, seine Stimme bedrohlich klingen zu lassen.

»Ich weiß nicht, warum ich Sie suchen sollte – ich bin kein Polizist.«

Fabers Messer zuckte drohend nach oben. »Hör auf, mich zu belügen.«

»Ehrlich, Mr. Faber. Lassen Sie mich los – ich sage niemandem, daß ich Sie gesehen habe. Das verspreche ich.«

Faber wurde unsicher. Entweder sagte Parkin die Wahrheit, oder er spielte seine Rolle genauso theatralisch wie Faber selbst.

Parkin verlagerte seinen Körper, und sein rechter Arm bewegte sich in der Dunkelheit. Faber packte sein Handgelenk mit einem eisernen Griff. Parkin wand sich, doch Faber ließ die nadelscharfe Spitze des Stiletts den Bruchteil eines Zolls in den Hals des jungen Mannes dringen, so daß dieser jeglichen Widerstand aufgab. Faber fand die Tasche, in die Parkin hatte greifen wollen, und zog eine Pistole hervor.

»Fahrkartenkontrolleure sind nicht bewaffnet«, sagte er. »Für wen arbeitest du, Parkin?«

»Wir haben jetzt alle Pistolen – wegen der Dunkelheit in den Zügen.«

Parkin log mutig und hartnäckig. Mit Drohungen allein war es nicht getan, um seine Zunge zu lösen, erkannte Faber.

Seine Bewegung kam unvermittelt, schnell und genau. Die Klinge des Stiletts zuckte in seiner Faust. Ihre Spitze drang genau einen halben Zoll tief in Parkins linkes Auge und wieder heraus.

Fabers Hand hielt Parkin den Mund zu. Der unterdrückte Schmerzensschrei wurde vom Lärm des Zuges übertönt. Parkins Hände fuhren zu seinem verletzten Auge.

»Rette dein anderes Auge, Parkin. Für wen arbeitest du?«

»Military Intelligence, oh, Gott, bitte, tun Sie es nicht noch einmal.«

»Für wen? Menzies? Masterman?«

»Oh, Gott, Godliman, Percy Godliman.«

»Godliman!« Faber kannte den Namen, aber jetzt war nicht die Zeit, in der Erinnerung nach Einzelheiten zu kramen. »Was haben sie von mir?«

»Ein Bild – ich habe es aus den Akten herausgesucht.«

»Was für ein Bild? Was für ein Bild?«

»Eine Leichtathletikmannschaft – Läufer – mit einem Pokal – beim Heer –«

Faber erinnerte sich. Himmel, wo hatten sie es nur her? Es war ein Alptraum: Sie hatten ein Bild. Sie kannten sein Gesicht. Sein Gesicht.

Er ging mit dem Messer näher an Parkins rechtes Auge heran. »Woher wußtest du, wo ich bin?«

»Tun Sie's nicht, bitte – Agent in der portugiesischen Botschaft hat Ihren

Brief abgefangen – Taxinummer aufgeschrieben – Nachforschungen in Euston – bitte, nicht das andere Auge –« Er bedeckte beide Augen mit den Händen.

Verdammt. Francisco, dieser Idiot... jetzt mußte er – »Welchen Plan habt ihr? Wo ist die Falle?«

»Glasgow. Sie werden in Glasgow erwartet. Dort müssen alle aussteigen.«

Fabers Hand, die das Messer hielt, senkte sich zu Parkins Bauch. Um ihn abzulenken, fragte er: »Wieviel Mann?« Dann stieß er kräftig zu, nach innen und dann hoch ins Herz.

Parkins eines Auge starrte ihn entsetzt an. Er starb nicht sofort. Das war der Nachteil bei Fabers bevorzugter Tötungsart. Normalerweise genügte der Schock des Stiches, damit das Herz aussetzte. Aber wenn das Herz stark war, funktionierte diese Methode nicht immer – schließlich spritzten Chirurgen manchmal Adrenalin direkt ins Herz –, und wenn es weiterschlug, bildete sich durch die Muskelbewegung ein Hohlraum um die Klinge herum, aus der Blut ausströmte. Es war genauso tödlich, dauerte nur länger.

Endlich wurde Parkins Körper schlaff. Faber lehnte ihn einen Moment lang gegen die Wand und dachte nach. Da war etwas gewesen im Gesicht des Mannes, bevor er starb – ein Aufflackern von Tapferkeit, der Anflug eines Lächelns. Es hatte etwas zu bedeuten. Das war immer so.

Faber ließ die Leiche zu Boden fallen und legte sie so hin, daß die Wunden nicht zu sehen waren und jeder glauben würde, der Mann schlafe. Ein Fußtritt beförderte die Eisenbahnermütze in eine Ecke. Faber säuberte sein Stilett an Parkins Hose und wischte sich die Augenflüssigkeit von den Händen. Es war eine unappetitliche Sache gewesen.

Er ließ das Messer in seinem Ärmel verschwinden und öffnete die Tür zum Wagen. Dann tastete er sich in der Dunkelheit zurück zu seinem Abteil. Er kämpfte gegen die aufsteigende Übelkeit.

Als er sich wieder setzte, sagte der Mann mit dem Cockney-Akzent: »Sie ha'm lange gebraucht – gibt's 'ne Schlange?«

»Muß was Falsches gegessen haben«, gab Faber zurück. »Wahrscheinlich ein Eipulver-Sandwich.« Der Mann lachte.

Faber ging dieser Godliman nicht aus dem Sinn. Er kannte den Namen – er konnte damit sogar vage ein Gesicht in Verbindung bringen: nicht mehr ganz jung, Brille, Pfeife, ein zerstreuter, professoraler Gesichtsausdruck. Genau – ein Professor. Jetzt erinnerte er sich. In seinen ersten beiden Jahren in London hatte Faber wenig zu tun gehabt. Der Krieg hatte noch nicht angefangen, und die meisten hatten geglaubt, daß er sich vermeiden ließe. (Faber hatte nicht zu diesen Optimisten gehört.) Er hatte sich ein wenig, nicht allzu sehr, nützlich machen können: Vor allem überprüfte und überarbeitete er die veralteten Karten der Abwehr und lieferte Stimmungsberichte, die sich auf eigene Beobachtungen und Zeitungsartikel stützten. Um sich die Zeit zu vertreiben, sein Englisch zu verbessern und seine Tarnung auszubauen, hatte er Sehenswürdigkeiten besucht.

Er hatte die Canterbury Cathedral ohne Hintergedanken besichtigt, wenn er auch eine Luftaufnahme der Stadt und der Kathedrale kaufte, die er über Hamburg an die Luftwaffe schickte – nicht, daß es viel nützte. Er hatte sich Zeit genommen, sich das Bauwerk in Ruhe anzusehen, hatte die uralten Initialen gelesen, die in die Wände eingemeißelt waren, die verschiedenen Architekturstile unterschieden und Zeile um Zeile in seinem Führer gelesen, während er langsam weiterging.

Er war im südlichen Wandelgang des Chors gewesen und hatte die Blendbögen betrachtet, als er eine ebenso versunkene Gestalt an seiner Seite bemerkte: einen älteren Mann. »Faszinierend, nicht wahr?« sagte dieser. Faber fragte ihn, was er meine.

»Der eine Spitzbogen in einer Arkade von Rundbögen. Es gibt keinen Grund dafür – dieser Teil ist offensichtlich nicht rekonstruiert worden. Irgend jemand muß nur den einen geändert haben. Warum wohl?«

Faber verstand, worauf er hinauswollte. Der Chor war romanisch, das Schiff gotisch, und doch befand sich hier im Chor ein einzelner gotischer Bogen. »Vielleicht wollten die Mönche wissen, wie Spitzbögen aussehen, und der Architekt zeigte es ihnen auf diese Weise.«

Der Ältere starrte ihn an. »Eine vorzügliche These! Das muß der Grund sein. Sind Sie Historiker?«

Faber lachte. »Nein, nur Büroangestellter, aber ich lese ab und zu Geschichtsbücher.«

»Für so eine geistreiche Vermutung kann man einen Doktortitel bekommen!«

»Sind Sie's? Historiker, meine ich.«

»Ja« sagte dieser lachend und streckte die Hand aus. »Percy Godliman.

War es möglich, dachte Faber, während der Zug weiter durch Lancashire ratterte, daß diese unscheinbare Gestalt in einem Tweedanzug der Mann sein konnte, der ihn enttarnt hatte? Spione behaupten gewöhnlich, Beamte oder etwas ähnlich Unbestimmtes zu sein, nicht Historiker – diese Lüge wäre zu leicht zu entlarven. Doch man munkelte, daß der Military Intelligence durch eine Anzahl von Hochschullehrern verstärkt worden sei. Faber hatte sie sich als jung, sportlich, zupackend, kriegslüstern und klug vorgestellt. Godliman war klug, aber die anderen Eigenschaften gingen ihm ab. Wenn er sich nicht geändert hatte.

Faber hatte ihn noch einmal gesehen, bei dieser zweiten Gelegenheit aber nicht mit ihm geredet. Nach der kurzen Begegnung in der Kathedrale hatte er ein Plakat gesehen, das eine öffentliche Vorlesung Professor Godlimans in seinem College ankündigte – über Heinrich II. Faber war aus Neugier dorthin gegangen. Die Vorlesung war fundiert, lebendig und überzeugend gewesen. Godliman war immer noch eine leicht komische Figur, wenn er hinter seinem Pult auf und ab hüpfte und sich von seinem Thema mitreißen ließ; jedenfalls wurde deutlich, daß sein Verstand messerscharf war.

Das war also der Mann, der entdeckt hatte, wie die Nadel aussah. Du lieber Himmel, ein *Amateur*.

Nun, er würde die Fehler eines Amateurs machen. Billy Parkin zu schicken war einer gewesen: Faber hatte den Jungen erkannt. Godliman hätte jemanden schicken sollen, den Faber nicht kannte. Der hätte Faber zwar nicht so leicht erkannt wie Parkin, aber letzterer hatte nicht die geringste Aussicht gehabt, die Begegnung zu überleben. Ein Profi hätte das gewußt.

Der Zug kam ruckend zum Stehen. Draußen verkündete eine gedämpfte Stimme, daß man in Liverpool war. Faber fluchte leise. Hätte er doch die Zeit nicht mit Erinnerungen an Percy Godliman verplempert, sondern sich lieber überlegt, was er als nächstes tun sollte!

Vor seinem Tode hatte Parkin gesagt, daß man ihn in Glasgow abpassen wollte. Wieso Glasgow? Bei den Nachforschungen in Euston mußten sie herausgefunden haben, daß er nach Inverness fuhr. Wenn sie Inverness für eine Finte hielten, mußten sie annehmen, daß er hierher kommen würde, nach Liverpool, weil das der am nächsten gelegene Hafen mit einer Fährverbindung nach Irland war.

Faber haßte übereilte Entscheidungen.

Auf jeden Fall mußte er den Zug verlassen.

Er stand auf, öffnete die Tür, stieg aus und ging auf die Fahrkartensperre zu.

Etwas anderes fiel ihm ein. Was war in Billy Parkins Augen aufgeblitzt, bevor er starb? Nicht Haß, nicht Furcht, nicht Schmerz – obwohl das alles mitschwang. Es hatte mehr wie Triumph ausgesehen.

Faber blickte auf, vorbei an dem Schaffner, der die Fahrkarten einsammelte, und verstand plötzlich.

Hinter der Sperre wartete, mit Hut und Regenmantel bekleidet, der junge blonde Verfolger vom Leicester Square.

Parkin, der voller Todesangst, erniedrigt und als Verräter gestorben war, hatte Faber am Ende doch hinters Licht geführt. Die Falle war also hier.

Der Mann mit dem Regenmantel hatte Faber in der Menge noch nicht bemerkt. Faber drehte sich um und stieg wieder in den Zug. Im Abteil schob er das Rouleau zur Seite und spähte durch den Spalt. Der Verfolger musterte die Gesichter in der Menge. Der Mann, der wieder in den Zug gestiegen war, war ihm nicht aufgefallen.

Faber sah zu, wie sich die Passagiere langsam durch die Sperre drängten, bis der Bahnsteig leer war. Der blonde Mann redete eindringlich auf den Schaffner ein, der verneinend den Kopf schüttelte. Der Mann schien nicht nachzugeben. Nach einer Weile winkte er jemandem zu, den Faber nicht sehen konnte. Ein Polizeioffizier tauchte aus dem Schatten auf und redete mit dem Schaffner. Der Aufsichtsführende schloß sich der Gruppe an, gefolgt von einem Mann in Zivil, wohl ein höherer Eisenbahnbeamter.

Der Lokomotivführer und sein Heizer gingen hinüber zur Sperre. Wieder winkten die einen, und die anderen schüttelten den Kopf.

Schließlich zuckten die Eisenbahner die Achseln, wandten sich ab oder hoben die Augen zum Himmel – alles deutete darauf hin, daß sie nachgaben. Der Blonde und der Polizeioffizier riefen weitere Polizisten herbei, und sie stapften entschlossen auf den Bahnsteig zu.

Sie würden den Zug durchsuchen.

Alle Eisenbahner, einschließlich des Lokomotivführers und des Heizers, waren in der entgegengesetzten Richtung verschwunden; sie hatten es zweifellos auf Tee und Sandwiches abgesehen, während diese Verrückten versuchten, einen proppenvollen Zug zu durchsuchen. Faber hatte einen Einfall.

Er öffnete die Tür und sprang auf der verkehrten Seite des Zuges hinaus, die dem Bahnsteig gegenüberlag. Er war durch die Wagen vor den Blicken der Polizei geschützt und rannte, über die Schwellen stolpernd und auf dem Schotter ausrutschend, das Bahngleis entlang auf die Lokomotive zu.

Es konnte sich nur um etwas Unangenehmes handeln. Sowie er merkte, daß Billy Parkin den Zug nicht seelenruhig verließ, wußte Frederick Bloggs, daß die Nadel ihnen wieder durch die Finger geschlüpft war. Während die uniformierten Polizisten den Zug paarweise durchsuchten – zwei Mann für jeden Wagen –, malte Bloggs sich mehrere Gründe für Parkins Verschwinden aus. Alle waren fatal.

Bloggs schlug den Mantelkragen hoch und schritt den zugigen Bahnsteig auf und ab. Die Nadel zu fassen war ihm ein echtes Bedürfnis: nicht nur der Invasion wegen – obwohl das, weiß Gott, Grund genug war –, sondern wegen Percy Godliman, wegen der fünf Bürgerwehrmänner und wegen Christine.

Er warf einen Blick auf seine Armbanduhr: Es war vier. Bald würde es Tag werden. Bloggs war die ganze Nacht auf den Beinen gewesen und hatte seit dem Frühstück am Tag zuvor nichts gegessen. Bis jetzt hatte ihn sein Adrenalinspiegel fit gehalten. Aber nun, da die Falle nicht zugeschnappt war – dessen war er sich ziemlich sicher –, fühlte er sich ausgepumpt. Hunger und Erschöpfung machten sich bemerkbar. Er mußte all seine Kraft zusammennehmen, um nicht in Tagträume über heißes Essen und ein warmes Bett zu verfallen.

»Sir!« Ein Polizist lehnte sich aus einem der Wagen und winkte ihm zu. »Sir!« Bloggs ging auf ihn zu und begann dann zu laufen. »Was haben Sie gefunden?«

»Könnte Ihr Mann sein – Parkin.«

Bloggs kletterte in den Wagen. »Was soll das heißen: könnte?«

»Sie sehen sich's besser selber an.« Der Polizist öffnete die Verbindungstür zwischen den Wagen und leuchtete mit seiner Taschenlampe hinein.

Es war Parkin. Bloggs sah es an der Schaffneruniform. Er lag zusammengerollt auf dem Boden. Bloggs nahm die Taschenlampe des Polizisten, kniete sich neben Parkin und drehte ihn um.

Er sah Parkins Gesicht, wandte schnell den Kopf ab und sagte: »O mein Gott!«

»Das ist also Parkin?« fragte der Polizist.

Bloggs nickte. Er stand ganz langsam auf, ohne die Leiche noch einmal anzusehen. »Wir werden alle in diesem Wagen und im nächsten befragen. Jeder, der etwas Ungewöhnliches gesehen oder gehört hat, muß hierbleiben und wird weiter vernommen. Aber es dürfte kaum etwas nützen. Der Mörder muß abgesprungen sein, bevor der Zug hier ankam.«

Bloggs trat hinaus auf den Bahnsteig. Die Durchsuchung des Zuges war beendet, und die Polizisten standen in Gruppen beieinander. Er ging auf sie zu und ordnete an, daß sechs von ihnen ihm bei den Vernehmungen halfen.

Der Polizeiinspektor sagte: »Der Schuft ist also abgehauen?«

»Mit an Sicherheit grenzender Wahrscheinlichkeit«, sagte Bloggs. »Sie haben in jeder Toilette nachgesehen und auch im Schaffnerabteil?«

»Ja, und auf den Wagendächern und unter dem Zug, in der Lokomotive und im Tender.«

Ein Reisender stieg aus und näherte sich Bloggs und dem Inspektor. Es war ein kleiner, asthmatischer Mann, der schwer keuchte. »Entschuldigen Sie.«

»Ja, Sir«, sagte der Inspektor.

»Suchen Sie vielleicht jemanden?«

»Wieso fragen Sie?«

»Wenn Sie jemanden suchen, wäre das ein großer Kerl?«

»Wieso fragen Sie?«

Bloggs unterbrach ungeduldig. »Ja, ein großer Mann. Los, heraus damit!«

»Nun, ein großer Kerl ist nämlich auf der falschen Zugseite ausgestiegen.«

»Wann?«

»Ein oder zwei Minuten, nachdem der Zug hielt. Er stieg ein und dann an der anderen Seite wieder aus. Sprang auf die Schienen. Er hatte kein Gepäck. Das war seltsam, und ich dachte –«

»Mist«, sagte der Inspektor.

»Er muß die Falle bemerkt haben«, meinte Bloggs. »Aber wie? Er kennt mein Gesicht nicht, und Ihre Männer waren nicht zu sehen.«

»Etwas muß ihn mißtrauisch gemacht haben.«

»Er ist also zum nächsten Bahnsteig hinübergelaufen und hat dort das Weite gesucht. Hätte man ihn da nicht sehen müssen?«

Der Inspektor zuckte die Achseln. »Um diese Zeit sind hier nicht mehr viele Leute unterwegs. Und wenn er gesehen wurde, brauchte er nur zu sagen, daß er sich nicht in die lange Schlange an der Sperre stellen wollte.«

»Haben Sie auch die anderen Fahrkartensperren überwachen lassen?«

»Daran habe ich nicht gedacht.«

»Ich auch nicht.«

»Wir können natürlich die Umgebung absuchen und später verschiedene Punkte in der Stadt überprüfen, natürlich auch die Fähre –«

»Ja, bitte, tun Sie das«, sagte Bloggs.

Aber irgendwie wußte er, daß Faber nicht mehr zu finden sein würde.

Es dauerte über eine Stunde, bis der Zug weiterfuhr. Faber hatte einen Krampf in der linken Wade und Staub in der Nase. Er hörte, wie der Lokomotivführer und der Heizer wieder zurück in den Führerstand kletterten, und er bekam Bruchstücke einer Unterhaltung über eine Leiche mit, die im Zug gefunden worden war. Metall klapperte, als der Heizer Kohlen schaufelte, zischend entwich Dampf aus dem Kessel, und Kolben klirrten. Dann gab es einen Ruck und ein Schnauben von Rauch aus dem Schornstein, als der Zug sich in Bewegung setzte. Faber veränderte seine Stellung und gestattete sich ein unterdrücktes Niesen. Danach fühlte er sich besser.

Er befand sich hinten im Tender tief in den Kohlen vergraben, wo ein Mann mit einer Schaufel zehn Minuten schwer hätte arbeiten müssen, um ihn zu entdecken. Wie er gehofft hatte, hatten sich die Polizisten bei der Durchsuchung des Tenders auf einen eingehenden Blick begnügt und es dabei belassen.

Faber überlegte, ob er wagen konnte, wieder unter den Kohlen hervorzukriechen. Es mußte langsam hell werden: Würde man ihn von einer Eisenbahnbrücke aus sehen können? Wahrscheinlich nicht. Seine Haut war jetzt ziemlich schwarz, und auf einem fahrenden Zug würde er im fahlen Licht der Morgendämmerung nichts als ein dunkler Schatten vor einem dunklen Hintergrund sein. Ja, er konnte es riskieren. Langsam und vorsichtig arbeitete er sich aus seinem Kohlegrab heraus.

Mit tiefen Atemzügen sog er die kühle Luft ein. Die Kohle wurde durch ein kleines Loch am Vorderende aus dem Tender geschaufelt. Später würde der Heizer vielleicht in den Tender steigen müssen, wenn der Brennstoffvorrat kleiner wurde. Im Moment war Faber sicher.

Als es heller wurde, schaute er an sich hinab. Er war von Kopf bis Fuß mit Kohlenstaub bedeckt, wie ein Bergmann, der gerade aus der Grube kam. Irgendwie mußte er es schaffen, sich zu waschen und seine Kleidung zu wechseln.

Er wagte einen Blick über den Rand des Tenders hinaus auf die Landschaft. Der Zug fuhr immer noch durch die Vororte, vorbei an Fabriken,

Lagerhäusern und Reihen schmutziger kleiner Häuser. Er mußte sich seinen nächsten Schritt überlegen.

Ursprünglich hatte er geplant, in Glasgow auszusteigen und dort einen anderen Zug nach Dundee und an der Ostküste entlang nach Aberdeen zu nehmen. Es war immer noch möglich, nach Glasgow zu fahren. Natürlich konnte er nicht am Bahnhof aussteigen, aber er konnte kurz davor oder danach abspringen. Das war jedoch gefährlich. Der Zug würde zwischen Liverpool und Glasgow bestimmt noch mehrere Male anhalten, und dabei konnte er entdeckt werden. Nein, er mußte so bald wie möglich den Zug verlassen und ein anderes Transportmittel finden.

Der ideale Ort zum Abspringen wäre eine einsame Strecke kurz hinter einer Stadt oder einem Dorf. Die Strecke mußte einsam sein, damit man ihn nicht vom Tender springen sah, doch nicht allzu weit von Häusern entfernt, damit er dort Kleidung und ein Auto stehlen konnte. Außerdem mußte die Strecke bergan führen, damit die Geschwindigkeit des Zuges niedrig genug zum Abspringen war.

Das Tempo betrug jetzt etwa vierzig Meilen pro Stunde. Faber legte sich zurück auf die Kohle. Er konnte nicht ständig Ausschau halten, weil man ihn sonst irgendwann entdeckt hätte. Er beschloß, nur noch hinauszuschauen, wenn der Zug langsamer wurde. Ansonsten würde er still liegen bleiben.

Nach ein paar Minuten merkte er, daß er trotz seiner unbequemen Unterlage eindöste. Er drehte sich um und stützte den Körper mit den Ellenbogen ab; auf diese Weise würde er auf die Kohlen plumpsen, sobald er einschlief, und durch den Aufprall erwachen.

Der Zug wurde schneller. Zwischen London und Liverpool schien er mehr gestanden als sich bewegt zu haben; nun dampfte er ganz schön schnell durch die Gegend. Zu allem Unglück begann es jetzt auch noch zu regnen: ein kalter, stetiger Sprühregen, der seine Kleidung durchnäßte und auf seiner Haut zu Eis zu werden schien. Jetzt hatte er noch einen Grund, den Zug bald zu verlassen; denn er könnte erfrieren, bevor Glasgow erreicht war!

Als der Zug eine halbe Stunde mit hoher Geschwindigkeit dahingefahren war, spielte er mit dem Gedanken, den Heizer und den Lokomotivführer zu töten, um selbst den Zug anzuhalten. Ein Stellwerk rettete ihnen das Leben. Der Zug wurde plötzlich langsamer, als die Bremsen anzogen. Er verringerte das Tempo etappenweise. Faber nahm an, daß dieser Abschnitt der Bahnlinie entsprechend ausgeschildert war. Er blickte hinaus. Sie waren wieder auf offener Strecke und näherten sich einem Knotenpunkt, dessen Signale auf »Halt« standen. Deswegen also.

Faber blieb im Tender, während der Zug stillstand. Nach fünf Minuten ruckte er wieder an. Faber zog sich an der Seitenwand des Tenders hoch, balancierte einen Moment lang auf der Kante und sprang ab.

Er landete auf dem Bahndamm und endete mit dem Gesicht nach unten in üppig wucherndem Unkraut. Als der Zug außer Hörweite war, stand er auf. Das einzige Anzeichen von Zivilisation in der näheren Umgebung war das Stellwerk, ein zweigeschossiges Holzgebäude mit großen Fenstern im oben gelegenen Dienstraum, einer Treppe an der Außenseite und einer Tür im Erdgeschoß. Auf der anderen Seite führte ein Schotterpfad von dem Haus weg.

Faber schlug einen großen Bogen um das Gebäude, um sich ihm von hinten zu nähern, wo es keine Fenster gab. Er trat durch eine Tür im Erdgeschoß und fand, was er erwartet hatte: eine Toilette, ein Waschbecken und einen Mantel, der an einem Haken hing.

Er zog seine nasse Kleidung aus, wusch sich Hände und Gesicht und rieb sich kräftig am ganzen Körper mit einem schmierigen Handtuch ab. Die kleine zylindrische Dose mit den Negativen war immer noch fest mit Pflaster an seine Brust geklebt. Er zog seine Kleidung wieder an, tauschte aber seine eigene, völlig durchnäßte Jacke gegen den Mantel des Eisenbahners.

Nun brauchte er nur noch ein Fahrzeug. Der Mann im Stellwerk mußte ja auch irgendwie hierhergekommen sein. Faber ging hinaus und fand ein Fahrrad, das mit einem Vorhängeschloß an einem Geländer hinter dem Haus festgemacht war. Er sprengte das kleine Schloß mit der Klinge seines Stiletts. Dann ging er geraden Wegs von der fensterlosen Rückseite des Gebäudes fort und schob das Fahrrad, bis er außer Sichtweite war. Er ging weiter, querfeldein, bis er den Schotterpfad erreicht hatte, stieg auf und radelte davon.

16

Percival Godliman hatte sich ein kleines Feldbett von zu Hause mitgebracht. Er hatte sich, mit Hose und Hemd bekleidet, in seinem Büro darauf ausgestreckt und versuchte vergeblich zu schlafen. Seit beinahe vierzig Jahren, als er seine Examina an der Universität gemacht hatte, war ihm das nicht mehr passiert. Er hätte die Ängste jener Tage gern gegen die Sorgen getauscht, die ihn nun wachhielten.

Er wußte, daß er damals ein ganz anderer Mensch gewesen war – nicht nur jünger, sondern auch viel weniger ... zerstreut. Er war gesellig, zupackend und ehrgeizig gewesen und hatte vorgehabt, in die Politik zu gehen. Sein Studieneifer hatte sich damals in Grenzen gehalten, weshalb er auch wirklich Grund gehabt hatte, sich vor den Prüfungen zu fürchten.

Seine beiden großen Hobbys in jenen Tagen hatten schlecht zueinander gepaßt: Debattieren und Gesellschaftstanz. Er hatte sich in der Oxford Union ausgezeichnet und war in *The Tatler* beim Walzer mit Debütantinnen abgebildet worden. Ein großer Schürzenjäger war er nicht gewesen. Er wollte nur mit einer Frau intim werden, die er liebte – nicht, weil er an irgendwelche hehren Prinzipien glaubte, sondern weil er eben so war.

Er hatte keine sexuellen Erfahrungen gehabt, ehe er Eleanor traf, die keine von den Debütantinnen war, sondern eine brillante Mathematikerin, die Anmut und Wärme besaß und einen Vater, der vierzig Jahre lang unter Tage gearbeitet hatte und an einer Staublunge zugrunde ging. Der junge Percival hatte sie seiner Familie vorgestellt. Sein Vater war Lord Lieutenant der Grafschaft gewesen, und das Haus war Eleanor wie ein Schloß vorgekommen, aber sie hatte sich natürlich und charmant und nicht im geringsten eingeschüchtert gegeben. Als Percys Mutter sie einmal schändlich von oben herab behandelte, hatte sie geistreich-sarkastisch gekontert. Dafür hatte er sie um so mehr geliebt.

Percival hatte seinen Abschluß gemacht, nach dem Weltkrieg in einer Public School unterrichtet und bei drei Nachwahlen kandidiert. Sie waren beide enttäuscht gewesen, als sie feststellten, daß sie keine Kinder bekommen konnten. Aber sie waren glücklich gewesen und hatten sich hingebungsvoll geliebt. Ihr Tod war die schrecklichste Tragödie, die Godliman je erlebt hatte. Danach war sein Interesse an seiner Umwelt geschwunden, und er hatte sich ins Mittelalter zurückgezogen.

Ihrer beider Verlust hatte ihn und Bloggs einander nähergebracht. Der Krieg hatte Godliman wieder ins wirkliche Leben zurückgeführt; er hatte in ihm das geweckt, was ihn zu einem großen Redner und Lehrer und zu einem Hoffnungsträger der Liberalen gemacht hatte: Elan, Unternehmungsgeist und Leidenschaft. Er hoffte, daß auch in Bloggs' Leben irgend etwas eintreten würde, das ihn vor Vereinsamung und Bitterkeit bewahrte.

Während Godliman über ihn nachdachte, rief Bloggs aus Liverpool an, um zu melden, daß die Nadel durch das Netz geschlüpft war und Parkin ermordet hatte.

Godliman, der sich zum Telefonieren auf den Rand des Feldbettes gesetzt hatte, schloß die Augen. »Ich hätte Sie in den Zug schicken sollen«, murmelte er.

»Vielen Dank!« sagte Bloggs.

»Nur weil er Ihr Gesicht nicht kennt.«

»Vielleicht doch«, widersprach Bloggs. »Wir vermuten, daß er die Falle bemerkt hat. Mein Gesicht war das einzige, das er beim Aussteigen sehen konnte.«

»Aber woher sollte er Sie kennen? Oh! Nein, doch nicht vom ... Leicester Square?«

»Ich verstehe es auch nicht, aber schließlich scheinen wir ihn ständig zu unterschätzen.«

Godliman fragte ungeduldig. »Lassen Sie auch die Fähre beobachten?«

»Ja.«

»Er wird sie natürlich nicht benutzen – zu auffällig. Wahrscheinlich wird er ein Boot stehlen. Andererseits könnte Inverness immer noch sein Ziel sein.«

»Ich habe die Polizei dort oben benachrichtigt.«

»Gut. Ich glaube nicht, daß wir von irgendwelchen festen Vorstellungen über sein mögliches Ziel ausgehen können. Wir sollten jedenfalls nichts ausschließen.«

»Ja.«

Godliman stand auf, nahm den Apparat in die Hand und begann, auf dem Teppich auf und ab zu gehen. »Es muß auch nicht unbedingt er gewesen sein, der auf der verkehrten Seite des Zuges ausgestiegen ist. Nehmen wir also an, daß er vor, in oder nach Liverpool abgesprungen ist.« Godlimans Intellekt arbeitete wieder auf vollen Touren und spielte verschiedene Möglichkeiten durch. »Geben Sie mir den Polizeidirektor.«

»Er ist hier.«

Nach einer Pause sagte eine andere Stimme: »Polizeidirektor Anthony am Apparat.«

»Sind Sie meiner Meinung, daß unser Mann irgendwo da oben bei Ihnen den Zug verlassen hat?« fragte Godliman.

»Das ist wahrscheinlich, ja.«

»Gut. Das erste, was er braucht, ist ein Fahrzeug. Ich möchte, daß Sie die Einzelheiten jedes Diebstahls, ob Auto, Boot, Fahrrad oder Esel, egal, aufnehmen, der in den nächsten vierundzwanzig Stunden in einem Umkreis von hundert Meilen von Liverpool begangen wird. Halten Sie mich auf dem laufenden, aber geben Sie die Informationen an Bloggs, und arbeiten Sie eng mit ihm zusammen, wenn Sie eine Spur verfolgen.«

»Ja, Sir.«

»Denken Sie auch an andere Straftaten, die ein Mann auf der Flucht begehen könnte – Diebstahl von Lebensmitteln oder Kleidung, ungeklärte Überfälle, gefälschte Kennkarten und dergleichen.«

»Jawohl.«

»Ihnen ist doch klar, Mr. Anthony, daß dieser Mann nicht nur ein Massenmörder ist?«

»Das nehme ich an, Sir, da Sie sich eingeschaltet haben. Allerdings kenne ich die Einzelheiten nicht.«

»Es ist eine Sache der nationalen Sicherheit und so wichtig für uns alle, daß der Premierminister stündlich mit diesem Büro Kontakt hat.«

»Ich verstehe. Ah, Mr. Bloggs möchte noch einmal mit Ihnen sprechen, Sir.«

Bloggs meldete sich wieder. »Ist Ihnen eingefallen, woher Sie sein Gesicht kennen?«

»Oh, ja – aber es ist belanglos, wie ich vorausgesagt habe. Ich traf ihn zufällig in Canterbury Cathedral, wir unterhielten uns über die Architektur. Es zeigt uns nur, daß er sehr intelligent ist – er machte ein paar sehr scharfsinnige Bemerkungen.«

»Wir wußten, daß er intelligent ist.«

»Wie ich sagte, es hilft uns nicht weiter.«

Polizeidirektor Anthony war ein aufstrebender Angehöriger der englischen Middle Class, der versuchte, seinen Liverpooler Akzent zu verbergen. Er wußte nicht, ob er sich darüber ärgern sollte, daß der MI5 ihn herumkommandierte, oder ob er sich über die Möglichkeit freuen sollte, in seinem Zuständigkeitsbereich zur Rettung Englands beizutragen.

Bloggs wußte um den inneren Kampf des Mannes – er hatte so etwas schon öfter erlebt, wenn er mit örtlichen Polizeibehörden zusammenarbeitete –, und er wußte, wie er die Waagschale zu seinen Gunsten beeinflussen konnte. Er sagte: »Ich bin Ihnen dankbar für Ihre Hilfsbereitschaft. Eine solche Mithilfe wird in Whitehall gewiß nicht unbeachtet bleiben.«

»Tun nur unsere Pflicht«, antwortete Anthony. Er war sich nicht sicher, ob er Bloggs »Sir« nennen sollte.

»Immerhin gibt es einen großen Unterschied zwischen widerwilliger Unterstützung und aktiver Mitarbeit.«

»Sicher. Wird wohl ein paar Stunden dauern, bis wir die Fährte des Mannes wiederaufnehmen. Wollen Sie ein Nickerchen machen?«

»Gern«, sagte Bloggs dankbar. »Wenn Sie irgendwo in der Ecke einen Stuhl haben.

»Bleiben Sie hier.« Anthony zeigte auf sein Büro. »Ich werde unten im Einsatzraum sein. Sobald wir etwas Neues wissen, wecke ich Sie. Machen Sie sich's bequem.«

Anthony verließ das Zimmer. Bloggs setzte sich in einen Sessel und lehnte sich mit geschlossenen Augen zurück. Sofort sah er Godlimans Gesicht, als wäre es mit einem Filmprojekter auf die Innenseite seiner Lider geworfen, und hörte ihn sagen: »Jede Trauer muß ein Ende haben ... Ich will nicht, daß Sie den gleichen Fehler machen.« Bloggs erkannte plötzlich, daß er sich das Ende des Krieges nicht herbeisehnte; denn dann würde er sich Problemen stellen müssen, wie Godliman sie angesprochen hatte. Der Krieg machte ihm das Leben leicht; denn er wußte, warum er den Feind haßte und wie er ihn bekämpfen konnte. Daneben erschien ihm der Gedanke an eine andere Frau treulos, nicht nur gegen Christine, sondern irgendwie auch gegen England.

Er gähnte und ließ sich tiefer in den Sessel sinken. Seine Gedanken wurden verschwommener, während der Schlaf ihn langsam übermannte. Wenn Christine vor dem Krieg gestorben wäre, hätte er ganz anders über eine neue Ehe gedacht. Er hatte sie natürlich immer gern gehabt und geachtet, aber nachdem sie angefangen hatte, Krankenwagen zu fahren, war aus Achtung ehrfurchtsvolle Bewunderung und aus Zuneigung Liebe geworden. Sie hatten damals etwas Besonders besessen, etwas, das anderen

Paaren nicht gegeben war. Jetzt, da sich der Krieg dem Ende zuneigte, wäre es leicht für Bloggs gewesen, eine andere Frau zu finden, für die er Achtung und Zuneigung verspürte, doch er wußte, daß ihm das nicht genügen würde. Eine gewöhnliche Ehe und eine gewöhnliche Frau würden ihn immer daran erinnern, daß er einmal das Ideal besessen hatte.

Er rührte sich in seinem Sessel und versuchte, diese Unwägbarkeiten abzuschütteln, damit er schlafen konnte. England sei voll von Heldinnen, hatte Godliman gesagt. Aber wenn die Nadel entkam...

Eins nach dem anderen...

Jemand rüttelte ihn. Er war in einem tiefen Schlaf gefangen und träumte, daß er mit der Nadel in einem Zimmer war, ihn aber nicht ausfindig machen konnte, da der andere ihn mit dem Stilett geblendet hatte. Als er aufwachte, glaubte er immer noch, blind zu sein, weil er nicht sah, wer ihn schüttelte, bis er merkte, daß er nur die Augen geschlossen hatte. Er öffnete sie und erkannte die große, uniformierte Gestalt von Polizeidirektor Anthony über sich.

Bloggs setzte sich gerade hin und rieb sich die Augen. »Was Neues?« fragte er.

»Eine Menge«, erwiderte Anthony, »die Frage ist, was davon wichtig ist. Hier ist Ihr Frühstück.« Er stellte eine Tasse Tee und einen Teller mit Keksen auf den Schreibtisch und setzte sich an die andere Seite.

Bloggs stand aus dem Sessel auf und zog einen Stuhl an den Tisch heran. Er nippte an dem Tee, der schwach und sehr süß war. »Also los.«

Anthony übergab ihm fünf oder sechs Zettel.

Bloggs sagte: »Das sind doch nicht die einzigen Straftaten in Ihrem Bereich –«

»Natürlich nicht. Wir sind nicht interessiert an Trunkenheit, häuslichen Streitigkeiten, Verstößen gegen Verdunklungsvorschriften und Verkehrsdelikten oder an Vergehen, für die schon jemand verhaftet worden ist.«

»Entschuldigen Sie. Ich bin noch nicht ganz da. Bitte, warten Sie, bis ich mir das da durchgelesen habe.«

Es hatte drei Einbrüche gegeben. In zwei Fällen waren Wertgegenstände gestohlen worden – Schmuckstücke in dem einen, Pelze in dem anderen. »Er könnte Wertgegenstände gestohlen haben, nur um seine Spur zu verwischen«, vermutete Bloggs. »Bitte, würden Sie die Stellen auf der Karte kennzeichnen? Vielleicht ergibt sich daraus ein Muster.« Er gab Anthony die beiden Zettel zurück. Der dritte Einbruch war gerade erst gemeldet worden, Einzelheiten fehlten noch. Anthony markierte auch diesen Ort auf der Karte.

Aus einer Dienststelle des Amts für Ernährung in Manchester waren Hunderte von Lebensmittelheften gestohlen worden. »Er braucht keine Lebensmittelkarten – er braucht etwas zu essen«, sagte Bloggs. Er legte den Zettel beiseite. Nahe bei Preston war ein Fahrrad gestohlen und in Birkenhead war eine Frau vergewaltigt worden. »Ich glaube nicht, daß er ein Triebtäter ist, aber tragen Sie's trotzdem ein.«

Der Fahrraddiebstahl und der dritte Einbruch lagen eng beieinander. »Das Stellwerk, von dem das Rad gestohlen wurde, befindet es sich an der Hauptstrecke?« fragte Bloggs.

»Ich glaube, ja«, entgegnete Anthony.

»Angenommen, Faber versteckte sich im Zug, und wir haben ihn irgendwie übersehen. Würde der Zug zum erstenmal an dem Stellwerk halten, nachdem er Liverpool verlassen hat?«

»Könnte sein.«

Bloggs betrachtete den Zettel. »Ein Mantel wurde gestohlen und eine Jacke dagelassen.«

»Wer weiß, was das bedeutet.«

»Keine gestohlenen Autos?« fragte Bloggs skeptisch.

»Auch keine Boote oder Esel. Es gibt heutzutage nicht viele Autodiebstähle. Autos sind leicht zu kriegen – die Leute klauen eher Benzin.«

»Ich war sicher, daß er in Liverpool ein Auto stehlen würde.« Bloggs schlug erbittert mit der Faust aufs Knie. »Ein Fahrrad könnte ihm doch nicht viel nützen.«

»Wir sollten der Sache trotzdem nachgehen«, drängte Anthony. »Es ist der beste Anhaltspunkt, den wir haben.«

»Einverstanden. Aber überprüfen Sie die Einbrüche noch einmal, um zu sehen, ob Lebensmittel oder Kleidung fehlen. Vielleicht hat man es nicht gleich bemerkt. Zeigen Sie Fabers Bild auch dem vergewaltigten Mädchen, und prüfen Sie weiter alle Verbrechen. Kann ich irgendwie nach Preston kommen?«

»Ich besorge Ihnen ein Auto.«

»Wie lange wird es dauern, bis die Einzelheiten über den dritten Einbruch vorliegen?«

»Wahrscheinlich wird gerade das Protokoll aufgenommen«, sagte Anthony. »Wenn Sie am Stellwerk sind, müßte ich schon Bescheid wissen.«

»Halten Sie sie auf Trab.« Bloggs nahm seinen Mantel. »Ich rufe Sie an, sobald ich dort bin.«

»Anthony? Hier spricht Bloggs. Ich bin im Stellwerk.«

»Verlieren Sie dort keine Zeit. Der dritte Einbrecher war Ihr Mann.«

»Sind Sie sicher?«

»Wenn es nicht zwei Kerle gibt, die Leute mit einem Stilett bedrohen.«

»Wen?«

»Zwei alte Damen, die allein in einem kleinen Häuschen leben.«

»Mein Gott! Tot?«

»Nur wenn sie vor Aufregung gestorben sind.«

»Bitte?«

»Fahren Sie dorthin. Sie werden sehen, was ich meine.«

»Bin schon unterwegs.«

Es war die Art Häuschen, die immer von zwei alleinstehenden älteren Damen bewohnt wird: Es war klein, quadratisch und alt, und um die Tür wuchsen wilde Rosensträucher, die mit Unmengen benutzter Teeblätter gedüngt worden waren. Gemüsereihen sprießten säuberlich in einem winzigen Vorgarten mit gestutzter Hecke. Blaßrot-weiße Vorhänge hingen vor bleiverglasten Fenstern, und die Gartentür knarrte. Die Haustür hatte ein Sonntagsmaler liebevoll bemalt; ihr Klopfer war aus dem Messinggeschirr eines Pferdes gemacht.

Auf Bloggs' Pochen hin erschien eine Achtzigjährige mit einer Schrotflinte.

Er sagte: »Guten Morgen, ich bin von der Polizei.«

»Nein, das kann nicht sein. Die waren schon hier. Verschwinden Sie, bevor ich Ihnen den Schädel wegpuste.«

Bloggs sah sie an. Sie war keine eins fünfzig groß, hatte dichtes weißes Haar, das zu einem Knoten gebunden war, und ein blasses, runzliges Gesicht. Ihre Hände waren dünn wie Streichhölzer, doch sie hielt die Schrotflinte mit festem Griff gepackt. Die Tasche ihrer Schürze war voll Wäscheklammern. Bloggs sah auf ihre Füße hinunter und bemerkte, daß sie Männerstiefel trug. Er sagte: »Die Polizisten, die Sie heute morgen besucht haben, waren von hier. Ich bin von Scotland Yard.«

»Können Sie das beweisen?«

Bloggs drehte sich um und rief seinen Fahrer. Der Schutzmann stieg aus dem Auto und kam zur Gartentür. Bloggs fragte die alte Dame: »Genügt die Uniform, um Sie zu überzeugen?«

»In Ordnung.« Sie machte einen Schritt zur Seite, damit er eintreten konnte.

Das Zimmer hatte eine niedrige Decke und einen gefliesten Fußboden. Es war mit alten Möbeln vollgestopft, und überall, wo es irgend ging, stand Nippes aus Porzellan oder Glas herum. Ein kleines Kohlenfeuer brannte im Kamin. Es roch nach Lavendel und Katzen.

Eine zweite alte Dame stand aus einem Sessel auf. Sie glich der ersten, war aber etwa doppelt so dick. Zwei Katzen hüpften von ihrem Schoß herunter. »Hallo, ich bin Emma Parton, das ist meine Schwester Jessie. Machen Sie sich nichts aus dem Gewehr – es ist nicht geladen, Gott sei Dank. Jessie übertreibt gern. Wollen Sie sich nicht setzen? Für einen Polizisten sehen Sie aber sehr jung aus. Ich bin überrascht, daß Scotland Yard sich für unseren kleinen Raubüberfall interessiert. Sind Sie heute morgen aus London gekommen? Mach dem Jungen eine Tasse Tee, Jessie.«

Bloggs setzte sich. »Wenn wir uns nicht täuschen, war es ein Verbrecher auf der Flucht vor dem Gesetz.«

»Ich hab's doch gesagt!« rief Jessie. »Wir hätten umgebracht werden können – kaltblütig abgeschlachtet!«

»Sei nicht albern.« Emma wandte sich an Bloggs. »Er war so ein netter Mann.«

»Erzählen Sie, was passiert ist.«

»Nun, ich war nach hinten rausgegangen«, begann Emma. »Ich war im Hühnerstall und wollte ein paar Eier holen. Jessie war in der Küche –«

»Er hat mich überrascht«, unterbrach Jessie. »Ich hatte keine Zeit, mein Gewehr zu holen.«

»Du siehst zu viele Cowboyfilme«, tadelte Emma.

»Immer noch besser als deine Liebesfilme – nichts als Tränen und Küsse –«

Bloggs nahm das Photo von Faber aus seiner Brieftasche. »Ist das der Mann?«

Jessie sah es sich an. »Das ist er.«

»Wie klug Sie sind!« sagte Emma bewundernd.

»Wenn wir wirklich so klug wären, hätten wir ihn inzwischen geschnappt«, sagte Bloggs. »Was hat er getan?«

»Er hat mir ein Messer an die Kehle gehalten und gesagt: ›Keine falsche Bewegung, oder ich schneide dir die Gurgel durch.‹ Und er meinte es ernst«, antwortete Jessie.

»Oh, Jessie. Ich glaube, er hat gesagt: ›Ich tue Ihnen nichts, wenn Sie machen, was ich sage.«

»So ungefähr, Emma!«

»Was wollte er?« fragte Bloggs.

»Etwas zu essen, ein Bad, trockene Kleidung und ein Auto. Wir haben ihm natürlich die Eier gegeben, und wir haben ein paar Kleidungsstücke gefunden, die Jessies verstorbenem Mann Norman gehörten –«

»Können Sie die Sachen beschreiben?«

»Ja. Eine blaue Arbeitsjacke, eine blaue Latzhose und ein kariertes Hemd. Und er hat das Auto des armen Norman genommen. Ich weiß nicht, wie wir nun ins Kino kommen sollen. Das ist unser einziges Laster, wissen Sie – das Kino.«

»Was für ein Auto?«

»Einen Morris. Hat uns sehr genützt, der kleine Wagen. Norman hat ihn 1924 gekauft.«

»Aber sein heißes Bad hat er nicht gekriegt!« sagte Jessie.

»Ja«, erklärte Emma. »Ich mußte ihm klarmachen, daß bei zwei Frauen, die allein leben, doch kein Mann in der Küche baden kann...« Sie errötete.

»Du würdest dir lieber die Kehle aufschlitzen lassen, als einen Mann in Unterwäsche anzusehen, du dumme Gans«, meinte Jessie.

»Was hat er gesagt, als Sie sich weigerten?« fragte Bloggs.

»Er lachte«, erwiderte Emma. »Aber ich glaube, daß er uns verstanden hat.«

Bloggs konnte ein Lächeln nicht unterdrücken. »Sie sind sehr mutig.«

»Da bin ich nicht so sicher.«

»Er fuhr also in einem Morris, Baujahr 1924, davon, trug eine Latzhose und eine blaue Jacke. Wie spät war es?«

»Ungefähr halb zehn.«

Bloggs streichelte geistesabwesend eine orangefarbene Katze. Sie blinzelte und schnurrte behaglich. »War viel Benzin in dem Tank?«

»Vielleicht zwanzig Liter – aber er hat unsere Gutscheine mitgenommen.«

Bloggs war erstaunt. »Mit welchem Recht bekommen Sie überhaupt Benzin zugeteilt?«

»Landwirtschaftliche Zwecke«, verteidigte sich Emma. Sie wurde rot im Gesicht.

Jessie schnaubte. »Außerdem leben wir abgelegen und sind alt. Natürlich haben wir ein Recht darauf.«

»Wenn wir ins Kino fahren, gehen wir immer gleichzeitig in die Samenhandlung«, setzte Emma hinzu. »Wir verschwenden kein Benzin.«

Bloggs lächelte und hielt eine Hand hoch. »In Ordnung, keine Sorge – Rationierung ist sowieso nicht mein Gebiet. Wie schnell fährt der Wagen?«

»Wir fahren nie mehr als dreißig Meilen.«

Bloggs blickte auf seine Armbanduhr. »Auch bei dem Tempo könnte er jetzt schon 75 Meilen weit sein.« Er stand auf. »Ich muß die Einzelheiten nach Liverpool durchgeben. Sie haben kein Telefon, nicht wahr?«

»Nein.«

»Was für ein Morris ist es?«

»Ein Cowley. Norman nannte ihn immer Bullnose.«

»Farbe?«

»Grau.«

»Kennzeichen?«

»MLN 29.«

Bloggs notierte alles.

»Meinen Sie, daß wir unser Auto je wiederbekommen?« fragte Emma.

»Das nehme ich an – aber es wird vielleicht nicht mehr in sehr gutem Zustand sein. Wenn jemand ein gestohlenes Auto fährt, geht er meistens nicht sehr rücksichtsvoll damit um.« Bloggs begab sich zur Tür.

»Ich hoffe, daß Sie ihn fangen«, rief Emma.

Jessie begleitete ihn hinaus. Sie hielt immer noch die Schrotflinte umklammert. An der Tür zupfte sie Bloggs am Ärmel und flüsterte mit deutlich vernehmbarer Stimme: »Sagen Sie, was ist er? Ein Ausbrecher? Ein Mörder? Hat er jemanden vergewaltigt?«

Bloggs schaute die kleine Frau an. Ihre grünen Augen glänzten vor Aufregung. Sie würde alles glauben, was er ihr erzählte.

Er neigte den Kopf, um ihr ins Ohr zu flüstern. »Sagen Sie's keiner Seele, er ist ein deutscher Spion.«

Sie kicherte vor Entzücken. Offensichtlich sah sich dieser junge Mann dieselben Filme an wie sie.

17

Kurz nach Mittag überquerte Faber die Sark Bridge und hatte damit Schottland erreicht. Er kam am Sark Toll Bar House vorbei, einem niedrigen Gebäude mit einem Schild, das es als erstes Haus in Schottland auswies; über der Tür befand sich eine Tafel, deren Aufschrift, die er nicht ganz entziffern konnte, sich irgendwie auf Eheschließungen bezog. Eine Viertelmeile weiter, als er in das Dorf Gretna hineinfuhr, wurde ihm klar, worum es ging: Hierher kamen die durchgebrannten Liebespaare, um zu heiraten.

Die Straßen waren nach dem morgendlichen Regen immer noch feucht, aber die Sonne trocknete sie rasch. Schilder mit Verkehrszeichen oder Ortsnamen, die man seinerzeit wegen einer drohenden Landung der Deutschen überall abmontiert hatte, waren hier schon wieder aufgestellt worden. Faber fuhr durch eine Reihe kleinerer Dörfer im Tiefland: Kirkpatrick, Kirtlebridge, Ecclefechan. Die offene Landschaft tat ihm wohl; die grünen Moore glänzten in der Sonne.

Er hatte in Carlisle haltgemacht, um zu tanken. Der Tankwart, eine Frau mittleren Alters mit einer ölverschmierten Schürze, hatte keine unangenehmen Fragen gestellt. Faber hatte den Tank und den Reservekanister am rechten Trittbrett füllen lassen.

Er war sehr zufrieden mit dem kleinen Zweisitzer, der trotz seines Alters noch fünfzig Meilen pro Stunde schaffte. Der vierzylindrige 1548-ccm-Motor arbeitete gleichmäßig und unermüdlich, während der Wagen die schottischen Hügel hinauf- und hinabfuhr. Die durchgehenden Ledersitze waren äußerst bequem. Er ließ die Hupe ertönen, um ein verirrtes Schaf zu verscheuchen.

Er fuhr durch den kleinen Marktflecken Lockerbie, nahm die malerische Johnstone Bridge über den Annan und fuhr nach Beattock Summit hoch. Es fiel ihm plötzlich auf, daß er mehr und mehr die Drei-Gang-Schaltung benutzte.

Faber hatte beschlossen, nicht den direkten Weg nach Aberdeen über Edinburgh und die Küstenstraße zu nehmen. Ein großer Teil von Schottlands Ostküste, zu beiden Seiten des Firth of Forth, war Sperrgebiet. Ein zehn Meilen breiter Streifen durfte nicht betreten werden. Natürlich konnten die Behörden eine so lange Grenze nicht wirklich absichern. Trotzdem war es weniger wahrscheinlich, daß man ihn anhielt und ihm Fragen stellte, wenn er sich außerhalb des Sperrgebietes befand.

Irgendwann würde er doch hineinfahren müssen, wenn auch so spät wie möglich. Er überlegte sich, welche Geschichte er erzählen konnte, wenn er in eine Kontrolle geriet. Seit zwei Jahren gab es wegen der immer strengeren Benzinrationierung im Grunde keine Autofahrten zum Privatvergnügen. Selbst denen, die aus dringendem Anlaß ein Auto benutzen durften, konnte es leicht passieren, daß sie belangt wurden, wenn sie aus persönlichen Gründen ein paar Meter von ihrer Route abwichen. Faber hatte etwas über einen berühmten Theaterdirektor gelesen, der hinter Gitter gekommen war, weil er mit dem Benzin, das ihm für landwirtschaftliche Zwecke zugeteilt worden war, Schauspieler vom Theater ins Savoy-Hotel gefahren hatte. Durch unaufhörliche Propaganda wurde den Leuten eingehämmert, daß ein Lancaster-Bomber 18 000 Liter benötigte, um die Ruhr zu erreichen. An sich hätte Faber nichts mehr Spaß gemacht, als Benzin zu verschwenden, das sonst dazu benutzt worden wäre, seine Heimat zu bombardieren. Aber es wäre eine unerträgliche Ironie des Schicksals, jetzt – mit den Filmen, die er sich in einer kleinen Dose an die Brust geklebt hatte – angehalten und wegen eines Rationierungsvergehens verhaftet zu werden.

Es war schwierig. Der größte Teil des Verkehrs war militärischer Art, doch er besaß keine Militärpapiere. Er konnte auch schlecht behaupten, er befördere wichtige Transportgüter, weil nichts dergleichen im Auto war. Er runzelte die Stirn. Wer war sonst noch unterwegs? Matrosen auf Heimaturlaub, Amtspersonen, ein paar seltene Erholungsuchende, Fachleute ... Das war es. Er würde sich als Ingenieur ausgeben, als Spezialist für etwas so Ausgefallenes wie hitzefeste Getriebeöle, der nach Inverness fuhr, um ein Herstellungsproblem in einer Fabrik zu lösen. Wenn er gefragt wurde, in welcher Fabrik, würde er behaupten, sie sei geheim. (Sein angebliches Ziel mußte weit weg von dem wirklichen liegen, damit niemals jemand, der hundertprozentig wußte, daß es einen solchen Betrieb überhaupt nicht gab, ihm peinliche Fragen stellen konnte.) Er bezweifelte, daß technische Berater je Latzhosen wie die trugen, die er den alten Schwestern gestohlen hatte – aber im Krieg war alles möglich.

Nach diesen Überlegungen fühlte er sich einigermaßen sicher vor zufälligen Kontrollen. Die Gefahr, von jemandem angehalten zu werden, der gezielt nach dem flüchtigen Spion Henry Faber suchte, war allerdings etwas anderes. Sie hatten das Bild –

Sie kannten sein Gesicht. Sein Gesicht!

– und würden bald auch die Beschreibung des Autos besitzen, mit dem er fuhr. Er glaubte nicht, daß sie Straßensperren errichten würden, da sie sein Ziel nicht kannten. Aber er war davon überzeugt, daß bald jeder Polizist des Landes nach einem grauen Morris Cowley mit der Nummer MLN 29 Ausschau halten würde.

Wenn er auf dem flachen Land entdeckt wurde, würde man ihn nicht sofort fangen können, denn Landpolizisten hatten Fahrräder, keine Autos. Doch der Polizist würde seine vorgesetzte Dienststelle anrufen, und innerhalb von Minuten würden Autos die Verfolgung aufnehmen. Sollte er einen Polizisten sehen – so entschied er –, würde er den Morris stehenlassen, einen anderen Wagen stehlen und von seiner ursprünglichen Route abweichen. Im spärlich bevölkerten schottischen Tiefland bestanden jedoch gute Chancen, daß er auf der ganzen Fahrt nach Aberdeen nicht an einem einzigen Landpolizisten vorbeikommen würde. Dagegen war die Gefahr, in einer Stadt von einem Polizeiwagen gejagt zu werden, sehr groß. Er würde kaum entkommen können: Sein Auto war alt und relativ langsam, und Polizisten waren meistens gute Fahrer. Dann könnte er sich nur noch zu Fuß davonmachen und hoffen, in Seitengassen oder in der Menge unterzutauchen. Faber dachte daran, das Auto stehenzulassen und jedesmal ein anderes zu stehlen, wenn er gezwungen war, durch eine größere Stadt zu fahren. Dann würde er allerdings eine unübersehbare Spur für den MI hinterlassen. Vielleicht war ein Kompromiß die beste Lösung: Er würde zwar die Städte nicht meiden, aber dort nach Möglichkeit nur Nebenstraßen benutzen. Er blickte auf die Uhr. Gegen Sonnenuntergang würde er Glasgow erreichen, und danach würde die Dunkelheit ihn begünstigen.

Es war keine zufriedenstellende Lösung, aber wenn man die absolute Sicherheit sucht, darf man nicht Spion werden.

Auf dem Gipfel des eintausend Fuß hohen Beattock begann es zu regnen. Faber stoppte den Wagen und stieg aus, um das Leinenverdeck hochzuklappen. Die Luft war drückend warm. Faber blickte nach oben. Der Himmel hatte sich rasch bewölkt. Es sah nach einem Gewitter aus.

Während er weiterfuhr, entdeckte er einige Mängel an dem kleinen Auto. Wind und Regen drangen durch mehrere Risse im Verdeck, und der kleine Scheibenwischer, der die obere Hälfte der Windschutzscheibe säuberte, lieferte nur einen tunnelartigen Ausblick auf die vor ihm liegende Straße. Als das Gelände immer hügeliger wurde, begann der Motor seltsame Geräusche von sich zu geben. Das überraschte Faber keineswegs, denn dem zwanzig Jahre alten Wagen wurde das Äußerste abverlangt.

Der Schauer hörte auf. Das drohende Gewitter hatte sich nicht entladen, doch der Himmel sah weiter finster und bedrohlich aus.

Eine halbe Stunde später erreichte Faber die Außenbezirke von Glasgow. Sobald er sich bebautem Gelände näherte, bog er nördlich von der Hauptstraße ab und hoffte, so den Stadtkern umfahren zu können. Er folgte einer Reihe von Nebenstraßen, überquerte die Hauptverkehrsadern im Ostteil der Stadt, bis er auf der Cumberland Road herauskam, wo er wieder nach Osten abbog und Glasgow bald hinter sich ließ.

Es war schneller gegangen, als er erwartet hatte. Seine Glückssträhne hielt an.

Er befand sich nun auf der A80 und kam an Fabriken, Bergwerken und Farmen vorbei. Die Ortsschilder flogen an ihm vorüber: Millerston, Stepps, Muirhead, Mollinsbum, Condorrat...

Das Glück verließ ihn zwischen Cumbernauld und Stirling.

Er beschleunigte auf einer leicht abschüssigen, geraden Strecke mit offenen Feldern zu beiden Seiten. Als die Tachonadel auf 45 stand, hörte er plötzlich ein lautes Geräusch vom Motor her; es klang wie das Rasseln einer schweren Kette, die über ein Zahnrad gezurrt wird. Er ging auf dreißig Meilen herunter, doch der Lärm war immer noch da. Ganz klar, irgendein großes und wichtiges Teil im Motor war nicht mehr in Ordnung. Entweder das Kugellager im Getriebe oder ein Loch in einer Leitung. Jedenfalls war es nichts so Simples wie ein verstopfter Vergaser oder eine verschmutzte Zündkerze. Der Schaden konnte nur in einer Werkstatt behoben werden.

Er hielt an und schaute unter die Motorhaube. Alles schien voller Öl zu sein, aber sonst konnte er nichts erkennen. Er setzte sich wieder hinter das Lenkrad und fuhr weiter. Der Motor zog weniger kräftig an, streikte aber noch nicht.

Nach drei Meilen strömte Dampf in Schwaden aus dem Kühler. Faber war klar, daß der Wagen bald ganz stehenbleiben würde. Wo konnte er das Auto unauffällig abstellen?

Faber fand einen Feldweg, der von der Hauptstraße weg vermutlich zu einer Farm führte. Hundert Meter von der Straße entfernt machte der Weg hinter einem Brombeerstrauch eine Biegung. Faber parkte den Wagen dicht bei dem Strauch und schaltete den Motor ab. Das Zischen des Dampfes ließ allmählich nach. Er stieg aus und schloß die Tür ab. Er verspürte leichtes Bedauern bei dem Gedanken an Emma und Jessie, die es sehr schwer haben würden, das Auto vor Beendigung des Krieges reparieren zu lassen.

Faber ging zurück zur Hauptstraße. Von dort aus war das Auto nicht zu sehen. Es mochte einen oder zwei Tage dauern, bis das verlassene Fahrzeug Verdacht erweckte. Bis dahin, dachte Faber, bin ich vielleicht in Berlin.

Er marschierte los. Früher oder später würde er einen Ort erreichen, in dem er einen anderen Wagen stehlen konnte.

Bis jetzt war doch alles ganz gut gelaufen: Er hatte London vor weniger als vierundzwanzig Stunden verlassen und hatte noch einen ganzen Tag Zeit, bis das U-Boot morgen um 18 Uhr am Treffpunkt erschien.

Die Sonne war schon längst untergegangen, und nun wurde es plötzlich dunkel. Faber konnte kaum etwas sehen. Zum Glück war eine weiße Linie auf die Straßenmitte gezogen – eine Sicherheitsvorkehrung, die durch die Verdunklung erforderlich geworden war –, der er mit einiger Mühe folgen konnte. In der nächtlichen Stille würde er alle Autos lange im voraus hören.

Nur ein Wagen kam tatsächlich an ihm vorbei. Faber hörte dessen Motor in der Ferne und versteckte sich einige Meter von der Straße entfernt und stand erst wieder auf, als das Auto verschwunden war. Es war ein großer Wagen, wahrscheinlich ein Vauxhall Ten, der mit hoher Geschwindigkeit vorbeiraste. Faber stand auf und ging weiter. Zwanzig Minuten später sah er das Auto wieder; es parkte am Straßenrand. Er hätte einen Umweg über die Felder gemacht, wenn er es rechtzeitig bemerkt hätte, aber Scheinwerfer und Motor waren abgestellt, so daß er fast mit der Nase draufstieß.

Bevor er einen Entschluß fassen konnte, schien ihm der Strahl einer Taschenlampe von unterhalb der Kühlerhaube ins Gesicht, und eine Stimme sagte: »Hallo, ist da jemand?«

Faber trat ins Licht. »Schwierigkeiten?«

»Und ob.«

Der Lichtstrahl schwenkte nach unten. Als Faber näher kam, sah er im Widerschein des Lichts das Gesicht eines Mannes im mittleren Alter; er hatte einen Schnurrbart und trug einen zweireihigen Mantel. In der anderen Hand hielt er recht unsicher einen großen Schraubenschlüssel. Er schien nicht zu wissen, was er damit anfangen sollte.

Faber sah sich den Motor an. »Was ist denn los?«

»Er tut's nicht mehr. Eben noch lief er großartig, dann fing er plötzlich an zu stottern. Ich verstehe leider nicht viel von technischen Dingen.« Er richtete die Taschenlampe wieder auf Faber. »Sie vielleicht?« fragte er hoffnungsvoll.

»Eigentlich nicht«, sagte Faber, »aber eine unterbrochene Leitung kann ich schon erkennen.«

Er nahm die Taschenlampe, die der Mann ihm reichte, faßte in den Motorraum und steckte das lose Zündkabel wieder auf die Zündkerze.

»Versuchen Sie's jetzt.«

Der Mann stieg ins Auto, ließ den Motor an. »Prima!« rief er über den Lärm hinweg. »Sie sind ein Genie! Steigen Sie ein.«

Faber überlegte kurz, ob es sich um eine raffinierte Falle des MI5 handeln könne, aber er ließ den Gedanken fallen. Wenn sie gegen alle Wahrscheinlichkeit wußten, wo er war, warum sollten sie sich dann so vorsichtig verhalten? Sie könnten ebensogut zwanzig Polizisten und einen oder zwei Panzerkampfwagen ausschicken, um ihn zu fangen.

Er stieg ein.

Der Mann fuhr los und schaltete rasch hoch, so daß der Wagen bald in Fahrt kam. Faber machte es sich bequem. Der Fahrer sagte: »Übrigens, ich heiße Richard Porter.«

Faber fiel die Kennkarte in seiner Brieftasche ein. »James Baker.«

»Freut mich. Ich muß dort hinten an Ihnen vorbeigekommen sein – habe Sie nicht gesehen.«

Faber merkte, daß der Mann sich entschuldigen wollte, weil er ihn nicht mitgenommen hatte – seit der Benzinmangel begonnen hatte, nahm jeder Anhalter mit. »Keine Ursache. Ich war wahrscheinlich hinter einem Busch und mußte mal austreten. Aber ich habe einen Wagen gehört.«

»Kommen Sie von weit her?« Porter bot ihm eine Zigarre an.

»Das ist nett von Ihnen, aber ich rauche nicht«, sagte Faber. »Ja, aus London.«

»Alles per Anhalter?«

»Nein, ich hatte eine Panne in Edinburgh. Offenbar benötigt man ein Ersatzteil, das nicht auf Lager war, und so mußte ich den Wagen in der Werkstatt lassen.«

»Pech. Nun, ich fahre nach Aberdeen. Ich kann Sie absetzen, wo Sie wollen.«

Faber überlegte blitzschnell. Das war ein echter Glücksfall. Er schloß die Augen und stellte sich die Karte von Schottland vor. »Wunderbar. Ich möchte nach Banff, Aberdeen käme mir also sehr entgegen. Aber ich wollte die Hauptverkehrsstraße nehmen, ich habe nämlich keinen Passierschein – ist Aberdeen Sperrgebiet?«

»Nur der Hafen. Aber um so was brauchen Sie sich keine Sorgen zu machen, solange Sie in meinem Auto sind – ich bin Friedensrichter und gehöre zur Bürgerwehr. Na?«

Faber lächelte in der Dunkelheit. Es war sein Glückstag. »Vielen Dank.« Er beschloß, das Thema zu wechseln. »Ist das eine ganztägige Beschäftigung, Friedensrichter?«

Porter zündete seine Zigarre an und paffte. »Eigentlich nicht. Ich bin halb im Ruhestand, wissen Sie. War Anwalt, bis mein schwaches Herz entdeckt wurde.«

»Ah.« Faber versuchte, ein wenig Mitgefühl in seine Stimme zu legen.

»Macht Ihnen doch nichts aus, daß ich rauche?« Porter wedelte mit der dicken Zigarre.

»Aber nein.«

»Was führt Sie nach Banff?«

»Ich bin Ingenieur. Es gibt da ein Problem in einer Fabrik ... Die Sache ist mehr oder weniger geheim.«

Porter hob eine Hand. »Alles klar. Ich verstehe.«

Sie schwiegen eine Weile. Das Auto raste durch mehrere Ortschaften. Porter kannte die Straße offenbar sehr gut, da er trotz der Verdunklung so schnell fuhr. Der große Wagen fraß Meile für Meile, und das gleichmäßige Fahrgeräusch wirkte einschläfernd. Faber unterdrückte ein Gähnen.

»Sie müssen müde sein«, sagte Porter. »Wie dumm von mir, nicht daran zu denken. Sie können gerne ein Schläfchen machen.«

»Danke.« Faber schloß die Augen. Der Wagen federte fast genauso wie ein Zug, und Faber hatte wieder den Alptraum von seiner Ankunft. Allerdings war er diesmal etwas anders. Statt im Zug zu essen und sich mit einem Reisenden über Politik zu unterhalten, mußte er aus irgendeinem Grunde im Tender fahren. Er saß auf seinem Kofferfunkgerät und hatte sich mit dem Rücken an die harte Eisenwand des Wagens gelehnt. Als der Zug in Waterloo ankam, hatte jeder – auch die aussteigenden Fahrgäste – einen kleinen Abzug des Photos von Faber in der Leichtathletikmannschaft. Alle sahen einander an und verglichen die Gesichter mit dem auf dem Bild. An der Sperre hielt ihn der Kontrolleur an der Schulter fest und fragte: »Sind sie nicht der Mann auf dem Bild?« Faber versagte die Stimme. Er konnte nur das Photo anstarren und sich daran erinnern, wie er gerannt war, um den Pokal zu gewinnen. Mein Gott, wie hatte er sich ins Zeug gelegt; er war ein wenig zu früh angetreten, hatte schon fünfhundert Meter vor dem Ziel zum Endspurt angesetzt, und auf den letzten Metern glaubte er zu sterben – und jetzt würde er vielleicht sterben, nur weil der Kontrolleur das Photo in der Hand hatte... Der Kontrolleur sagte: »Aufwachen! Aufwachen!« und plötzlich war Faber wieder in Richard Porters Vauxhall Ten, und es war Porter, der ihn weckte.

In dem Sekundenbruchteil, bevor ihm einfiel, daß Porter ihn für James Baker, einen harmlosen Anhalter, hielt, war seine rechte Hand schon halb zu seinem linken Ärmel geglitten, wo das Stilett in der Scheide steckte. Er ließ die Hand fallen und entspannte sich.

»Sie wachen auf wie ein Soldat«, meinte Porter belustigt. »Wir sind in Aberdeen.«

Faber fiel der nördliche Akzent auf, und er erinnerte sich daran, daß der Mann Richter und damit Angehöriger des Polizeiapparats war. Er betrachtete den Mann im trüben Licht des anbrechenden Tages: Porter hatte ein rotes Gesicht und einen gewachsten Schnurrbart; sein kamelfarbener Mantel sah teuer aus. Er mußte wohlhabend und einflußreich sein. Wenn er verschwand, würde man ihn fast sofort vermissen. Faber beschloß, ihn nicht zu töten.

»Guten Morgen«, sagte er.

Er schaute aus dem Fenster auf die graue Stadt. Sie fuhren langsam die Hauptgeschäftsstraße entlang.

Einige Frühaufsteher waren zu sehen, die sich alle zielstrebig in dieselbe Richtung bewegten: Fischer, dachte Faber. Die Stadt schien kalt und windig.

Porter sagte: »Möchten Sie sich rasieren und frühstücken, bevor Sie weiterreisen? Mein Haus steht Ihnen zur Verfügung.«

»Das ist sehr freundlich von Ihnen –«

»Wieso? Wenn Sie nicht gewesen wären, würde ich immer noch bei Stirling auf der A80 stehen und warten, bis eine Werkstatt aufmacht.«

»Aber nicht nötig, danke. Ich möchte so schnell wie möglich weiter.«

Porter bedrängte ihn nicht weiter. Vermutlich war er erleichtert darüber, daß sein Angebot ausgeschlagen worden war. »Dann werde ich Sie an der George Street absetzen – dort beginnt die A96. Sie führt direkt nach

Banff.« Kurz darauf hielt er den Wagen an einer Ecke an. »Da wären wir.«

Faber öffnete die Tür. »Danke fürs Mitnehmen.«

»Nichts zu danken.« Porter hielt ihm die Hand hin. »Viel Glück!«

Faber stieg aus, schloß die Tür, und der Wagen fuhr los. Er hatte von Porter nichts zu befürchten. Der Mann würde nach Hause fahren und den ganzen Tag schlafen. Wenn er merkte, daß er jemandem geholfen hatte, der auf der Flucht vor der Polizei war, würde es schon zu spät sein.

Er wartete, bis der Vauxhall außer Sichtweite war, überquerte dann die Fahrbahn und betrat eine Straße mit dem vielversprechenden Namen Market Street. Kurz darauf befand er sich in den Docks, und folgte von da aus seiner Nase zum Fischmarkt. Er fühlte sich sicher in der Anonymität des geschäftigen, lauten, übelriechenden Marktes, wo alle so wie er Arbeitskleidung trugen. Frischer Fisch und aufmunternde Flüche flogen durch die Luft. Faber hatte Mühe, den abgehackten, kehligen Akzent der Leute zu verstehen. An einer Bude kaufte er heißen, starken Tee in einem angestoßenen Henkelbecher und ein großes Brötchen mit einem Brocken weißen Käse.

Er setzte sich auf ein Faß, aß und dachte über seine Lage nach. Heute abend war der richtige Zeitpunkt, um ein Boot zu stehlen. Es war ärgerlich, den ganzen Tag warten und sich für die nächsten zwölf Stunden verstecken zu müssen. Aber er konnte jetzt kein Risiko mehr eingehen, und am hellichten Tag ein Boot zu stehlen war viel gefährlicher als im Zwielicht der Abenddämmerung.

Faber beendete sein Frühstück und stand auf. Es würde noch zwei Stunden dauern, bis der Rest der Stadt sich zu regen begann. Er konnte die Zeit nutzen, um sich ein gutes Versteck zu suchen.

Er machte einen Rundgang durch die Docks und den Fluthafen. Die Sicherheitsvorschriften wurden hier nur oberflächlich befolgt; es gab mehrere Punkte, wo er an den Kontrollen vorbeischlüpfen konnte. Schließlich kam er zum Sandstrand und schlenderte über die zwei Meilen lange Promenade. An deren Ende lagen in der Flußmündung des Don zwei Yachten vertäut. Sie wären an sich für Faber in Betracht gekommen, aber sie hatten kein Benzin.

Eine dichte Wolkenbank verhüllte die aufgehende Sonne. Die Luft war schon wieder schwül und gewittrig. Ein paar unentwegte Urlauber tauchten aus den Hotels an der Seeseite auf und setzten sich trotzig an den Strand, in der Hoffnung auf Sonnenschein. Faber bezweifelte, daß sie heute Erfolg haben würden.

Vielleicht war es am besten, sich am Strand zu verstecken. Die Polizei würde den Bahnhof und den Busbahnhof überprüfen, allenfalls noch ein paar Hotels und Pensionen. Eine Großfahndung würden sie in der Stadt kaum auslösen. Es war unwahrscheinlich, daß sie jeden am Strand kontrollieren konnten.

Er beschloß, den Tag in einem Liegestuhl zu verbringen.

Faber kaufte sich eine Zeitung an einem Kiosk und mietete sich einen Liegestuhl. Er zog sein Hemd aus und streifte es dann wieder über die Latzhose. Seine Jacke zog er nicht wieder an.

Wenn ein Polizist kam, würde Faber ihn schon lange sehen, bevor er ihn erreicht hätte. Er würde genug Zeit haben, den Strand zu verlassen und in den Straßen unterzutauchen. Er schlug die Zeitung auf, die er sich gekauft hatte, und begann zu lesen. Man jubelte über eine neue alliierte Offensive in Italien. Faber war skeptisch. Anzio war ein wüstes Durcheinander gewesen. Die Zeitung war schlecht gedruckt und hatte keine Bilder. Er las, daß die Polizei einen gewissen Henry Faber suchte, der in London zwei Menschen mit einem Stilett umgebracht hatte...

Eine Frau in einem Badeanzug schlenderte vorbei und musterte ihn genau. Fabers Herz setzte für eine Sekunde aus. Dann wurde ihm klar, daß sie mit ihm flirten wollte. Einen Augenblick lang war er versucht, sie anzusprechen. Es war schon so lange her... Er rief sich innerlich zur Ordnung. Nur Geduld! Morgen würde er zu Hause sein.

Es war ein kleines Fischerboot, fünfzig oder sechzig Fuß lang, mit breitem Deck und einem Innenbordmotor. Die Antenne ließ auf ein starkes Funkgerät schließen. Der größte Teil des Decks wurde von Luken eingenommen, die zu dem kleinen Laderaum unten führten. Die Kabine lag achtern und war gerade groß genug, um zwei stehenden Männern sowie den Armaturen und dem Ruder Platz zu bieten. Der Rumpf war aus Holz, in Klinkerbauweise, und erst vor kurzem geteert und frisch gestrichen worden.

Zwei andere Boote im Hafen hätten auch für seine Zwecke getaugt, aber Faber hatte am Kai gestanden und beobachtet, wie die Besatzungsmitglieder dieses Bootes es vertäuten und auftankten, bevor sie sich nach Hause aufmachten.

Er wartete ein paar Minuten, bis sie verschwunden waren. Dann ging er um das Hafenbecken herum und sprang in das Boot. Es hieß *Marie II*.

Das Ruder war festgekettet. Er setzte sich auf den Boden der kleinen Kabine, so daß er nicht zu sehen war, und brauchte zehn Minuten, das Schloß mit dem Dietrich zu öffnen. Es wurde früh Nacht, da der Himmel immer noch bedeckt war.

Als Faber das Ruder gelöst hatte, lichtete er den kleinen Anker, sprang zurück auf den Kai und machte die Taue los. Dann kehrte er in die Kabine zurück und zog am Anlasser. Der Motor hustete kurz auf und erstarb. Er versuchte es noch einmal. Jetzt sprang der Motor donnernd an. Vorsichtig manövrierte er das Boot aus dem Liegeplatz hinaus.

Faber ließ die anderen Boote am Kai hinter sich und fand die Hauptfahrrinne des Hafens, die durch Bojen markiert war. Wahrscheinlich brauchten sich nur Schiffe mit viel größerem Tiefgang daran zu halten, aber man konnte nicht vorsichtig genug sein.

Außerhalb des Hafens spürte er eine steife Brise und hoffte, daß sie keinen Wetterumschlag anzeigte. Die See war überraschend rauh, und das kleine Boot wurde von den Wellen ganz schön auf und nieder geschaukelt. Faber gab Vollgas, blickte auf den Kompaß am Armaturenbrett und ging auf Kurs. Er fand ein paar Seekarten in einem Schränkchen unter dem Ruder. Sie sahen alt und wenig benutzt aus. Zweifellos kannte der Kapitän die örtlichen Gewässer so gut, daß er keine Karten brauchte. Faber überprüfte die Koordinaten, die er sich in jener Nacht in Stockwell eingeprägt hatte, korrigierte den Kurs und stellte das Ruder fest.

Das Wasser spritzte gegen die Kabinenfenster, so daß er nichts sehen konnte. Faber wußte nicht, ob es sich um Regen oder Gischt handelte. Der Wind kappte jetzt die Spitzen der Wellen. Er steckte den Kopf für einen Moment aus der Kabinentür, und sein Gesicht wurde patschnaß.

Er schaltete das Funkgerät ein. Es summte kurz und begann dann zu knistern. Er drehte an der Frequenzeinstellung, hörte da und dort kurz hinein und fing ein paar verstümmelte Funksprüche auf. Das Gerät funktionierte einwandfrei. Faber ging auf die Frequenz des U-Bootes und schaltete dann ab – es war noch zu früh, um Kontakt aufzunehmen.

Die Wellen wurden um so höher, je weiter er aufs offene Meer vorstieß. Nun bäumte sich das Boot wie ein störrisches Pferd bei jeder Welle auf, verharrte einen Moment lang unschlüssig auf dem Kamm und tauchte dann aus erschreckender Höhe hinunter ins nächste Tal. Es war völlig Nacht geworden, und Faber starrte blind aus dem Kabinenfenster hinaus. Er fühlte sich leicht seekrank.

Immer wenn er sich eingeredet hatte, daß die Wellen auf keinen Fall höher werden konnten, hob ein neues Ungeheuer, das größer war als die bisherigen, das Boot dem Himmel entgegen. Sie folgten immer dichter aufeinander, so daß das Heck des Bootes ständig entweder gen Himmel oder zum Meeresboden hinab zeigte. In einem besonders tiefen Wellental wurde das kleine Boot plötzlich von einem Blitz erleuchtet. Faber sah, wie ein graugrüner Wasserberg sich auf den Bug senkte und das Deck und die Kabine überschwemmte. Er wußte nicht, ob das Krachen, das eine Sekunde später ertönte, von dem Donnerschlag herrührte oder daher, daß die Planken des Bootes barsten. In fieberhafter Eile durchsuchte er die kleine Kabine nach einer Schwimmweste. Es gab keine.

Blitze kamen nun in rascher Folge. Faber packte das festgeklemmte Ruder und stemmte sich mit dem Rücken gegen die Kabinenwand, um aufrecht stehen zu bleiben. Es hatte keinen Sinn, das Ruder zu bedienen – das Boot wurde willkürlich vom Meer hin und her geworfen.

Faber sagte sich immer wieder, daß das Boot dafür gebaut sein mußte, solchen Sommerstürmen standzuhalten, aber er glaubte das selbst nicht. Erfahrene Seeleute hätten die Zeichen des Sturms bemerkt und wären an Land geblieben, da sie wußten, daß ihr Boot für dieses Unwetter nicht geeignet war.

Inzwischen hatte er keine Ahnung mehr, wo er war. Er konnte fast wieder in Aberdeen sein oder auch an seinem Treffpunkt. Faber setzte sich auf den Kabinenboden und schaltete das Funkgerät an. Das wilde Schaukeln und Zittern des Bootes machten es schwer, das Gerät zu bedienen. Als es warmgelaufen war, drehte er an der Einstellungsskala herum, bekam aber nichts herein. Auch bei voller Lautstärke war nichts zu hören.

Die Antenne mußte sich aus ihrer Halterung auf dem Kabinendach gelöst haben.

Er stellte auf Senden und wiederholte die einfache Mitteilung »Bitte kommen« mehrere Male; dann blieb er auf Empfang. Er hatte wenig Hoffnung, daß sein Funkspruch durchkam.

Faber stellte den Motor ab, um Benzin zu sparen. Er mußte versuchen, den Sturm zu überstehen, und dann einen Weg finden, die Antenne zu reparieren oder zu ersetzen. Vielleicht würde er das Benzin noch brauchen.

Das Boot neigte sich erschreckend zur Seite, während es an der nächsten großen Welle hinabglitt. Faber sah ein, daß er die Kraft des Motors benötigte, damit das Boot frontal auf die Wellen traf. Er zog am Anlasser, doch nichts geschah. Nachdem er mehrere Male gezogen hatte, gab er es auf und verfluchte sich wegen seiner Dummheit.

Das Boot schlingerte so stark, daß Faber hinfiel und mit dem Kopf gegen das Ruder krachte. Er lag benommen auf dem Kabinenboden und rechnete damit, im nächsten Moment zu kentern. Eine neue Welle donnerte gegen die Kabine – diesmal zersplitterte das Fensterglas. Plötzlich befand sich Faber unter Wasser. Er war sicher, daß das Boot sank, rappelte sich auf und kam wieder hoch. Alle Fenster waren geborsten, aber das Boot schwamm immer noch. Faber trat die Kabinentür auf, so daß das Wasser hinausströmte. Er klammerte sich an das Ruder, um nicht selbst ins Meer hinausgeschwemmt zu werden.

Es war unglaublich, aber der Sturm wurde noch schlimmer. Wahrscheinlich gab es in diesen Breiten ein solches Unwetter höchstens einmal im Jahrhundert. Das war einer von Fabers letzten zusammenhängenden Gedanken, dann waren seine ganze Aufmerksamkeit und Willenskraft nur noch auf die Frage gerichtet, wie er das Ruder festhalten konnte. Er hätte sich daran festbinden sollen, aber nun war es zu spät, sich noch ein Stück Tau zu suchen. Er verlor jegliches Gefühl für oben und unten, weil das Boot auf Wellen, die so hoch wie Felsen waren, rollte und schlingerte. Sturmwinde und gewaltige Wassermengen versuchten mit vereinter Kraft, ihn loszureißen. Seine Füße glitten ständig auf dem nassen Boden und den feuchten Wänden aus, und seine Armmuskeln brannten vor Schmerz. Er holte Luft ein, wenn sich sein Kopf gerade über Wasser befand, hielt aber sonst den Atem an. Viele Male war er nahe daran, ohnmächtig zu werden. Fast unbewußt nahm er wahr, daß das flache Kabinendach verschwunden war.

Er konnte kurze Blicke auf das Meer erhaschen, wenn Blitze aufzuckten Es war wie in einem Alptraum. Immer wieder überraschten ihn die Wellen: Sie waren vor ihm, hinter ihm, bäumten sich neben ihm auf oder waren überhaupt nicht zu sehen. Entsetzt stellte er fest, daß er seine Hände nicht mehr spürte; er blickte nach unten und sah, daß sie wie totenstarr um das Ruder geklammert waren. In seinen Ohren tönte ein ständiges Brüllen, und der Wind war vom Donner und dem Rauschen des Meeres nicht zu unterscheiden.

Langsam verlor er die Fähigkeit, klar zu denken. In so etwas wie einem

Tagtraum – es war nicht wirklich eine Sinnestäuschung – sah er die junge Frau, die ihn am Strand angestarrt hatte. Sie schritt unentwegt über das sich aufbäumende Deck des Bootes, wobei der Badeanzug ihr am Körper klebte. Sie kam immer näher, erreichte ihn aber nie. Er wußte, daß er seine klamme Hand vom Ruder nehmen und nach ihr ausstrecken würde, wenn sie nur nahe genug herankäme, aber er sagte ununterbrochen: »Noch nicht, noch nicht«, während sie auf ihn zuging, lächelte und sich in den Hüften wiegte. Er war versucht, das Ruder loszulassen und auf sie zuzugehen. Doch er widerstand der Versuchung, weil ihm irgend etwas im Unterbewußtsein zuflüsterte, daß er sie auf diese Weise nie erreichen würde. Also wartete er ab, sah sie an und lächelte ihr seinerseits hie und da zu. Selbst wenn er die Augen schloß, sah er sie immer noch.

Zwischenzeitlich wurde er immer wieder ohnmächtig. Dabei entschwanden zunächst das Meer und das Boot, dann das Mädchen, bis er zusammenzuckte und im Aufwachen feststellte, daß er unglaublicherweise immer noch dastand, noch immer das Ruder in der Hand hielt und am Leben war. Dann bot er seine ganze Willenskraft auf, um bei Bewußtsein zu bleiben. Doch letztendlich gewann die Erschöpfung wieder die Oberhand.

In einem seiner letzten bewußten Momente merkte er, daß die Wellen sich in eine Richtung bewegten und das Boot mit sich trugen. Wieder zuckte ein Blitz, und er sah neben sich eine riesige dunkle Masse, eine unglaublich hohe Welle – nein, es war keine Welle, es war eine Klippe... Die Erkenntnis, daß er nahe an Land war, wurde von der Angst überdeckt, gegen die Felsen geworfen und zerschmettert zu werden. Aus Verzweiflung versuchte er, den Motor anzulassen, griff dann sofort wieder nach dem Ruder, aber seine Hand versagte ihm den Dienst.

Eine neue Welle hob das Boot und schleuderte es wie ein weggeworfenes Spielzeug in die Tiefe. Als er durch die Luft wirbelte und dabei noch immer das Ruder mit einer Hand fest umklammert hielt, sah Faber einen spitzen Felsen, der wie ein Stilett aus dem Wellental hervorragte. Es schien, daß er das kleine Boot durchbohren würde, doch im letzten Moment schrammte es an dem Felsen vorbei und wurde weitergetragen. Die riesigen Wellen brachen sich jetzt. Der nächsten konnten die Spanten nicht mehr standhalten. Das Boot prallte wuchtig auf das Wellental, und das Geräusch des splitternden Rumpfes peitschte wie eine Explosion durch die Nacht.

Das Wasser wich zurück, und Faber merkte, daß der Rumpf zersplittert war, weil die Wellen das Boot an Land geschleudert hatten. Mit ungläubigem Staunen starrte er auf den Strand, der vom Aufzucken eines neuen Blitzstrahls aus dem Dunkel gerissen wurde. Das Meer hob das zertrümmerte Boot wieder vom Sand empor; wieder donnerte Wasser über das Deck und warf Faber zu Boden. Aber in dem einen Moment hatte er alles mit äußerster Klarheit erkennen können. Der Strand war schmal, und die Wellen brachen sich bis zu den Klippen hinauf. Doch zu seiner Rechten gab es eine Anlegestelle, die wie eine Brücke zur Spitze der Klippen führte. Er wußte, wenn er das Boot verließ, würde ihn auf dem Strand die nächste große Welle mit Tonnen von Wasser ertränken oder ihm den Kopf an dem Felsen zerschmettern wie ein aufgeschlagenes Ei. Aber wenn er zwischen zwei Wellen die Anlegestelle erreichte, konnte er vielleicht weit genug an der Brücke hochklettern, um dem Wasser zu entkommen.

Bei der nächsten Welle brach das Deck auseinander, als wäre das gehärtete Holz nicht stärker als eine Bananenschale. Das Boot brach unter seinen Füßen zusammen, und Faber wurde von der zurückflutenden Brandung mitgerissen. Seine Beine schienen ihn kaum tragen zu können, doch er rappelte sich auf und rannte patschend durch das seichte Wasser auf die Anlegestelle zu. Nie in seinem Leben war ihm etwas schwerer gefallen, als diese wenigen Meter zurückzulegen. Er wollte stolpern, damit er sich im Wasser hinlegen und sterben konnte, doch er hielt sich aufrecht – genau wie damals, als er den 5000-Meter-Lauf gewonnen hatte –, bis er gegen einen Pfahl der Anlegestelle krachte. Er zwang seine Hände dazu, für ein paar Sekunden wieder gelenkig zu werden, reckte sich und packte die Planken. Faber zog sich bis zum Kinn über den Rand. Dann schwang er die Beine hoch und rollte sich hinüber.

Die Welle kam, als er sich hinkniete. Er warf sich nach vorne. Die Welle trug ihn ein paar Meter weit und schleuderte ihn dann brutal gegen die Planken. Er schluckte Wasser und sah Sterne vor den Augen. Als die Last von seinem Rücken geglitten war, bot er seine ganze Willenskraft auf, um sich zu bewegen. Doch er schaffte es nicht und merkte, wie er unerbittlich ins Meer zurückgezogen wurde. Plötzlich übermannte ihn die Wut. Er wollte sich nicht geschlagen geben, jetzt schon gar nicht! Faber brüllte seinen Haß auf den Sturm, das Meer, die Briten und Percival Godliman hinaus, und auf einmal war er auf den Beinen und rannte vor dem tosenden Meer davon. Er lief die Rampe hinauf, mit geschlossenen Augen und offenem Mund. Seine Knochen schienen fast zu brechen, und seine Lunge war dem Bersten nahe. Er hatte kein Ziel, doch er wußte, daß er so lange laufen würde, solange er noch denken konnte.

Die Rampe war lang und steil. Ein starker Mann, durchtrainiert und ausgeruht, hätte es vielleicht bis ganz nach oben schaffen können. Ein müder Olympiakämpfer wäre vielleicht bis zur Hälfte gekommen. Ein normaler Mann von vierzig Jahren hätte einen oder zwei Meter geschafft.

Faber erreichte die Spitze.

Einen Meter vor dem Ende der Rampe hatte er einen leichten Herzanfall und verlor das Bewußtsein, doch seine Beine machten noch zwei Schritte, bevor er auf den durchweichten Grasboden knallte.

Er konnte sich später nicht mehr daran erinnern, wie lange er dort gelegen hatte. Als er die Augen öffnete, wütete der Sturm immer noch, aber es war Tag geworden, und er konnte ein paar Meter weiter weg ein Häuschen erkennen, das bewohnt aussah.

Faber raffte sich auf und begann auf Knien die endlose Strecke bis zur Tür zu kriechen.

18

U505 beschrieb gelangweilt einen Kreis; seine mächtigen Elektroturbinen schnurrten langsam vor sich hin, während es sich wie ein grauer, zahnloser Hai durch die Tiefe schob. Kapitänleutnant Werner Heer trank Ersatzkaffee und versuchte, nicht noch mehr Zigaretten zu rauchen. Es war ein langer Tag und eine lange Nacht gewesen. Er war eine Kämpfernatur, aber mit Feindberührung war hier nicht zu rechnen. Deshalb mißfiel ihm dieser Einsatz; und vor allem mißfiel ihm der ruhige Abwehroffizier mit den verschlagenen blauen Augen, ein unwillkommener Gast auf seinem U-Boot.

Der Abwehrmann, Major Wohl, saß dem Kapitän gegenüber.

Der verfluchte Kerl sah nie müde aus! Seine blauen Augen blickten sich um, nahmen alles wahr, aber ihr Ausdruck veränderte sich nie. Trotz der Härten des Lebens unter Wasser war seine Uniform nie zerknittert. Pünktlich alle zwanzig Minuten steckte er sich eine neue Zigarette an und rauchte sie so lange, bis ein Stummel von knapp einem Zentimeter übrigblieb. Am liebsten hätte Heer aufgehört zu rauchen, damit er der Vorschrift Geltung verschaffen und Wohl daran hindern konnte, seinen Tabak zu genießen; doch dazu war er selbst dem Nikotin zu sehr verfallen.

Leute vom Nachrichtendienst waren Heer immer unsympathisch, da er das Gefühl nie los wurde, daß sie Erkenntnisse über ihn sammelten. Er hatte auch etwas dagegen, mit der Abwehr zusammenzuarbeiten. Sein Boot war zum Kämpfen da, nicht aber dazu, vor der britischen Küste herumzuschleichen, um Geheimagenten aufzunehmen. Für ihn war es der reinste Wahnsinn, wegen eines Mannes, der vielleicht nicht einmal erscheinen würde, wertvolles Kriegsgerät wie die U-505 aufs Spiel zu setzen, ganz zu schweigen von der ausgebildeten Besatzung.

Er leerte seine Tasse und verzog das Gesicht. »Verdammter Kaffee. Schmeckt fürchterlich.«

Wohls ausdrucksloser Blick ruhte für einen Moment auf ihm und glitt dann weiter. Er sagte nichts.

Heer rutschte unruhig auf seinem Sitz herum. Auf der Brücke eines Schiffes wäre er auf und ab marschiert, aber in Unterseebooten lernt man, unnötige Bewegungen zu vermeiden. »Bei diesem Wetter kommt Ihr Mann bestimmt nicht.«

Wohl blickte auf seine Uhr. »Wir warten bis 18 Uhr«, sagte er ruhig.

Es war kein Befehl, denn Wohl konnte Heer keine Befehle erteilen. Trotzdem war die nüchterne Erklärung beleidigend für einen ranghöheren Offizier. Heer knurrte: »Was bilden Sie sich ein, ich bin Kapitän dieses Schiffes!«

»Wir werden beide unseren Befehlen gehorchen«, erwiderte Wohl. »Sie wissen, daß sie von höchster Stelle kommen.«

Heer unterdrückte seinen Zorn. Der junge Wichtigtuer hatte natürlich recht. Heer würde sich an seine Befehle halten. Wenn sie wieder im Hafen lagen, würde er Wohl wegen Insubordination melden. Nützen würde es jedoch kaum etwas. In fünfzehn Jahren hatte Heer bei der Marine gelernt, daß für Angehörige hoher Stäbe andere Gesetze galten.

»Wenn Ihr Mann dumm genug ist, sich heute nacht hinauszuwagen, versteht er auf keinen Fall genug von der Seefahrt, um zu überleben.«

Wohls einzige Antwort war der gleiche leere Blick. Heer rief den Funker. »Weißmann?«

»Nichts, Herr Kapitänleutnant.«

»Ich fürchte, daß das Gemurmel vor ein paar Stunden von ihm kam«, sagte Wohl.

»Wenn das stimmt, war er weit vom Treffpunkt entfernt, Herr Major«, meinte der Funker unaufgefordert. »Mir kam es eher wie ein Blitz vor.«

»Wenn er's nicht war, dann war er's eben nicht. Wenn er es war, ist er jetzt ertrunken.« Heers Tonfall war überheblich.

»Sie kennen den Mann nicht«, sagte Wohl. Diesmal lag eine Spur von Erregung in seiner Stimme.

Heer schwieg. Der Klang der Maschinen veränderte sich leicht, und er glaubte, ein schwaches Brummen heraushören zu können. Wenn es auf der Rückfahrt schlimmer wurde, würde er im Hafen nachsehen lassen. Vielleicht sollte er das ohnehin tun, nur um eine weitere Reise mit dem wortkargen Major Wohl zu vermeiden.

Ein Matrose schaute herein. »Kaffee, Herr Kapitänleutnant?«

Heer schüttelte den Kopf. »Wenn ich noch mehr trinke, pisse ich Kaffee.«

»Aber für mich bitte«, sagte Wohl. Er zog eine Zigarette hervor.

Daraufhin sah Heer auf die Uhr. Es war zehn nach sechs. Der listige Major Wohl hatte seine Sechs-Uhr-Zigarette hinausgezögert, um das U-Boot noch ein paar zusätzliche Minuten warten zu lassen. »Wir gehen auf Heimatkurs.«

»Einen Moment«, widersprach Wohl. »Bevor wir verschwinden, sollten wir einen Blick auf die Wasseroberfläche werfen.«

»Reden Sie keinen Unsinn.« Heer wußte, daß er sich auf sicherem Terrain befand. »Ist Ihnen klar, was für ein Sturm da oben tobt? Wir würden die Luke nicht öffnen können, und das Periskop würde nur ein paar Meter Sicht bieten.«

»Woher wollen Sie aus dieser Tiefe wissen, was für ein Sturm da ist?«

»Erfahrung.«

»Dann teilen Sie dem Stützpunkt wenigstens mit, daß unser Mann keinen Kontakt mit uns aufgenommen hat. Vielleicht befiehlt man uns, hier zu bleiben.«

Heer seufzte verzweifelt. »Aus dieser Tiefe können wir keine Funkverbindung herstellen – nicht mit dem Stützpunkt.«

Wohls kühle Haltung war dahin. »Herr Kapitänleutnant Heer, ich empfehle Ihnen dringend, aufzutauchen und Anweisungen einzuholen, bevor wir diesen Treffpunkt verlassen. Der Mann, den wir abholen sollen, hat Informationen, die für die Zukunft des Reiches lebenswichtig sind. Der Führer selbst wartet auf seinen Bericht!«

Heer blickte ihn an. »Vielen Dank dafür, daß Sie mir Ihre Meinung mitgeteilt haben, Herr Major.« Er wandte sich ab. »Beide Maschinen volle Kraft voraus!« bellte er.

Das Brummen der Turbinen verstärkte sich zu einem Dröhnen, und das U-Boot begann schneller zu werden.

Vierter Teil

19

Als Lucy aufwachte, tobte der Sturm, der am Abend zuvor losgebrochen war, immer noch. Sie lehnte sich vorsichtig über die Bettkante, um David nicht zu stören, und hob ihre Armbanduhr vom Fußboden auf. Es war kurz nach sechs. Der Wind heulte um das Dach. David konnte weiterschlafen, denn heute war kaum an Arbeit zu denken.

Sie fragte sich, ob über Nacht wohl Schieferplatten vom Dach gefallen waren. Sie würde auf dem Dachboden nachsehen müssen. Damit mußte sie warten, bis David aus dem Haus war, sonst würde er wütend sein, weil sie ihn nicht gebeten hatte, sich darum zu kümmern.

Sie glitt aus dem Bett. Es war so kalt wie im November. Sie zog das Flanellnachthemd über den Kopf und schlüpfte rasch in Unterwäsche, Hose und Pullover. David rührte sich. Er drehte sich um, wachte aber nicht auf.

Sie überquerte den winzigen Flur und schaute in Jos Zimmer. Der Dreijährige hatte nun kein Kinderbett mehr, sondern ein richtiges Bett. Er fiel nachts oft heraus, ohne aufzuwachen. An diesem Morgen war er im Bett und lag mit weit geöffnetem Mund schlafend auf dem Rücken. Lucy lächelte. Er sah hinreißend aus, wenn er schlief.

Lucy ging leise die Treppe hinunter und überlegte einen Moment lang, warum sie so früh aufgewacht war. Vielleicht hatte Jo ein Geräusch gemacht, oder vielleicht hatte es an dem Sturm gelegen.

Sie kniete sich vor den Kamin, schob die Ärmel ihres Pullovers hoch und machte Feuer. Während sie den Rost säuberte, summte sie eine Schlagermelodie, die sie im Radio gehört hatte: *»Is You Is Or Is You Ain't My Baby?«* Sie harkte die kalte Asche zusammen, schichtete die größten Brocken aufeinander, legte getrockneten Farn als Zunder dazwischen, Holz und Kohle darauf. Hin und wieder benutzte sie nur Holz, aber bei diesem Wetter brannte Kohle besser. Sie zündete den Farn an und hielt eine Zeitungsseite für ein paar Minuten über den Kamin, um im Schornstein Zug zu schaffen. Als sie die Zeitung wegnahm, brannte das Holz, und die Kohle glühte rot. Sie faltete das Stück Papier zusammen und legte es unter den Kohlenkasten, um es am nächsten Tag wieder benutzen zu können.

Das Feuer würde bald das kleine Haus erwärmen, doch eine heiße Tasse Tee würde inzwischen Abhilfe schaffen. Lucy ging in die Küche und stellte den Kessel auf den elektrischen Herd. Zwei Tassen, Davids Zigaretten und ein Aschenbecher kamen auf ein Tablett. Sie machte Tee, goß die Tassen voll und trug das Tablett durch den Flur zur Treppe.

Lucy hatte schon einen Fuß auf die unterste Stufe gestellt, als sie das leise Pochen hörte. Sie blieb stehen, runzelte die Stirn, dachte, daß es wohl ein Klappern vom Wind sei, und ging eine weitere Stufe hoch. Das Geräusch wiederholte sich. Es war, als klopfe jemand an die Vordertür.

Das war natürlich lächerlich. Es gab niemanden, der an die Vordertür hätte pochen können – nur Tom, und der kam immer an die Küchentür, ohne anzuklopfen.

Wieder das Pochen.

Sie stieg die Stufe hinab, ging, das Teetablett auf einer Hand balancierend, zur Tür und öffnete sie.

Sie ließ das Tablett fallen. Der Mann fiel in den Flur und riß sie zu Boden. Lucy schrie auf.

Ihr Schreck währte nur einen Moment. Der Fremde lag ausgestreckt neben ihr auf dem Fußboden und war offensichtlich nicht in der Lage, jemandem etwas anzutun. Seine Kleidung war patschnaß, und seine Hände und sein Gesicht waren vor Kälte schneeweiß.

Lucy stand auf. David rutschte auf dem Hinterteil die Treppe herab und rief: »Was ist los? Was ist los?«

»Dort«, sagte Lucy und zeigte auf den Mann.

David, der noch seinen Pyjama trug, erreichte das Ende der Treppe und schwang sich in seinen Rollstuhl. »Ich weiß nicht, was es da zu schreien gibt.« Er rollte näher heran und musterte den Mann auf dem Fußboden.

»Entschuldige. Er hat mir einen Schrecken eingejagt.« Sie beugte sich vor, packte den Mann an den Oberarmen und schleifte ihn ins Wohnzimmer. David folgte ihr. Lucy legte den Mann vor den Kamin.

David starrte den Bewußtlosen nachdenklich an. »Woher, zum Teufel, kommt er nur?«

»Er muß ein schiffbrüchiger Matrose sein.«

»Natürlich.«

Aber Lucy bemerkte, daß er die Kleidung eines Arbeiters, nicht die eines Seemannes trug. Er war recht groß, muskulös an Nacken und Schultern. Sein Gesicht war kräftig und gut geschnitten; er hatte eine hohe Stirn und einen ausgeprägten Kiefer. Lucy dachte, daß er gut aussehen würde, wenn er nicht so schrecklich blaß wäre.

Der Fremde rührte sich und öffnete die Augen. Zuerst wirkte er entsetzt wie ein kleiner Junge, der in einer unbekannten Umgebung aufwacht. Doch sein Gesichtsausdruck entspannte sich rasch, und er sah sich aufmerksam um, wobei sein Blick kurz auf Lucy, David, das Fenster, die Tür und das Feuer fiel.

»Wir müssen ihm diese Kleider ausziehen«, sagte Lucy. »Hol einen Pyjama und einen Morgenmantel, David.«

David rollte hinaus, und Lucy kniete sich neben den Fremden. Sie zog zunächst seine Stiefel und Socken aus. Eine Spur von Belustigung schien in seinen Augen aufzuleuchten, während er sie beobachtete. Als sie jedoch die Hand nach seiner Jacke ausstreckte, kreuzte er die Arme schützend über der Brust.

»Sie werden an Lungenentzündung sterben, wenn Sie diese Kleidung anbehalten.« Sie versuchte, ihre Stimme wie die einer Krankenschwester klingen zu lassen. »Erlauben Sie mir, sie auszuziehen.«

Der Fremde sagte: »Ich glaube nicht, daß wir uns gut genug kennen – schließlich sind wir einander nicht vorgestellt worden.«

Es war das erste Mal, daß er sprach. Seine Stimme war so selbstbewußt, und seine Worte wirkten so förmlich, angesichts seines erbärmlichen Zustands, daß Lucy laut auflachen mußte. »Sind Sie schüchtern?« fragte sie.

»Ich meine nur, daß ein Mann sich etwas Geheimnisvolles bewahren sollte.« Er grinste breit, aber sein Lächeln verfiel, und seine Augen schlossen sich vor Schmerz.

David kam mit sauberen Sachen über dem Arm zurück. »Ihr beide scheint euch ja schon erstaunlich gut zu verstehen.«

»Du mußt ihn ausziehen. Mir erlaubt er's nicht.«

Davids Miene war unergründlich.

»Ich schaffe es schon allein, danke – wenn es Ihnen nicht allzu unhöflich vorkommt«, sagte der Fremde.

»Wie Sie wollen.« David ließ die Sachen auf einen Stuhl fallen und rollte hinaus.

»Ich mache noch etwas Tee«, sagte Lucy, während sie ihm folgte. Sie schloß die Wohnzimmertür hinter sich.

In der Küche ließ David schon den Kessel vollaufen. Eine brennende Zigarette hing zwischen seinen Lippen. Lucy fegte rasch das zerbrochene Porzellan im Flur zusammen und kam dann ebenfalls in die Küche.

David sagte: »Vor fünf Minuten war ich nicht mal sicher, ob der Bursche noch lebt – und nun kann er sich selbst anziehen.«

Lucy hantierte mit der Teekanne. »Vielleicht hat er sich verstellt.«

»Die Gefahr, von dir ausgezogen zu werden, hat ihn jedenfalls schnell kuriert.«

»Ich kann mir nicht vorstellen, daß jemand derart schüchtern ist.«

»Dein eigener Mangel an Zurückhaltung verleitet dich vielleicht dazu, andere auf diesem Gebiet zu unterschätzen.«

Lucy klapperte mit den Tassen. »Laß uns jetzt keinen Streit anfangen, David – wir haben was Interessanteres zu tun. Zur Abwechslung mal.« Sie nahm das Tablett und ging damit ins Wohnzimmer.

Der Fremde knöpfte gerade die Pyjamajacke zu. Er drehte Lucy den Rücken zu, als sie hereinkam. Lucy stellte das Tablett ab und schenkte den Tee ein. Als sie sich umdrehte, hatte er Davids Morgenmantel übergezogen.

»Sie sind sehr freundlich«, sagte er und schaute ihr gerade in die Augen.

Eigentlich wirkt er nicht gerade schüchtern, dachte Lucy. Er war jedoch einige Jahre älter als sie – vielleicht um die vierzig. Das war wohl der Grund. Mit jeder Minute sah er weniger wie ein Schiffbrüchiger aus.

»Setzen Sie sich ans Feuer.« Lucy reichte ihm eine Tasse Tee.

»Ich weiß nicht, ob ich die Untertasse halten kann. Ich kann die Finger nicht bewegen.« Mit steifen Fingern nahm er die Tasse und hielt sie mit den Innenflächen der Hände fest. Vorsichtig führte er sie an die Lippen.

David kam herein und bot dem Fremden eine Zigarette an. Der lehnte ab und trank seine Tasse aus. »Wo bin ich?«

»Die Insel heißt Storm Island.«

Der Mann zeigte eine Spur von Erleichterung. »Ich hatte befürchtet, zum Festland zurückgetrieben zu werden.«

David drehte die Füße des Fremden zum Feuer, damit sie warm würden. »Sie wurden wahrscheinlich in die Bucht geschwemmt. Das passiert mit vielen Dingen. So bildete sich der Strand.«

Jo kam mit verschlafenen Augen ins Zimmer. Er zog einen einarmigen, zotteligen Teddybären hinter sich her, der so groß wie er selbst war.

Als er den Fremden sah, rannte er zu Lucy und vergrub sein Gesicht in ihrem Rock.

»Ich habe Ihre kleine Tochter erschreckt«, sagte der Mann lächelnd.

»Es ist ein Junge. Ich müßte ihm endlich die Haare schneiden.« Lucy nahm Jo auf den Schoß.

»Entschuldigen Sie.« Die Augen des Fremden schlossen sich wieder, und er schwankte auf seinem Stuhl.

Lucy stand auf und setzte Jo auf dem Sofa ab. »Wir müssen den armen Mann ins Bett bringen, David.«

»Noch einen Moment.« David rollte näher an den Fremden heran. »Könnte es noch mehr Überlebende geben?«

Der Mann hob das Gesicht. »Ich war allein«, flüsterte er. Er war kaum noch bei Bewußtsein.

»David –«, begann Lucy.

»Noch eine Frage: Haben Sie der Küstenwache Ihren Kurs mitgeteilt?«

»Spielt das eine Rolle?« fragte Lucy.

»Es spielt eine Rolle. Wenn er es getan hat, sind vielleicht Männer draußen, die ihr Leben für ihn riskieren. Wir können ihnen mitteilen, daß er in Sicherheit ist.«

Der Mann sagte langsam: »Ich ... habe ... sie nicht ... benachrichtigt.«

»Nun ist's genug.« Lucy kniete sich vor den Mann. »Schaffen Sie's nach oben?«

Er nickte und stand mühsam auf.

Lucy legte seinen Arm um ihre Schultern und ging mit ihm hinaus. »Ich werde ihn in Jos Bett bringen.«

Sie nahmen eine Stufe nach der anderen und machten nach jeder eine Pause. Als sie oben waren, hatte das Gesicht des Mannes das bißchen Farbe, das es am Feuer angenommen hatte, wieder verloren. Lucy führte ihn in das kleine Schlafzimmer. Er brach zusammen und fiel auf das Bett.

Lucy zog mehrere Decken über ihn, packte ihn ein und schloß die Tür leise hinter sich.

Eine Woge der Erleichterung überkam Faber. In den letzten Minuten hatte er sich übermenschlich anstrengen müssen, um sich zu beherrschen. Er fühlte sich kraftlos, besiegt und krank.

Nachdem ihm die Haustür geöffnet worden war, hatte er zunächst nicht mehr gegen seine Erschöpfung ankämpfen können. Gefährlich war es geworden, als die schöne Frau begonnen hatte, ihn auszuziehen. Da war ihm die Dose mit dem Film eingefallen, die an seine Brust geklebt war. Das hatte seine Lebensgeister kurzzeitig wieder geweckt. Er hatte auch befürchtet, daß man einen Krankenwagen rufen könne, aber davon war nicht die Rede gewesen. Vielleicht war die Insel so klein, daß es kein Krankenhaus gab. Wenigstens war er nicht auf dem Festland – dort wäre es unmöglich gewesen, die Meldung seines Schiffbruches zu verhindern. Aus dem Tenor der Fragen, die der Ehemann ihm gestellt hatte, ließ sich jedoch schließen, daß fürs erste keine Mitteilung erfolgen würde.

Faber hatte nicht mehr die Kraft, um sich über weiter in der Zukunft liegende Probleme Gedanken zu machen. Im Augenblick schien er jedenfalls sicher zu sein, und das war das Wichtigste. Er lag in einem warmen, trockenen und weichen Bett, und er lebte noch.

Er drehte sich um und musterte das Zimmer: Tür, Fenster, Kamin. Sein Sicherheitsinstinkt funktionierte automatisch. Die Wände waren blaßrot, als habe das Paar sich ein Mädchen gewünscht. Auf dem Boden stand eine Spielzeugeisenbahn, und eine Menge Bilderbücher lagen herum. Es war ein sicherer, häuslicher Ort: ein Heim. Er war ein Wolf in der Schafherde, aber ein lahmer Wolf.

Faber schloß die Augen. Trotz seiner Erschöpfung mußte er sich dazu zwingen, sich zu entspannen, Muskel für Muskel. Allmählich wurde der Kopf ihm leer, und er schlief ein.

Lucy schmeckte den Haferbrei ab und gab noch eine Prise Salz dazu. Sie hatten sich daran gewöhnt, ihn so zu essen, wie Tom ihn machte – auf schottische Art, statt mit Zucker. Sie würde nie wieder süßen Haferbrei machen, sogar wenn es wieder Zucker im Überschuß und unrationiert geben sollte. Es war merkwürdig, woran man sich gewöhnen konnte, wenn einem nichts anderes übrigblieb: an Graubrot, Margarine und gesalzenen Haferbrei.

Sie teilte ihn aus, und die Familie setzte sich zum Frühstück.

Jo nahm viel Milch, um seinen Brei abzukühlen. David verschlang seit einiger Zeit riesige Portionen, ohne dick zu werden.

Es lag an der Arbeit im Freien. Lucy betrachtete seine Hände. Sie waren grob und braun – die Hände eines Mannes, der körperlich arbeitet. Die Hände des Fremden waren anders. Seine Finger waren lang, und die Haut war weiß unter dem Schorf und den Prellungen. Er war nicht an die harte Arbeit eines Seemanns gewöhnt.

»Du wirst heute nicht viel machen können«, sagte Lucy. »Der Sturm wird sich kaum legen.«

»Was soll's«, brummte David. »Schafe müssen bei jedem Wetter versorgt werden.«

»Wohin willst du?«

»Rüber zu Tom. Ich fahre im Jeep hin.«

»Darf ich mit?« fragte Jo.

»Heute nicht«, erwiderte Lucy. »Es ist zu naß und zu kalt.«

»Aber ich mag den Mann nicht.«

Lucy lächelte. »Sei nicht albern. Er wird uns nichts tun. Er ist so krank, daß er sich kaum rühren kann.«

»Wie heißt er?«

»Das wissen wir nicht. Er hat mit seinem Boot Schiffbruch erlitten, und wir müssen uns um ihn kümmern, bis er wieder gesund ist und aufs Festland zurückkehren kann. Er ist sehr nett.«

»Ist er mein Onkel?«

»Nur ein Fremder, Jo. Iß auf.«

Jo setzte ein enttäuschtes Gesicht auf. Er hatte einmal einen Onkel getroffen. In seiner Vorstellung waren Onkel Leute, die Bonbons verteilten, was ihm gefiel, und Geld, womit er nichts anfangen konnte.

David beendete das Frühstück und zog seinen Regenmantel an. Das war ein zeltförmiges Kleidungsstück, mit Ärmeln und einer Öffnung für seinen Kopf, das nicht nur ihn, sondern auch den größten Teil des Rollstuhls bedeckte. Er setzte einen Südwester auf und band ihn unter dem Kinn fest. Dann küßte er Jo und verabschiedete sich von Lucy.

Ein oder zwei Minuten später hörte sie, wie der Jeep ansprang. Sie ging ans Fenster, um zuzusehen, wie David in den Regen hinausfuhr. Die Hinterräder des Wagens rutschten im Schlamm. Er würde sich in acht nehmen müssen.

Lucy wandte sich Jo zu. Er sagte: »Das ist ein Hund.« Er hatte auf der Tischdecke eine Figur aus Haferbrei und Milch fabriziert.

Lucy gab ihm einen Klaps auf die Hand. »Was für eine Schweinerei!« Das Gesicht des Jungen nahm einen grimmigen, beleidigten Ausdruck an. Lucy dachte, wie sehr er seinem Vater ähnelte. Sie hatten die gleiche dunkle Haut und das gleiche fast schwarze Haar, und beide hatten eine Art, sich abzukapseln, wenn sie verärgert waren. Aber Jo lachte auch viel – wenigstens etwas, das er von Lucys Familie geerbt hatte, Gott sei Dank.

Jo hielt ihren nachdenklichen Blick für Zorn, und er sagte: »'s tut mir leid.«

Lucy machte ihn am Küchenausguß wieder sauber, räumte das Geschirr weg und dachte über den Fremden nach, der oben lag. Da die unmittelbare Gefahr vorüber war und sie wußte, daß er nicht sterben würde, brannte sie vor Neugierde, Genaueres über ihn zu erfahren. Wer war er? Woher kam er? Was hatte er während des Sturmes draußen zu suchen gehabt? Besaß er eine Familie? Wieso hatte er die Kleidung eines Arbeiters, die Hände eines Büroangestellten und den Akzent der Gegend um London? Es war alles ziemlich aufregend.

Ihr kam der Gedanke, daß sie sein plötzliches Auftauchen nicht einfach so hingenommen hätte, wenn sie anderswo lebte. Er könnte doch ein Deserteur, ein Verbrecher oder sogar ein entflohener Kriegsgefangener sein. Doch auf der Insel vergaß man, daß andere Menschen nicht nur Gesellschaft, sondern auch Gefahr bedeuten konnten. Es war so schön, ein neues Gesicht zu sehen, daß es undankbar schien, Mißtrauen zu hegen. Vielleicht war sie eher als jeder andere dazu bereit, einen attraktiven Mann willkommen zu heißen... Sie verdrängte diesen Gedanken wieder.

Unsinn! Er war so erschöpft und krank, daß er auf keinen Fall jemanden bedrohen konnte. Auch auf dem Festland hätte sich niemand weigern können, ihn, durchnäßt und bewußtlos wie er war, bei sich aufzunehmen. Wenn er sich besser fühlte, konnten sie ihn immer noch ausfragen. Sollte seine Erklärung, wie es ihn hierher verschlagen hatte, nicht einleuchtend sein, konnte man dem Festland von Tom aus Bescheid geben.

Nachdem sie abgewaschen hatte, schlich sie nach oben, um nach dem Fremden zu sehen. Er schlief mit dem Gesicht zur Tür, und seine Augen öffneten sich sofort, als sie ins Zimmer schaute. Wieder blitzte für den Bruchteil einer Sekunde Furcht in ihnen auf.

»Keine Sorge«, flüsterte Lucy. »Wollte nur nachsehen, ob mit ihnen alles in Ordnung ist.«

Er schloß die Augen, ohne zu sprechen.

Lucy ging wieder nach unten. Sie zog sich und Jo Ölzeug und Gummistiefel an, und dann gingen sie nach draußen. Es goß immer noch in Strömen, und der Wind blies mit ungeheurer Kraft. Sie blickte zum Dach hinauf. Tatsächlich fehlten einige Schieferplatten. Sie stemmte sich gegen den Wind und ging auf die Spitze der Klippen zu.

Lucy hatte Jos Hand fest gepackt – er hätte, weiß Gott, leicht fortgeweht werden können. Zwei Minuten später wünschte sie, sie wäre im Haus geblieben. Regen drang unter dem Kragen ihres Mantels und oben an den Stiefeln durch. Jo konnte es nicht anders gehen. Aber da sie ohnehin durchnäßt waren, spielte es keine Rolle mehr, ob sie noch ein paar Minuten länger draußen blieben. Lucy wollte an den Strand gehen.

Als sie jedoch am Kopf der Rampe ankamen, sah sie ein, daß es unmöglich war. Der schmale Holzsteg war vom Regen glitschig geworden. Bei diesem Wind konnte sie das Gleichgewicht verlieren und sechzig Fuß tief auf den Strand stürzen. Sie mußte sich damit zufriedengeben, daß sie nur hinunterschauen konnte.

Welch ein Schauspiel!

Gewaltige Wellen, jede von der Größe eines kleinen Hauses, rollten dicht hintereinander heran. Über dem Strand stiegen die Wellen noch höher, ihr Kamm krümmte sich zu einem Fragezeichen, und dann warfen sie sich wütend gegen den Fuß der Klippen. Gischt sprühte wie Regenschauer über die Spitze der Felskante, so daß Lucy hastig zurücktrat und Jo vor Freude quietschte. Lucy konnte ihren Sohn nur deshalb hören, weil er ihr in die Arme gesprungen war und sein Mund dicht an ihrem Ohr lag. Der Lärm von Wind und Meer übertönte alle anderen Geräusche.

Es lag etwas ungeheuer Aufregendes darin, die Elemente zischen, wogen und toben zu sehen, von einem Standort aus, der ein ganz klein wenig zu nahe am Rand der Klippen lag. Man fühlte sich dabei bedroht und doch in Sicherheit, zitterte vor Kälte und schwitzte zugleich vor Angst. Es war ein Nervenkitzel in Lucys ansonsten so ereignisarmem Leben.

Lucy, die sich um Jos Gesundheit sorgte, wollte sich gerade wieder auf den Rückweg machen, als sie das Boot bemerkte.

Es war natürlich kein Boot mehr – das war das Erschreckende daran. Nur die mächtigen Spanten des Decks und des Kiels waren übriggeblieben. Sie waren wie eine Handvoll Streichhölzer auf den Felsen unterhalb der Klippen zerstreut. Es mußte ein großes Boot gewesen sein. Ein Mann könnte es allein gesteuert haben, dachte Lucy, aber nicht ohne Mühe. Die Zerstörung, die das Meer dem Menschenwerk zugefügt hatte, erfüllte einen mit Schrecken. Es war schwer, zwei Holzplanken auszumachen, die noch zusammengefügt waren.

Wie in aller Welt war der Fremde dort lebend herausgekommen?

Es schauderte sie bei dem Gedanken daran, was diese Wellen und diese Felsen einem menschlichen Körper antun konnten. Jo hatte etwas von dem Stimmungsumschwung seiner Mutter mitbekommen und rief ihr ins Ohr:

»Heim!« Lucy wandte sich rasch vom Meer ab und eilte über den schlammigen Pfad zurück zum Haus.

Sie zogen ihre nassen Mäntel, Hüte und Stiefel aus und hängten sie zum Trocknen in die Küche. Danach ging Lucy nach oben und sah wieder nach dem Fremden. Diesmal schlug er die Augen nicht auf. Er schien ganz friedlich zu schlafen, doch sie hatte das Gefühl, daß er aufgewacht war, ihren Schritt auf der Treppe erkannt und die Augen wieder geschlossen hatte, bevor sie die Tür öffnete.

Lucy ließ heißes Badewasser einlaufen. Der Junge und sie waren bis auf die Haut durchnäßt. Sie zog Jo aus und steckte ihn in die Wanne. Dann legte sie aus einem Impuls heraus ihre eigene Kleidung ab und stieg zu ihm hinein. Das warme Wasser war eine Wohltat. Lucy schloß die Augen und entspannte sich. Auch tat es gut, drinnen im Haus zu sein, im Warmen, während der Sturm machtlos gegen die starken Mauern aus Stein anrannte.

Ganz plötzlich war das Leben interessant geworden. In einer einzigen Nacht hatte sie einen Sturm, einen Schiffbruch und das Auftauchen eines rätselhaften Mannes erlebt – all das nach drei langen Jahren ... Sie hoffte, daß der Fremde bald aufwachen würde, damit sie alles über ihn erfahren konnte.

Es wurde Zeit, den Lunch zu machen. Sie hatte etwas Hammelbrust für ein Irish Stew. Lucy stieg aus der Wanne und trocknete sich ab. Jo beschäftigte sich mit seinem Spielzeug, einer Gummikatze, die schon ganz zerkaut war. Lucy betrachtete sich im Spiegel und untersuchte ihre Schwangerschaftsstreifen. Sie verblaßten langsam, würden aber nie völlig verschwinden. Ein Sonnenbad ohne Badeanzug, das könnte helfen. Sie lächelte vor sich hin und dachte: Tolle Aussichten! Außerdem, wen kümmerte schon ihr Bauch? Nur sie selbst.

»Kann ich noch eine Minute drinbleiben?« fragte Jo. »Noch eine Minute« konnte alles – bis zu einem halben Tag – bedeuten.

»Nur bis ich angezogen bin«, antwortete Lucy. Sie hängte das Handtuch an eine Stange und wandte sich zur Tür.

Der Fremde stand in der Tür und betrachtete sie.

Sie starrten einander an. Seltsamerweise hatte sie nicht die geringste Angst. Es lag daran, wie er sie anschaute: In seiner Miene lag keine Drohung, keine Geilheit, kein Grinsen, keine Gier. Er blickte weder auf ihre Scham noch auf ihre Brüste, sondern in ihr Gesicht – direkt in die Augen. Sie erwiderte seinen Blick, ein wenig verblüfft, aber nicht verlegen. Ganz entfernt wunderte sie sich, warum sie nicht zu kreischen anfing, sich nicht mit den Händen bedeckte und nicht die Tür vor ihm zuschlug.

Schließlich erschien doch etwas in seinen Augen. Vielleicht bildete Lucy es sich nur ein, aber sie sah Bewunderung, einen schwachen Funken von Heiterkeit und eine Spur von Trauer. Dann war der Bann gebrochen. Er wandte sich ab, ging zurück in sein Zimmer und schloß die Tür. Einen Moment später hörte Lucy, wie die Federung knarrte. Er hatte sich wieder ins Bett gelegt.

Ohne jeden Grund hatte sie ein entsetzlich schlechtes Gewissen.

20

Inzwischen hatte Percival Godliman alle Hebel in Bewegung gesetzt.

Jeder Polizist im Vereinigten Königreich besaß einen Abzug der Photographie von Faber, und etwa die Hälfte von ihnen war hauptamtlich damit beschäftigt, ihn aufzuspüren. In den Städten durchsuchten sie Hotels und Pensionen, Eisenbahn- und Busbahnhöfe, Lokale und Einkaufszentren, dazu die Brücken, Gewölbe und Bombengrundstücke, wo sich Obdachlose aufhielten. Auf dem Lande suchten sie in Scheunen und Silos, in leeren Hütten und Schloßruinen, auf Lichtungen, in Dickichten und Kornfeldern. Sie zeigten Fahrkartenverkäufern, Tankwarten, Fährbesatzungen und Zöllnern die Photographie. Alle Häfen und Flugplätze wurden überwacht; an jedem Paßkontrollschalter hing das Bild hinter dem Anschlagbrett.

Die Polizei glaubte, nach einem gewöhnlichen Mörder zu suchen. Der Wachtmeister auf der Straße wußte, daß der abgebildete Mann in London zwei Menschen mit einem Messer getötet hatte. Höhere Beamte wußten etwas mehr: nämlich daß einem der Morde ein Vergewaltigungsversuch vorangegangen war, daß es für den zweiten anscheinend kein Motiv gab und daß der dritte – von dem ihre Männer nichts erfahren sollten – die Folge eines unerklärlichen, aber tödlichen Angriffs auf einen Soldaten im Zug von Euston nach Liverpool war. Nur die Polizeidirektoren und ein paar Beamte von Scotland Yard waren darüber im Bilde, daß der Soldat zeitweilig dem MI5 zugeteilt gewesen war und alle Morde mit der nationalen Sicherheit zu tun hatten.

Auch die Journalisten glaubten, daß es sich um die übliche Fahndung nach einem Mörder handle. Am Tage nachdem Godliman die Einzelheiten bekanntgegeben hatte, brachten die meisten Zeitungen die Geschichte in ihren Spätausgaben; die Morgenblätter für Schottland, Nordirland und Norwales hatten sie noch nicht, veröffentlichten aber am nächsten Tag eine Kurzfassung. Das Opfer von Stockwell wurde als Arbeiter bezeichnet, hatte einen falschen Namen erhalten, und man hatte nur vage angedeutet, aus welcher Londoner Gegend es stammte. In Godlimans Pressemitteilung wurde dieser Mord mit dem Tode von Mrs. Una Garden im Jahre 1940 in Verbindung gebracht, der Zusammenhang blieb aber unklar. Als Mordwaffe wurde ein Stilett angegeben.

Die beiden Zeitungen in Liverpool erfuhren sehr rasch von der Leiche im Zug; bei beiden kam man auf den Gedanken, daß der Londoner Stilettmörder verantwortlich sein könne. Beide baten die Polizei von Liverpool um Auskunft. Die Herausgeber der Zeitungen wurden vom Polizeichef der Stadt angerufen. Keiner druckte die Geschichte.

Insgesamt nahm man 157 hochgewachsene, dunkelhaarige Männer fest, weil man sie für Faber hielt. Alle bis auf 29 von ihnen waren in der Lage zu beweisen, daß sie die Morde auf keinen Fall begangen haben konnten. Angehörige des MI5 verhörten die 29. Von ihnen konnten 27 Eltern, Verwandte und Nachbarn als Zeugen nennen, die bestätigten, daß sie in Großbritannien geboren und schon in den zwanziger Jahren dort gelebt hatten, als Faber noch in Deutschland gewesen war.

Die beiden anderen wurden nach London gebracht und noch einmal vernommen, diesmal von Godliman. Beide waren Junggesellen, die allein lebten, keine Angehörigen mehr hatten und ein unstetes Leben führten.

Der erste war ein elegant angezogener, selbstbewußter Mann, der wenig überzeugend behauptete, daß er umherreise und Gelegenheitsarbeiten annehme. Godliman erklärte, daß er nach einem deutschen Spion suche und im Gegensatz zur Polizei die Befugnis habe, jeden für die Dauer des Krieges einsperren zu lassen, ohne daß Fragen gestellt würden. Es sei ihm nicht im geringsten daran gelegen, gewöhnliche Verbrecher zu fassen. Alles was er hier im Kriegsministerium erfahre, sei streng vertraulich und werde nicht weitergegeben.

Der Festgenommene gestand daraufhin sofort, ein Hochstapler zu sein, und nannte die Adressen von neun älteren Frauen, die er in den letzten drei Wochen um ihren Familienschmuck betrogen hatte.

Godliman übergab ihn der Polizei. Er fühlte sich nicht verpflichtet, gegenüber einem Betrüger ehrlich zu sein.

Dank Godlimans Taktik begann auch der letzte Verdächtige auszupacken. Sein Geheimnis bestand darin, daß er alles andere als ein Junggeselle war. Er hatte eine Frau in Brighton, noch eine in Solihull bei Birmingham und weitere in Colchester, Newbury und Exeter. Alle fünf konnten noch am selben Tag Heiratsurkunden vorlegen. Der Polygamist wurde in Untersuchungshaft genommen.

Godliman schlief in seinem Büro, während die Jagd weiterging.

Bristol, Temple Meads, Bahnhof: »Guten Morgen, Miss. Würden Sie sich das mal ansehen, bitte?«

»He, Mädels – der Bobby will uns seine Schnappschüsse zeigen!«

»Reden Sie keinen Quatsch, sagen Sie mir nur, ob Sie diesen Mann gesehen haben.«

»Oh, ist der hübsch! Wäre schön, wenn ich ihn gesehen hätte!«

»Wenn Sie wüßten, was er getan hat, wären Sie anderer Meinung. Würden Sie sich's bitte alle angucken?«

»Nie gesehen.«

»Ich nicht.«

»Ich auch nicht.«

»Nein.«

»Wenn Sie ihn fangen, fragen Sie ihn doch, ob er sich mit einem netten jungen Mädchen aus Bristol treffen möchte.«

»Ihr Mädchen – ich verstehe euch nicht... Nur weil sie euch ein paar Hosen geben und euch als Gepäckträger beschäftigen, glaubt ihr, euch wie Männer aufführen zu können...«

An der Fähre in Woolwich: »Ein Dreckswetter, nicht wahr, Constable?«

»Morgen, Käpt'n. Wahrscheinlich ist's auf hoher See noch schlimmer.«

»Kann ich was für Sie tun? Oder wollen Sie nur über den Fluß setzen?«

»Ich möchte Sie bitten, sich dieses Photo hier anzusehen, Käpt'n.«

»Will mir nur eben die Brille aufsetzen. – Oh, keine Sorge, ich kann genug sehen, um ein Schiff zu führen. Brauche die Brille nur für die Nähe. Also...

»Na, kommt er Ihnen bekannt vor?«

»Tut mir leid, Constable. Sagt mir gar nichts.«

»Geben Sie mir Bescheid, wenn er Ihnen über den Weg läuft.«

»Klar.«

»Bon voyage.«

Leak Street Nr. 35, London E1: »Sergeant Riley – was für eine nette Überraschung!«

»Werd nicht frech, Mabel. Wen hast du hier?«

»Alles nur nette und ehrenwerte Gäste, Sergeant. Sie kennen mich doch.«

»Und ob. Deshalb bin ich ja hier. Ist einer deiner netten ehrenwerten Gäste vielleicht von der Truppe abgehauen?«

»Seit wann spielen Sie denn Kindermädchen für die Armee?«

»Überhaupt nicht, Mabel. Ich suche einen Verbrecher, und wenn er hier ist, hat er dir wahrscheinlich erzählt, daß er stiften gegangen ist.«

»Hör zu, Jack – wenn ich dir sage, daß ich alle Gäste kenne, läßt du mich dann in Ruhe und verschwindest?«

»Wieso sollte ich dir trauen?«

»Wegen 1936.«

»Damals hast du besser ausgesehen, Mabel.«

»Du auch, Jack.«

»Eins zu null für dich... Guck dir das mal an. Wenn der Knabe hier auftaucht, verständigst du mich, ja?«

»Ehrenwort.«

»Und verlier keine Zeit.«

»In Ordnung!«

»Mabel... er hat eine Frau in deinem Alter abgestochen. Ich will dir nur helfen.«

»Ich weiß. Danke.«

»Tschüß.

»Paß auf dich auf, Jacko.«

Bill's Cafe, an der A30 in der Nähe von Bagshot: »Tee, bitte, Bill. Zwei Stückchen Zucker.«

»Morgen, Constable Pearson. Schreckliches Wetter.«

»Was ist auf dem Teller, Bill – Kieselsteine aus Portsmouth?«

»Butterbrötchen, das wissen Sie ganz genau.«

»Oh! Na, geben Sie mir zwei. Danke... Also, Leute! Wer will, daß sein Laster von oben bis unten durchsucht wird, kann sofort rausgehen... So ist's schon besser. Bitte, seht euch dieses Photo an.«

»Warum sind Sie hinter ihm her, Constable – ist er ohne Licht Rad gefahren?«

»Spar dir solche Scherze, Harry – gib das Bild weiter. Hat jemand den Burschen mitgenommen?«

»Ich nicht.«

»Nein.«

»Tut mir leid, Constable.«

»Ist mir nie unter die Augen gekommen.«

»Vielen Dank, Leute. Wenn ihr ihn seht, macht Meldung. Wiedersehn.«

»Constable?«

»Ja, Bill?«

»Sie haben die Brötchen nicht bezahlt.«

»Sind als Beweismaterial beschlagnahmt. Wiedersehn.«

Smethwicks Tankstelle, Carlisle: »Morgen, Missus. Wenn Sie eine Minute ...«

»Komme sofort, Herr Wachtmeister. Muß nur noch diesen Gentleman bedienen ... Zwölf Shilling Sixpence, bitte, Sir. Vielen Dank. Auf Wiedersehen ... »Wie geht das Geschäft?«

»Schlecht wie immer. Was kann ich für Sie tun?«

»Können wir für einen Moment ins Büro gehen?«

»Ja, kommen Sie ... Also?«

»Sehen Sie sich dieses Bild an. Hat dieser Mann hier neulich bei Ihnen getankt?«

»Das dürfte nicht schwierig sein. Schließlich kommen unsere Kunden nicht gerade in Massen ... oh! Wissen Sie was, ich glaube, er war hier!«

»Wann?«

»Vorgestern, morgens.«

»Sind Sie ganz sicher?«

»Tja ... er war älter als auf dem Bild, aber ich bin ziemlich sicher.«

»Was hat er gefahren?«

»Einen grauen Wagen. Ich verstehe nicht viel von Automarken. Das Geschäft gehört eigentlich meinem Mann, aber er ist jetzt bei der Marine.«

»Wie hat der Wagen denn ausgesehen? War es ein Sportwagen? Eine Limousine?«

»Es war ein altes Modell, mit einem Leinenverdeck, das hochgeklappt werden kann. Ein Zweisitzer. Sportlich. Ein Reservekanister war mit Schrauben am Trittbrett befestigt. Den habe ich auch nachgefüllt.«

»Erinnern Sie sich daran, was er trug?«

»Nicht genau. Arbeitskleidung, glaube ich.«

»Ein großer Mann?«

»Ja, größer als Sie.«

»Teufel, ich glaube, das ist er! Haben Sie Telefon?«

William Duncan war 25 Jahre alt, einen Meter sechsundsiebzig groß. Er wog stattliche siebzig Kilo, und sein Gesundheitszustand war erstklassig. Sein Leben an der frischen Luft und sein völliges Desinteresse an Tabak, Alkohol und nächtlichen Ausschweifungen sorgten dafür. Trotzdem war er nicht Soldat geworden.

Bis zum Alter von acht Jahren schien er ein normaler, wenn vielleicht auch etwas zurückgebliebener Junge zu sein. Doch dann entwickelte sich sein Verstand nicht mehr weiter. Niemand hatte eine Erklärung dafür – es gab weder ein seelisches Trauma noch irgendeine körperliche Beeinträchtigung. Es dauerte sogar einige Jahre, bis man merkte, daß etwas mit ihm nicht stimmte. Erst im Alter von fünfzehn Jahren konnte man eindeutig erkennen, daß er einfältig war, und mit achtzehn wurde er überall der »Blöde Willi« genannt.

Seine Eltern gehörten beide einer obskuren Fundamentalisten-Sekte an, deren Mitglieder nur unter sich heiraten durften (was möglicherweise etwas mit Willis Verblödung zu tun hatte). Sie beteten natürlich für ihn, aber sie brachten ihn auch zu einem Facharzt in Stirling. Der Doktor, ein älterer Mann, machte mehrere Tests mit ihm und teilte ihnen daraufhin, über die goldberänderten Halbgläser seiner Brille hinwegblickend, mit, daß der Junge die geistige Reife eines Achtjährigen habe und daß es dabei auch bleiben werde. Sie beteten weiterhin für ihn, doch sie vermuteten, daß der Herr sie prüfen wolle. Deshalb sorgten sie dafür, daß Willis Seele gerettet wurde, und freuten sich auf den Tag, da sie ihrem dann von allen Leiden geheilten Sohn wieder in der himmlischen Herrlichkeit begegnen würden. Zunächst aber brauchte er eine Arbeit.

Ein Achtjähriger kann Kühe hüten, also wurde der »Blöde Willi« Kuhhirte. Beim Kühehüten sah er das Auto zum erstenmal.

Er glaubte, daß ein Liebespaar darin sei.

Willi wußte von Liebespaaren. Das heißt, er wußte, daß es Liebespaare gab und daß sie an dunklen Orten wie Gebüschen, Kinos und Autos unaussprechliche Dinge miteinander anstellen. Er trieb die Kühe rasch an dem Busch vorbei, neben dem der Morris-Cowley-Zweisitzer geparkt war (er verstand von Autos so viel wie jeder Achtjährige auch), und schaute dabei angestrengt weg, um nicht sündhaften Tuns angesichtig zu werden.

Er brachte seine kleine Herde zum Melken in den Kuhstall, ging auf einem Umweg nach Hause, aß Abendbrot, las seinem Vater – laut und mühsam – ein Kapitel aus dem Buch Levitikus vor, legte sich ins Bett und träumte von Liebespaaren.

Am Abend des nächsten Tages war der Wagen immer noch da. Trotz seiner Unschuld wußte Willi, daß Liebespaare das, was immer sie im einzelnen miteinander anstellten, nicht vierundzwanzig Stunden lang ohne Pause tun konnten.

Diesmal ging er schnurstracks auf das Auto zu und schaute durch die Scheiben ins Innere. Niemand saß darin. Das Erdreich unter dem Motor war schwarz und ölverschmiert. Willi sann sich eine neue Erklärung aus: Der Fahrer hatte wohl eine Panne gehabt und das Auto hier zurückgelassen. Er fragte sich natürlich nicht, warum es halb in einem Gebüsch versteckt worden war.

Als er zum Kuhstall kam, erzählte er dem Farmer, was er gesehen hatte. »Ein kaputtes Auto steht oben auf dem Weg an der Hauptstraße.«

Der Farmer war ein großer Mann mit dichten sandfarbenen Augenbrauen, die sich zusammenzogen, wenn er nachdachte. »War niemand dort?« fragte er.

»Nein – und es war schon gestern da.«

»Warum hast du mir denn gestern nichts gesagt?«

Willi errötete. »Ich dachte, daß es vielleicht ... ein Liebespaar ist.«

»Ach!« Dem Farmer war klar, daß Willi sich nicht zierte, sondern in echter Verlegenheit war. Er klopfte dem Jungen auf die Schulter. »Ist schon gut, geh nach Hause. Ich kümmere mich darum.«

Nach dem Melken ging der Farmer hinaus, um selbst nachzusehen. Er fragte sich, warum das Auto halb im Gebüsch verborgen war. Er hatte von dem Londoner Stilettmörder gehört. Zwar zog er nicht den voreiligen Schluß, daß der Mörder den Wagen zurückgelassen hatte, aber er hielt einen Zusammenhang mit irgendeinem Verbrechen für möglich. Deshalb mußte der älteste Sohn nach dem Abendessen ins Dorf reiten und die Polizei in Stirling anrufen.

Die Polizei traf ein, bevor sein Sohn zurück war. Es waren mindestens ein Dutzend Beamte, von denen einer fast pausenlos Tee trank. Der Farmer und seine Frau mußten die halbe Nacht aufbleiben und sich um sie kümmern.

Der »Blöde Willi« wurde gerufen, damit er noch einmal seine Geschichte erzählte. Er wiederholte, daß er den Wagen am Abend zuvor gesehen hatte, und errötete wieder, als er seine Vermutung erwähnte, es müsse sich um ein Liebespaar handeln.

Für ihn war es alles in allem die aufregendste Nacht des Krieges.

An jenem Abend fuhr Percival Godliman, dem die vierte Nacht hintereinander im Büro bevorstand, nach Hause, um zu baden, sich umzuziehen und seinen Koffer zu packen.

Er hatte eine Wohnung mit Service in einem Häuserblock in Chelsea. Sie war klein, doch groß genug für einen Alleinstehenden und sauber und ordentlich bis auf das Studierzimmer. Die Zugehfrau durfte es nicht betreten, was zur Folge hatte, daß es mit Büchern und Papieren übersät war. Das Mobiliar stammte natürlich aus der Vorkriegszeit, aber es war geschmackvoll ausgewählt, und die Wohnung wirkte behaglich. Im Wohnzimmer standen lederne Klubsessel und ein Grammophon; die Küche war voll von nur selten benutzten Geräten.

Während das Badewasser einlief, rauchte er eine Zigarette – er hatte sich in letzter Zeit daran gewöhnt, da eine Pfeife zu viele Umstände machte – und betrachtete seinen wertvollsten Besitz, ein Gemälde mit einer grausig-phantastischen mittelalterlichen Szene, wahrscheinlich von Hieronymus Bosch. Es war ein Familienerbstück. Sogar als Godliman Geld benötigte, hatte er es nicht verkauft, da es ihm gefiel.

Als er in der Badewanne saß, dachte er an Barbara Dickens und ihren Sohn Peter. Er hatte niemandem von ihr erzählt, nicht einmal Bloggs. Als sie sich darüber unterhielten, ob man wieder heiraten solle, war er gerade im Begriff gewesen, von ihr zu reden, als Colonel Terry auftauchte und ihr Gespräch unterbrach.

Sie war Witwe; ihr Mann war gleich zu Beginn des Krieges gefallen. Godliman wußte nicht, wie alt sie war, aber sie wirkte wie vierzig, was jung für die Mutter eines zweiundzwanzigjährigen Jungen ist. Sie übersetzte abgefangene feindliche Funksprüche, war klug, amüsant und sehr attraktiv. Außerdem war sie reich. Godliman hatte sie insgesamt dreimal zum Abendessen eingeladen, bevor der Zirkus mit Faber angefangen hatte. Er glaubte, daß sie in ihn verliebt war.

Sie hatte ein Treffen zwischen Godliman und ihrem Sohn Peter, einem Captain, arrangiert. Der Junge gefiel Godliman. Doch er wußte etwas, wovon weder Barbara noch ihr Sohn eine Ahnung hatten: Peter würde an der Landung in der Normandie teilnehmen.

Und ob die Deutschen dort auf ihn warteten oder nicht, hing davon ab, ob es Percival Godliman gelang, die Nadel zu fangen.

Er stieg aus der Wanne, rasierte sich langsam und sorgfältig und überlegte: Bin ich in sie verliebt? Er war sich nicht sicher, wie sich Liebe in seinem Alter äußerte. Bestimmt nicht als brennende Leidenschaft der Jugend. Als Zuneigung, Bewunderung, Zärtlichkeit und eine Spur ungewisser Begierde? Wenn das alles zusammen Liebe war, dann liebte er sie.

Und er mußte sein Leben jetzt wieder mit irgend jemandem teilen. Jahrelang hatte er sich nichts als Einsamkeit und Ruhe für seine Forschungen gewünscht. Auch hatte es ihm die Kameradschaft des Nachrichtendienstes angetan: Die Parties; die nächtelangen Sitzungen, wenn etwas Wichtiges geschah; die grenzenlose Aufopferungsbereitschaft; die wilde Vergnügungssucht der Menschen, für die der Tod immer nahe und unvorhersehbar ist – all das hatte ihn angesteckt. Er wußte, daß vieles davon nach dem Krieg wieder verlorengehen würde, aber anderes würde bleiben: das Bedürfnis, einen anderen nachts zu berühren; das Bedürfnis, sagen zu können: »Hier! Sieh dir das an! Ist das nicht großartig?«

Der Krieg war strapaziös, bedrückend, enttäuschend und lästig, doch man hatte Freunde. Godliman hatte das Gefühl, daß er am Leben verzweifeln würde, wenn der Frieden die Einsamkeit zurückbrachte.

Im Moment war das Gefühl sauberer Unterwäsche und eines frisch gebügelten Hemdes ein Höhepunkt an Luxus. Er legte noch weitere saubere Kleider in seinen Koffer und setzte sich dann, um sich einen Whisky zu genehmigen, bevor er ins Büro zurückfuhr. Der Militärfahrer in dem beschlagnahmten Daimler auf der Straße konnte ruhig noch ein bißchen warten.

Godliman stopfte sich gerade eine Pfeife, als das Telefon klingelte. Er legte die Pfeife hin und steckte sich statt dessen eine Zigarette an.

Sein Telefon war an die Amtsleitungen des Kriegsministeriums angeschlossen. Die Telefonistin teilte ihm mit, daß ein Polizeidirektor Dalkeith aus Stirling am Apparat sei.

Er wartete, bis es klickte und das Gespräch durchgestellt wurde, und sagte: »Hier Godliman.«

»Wir haben Ihren Morris Cowley gefunden«, begann Dalkeith ohne jede Einleitung.

»Wo?«

»Auf der A80 kurz vor Stirling.«

»Leer?«

»Ja, eine Panne. Er steht seit mindestens vierundzwanzig Stunden dort. Er wurde ein paar Meter von der Hauptstraße weggefahren und in einem Busch versteckt. Ein schwachsinniger Bauernjunge hat ihn gefunden.«

»Ist von dort aus eine Bushaltestelle oder ein Bahnhof zu Fuß zu erreichen?«

»Nein.«

Godliman stöhnte. »Unser Mann mußte also zu Fuß weiter oder sich von einem Wagen mitnehmen lassen.«

»Ja.«

»Würden Sie Nachforschungen –«

»Wir sind schon dabei, zu überprüfen, ob ihn jemand aus der Gegend gesehen oder mitgenommen hat.«

»Gut. Geben Sie mir Bescheid... Ich benachrichtige inzwischen den Yard. Vielen Dank.«

»Wir halten Sie auf dem laufenden. Auf Wiederhören, Sir.«

Godliman hängte den Hörer ein und ging in sein Studierzimmer. Er setzte sich an seinen Schreibtisch, holte einen Atlas hervor und schlug die Straßenkarte des nördlichen Großbritannien auf. London, Liverpool, Carlisle, Stirling... Faber hielt auf den Nordosten Schottlands zu.

Godliman fragte sich, ob die Theorie, daß Faber das Land verlassen wolle, noch zu halten sei. Der beste Fluchtweg führte nach Westen, über das neutrale Irland. An der schottischen Ostküste dagegen spielten sich die verschiedensten militärischen Aktivitäten ab. War es möglich, daß Faber die Nerven besaß, seine Erkundungen fortzusetzen, obwohl er wußte, daß der MI5 ihm auf der Spur war? Es war möglich; denn Faber, das wußte Godliman, besaß sehr viel Mut. Doch es war unwahrscheinlich. Nichts von dem, was der Mann in Schottland entdecken konnte, würde so wichtig sein wie die Information, die er schon besaß.

Faber versuchte also, sich über die Ostküste abzusetzen. Godliman überlegte, welche Möglichkeiten ein Spion hatte: ein leichtes Flugzeug, das auf einem einsamen Moor landete; die Flucht über die Nordsee in einem gestohlenen Schiff; ein Treffen mit einem U-Boot vor der Küste; die Fahrt in einem Handelsschiff über ein neutrales Land in die Ostsee, um in Schweden an Land zu gehen und die Grenze ins besetzte Norwegen zu überqueren – es gab viele Möglichkeiten.

Der Yard mußte von der jüngsten Entwicklung unterrichtet werden.

Man würde alle schottischen Polizeibehörden auffordern, denjenigen zu finden, der vor Stirling einen Anhalter mitgenommen hatte. Godliman ging ins Wohnzimmer zurück, um zu telefonieren, doch es klingelte, bevor er dort war. Er nahm den Hörer ab.

»Hier Godliman.

»Ein Mr. Richard Porter ruft aus Aberdeen an.«

»Oh!« Godliman hatte erwartet, daß es Bloggs war, der sich aus Carlisle meldete. »Stellen Sie ihn durch, bitte. Hallo? Hier Godliman.«

»Ah, hier Richard Porter. Ich gehöre zur Bürgerwehr in Aberdeen.«

»Ja, was kann ich für Sie tun?«

»Tja, wissen Sie, es ist schrecklich peinlich.«

Godliman beherrschte seine Ungeduld. »Zur Sache!«

»Dieser Bursche, nach dem Sie suchen – Stilettmorde und so weiter. Nun, ich bin ziemlich sicher, daß ich den verdammten Kerl in meinem Wagen mitgenommen habe.«

Godliman packte den Hörer fester. »Wann?«

»Vorletzte Nacht. Mein Wagen hatte eine Panne auf der A80 kurz vor Stirling. Mitten in der Nacht. Da kommt dieser Bursche, zu Fuß, und repariert ihn, einfach so. Deshalb habe ich natürlich –«

»Wo haben Sie ihn abgesetzt?«

»Genau hier in Aberdeen. Er sagte, daß er nach Banff wolle. Ich habe gestern fast den ganzen Tag geschlafen, deshalb konnte ich erst heute nachmittag –«

»Machen Sie sich keine Vorwürfe, Mr. Porter. Vielen Dank für Ihren Anruf.«

»Auf Wiedersehen.«

Godliman rüttelte an der Gabel, und die Telefonistin des Kriegsministeriums war wieder dran.

»Verbinden Sie mich bitte mit Mr. Bloggs. Er ist in Carlisle.«

»Er ist schon in der Leitung, Sir.«

»Ausgezeichnet!«

»Hallo, Percy. Neuigkeiten?«

»Wir sind ihm wieder auf der Spur, Fred. Er hat den Morris vor Stirling abgestellt und sich von jemandem nach Aberdeen mitnehmen lassen.«

»Aberdeen!«

»Er versucht wahrscheinlich, sich nach Osten davonzumachen.«

»Wann hat er Aberdeen erreicht?«

»Wahrscheinlich sehr früh gestern morgen.«

»Dann hat er noch keine Zeit gehabt zu verschwinden, wenn er nicht sehr schnell gewesen ist. Hier oben gibt's den schlimmsten Sturm seit Menschengedenken. Er hat gestern nacht begonnen und tobt immer noch. Kein Schiff läuft aus, und bestimmt kann kein Flugzeug landen.«

»Gut! Fahren Sie so schnell wie möglich dorthin. Ich bringe inzwischen die örtliche Polizei auf Trab. Rufen Sie mich an, wenn Sie in Aberdeen sind.«

»Bin schon unterwegs.«

21

Als Faber aufwachte, war es fast dunkel. Durch das Schlafzimmerfenster konnte er erkennen, wie die letzten grauen Streifen am Himmel von der hereinbrechenden Nacht ausgelöscht wurden. Der Sturm hatte nicht nachgelassen. Regen trommelte auf das Dach und troff aus einer Rinne. Der Wind heulte und peitschte unermüdlich.

Faber knipste die kleine Lampe neben dem Bett an. Erschöpft von dieser Anstrengung, ließ er sich zurück auf das Kissen fallen. Es war erschreckend für ihn, so schwach zu sein. Diejenigen, die glauben, daß Macht gleich Recht ist, müssen immer mächtig sein, und Faber war sich dessen bewußt genug, um die Folgerungen seiner eigenen Ethik zu erkennen. Furcht lauerte immer dicht unter seinen anderen Empfindungen; vielleicht hatte er deshalb so lange überlebt. Er war chronisch unfähig, sich sicher zu fühlen. In jener dunklen Weise, in der man manchmal die grundlegendsten Dinge über sich selbst begreift, war er sich irgendwie bewußt, daß er aus seiner Unsicherheit heraus den Beruf des Spions gewählt hatte. Es war der einzige Lebensbereich, der es ihm gestattete, jeden sofort zu töten, der auch nur die geringste Bedrohung für ihn darstellte. Die Furcht vor Schwäche gehörte zu dem Syndrom, das sein zwanghaftes Streben nach Unabhängigkeit, seine Unsicherheit und seine Verachtung für seine militärischen Vorgesetzten einschloß.

Er lag in Jos Bett im Kinderzimmer mit den rosa getönten Wänden und tastete seinen Körper ab. Zwar schien er fast überall Prellungen zu haben, doch offenbar war nichts gebrochen.

Er fühlte sich fieberfrei; dank seiner Konstitution hatte er die Nacht auf dem Boot überstanden, ohne eine Lungenentzündung zu bekommen. Da war nur diese Schwäche. Vielleicht war es mehr als Erschöpfung. Er erinnerte sich an den Moment, als er das Ende der Rampe erreicht und geglaubt hatte, er müsse sterben. Vielleicht hatte er sich mit diesem letzten irrsinnigen Spurt nach oben bleibende gesundheitliche Schäden zugefügt.

Er überprüfte seinen Besitz. Die Dose mit den Negativen haftete immer noch an seiner Brust, das Stilett war an seinen linken Arm geschnallt, und sein Geld und seine Papiere befanden sich in der Jackentasche des geborgten Pyjamas.

Faber schob die Decken zur Seite und schwang sich in eine sitzende Position, so daß seine Füße den Boden berührten. Für einen kurzen Moment wurde ihm schwindlig, aber das ging vorüber. Er stand auf. Es war wichtig, sich nicht die Einstellung eines Kranken anzugewöhnen. Er zog den Morgenrock an und ging ins Badezimmer.

Als er zurückkam, lag seine eigene Kleidung, sauber und gebügelt, am Fußende des Bettes: Unterwäsche, Latzhose und Hemd. Plötzlich fiel ihm ein, daß er irgendwann am Morgen aufgestanden war und die Frau nackt im Badezimmer gesehen hatte; es war eine eigenartige Szene gewesen, und er wußte nicht so ganz, was sie zu bedeuten hatte. Er erinnerte sich daran, daß die Frau sehr hübsch war.

Langsam zog er sich an. Er hätte sich gern rasiert, doch er beschloß, seinen Gastgeber um Erlaubnis zu bitten, bevor er sich das Rasiermesser aus dem Regal im Badezimmer borgte. Schließlich wachen manche Männer so eifersüchtig über ihr Rasierzeug wie über ihre Frauen. Er nahm sich jedoch die Freiheit, den Plastikkamm des Kindes zu benutzen, den er in der oberen Schublade der Kommode gefunden hatte.

Faber blickte ohne Stolz oder Einbildung in den Spiegel. Er wußte, daß manche Frauen ihn für anziehend hielten und andere nicht; vermutlich konnten die meisten Männer das gleiche von sich behaupten. Natürlich hatte er mehr Frauen gehabt als die meisten Männer, aber das führte er auf seine sexuellen Bedürfnisse, nicht auf sein Aussehen zurück. Sein Spiegelbild zeigte ihm, daß er sich sehen lassen konnte. Das genügte ihm.

Zufrieden verließ er das Schlafzimmer und stieg langsam die Treppe hinunter. Wieder spürte er eine Welle der Schwäche; wieder zwang er sich dazu, sie zu bewältigen. Er packte das Geländer und setzte bedächtig einen Fuß vor den anderen, bis er das Erdgeschoß erreicht hatte.

Er blieb vor der Wohnzimmertür stehen und ging, als er keinen Laut hörte, weiter zur Küche. Er klopfte an und trat ein. Das junge Paar saß am Tisch und beendete gerade sein Abendessen.

Die Frau erhob sich. »Sie sind aufgestanden! Glauben Sie, daß das vernünftig ist?«

Faber ließ sich zu einem Stuhl führen. »Vielen Dank! Sie sollten mir wirklich nicht einreden, daß ich mich krank fühlen müßte.«

»Ich glaube, Ihnen ist nicht klar, was für ein schreckliches Erlebnis Sie hinter sich haben«, sagte sie. »Möchten Sie etwas essen?«

»Ich mache Ihnen Unannehmlichkeiten –«

»Nicht die geringsten. Seien Sie nicht albern. Ich habe etwas heiße Suppe für Sie aufgehoben.«

»Sie sind sehr liebenswürdig, und ich kenne noch nicht einmal Ihren Namen.«

»David und Lucy Rose.« Sie schöpfte Suppe in eine Schüssel und stellte sie vor ihm auf den Tisch. »Würdest du etwas Brot abschneiden, David?«

»Ich heiße Henry Baker.« Faber wußte nicht, warum er diesen Namen genannt hatte. Für diesen besaß er keine Papiere. Da die Polizei Jagd auf Henry Faber machte, hätte er sich als James Baker ausgeben sollen. Aber aus irgendeinem Grunde wollte er, daß diese Frau ihn Henry nannte – es war die englische Entsprechung, die seinem echten Namen Heinrich am nächsten kam.

Er probierte einen Löffel Suppe und war plötzlich heißhungrig. Schnell aß er sie auf und verschlang danach das Brot. Als er fertig war, lachte Lucy. Sie sah wundervoll aus, wenn sie lachte: Ihr Mund war weit geöffnet und zeigte zwei Reihen gleichmäßiger weißer Zähne, und an ihren Augenwinkeln bildeten sich fröhliche Lachfalten.

»Noch etwas?« bot sie an.

»Ja, bitte.«

«Man sieht, daß es Ihnen guttut. Ihre Wangen bekommen wieder Farbe.«

Faber merkte, daß er sich körperlich besser fühlte. Er aß seine zweite Portion langsamer – nicht, weil er satt gewesen wäre, sondern eher aus Höflichkeit.

»Wie kam es, daß Sie bei dem Sturm draußen waren?« fragte David. Er sprach zum erstenmal.

»Jetzt laß ihn doch erst mal, David...«

»Nein, nein, ist schon gut«, sagte Faber. »Reine Dummheit. Es war der erste Angelurlaub, den ich seit Kriegsbeginn nehmen konnte, und ich wollte ihn mir nicht vom Wetter verderben lassen. Sind Sie Fischer?«

David schüttelte den Kopf. »Schafzüchter.«

»Haben Sie viele Beschäftigte?«

»Nur einen, den alten Tom.«

»Ich nehme an, daß es noch mehr Schaffarmen auf der Insel gibt.«

»Nein. Wir wohnen auf dieser Seite und Tom auf der anderen. Dazwischen gibt's nichts als Schafe.«

Faber nickte langsam. Das war gut, sehr gut. Eine Frau, ein Krüppel, ein

Kind und ein alter Mann würden kein Hindernis für ihn sein. Und er fühlte sich schon viel kräftiger.

»Wie halten Sie Kontakt mit dem Festland?« fragte Faber.

»Alle zwei Wochen kommt ein Boot. Es ist am Montag fällig. aber wenn der Sturm anhält, wird wohl nichts draus. In Toms Haus steht ein Funkgerät, aber das können wir nur in Notfällen benutzen. Wenn man Sie suchen würde oder wenn Sie dringend ärztliche Hilfe brauchten, würde ich es tun. Aber wie die Dinge stehen, halte ich das nicht für nötig. Es hätte auch wenig Sinn; denn man kann Sie erst von der Insel herunterholen, wenn der Sturm nachgelassen hat. Und dann kommt das Boot sowieso.«

»Natürlich.« Faber verbarg seine Freude. Die Frage, wie er das U-Boot am Montag benachrichtigen sollte, hatte ihn schon eine ganze Weile geplagt. Er hatte einen ganz normalen Radioempfänger im Wohnzimmer der Roses bemerkt, und zur Not hätte er daraus einen Sender bauen können. Doch daß Tom ein echtes Funkgerät besaß, machte alles so viel leichter.

»Wozu braucht Tom so etwas?« fragte Faber.

»Er gehört zum Königlichen Flugmeldekorps. Aberdeen wurde im Juli 1940 bombardiert. Weil es keinen Fliegeralarm gegeben hatte, starben fünfzig Menschen bei dem Angriff. Damals wurde Tom in Dienst gestellt. Zum Glück ist sein Gehör besser als seine Sehkraft.«

»Vermutlich kommen die Bomber aus Norwegen?«

»Vermutlich.«

Lucy stand auf. »Wollen wir nicht ins Wohnzimmer gehen?« Die beiden Männer folgten ihr. Faber spürte keine Schwäche, kein Schwindelgefühl. Er hielt die Wohnzimmertür für David auf, der dicht an das Kaminfeuer heranrollte. Lucy bot Faber Brandy an. Als er dankend ablehnte, goß sie einen für ihren Mann und für sich ein.

Faber lehnte sich zurück und musterte das Paar. Lucy sah wirklich auffallend gut aus: Sie besaß ein ovales Gesicht, weit auseinanderstehende, ungewöhnlich bernsteinfarbene Augen, die an die einer Katze erinnerten, und üppiges dunkelrotes Haar. Unter dem männlichen Fischerpullover und der ausgebeulten Hose zeichnete sich eine gute, füllige Figur ab. Wenn sie ihr Haar in Locken legen würde und Seidenstrümpfe und ein Cocktailkleid anzöge, wäre sie eine berückende Schönheit. Auch David wirkte fast hübsch – bis auf den Schatten eines sehr dunklen Bartes. Sein Haar war beinahe schwarz, und er hatte einen südländischen Teint. Er wäre groß gewesen, wenn er Beine gehabt hätte, die der Länge seiner Arme entsprachen.

Faber nahm an, daß diese Arme sehr kräftig und muskulös waren, wenn er den Rollstuhl schon jahrelang damit fortbewegt hatte.

Ja, sie waren ein attraktives Paar – aber irgend etwas stimmte ganz und gar nicht zwischen den beiden. Faber war kein Experte in Sachen Ehe, doch bei seiner Ausbildung in Verhörtechniken hatte man ihm beigebracht, die stumme Sprache des Körpers zu lesen, aus kleinen Gesten zu entnehmen, ob jemand erschrocken oder selbstbewußt war, etwas verbarg oder log. Lucy und David blickten einander nur selten an und berührten sich nie. Sie sprachen mehr mit ihm als miteinander. Die Spannung zwischen ihnen war enorm. Sie waren wie Churchill und Stalin, die eine Zeitlang Seite an Seite kämpfen mußten und darum ihre tiefe Feindschaft nicht an die Oberfläche kommen ließen. Faber fragte sich, welches Trauma wohl diesem distanzierten Verhalten zugrunde lag. Dieses behagliche kleine Haus mußte ein Dampfdruckkessel der Gefühle sein – trotz seiner Teppiche und seiner leuchtenden Farben, seiner geblümten Sessel, lodernden Kaminfeuer und eingerahmten Aquarelle. Allein zu leben, mit diesem untergründigen Haß und nur einem alten Mann und einem Kind als Gesellschaft... Faber erinnerte sich an ein Stück, das er in London gesehen hatte, von einem Amerikaner mit dem Vornamen Tennessee.

David stürzte plötzlich seinen Drink hinunter und sagte: »Ich muß mich hinlegen. Mein Rücken tut weh.«

Faber erhob sich. »Entschuldigen Sie – jetzt sind Sie meinetwegen so lange aufgeblieben.«

David bedeutete ihm mit einer Handbewegung, sich zu setzen. »Keine Ursache. Sie haben den ganzen Tag geschlafen, natürlich wollen Sie jetzt doch noch nicht ins Bett. Außerdem möchte Lucy sich bestimmt noch mit Ihnen unterhalten. Ich mute meinem Rücken einfach zuviel zu – der Rücken soll ja eigentlich seine Last mit den Beinen teilen.«

»Dann nimm heute nacht lieber zwei Tabletten.« Lucy holte ein Fläschchen vom obersten Regal des Bücherschranks, schüttelte zwei Tabletten heraus und gab sie ihrem Mann.

Er schluckte sie ohne Wasser hinunter. »Gute Nacht also.« Damit rollte er hinaus.

»Gute Nacht, David.«

»Gute Nacht, Mr. Rose.«

Einen Moment später hörte Faber, wie David sich die Treppe hinaufzog, und fragte sich, wie er das machte.

Lucy sprach, als wolle sie Davids Geräusch übertönen. »Wo wohnen Sie, Mr. Baker?«

»Bitte, sagen Sie Henry zu mir. Ich wohne in London.«

»Ich bin seit Jahren nicht mehr in London gewesen. Wahrscheinlich ist nicht mehr viel davon übriggeblieben.«

»Es hat sich verändert, aber nicht so sehr, wie Sie vielleicht denken. Wann waren Sie zuletzt dort?«

»1940.« Sie goß sich noch einen Brandy ein. »Seit wir hier sind, habe ich die Insel erst einmal verlassen, und das auch nur, um das Baby zu bekommen. Schließlich kann man heutzutage nicht viel reisen.«

»Wieso sind Sie hierhergekommen?«

»Mmm.« Sie setzte sich, nippte an ihrem Drink und schaute ins Feuer.

»Vielleicht sollte ich nicht –«

»Schon gut. Wir hatten einen Unfall, an unserem Hochzeitstag. Dabei hat David beide Beine verloren. Er war ausgebildeter Jagdflieger... Wahrscheinlich wollten wir beide weg von allem. Jetzt glaube ich, daß es ein Fehler war hierherzukommen, aber damals schien es eine gute Idee zu sein.«

»Es hat seinem Groll eine Menge Zeit gegeben, sich zu entwickeln.«

Sie warf ihm einen scharfen Blick zu. »Sie beobachten sehr genau.«

»Es ist offensichtlich.« Er sprach sehr ruhig. »Sie verdienen so viel Unglück nicht.«

Lucy zwinkerte mehrere Male. »Sie sehen zuviel.«

»Das ist nicht schwierig. Warum machen Sie weiter, wenn es nicht klappt?«

»Was soll ich Ihnen darauf sagen?« Oder sich selbst, daß sie so offen mit ihm redete. »Wollen Sie Klischees hören? Das Ehegelübde, das Kind, der Krieg... Wenn es noch eine Antwort gibt, so weiß ich kein Wort dafür.«

»Schuldgefühl, vielleicht«, sagte Faber. »Aber Sie denken doch daran, ihn zu verlassen, oder?«

Sie starrte ihn an und schüttelte voll Unglauben langsam den Kopf. »Woher wissen Sie das alles?«

»In vier Jahren auf dieser Insel haben Sie die Kunst verlernt, sich zu verstellen. Außerdem sind diese Dinge von außen viel leichter zu durchschauen.«

»Waren Sie schon mal verheiratet?«

»Nein. Das meine ich ja.«

»Wieso nicht? Ich finde, Sie hätten heiraten sollen.«

Nun schaute Faber nachdenklich ins Feuer. Wieso eigentlich nicht? Die übliche Entschuldigung – sich selbst gegenüber – war sein Beruf. Doch darüber konnte er mit ihr nicht reden – und es wäre ohnehin eine zu platte Antwort gewesen. Plötzlich sagte er: »Ich traue mir nicht zu, daß ich jemanden so sehr lieben kann.« Die Worte waren ihm so herausgerutscht, ohne daß er darüber nachgedacht hatte. Ob sie stimmten? Dann fragte er sich, wie es Lucy gelungen war, ihn zu überrumpeln, als er gerade geglaubt hatte, sie zu entwaffnen.

Eine Zeitlang sprach keiner ein Wort. Das Feuer ging langsam aus. Ein paar verirrte Regentropfen bahnten sich ihren Weg durch den Kamin und landeten zischend in den erkaltenden Kohlen. Nichts deutete darauf hin, daß der Sturm nachlassen würde. Faber mußte plötzlich an die Frau denken, die er zuletzt gehabt hatte. Wie hatte sie geheißen? Gertrud. Es war sieben Jahre her, aber er konnte sie jetzt im flackernden Feuer vor sich sehen: ein rundes deutsches Gesicht, blondes Haar, grüne Augen, schöne Brüste, viel zu breite Hüften, dicke Beine, unförmige Füße; ein unstillbares Plappermäulchen, eine wilde, unerschöpfliche Begeisterung für Sex... Sie hatte ihm geschmeichelt, indem sie seinen Intellekt bewunderte (wie sie sagte) und seinen Körper anbetete (was sie ihm nicht zu sagen brauchte). Sie schrieb Schlagertexte und las sie ihm in einer ärmlichen Kellerwohnung in Berlin vor: Es war kein einträgliches Geschäft. Er stellte sie sich in dem unordentlichen Schlafzimmer vor, wie sie nackt dalag und ihn dazu trieb, immer seltsamere und erotischere Dinge mit ihr anzustellen: ihr weh zu tun; sich selbst zu berühren; völlig still zu liegen, während sie aktiv war... Faber schüttelte leicht den Kopf, um die Erinnerung zu verscheuchen. In all den Jahren, in denen er enthaltsam gelebt hatte, waren ihm keine so verwirrenden Visionen gekommen. Er blickte Lucy an.

»Sie waren weit weg«, sagte sie mit einem Lächeln.

»Erinnerungen. Dieses Gespräch über die Liebe...«

»Ich sollte Sie nicht mit meinen Problemen belasten.«

»Das tun Sie nicht.«

»Gute Erinnerungen?«

»Sehr gute. Und Ihre? Sie haben doch auch nachgedacht.«

Sie lächelte wieder. »Ich war in der Zukunft, nicht in der Vergangenheit.«

»Was sehen Sie dort?«

Sie schien antworten zu wollen, überlegte es sich dann aber anders, setzte noch einmal an, schwieg dann aber doch. Zeichen innerer Spannung waren um ihre Augen herum zu sehen.

»Ich sehe, daß Sie einen anderen Mann finden.« Während Faber sprach, dachte er: Was soll das? »Er ist schwächer als David und sieht weniger gut aus. Aber Sie lieben ihn wegen seiner Schwächen. Er ist klug, aber nicht reich, mitfühlend, ohne sentimental zu sein, zärtlich, gütig, liebevoll. Er –«

Das Brandyglas in ihrer Hand zersprang unter dem Druck ihrer Finger. Die Scherben fielen auf ihren Schoß und auf den Teppich, doch sie achtete nicht darauf. Faber ging hinüber zu ihrem Sessel und kniete vor ihr nieder. Ihr Daumen blutete. Er nahm ihre Hand.

»Sie haben sich verletzt.«

Lucy blickte ihn an. Sie weinte.

»Es tut mir leid.«

Die Schnittwunde war nicht tief. Sie zog ein Taschentuch aus der Hosentasche und stillte das Blut. Faber ließ ihre Hand los und begann, die Glasscherben aufzuheben. Wenn er Lucy doch nur geküßt hätte, als er eben die Gelegenheit dazu hatte! Er legte die Scherben auf den Kaminsims.

»Ich wollte Sie nicht aus der Fassung bringen«, sagte er, und er dachte: Wollte ich das nicht?

Sie nahm das Taschentuch weg und betrachtete ihren Daumen. Er blutete immer noch.

Doch, ich wollte es! Und ich habe es geschafft, triumphierte er innerlich. »Vielleicht ein kleiner Verband«, schlug er vor.

»In der Küche.«

Er fand eine Rolle Verbandsmaterial, eine Schere und eine Sicherheitsnadel. Nachdem er eine kleine Schüssel mit heißem Wasser gefüllt hatte, ging er ins Wohnzimmer zurück.

Sie sah nicht mehr verweint aus. Sie saß schlaff und teilnahmslos da, während er ihren Daumen in dem heißen Wasser badete, ihn trocknete und einen kleinen Verbandsstreifen über die Schnittwunde legte. Die ganze Zeit über blickte sie in sein Gesicht, nicht auf seine Hände, doch ihre Miene war nicht zu deuten.

Als Faber fertig war, trat er unvermittelt zur Seite. Es war lächerlich; er hatte die Sache zu weit getrieben. Es war Zeit, daß jeder in sein Bett ging. »Ich glaube, ich sollte jetzt schlafen gehen.«

Sie nickte.

»Es tut mir leid –«

»Hören Sie auf, sich zu entschuldigen. Es paßt nicht zu Ihnen.« Ihre Stimme klang barsch. Auch sie mußte das Gefühl haben, daß das alles ein bißchen zu weit gegangen war.

»Bleiben Sie noch auf?« fragte er.

Sie schüttelte den Kopf.

»Bitte...« Er ging zur Tür und hielt sie auf.

Lucy wich seinem Blick aus, als sie an ihm vorbeiging. Er folgte ihr durch den Flur und die Treppe hinauf. Während er zusah, wie sie die Stufen hinaufstieg, konnte er nicht anders, als sie sich in anderer Kleidung vorzustellen: Ihre Hüften wiegten sich leicht unter einem Seidenstoff, ihre langen Beine trugen Strümpfe statt einer grauen Wollhose, hochhackige Schuhe ersetzten die abgetragenen Filzpantoffeln.

Oben auf der Treppe, auf dem winzigen Vorsprung, drehte sie sich um und flüsterte: »Gute Nacht.«

»Gute Nacht, Lucy.«

Sie sah ihn einen Moment lang an. Er wollte nach ihrer Hand greifen, doch sie ahnte, was er beabsichtigte, wandte sich rasch ab, betrat ihr Schlafzimmer und schloß die Tür, ohne sich noch einmal umzusehen. Er blieb mit ausgestreckter Hand und geöffnetem Mund stehen und fragte sich, was in ihr und – vor allem – was in ihm selbst vorgehen mochte.

22

Bloggs fuhr gefährlich schnell in einem beschlagnahmten Sunbeam Talbot mit frisiertem Motor durch die Nacht. Die hügeligen, gewundenen schottischen Straßen glänzten vom Regen, standen an einigen tiefen Stellen knöcheltief unter Wasser. Der Regen peitschte über die Windschutzscheibe. Auf den ungeschützten Hügelkuppen bestand die Gefahr, daß die orkanartigen Böen das Auto von der Fahrbahn fegten, in die moorigen Wiesen am Straßenrand. Meile um Meile saß Bloggs vorgebeugt auf dem Sitz, spähte durch den kleinen Teil der Scheibe, den die Scheibenwischer vom Regen freihalten konnten, und schaute angestrengt hinaus, um den Verlauf der Straße zu erkennen. Währenddessen kämpften die Scheinwerfer mit dem Regen, der alles in schwarze Dunkelheit tauchte. Kurz hinter Edinburgh überfuhr er drei Kaninchen und spürte das ekelerregende Holpern, als die Reifen ihre kleinen pelzigen Körper zerquetschten. Er verringerte das Tempo nicht, dachte aber eine Zeitlang darüber nach, ob Kaninchen normalerweise bei Nacht aus ihrem Bau herauskamen.

Das anstrengende Fahren machte ihm Kopfschmerzen, und der Rücken tat ihm weh. Außerdem hatte er Hunger. Er öffnete das Fenster, um von der kühlen Brise wachgehalten zu werden, doch es kam so viel Wasser herein, daß er gezwungen war, es gleich wieder zu schließen. Die Nadel oder Faber oder wie er sich jetzt nennen mochte, fiel ihm ein: ein lächelnder junger Mann in seiner Turnhose, der einen Pokal in der Hand hielt. Faber schien dieses Rennen zu gewinnen. Er hatte einen Vorsprung von 48 Stunden und besaß den weiteren Vorteil, daß nur er die richtige Route kannte. Bloggs hätte es gern allein mit diesem Mann aufgenommen, wenn der Einsatz nicht so verdammt hoch gewesen wäre.

Ein oder zwei Stunden vor Morgendämmerung fuhr Bloggs nach Aberdeen hinein. Nie in seinem Leben war er so dankbar für Straßenlaternen gewesen, wenn sie wegen der Verdunkelung auch nur trübes Licht verbreiteten. Er hatte keine Ahnung, wo die Polizeiwache war. Da sich niemand auf den Straßen zeigte, der ihm den Weg hätte weisen können, fuhr er in der Stadt umher, bis er die vertraute blaue Laterne sah (auch sie abgedunkelt).

Bloggs stellte den Wagen ab und rannte durch den Regen in das Gebäude. Man erwartete ihn. Godliman hatte angerufen, und der Professor war inzwischen jemand. Bloggs wurde in das Büro Alan Kincaids gebracht, eines Chefinspektors der Kriminalpolizei, der so Mitte Fünfzig sein mußte. Drei weitere Beamte waren in dem Zimmer. Bloggs schüttelte ihnen die Hand und vergaß sofort ihre Namen.

Kincaid sagte: »Sie haben's verdammt schnell von Carlisle geschafft.«

»Und mich dabei fast umgebracht«, erwiderte Bloggs. Er setzte sich. »Wenn Sie ein Sandwich auftreiben könnten...«

»Selbstverständlich.« Kincaid steckte den Kopf aus der Tür und rief etwas. »Kommt sofort.«

Das Büro hatte grauweiße Wände, einen Holzfußboden und einfaches dunkelbraunes Mobiliar: einen Schreibtisch, ein paar Stühle und einen Aktenschrank. Ein Tablett mit schmutzigen Tassen stand auf dem Boden, und die Luft war rauchgeschwängert.

Es roch, als hätten Männer hier die ganze Nacht gearbeitet.

Kincaid hatte einen kleinen Schnurrbart, dünnes graues Haar und eine Brille. Er war ein großer, intelligent wirkender Mann in Hemdsärmeln und Hosenträgern – nach Bloggs' Meinung von der Art, wie sie das Rückgrat der britischen Polizei bilden. Er sprach mit örtlichem Akzent, was darauf hindeutete, daß er wie Bloggs von der Pike auf gedient hatte. Sein Alter verriet aber, daß er nicht so schnell aufgestiegen war wie Bloggs.

Bloggs fragte: »Wieviel wissen Sie über diese ganze Sache?«

»Nicht viel«, sagte Kincaid. »Aber Ihr Boß, Godliman, meinte, daß die Londoner Morde die unwichtigsten Verbrechen dieses Mannes sind. Wir wissen auch, bei welcher Abteilung Sie sind. Wenn wir also zwei und zwei zusammenzählen, können wir uns ausrechnen, daß Faber ein sehr gefährlicher Spion ist.«

»Genau das«, bestätigte Bloggs.

Kincaid nickte.

»Was haben Sie bis jetzt unternommen?« erkundigte sich Bloggs.

Kincaid legte die Füße auf den Schreibtisch. »Er ist vor zwei Tagen hierhergekommen, richtig? Da fingen wir an, nach ihm zu fahnden. Wir hatten die Bilder – ich nehme an, daß jede Polizeiwache des Landes sie bekommen hat.«

»Stimmt.«

»Wir haben die Hotels und Pensionen, den Bahnhof und den Busbahnhof überprüft. Wir waren sehr genau, obwohl wir noch nicht wußten, daß er hier war. Natürlich hatten wir keinen Erfolg. Zwar suchen wir weiter, aber nach meiner Meinung hat er Aberdeen wahrscheinlich sofort wieder verlassen.«

Eine Polizistin kam mit einer Tasse Tee und einem dicken Käse-Sandwich herein. Bloggs dankte ihr und machte sich gierig über das Sandwich her.

Kincaid fuhr fort: »Wir hatten einen Mann zum Bahnhof geschickt, bevor der erste Zug am Morgen abfuhr. Das gleiche gilt für die Busstation. Wenn er die Stadt verlassen hat, muß er also entweder ein Auto gestohlen haben oder mitgenommen worden sein. Uns sind keine Autodiebstähle gemeldet worden.«

»Verdammt«, sagte Bloggs, während er den Mund voll Brot hatte. Er schluckte. »Es könnte also gar nicht schwieriger sein, ihn aufzuspüren.«

»Zweifellos hat er sich deshalb dazu entschlossen, per Anhalter zu fahren.«

»Er könnte den Seeweg gewählt haben.«

»Von den Booten, die den Hafen vor zwei Tagen verlassen haben, war keines groß genug, um sich darauf zu verstecken. Seitdem ist wegen des Sturms natürlich keines mehr ausgelaufen.«

»Gestohlene Boote?«

»Keine Anzeigen.«

Bloggs hob die Schultern. »Wenn sie ohnehin nicht hinausfahren können, kommen die Eigentümer vielleicht gar nicht zum Hafen. Dann würde ein Diebstahl unbemerkt bleiben, bis der Sturm vorbei ist.«

Ein Beamter sagte: »Daran haben wir nicht gedacht, Chef.«

»Stimmt«, erwiderte Kincaid.

Bloggs schlug vor: Vielleicht könnte der Hafenmeister sich alle Liegeplätze ansehen –«

»Kapiert«, sagte Kincaid. Er war schon dabei, eine Nummer zu wählen. Einen Moment später sagte er. »Käpt'n Douglas? Hier ist Kincaid. Ja, ich weiß, zivilisierte Menschen schlafen zu dieser Stunde. Aber das Schlimmste kommt noch – ich möchte, daß Sie einen Spaziergang im Regen machen. Ja, Sie haben richtig gehört...«

Die anderen Polizisten lachten.

Kincaid legte die Hand über die Sprechmuschel und meinte zu Bloggs: »Sie wissen doch, was man über die Seemannsprache sagt? Es stimmt.« Er sprach wieder ins Telefon. »Gehen Sie bitte alle Anlegestellen ab, und notieren Sie alle Boote, die nicht am üblichen Platz liegen. Geben Sie mir die Namen und Adressen – und die Telefonnummern, wenn Sie sie kennen – der Eigentümer. Ja. Ja, ich weiß... einen Doppelten. Na schön, eine ganze Flasche. Und auch Ihnen einen guten Morgen, alter Freund.« Er hängte ein.

Bloggs lächelte. »Starker Tobak?«

»Wenn ich das mit meinem Knüppel täte, was er vorgeschlagen hat, könnte ich mich nie mehr hinsetzen.« Kincaid wurde ernst. »Er wird ungefähr eine halbe Stunde brauchen. Dann brauchen wir zwei Stunden, um alle Adressen zu überprüfen. Vielleicht lohnt's sich, obwohl ich immer noch glaube, daß ihn jemand mitgenommen hat.«

»Ich auch«, sagte Bloggs.

Die Tür öffnete sich, und ein Mann mittleren Alters in Zivilkleidung kam herein. Kincaid und seine Leute standen auf; Bloggs erhob sich ebenfalls.

»Guten Morgen, Sir«, grüßte Kincaid. »Das ist Mr. Bloggs. Mr. Bloggs, Richard Porter.«

Sie schüttelten einander die Hand. Porter hatte ein rotes Gesicht und einen sorgfältig gepflegten Schnurrbart. Er trug einen zweireihigen, kamelfarbenen Mantel. »Freut mich. Ich bin das Rindvieh, das den Burschen nach Aberdeen mitgenommen hat. Sehr peinlich.« Er sprach dialektfrei.

»Sehr erfreut«, sagte Bloggs. Dem ersten Eindruck nach wirkte Porter genau wie ein Trottel, der einen Spion durch das halbe Land kutschieren würde. Bloggs kannte den Typ jedoch; hinter dem Anschein hohlköpfiger Herzlichkeit konnte sich durchaus ein scharfer Intellekt verbergen. Er fragte: »Wie kamen Sie darauf, daß der Mann, den Sie mitnahmen, der... der Stilettmörder war?«

»Ich hörte von dem abgestellten Morris. Genau an der Stelle war ich ihm begegnet.«

»Sie haben das Bild gesehen?«

»Ja. Natürlich konnte ich den Burschen nicht genau erkennen, da es während der Fahrt meistens dunkel war. Aber ich habe doch genug gesehen, im Licht der Taschenlampe unter der Motorhaube und danach, als wir nach Aberdeen kamen – da dämmerte es schon. Wenn man mir nur das Bild gezeigt hätte, würde ich sagen, daß er es gewesen sein *könnte*. Da ich ihn aber so nahe bei der Stelle mitnahm, wo der Morris gefunden wurde, bin ich sicher, daß er es war.«

»Das glaube ich auch.« Bloggs dachte einen Moment lang nach. Welche nützliche Auskunft konnte er von dem Mann bekommen?

»Welchen Eindruck hat Faber auf Sie gemacht?« fragte er schließlich.

Porter antwortete sofort: »Er wirkte erschöpft, nervös und entschlossen – in dieser Reihenfolge. Er war auch kein Schotte.«

»Wie würden Sie seinen Akzent beschreiben?«

»Er hat keinen. Außer vielleicht ... aber das könnte ich mir auch nur einbilden. Sein Akzent – kleinere Public School in der Gegend von London. Er paßte nicht zu seiner Kleidung, wenn Sie verstehen, was ich meine. Er trug eine Latzhose, wie ein Arbeiter. Auch das fiel mir erst später auf.«

Kincaid fragte dazwischen, ob jemand Tee wolle. Alle wollten. Der Polizist ging zur Tür.

Bloggs war zu der Einsicht gelangt, daß Porter weniger trottelig war, als er aussah. »Worüber haben Sie gesprochen?«

»Oh, über nichts Besonderes.«

»Ja, aber Sie waren doch stundenlang mit ihm zusammen.«

»Er schlief fast während der ganzen Fahrt. Er reparierte den Wagen – es war nur ein unterbrochener Kontakt, aber leider verstehe ich nichts von Motoren –, dann sagte er, daß sein eigener Wagen in Edinburgh eine Panne gehabt hätte und er auf dem Weg nach Banff wäre. Eigentlich wollte er nicht durch Aberdeen fahren, da er keinen Passierschein für das Sperrgebiet hatte. Leider habe ich ihm versprochen, für ihn zu bürgen, wenn man uns anhielte. Jetzt komme ich mir natürlich verdammt blöde vor – aber ich schuldete ihm den Gefallen. Schließlich hatte er mir aus der Klemme geholfen.«

»Niemand macht Ihnen Vorwürfe, Sir«, beruhigte ihn Kincaid.

Bloggs war anderer Meinung, sagte aber nur: »Es gibt nur wenige Menschen, die Faber begegnet sind und ihn beschreiben können. Würden Sie ganz genau nachdenken und mir sagen, wie Sie ihn einschätzen?«

»Er wachte auf wie ein Soldat«, antwortete Porter. »Er war höflich und sah intelligent aus. Fester Händedruck. Darauf achte ich immer.«

»Sonst noch etwas? Überlegen Sie genau.«

»Ja, als er aufwachte ...« Porters gerötete Stirn legte sich in Falten. »Seine rechte Hand fuhr zu seinem linken Unterarm, so.« Er demonstrierte es.

»Immerhin etwas«, meinte Bloggs. »Da muß er sein Messer haben. In einer Scheide im Ärmel.«

»Ich fürchte, das ist alles.«

»Und er sagte, daß er nach Banff wollte. Das bedeutet, er hat ein anderes Ziel.«

»Tatsächlich?«

»Spione lügen grundsätzlich immer. Ich wette, daß Sie Ihr Ziel nannten, bevor er von seinem sprach.«

»Ich glaube, ja.« Porter nickte nachdenklich. »Wer hätte das geahnt.«

»Entweder wollte er nach Aberdeen, oder er fuhr nach Süden, nachdem Sie ihn abgesetzt hatten. Da er behauptete, nach Norden zu reisen, dürfte er gerade dort nicht sein.«

»Bei solchem Für und Wider könnte man sehr leicht den Überblick verlieren«, sagte Kincaid.

»Das kommt vor.« Bloggs grinste. »Haben Sie ihm gesagt, daß Sie Friedensrichter sind?«

»Ja.«

»Deshalb hat er Sie nicht umgebracht.«

»Was? Du lieber Himmel! Wie meinen Sie das?«

»Er wußte, daß man Sie vermissen würde.«

»Du lieber Himmel!« sagte Porter nochmals. Er war etwas bleich geworden. Der Gedanke, daß sein Leben auf dem Spiel gestanden haben könnte, war ihm offensichtlich nicht gekommen.

Die Tür ging wieder auf. Ein Mann trat ein. »Ich hab' etwas für Sie. Hoffe, daß Ihnen der Schiet weiterhilft.«

Bloggs grinste. Das mußte der Hafenmeister sein: ein kleiner Mann mit kurzgeschorenem weißem Haar, der auf einer großen Pfeife kaute und einen Blazer mit Messingknöpfen trug.

»Nur herein, Käpt'n«, sagte Kincaid. »Wie sind Sie so naß geworden? Bei dem Regen sollten Sie zu Hause bleiben.«

»Ach, fahr'n Sie doch zur Hölle«, gab der Käpt'n zurück, was ihm von den anderen Gesichtern im Raum ein belustigtes Grinsen einbrachte.

»Morgen, Käpt'n«, grüßte Porter.

»Guten Morgen, Euer Ehren«, antwortete der Käpt'n.

»Was haben Sie herausgefunden?« fragte Kincaid.

Der Käpt'n nahm die Mütze ab und schüttelte die Regentropfen ab. »Die *Marie II* ist verschwunden. Am Nachmittag, als der Sturm begann, sah ich sie in den Hafen einfahren. Ich weiß nicht, wann sie ausgelaufen ist, aber jedenfalls hätte sie an dem Tag nicht noch mal fahren sollen.«

»Wem gehört sie?«

»Tom Halfpenny. Ich habe ihn angerufen. Er hat sie am Liegeplatz gelassen und seitdem nicht mehr gesehen.«

»Was für ein Schiff ist das?« fragte Bloggs.

»Ein kleines Fischerboot, sechzig Fuß lang und ziemlich breit. Ein massives kleines Schiff. Innenbordmotor. Kein besonderer Stil – die Fischer hier bauen sich ihre Kähne frei nach Schnauze.«

»Ich möchte Ihnen eine sehr wichtige Frage stellen. Könnte das Boot den Sturm überstanden haben?«

Der Käpt'n wollte gerade mit einem Streichholz seine Pfeife anzünden. Er hielt inne und sagte nach einer Weile: »Mit einem sehr geschickten Seemann am Ruder – vielleicht. Vielleicht auch nicht.«

»Wie weit könnte er bestenfalls gekommen sein, bevor der Sturm anfing?«

»Nicht weit – ein paar Meilen. Die *Marie II* wurde erst am Abend vertäut.«

Bloggs stand auf, ging um seinen Stuhl herum und setzte sich wieder. »Wo ist er jetzt also?«

»Auf dem Grund des Meeres wahrscheinlich, der verdammte Idiot.« Die Erklärung des Hafenmeisters hatte etwas für sich.

Die Wahrscheinlichkeit, daß Faber tot war, konnte Bloggs nicht zufriedenstellen. Ihm fehlten die Beweise. Die Unzufriedenheit machte sich jetzt auch körperlich bemerkbar; er war unruhig und gereizt. Was tun? Bloggs kratzte sich am Kinn, das eine Rasur benötigt hätte. »Das glaube ich erst, wenn ich's sehe.«

»Da können Sie lang warten.«

»Spekulationen helfen uns nicht weiter«, sagte Bloggs scharf. »Ich brauche Information, nicht Defätismus.« Die umstehenden Männer erinnerten sich plötzlich daran, daß er trotz seiner Jugend der ranghöchste Polizeioffizier im Zimmer war. »Gehen wir die Möglichkeiten durch. Erstens: Er hat Aberdeen auf dem Landweg verlassen, und jemand anders hat die *Marie II* gestohlen. In diesem Fall hat er sein Ziel wahrscheinlich schon erreicht, aber er kann das Land wegen des Sturmes noch nicht verlassen haben. Alle anderen Polizeidienststellen suchen nach ihm; mehr können wir da im Moment nicht tun.

Zweitens: Er ist immer noch in Aberdeen. Da die Fahndung immer noch läuft, ist auch diese Möglichkeit abgedeckt.

Drittens: Er hat Aberdeen auf dem Seeweg verlassen. Wir stimmen wohl darin überein, daß das am wahrscheinlichsten ist. Diese Möglichkeit müssen wir uns genauer ansehen. Drei A: Er hat ein anderes Schiff – vermutlich ein U-Boot – erreicht, bevor der Sturm ausbrach. Wir glauben nicht, daß er Zeit dazu hatte, aber es ist nicht ausgeschlossen. Drei B: Er hat irgendwo Zuflucht gefunden oder Schiffbruch erlitten – auf dem Festland oder auf einer Insel. Drei C: Er ist tot.

Wenn er ein U-Boot erwischt hat, haben wir verloren. Dann ist es zu spät, noch etwas zu unternehmen. Daran brauchen wir also nicht zu denken. Wenn er Zuflucht gefunden oder Schiffbruch erlitten hat, müssen wir früher oder später Hinweise darauf finden – entweder die *Marie II* oder Teile davon. Wir können sofort die Küste absuchen und das Meer, sobald das Wetter uns erlaubt, ein Flugzeug aufsteigen zu lassen. Wenn der Kahn gesunken ist, könnten wir immer noch Bootsteile finden, die auf dem Wasser treiben.

Wir müssen also dreierlei tun: Die schon laufende Fahndung wird fortgesetzt; eine weitere wird eingeleitet, die sich auf die Küste nördlich und südlich von Aberdeen erstreckt; und wir treffen die nötigen Vorbereitungen, daß das Meer aus der Luft abgesucht werden kann, sobald sich das Wetter bessert.«

Bloggs hatte begonnen, auf und ab zu gehen, während er sprach. Jetzt blieb er stehen und blickte in die Runde. »Kommentare, Fragen, Vorschläge?«

Die späte Stunde hatte ihre Wirkung auf jeden von ihnen gehabt. Bloggs' plötzlicher Energieschub rüttelte sie alle aus einer schleichenden Lethargie auf. Einer lehnte sich nach vorn und rieb sich die Hände, ein zweiter knüpfte sich die Schuhbänder, ein dritter zog seine Jacke an. Sie wollten an die Arbeit. Es gab keine Fragen.

23

Faber war wach. Sein ausgelaugter Körper benötigte wahrscheinlich immer noch Schlaf, obwohl er den ganzen Tag im Bett gelegen hatte. Aber sein Kopf arbeitete auf Hochtouren, spielte Möglichkeiten durch, malte sich Szenen aus, beschäftigte sich mit Frauen und mit Zuhause.

Jetzt, da er England so bald verlassen würde, wurden seine Erinnerungen an Deutschland schmerzlich-süß. Er dachte an alberne Dinge wie Mettwürste, die so fest waren, daß man sie scheibchenweise essen konnte, an Autos, die auf der rechten Straßenseite fuhren, und an wirklich große Bäume. Besonders dachte er an seine Muttersprache: Worte voller Eindringlichkeit und Genauigkeit, harte Konsonanten und reine Vokale mit dem Verb am Satzende – wo es auch hingehörte –, so daß Ziel und Bedeutung einer Aussage im selben krönenden Höhepunkt zusammenfielen.

Bei »Höhepunkt« mußte er wieder an Gertrud denken: ihr Gesicht unter dem seinen, ihre Schminke, die seine Küsse verwischt hatten, Augen, die vor Lust fest geschlossen waren und sich dann wieder öffneten, um voller Wonne in seine zu versinken, wobei ihr weit aufgerissener Mund immer wieder keuchte: »Ja, Liebling, ja ...«

Es war lächerlich. Sieben Jahre lang hatte er wie ein Mönch gelebt, aber für sie gab es keinerlei Veranlassung, das Dasein einer Nonne zu fristen. Nach ihm würde sie ein Dutzend Männer gehabt haben. Vielleicht war sie auch schon tot, bei einem Bombenangriff der RAF umgekommen oder ermordet von den Fanatikern, bei denen schon derjenige den Tod verdient, dessen Nase einen halben Zentimeter zu lang ist, oder während der Verdunkelung von einem Motorrad überfahren worden. Wie dem auch sei, sie würde wohl kaum noch an ihn denken. Wahrscheinlich würden sie sich auch nie wiedersehen. Aber sie war ein Symbol.

An sich gestattete er sich keine Gefühlsduseleien. In seinem Charakter lag etwas Eiskaltes, und er pflegte diesen Zug, weil er ihn schützte. Jetzt war der Erfolg jedoch in Reichweite, deshalb meinte er, ruhig ein wenig phantasieren zu dürfen, ohne allerdings in seiner Wachsamkeit nachzulassen.

Er war in Sicherheit, solange der Sturm andauerte. Er würde am Montag einfach über Toms Sender Verbindung mit dem U-Boot aufnehmen, und der Kapitän würde ein Beiboot in die Bucht schicken, sobald das

Wetter aufklarte. Wenn der Sturm jedoch vor Montag zu Ende war, würde es ein kleines Problem geben: das Versorgungsboot. David und Lucy würden natürlich von ihm erwarten, daß er mit dem Boot zum Festland zurückkehrte.

Lucy drängte sich in lebhaften, farbigen Visionen, die er nicht bändigen konnte, in seine Gedanken. Er sah, wie ihre auffallenden bernsteinfarbenen Augen ihn beobachteten, während er ihren Daumen verband; den Umriß ihres Körpers, während sie in unförmiger Männerkleidung vor ihm die Treppe hinaufging; ihre schweren, vollkommen runden Brüste, als sie nackt im Badezimmer stand. Die Visionen blieben keine Erinnerungen, sondern wurden zu Phantasien: Sie beugte sich über den Verband und küßte seinen Mund, drehte sich auf der Treppe um und nahm ihn in die Arme, trat aus dem Badezimmer und legte seine Hände auf ihre Brüste.

Faber wälzte sich ruhelos in dem kleinen Bett hin und her und verfluchte seine Phantasie, die ihn mit Träumen quälte, wie er sie seit seiner Schulzeit nicht mehr erlebt hatte. Damals, bevor er je mit einer Frau geschlafen hatte, hatte er sich sexuelle Szenerien bis in alle Einzelheiten ausgemalt, in denen die älteren Frauen vorkamen, die er täglich sah: die dünne, intellektuelle Ehefrau von Herrn Professor Nagel; die mollige Köchin mit dem strohblonden Haar; die Ladenbesitzerin im Dorf, die ihre Lippen rot anmalte und nur verächtlich mit ihrem Mann sprach. Manchmal tauchten auch alle drei in einer einzigen orgiastischen Vorstellung auf. Als er im Alter von fünfzehn Jahren auf geradezu klassische Weise im Dämmerlicht eines westpreußischen Waldes die Tochter eines Hausmädchens verführt hatte, ließ er von den zerebralen Orgien ab, weil sie so viel besser waren als die enttäuschende Wirklichkeit. Dies hatte den jungen Heinrich damals sehr verwirrt: Wo war die Ekstase, die einen alles vergessen ließ, das Gefühl, sich wie ein Vogel in die Lüfte zu schwingen, die mystische Vereinigung zweier Körper zu einem einzigen? Diese Phantasien wurden schmerzlich, weil sie ihn an die Tatsache erinnerten, daß er sie nicht verwirklichen konnte. Später wurde natürlich die Wirklichkeit besser, und er kam zu der Ansicht, daß der Rausch der Sinne nicht von der Lust des Mannes an der Frau herrührt, sondern von der Wonne, die sie einander schenken. Er hatte diese Meinung seinem älteren Bruder mitgeteilt, der sie für banal zu halten schien, eine Binsenweisheit, nicht aber eine neuartige Einsicht; und bald sah er es auch nicht anders.

Letztendlich wurde aus ihm ein guter Liebhaber. Er fand es spannend und angenehm, mit Frauen zu schlafen. Er war kein großer Verführer, weil er nicht auf den Nervenkitzel einer Eroberung aus war. Meisterhaft beherrschte er die Kunst, eine Frau zu befriedigen oder sich von ihr befriedigen zu lassen, ohne deswegen der Selbsttäuschung zu verfallen, daß Technik alles sei. In den Augen einiger Frauen war er ein höchst begehrenswerter Mann, und daß er sich dessen nicht bewußt war, trug nur dazu bei, ihn noch attraktiver zu machen.

Er versuchte, sich daran zu erinnern, wie viele Frauen er gehabt hatte: Anna, Grete, Ingrid, das amerikanische Mädchen, die beiden Prostituierten in Stuttgart... Er brachte sie nicht mehr alle zusammen, aber mehr als vielleicht zwanzig konnten es nicht gewesen sein.

Keine von ihnen, dachte er, war so schön gewesen wie Lucy. Er seufzte mißmutig; er hatte sich von dieser Frau beeindrucken lassen, nur weil er fast zu Hause war und sich so lange hatte beherrschen müssen. Faber war ärgerlich über sich selbst. Sein Verhalten war undiszipliniert. Man durfte sich erst gehen lassen, wenn ein Auftrag erfüllt war, und dieser war es noch nicht ganz.

Da war das Problem mit dem Versorgungsboot. Vielleicht war es am günstigsten, die Bewohner der Insel außer Gefecht zu setzen, selbst zum Boot zu gehen und dem Kapitän irgendein Ammenmärchen zu erzählen. Er könnte behaupten, daß er mit einem anderen Boot zu Besuch gekommen, daß er ein Verwandter oder ein Vogelbeobachter sei – es spielte keine Rolle. Das Problem war so unbedeutend, daß er sich mit ihm im Moment nicht näher beschäftigen wollte. Später, wenn das Wetter besser war, würde er sich etwas ausdenken.

Er rechnete mit keinen ernsthaften Schwierigkeiten. Eine einsame Insel, Meilen von der Küste entfernt, mit nur vier Bewohnern – das war das ideale Versteck. Von jetzt an würde es so leicht sein, Großbritannien zu verlassen, wie aus dem Laufstall eines Kleinkindes hinauszuklettern. Wenn er an das dachte, was schon hinter ihm lag – die Menschen, die er umgebracht hatte: die vier Bürgerwehrmänner, den Jungen aus Yorkshire im Zug, den Abwehrkurier –, dann konnte ihm jetzt nicht mehr viel passieren.

Ein alter Mann, ein Krüppel, eine Frau und ein Kind... Es würde so leicht sein, sie zu töten.

Auch Lucy lag wach im Bett. Sie lauschte. Es gab viel zu hören. Das Wetter war wie ein Orchester: Der Regen trommelte auf das Dach, der Wind flötete durch die Dachrinnen des Häuschens, das Meer spielte *glissando* am Strand. Das Gebälk des alten Hauses ächzte unter den Stößen des Unwetters. Und die Geräusche im Zimmer: Davids langsames, regelmäßiges Atmen, das nie ganz zu einem Schnarchen wurde, weil er die doppelte Dosis Schlaftabletten genommen hatte, und die schnelleren, flachen Atemzüge von Jo, der sich auf einem Feldbett an der gegenüberliegenden Wand ausgestreckt hatte.

Der Lärm hält mich wach, dachte Lucy, dann fragte sie sich sofort: Warum mache ich mir etwas vor? Sie konnte nicht schlafen Henrys wegen, der ihren nackten Körper betrachtet und ihre Hände sanft berührt hatte, während er ihren Daumen verband, und der jetzt im Zimmer nebenan wahrscheinlich in tiefem Schlummer lag. Wahrscheinlich.

Er hatte ihr nicht viel von sich selbst erzählt, nur, daß er unverheiratet war. Sie wußte nicht, woher er stammte – sein Akzent lieferte keinen Anhaltspunkt. Er hatte nicht einmal angedeutet, was er beruflich tat, aber sie hielt ihn für einen Akademiker, vielleicht Zahnarzt oder Offizier. Er war nicht langweilig genug, um Zivilanwält zu sein, zu intelligent, um als Journalist zu arbeiten, und Ärzte konnten ihren Beruf nach Lucys Meinung nie länger als fünf Minuten geheimhalten. Anwalt vor Gericht konnte er nicht sein, weil er nicht sehr reich war, und Schauspieler auch nicht, weil er kaum aus sich herausging. Jemand vom Militär.

Lebte er allein, fragte sie sich. Oder mit seiner Mutter? Oder einer Frau? Was tat er, wenn er nicht fischte? Hatte er ein Auto? Ja, bestimmt; irgend etwas Ausgefallenes. Er fuhr vermutlich sehr schnell.

Der Gedanke brachte Erinnerungen an Davids Zweisitzer zurück, und sie schloß die Augen ganz fest, um die Bilder dieses Alptraums zu verdrängen. Denk an etwas anderes, denk an *irgendwas*.

Sie dachte wieder an Henry, und dabei wurde ihr etwas Merkwürdiges klar: Sie wollte mit ihm schlafen.

Es war ein seltsamer Wunsch – ein Wunsch, der in ihrem Weltbild Männer, aber nicht Frauen überkam. Eine Frau mochte einen Mann schon nach kurzer Begegnung attraktiv finden, ihn vielleicht besser kennenlernen wollen, sich sogar in ihn verlieben. Aber sie verspürt kein unmittelbares körperliches Verlangen, wenn sie nicht... abnormal war.

Lucy versuchte, sich selbst davon zu überzeugen, wie lächerlich das

Ganze war. Sie brauchte die Liebe ihres Gatten, nicht Sex mit dem erstbesten Mann, der ihr über den Weg lief. Eine solche Frau war sie nicht.

Nichtsdestrotrotz gefiel es ihr, sich auszumalen, was geschehen könnte. David und Jo schliefen fest; es gab nichts, was sie daran hindern könnte, aufzustehen, über den Treppenabsatz zu gehen, sein Zimmer zu betreten, zu ihm ins Bett zu schlüpfen...

Nichts außer ihrer Wesensart, einer guten Herkunft und einer anständigen Erziehung.

Wenn sie es mit jemandem tun würde, dann sollte es jemand wie Henry sein. Jemand, der nett und zärtlich und rücksichtsvoll zu ihr war, der sie nicht dafür verachtete, daß sie sich ihm andiente wie ein Straßenmädchen in Soho.

Sie drehte sich im Bett um, lächelnd ob ihrer eigenen Torheit. Wie wollte sie überhaupt wissen, ob er sie verachten würde oder nicht? Sie kannte ihn ja erst seit einem Tag, und den Großteil dieses Tages hatte er im Schlaf verbracht.

Doch es wäre angenehm, wenn er sie noch einmal anschaute, voller Bewunderung und ein wenig belustigt. Es wäre schön, seine Hände zu spüren, seinen Körper anzufassen und sich an seine warme Haut zu drücken.

Lucy merkte, daß ihr Körper auf ihre Phantasien reagierte. Sie fühlte den Drang, sich zu berühren, und widerstand ihm, wie sie es seit vier Jahren getan hatte. Wenigstens bin ich nicht so vertrocknet wie eine alte Jungfer, dachte sie.

Sie bewegte die Beine und seufzte, als sich ein Gefühl der Wärme in ihr ausbreitete. Das Ganze artete immer mehr aus. Sie mußte schlafen. Heute nacht würde sie weder Henry noch sonst jemanden lieben.

Mit diesem Gedanken stand sie auf und ging zur Tür.

Faber hörte einen Schritt auf dem Treppenabsatz und reagierte automatisch.

Sofort verdrängte er die müßigen, lüsternen Gedanken, die ihn beschäftigt hatten. In einer einzigen flüssigen Bewegung schwang er die Beine auf den Fußboden und schlüpfte unter den Laken hervor; dann durchquerte er lautlos das Zimmer und blieb in der dunkelsten Ecke neben dem Fenster stehen, das Stilett in der Rechten.

Er hörte, wie sich die Tür öffnete, wie der Eindringling hereinkam und wie die Tür sich wieder schloß. An dem Punkt begann er zu denken, statt bloß zu reagieren. Ein Mörder hätte die Tür offen gelassen, um schnell entkommen zu können. Außerdem gab es Hunderte von Gründen, die dagegen sprachen, daß ein Mörder ihn hier aufgespürt haben konnte.

Faber schob den Gedanken beiseite – er hatte nur deshalb so lange überlebt, weil er auch die geringste Möglichkeit nicht außer acht ließ. Der Wind wurde für einen Moment schwächer, und er hörte ein verhaltenes Atmen, so daß er die genaue Position des Eindringlings ausmachen konnte. Er griff an.

Er hatte den Gegner mit dem Gesicht nach unten auf das Bett geworfen – das Messer lag an seiner Kehle und das Knie über seinem Rücken –, bevor er merkte, daß der Eindringling eine Frau war. Einen Sekundenbruchteil später wußte er, wer es war. Er lockerte seinen Griff, streckte die Hand nach der Nachttischlampe aus und knipste das Licht an.

Ihr Gesicht war bleich im trüben Schein der Lampe.

Faber ließ das Messer in der Scheide verschwinden, bevor sie es sehen konnte. Er verlagerte sein Gewicht von ihrem Körper. »Es tut mir schrecklich leid«, sagte er. »Ich –«

Lucy drehte sich auf den Rücken und blickte zu ihm hoch, während er sich mit gespreizten Beinen über sie setzte. Es war unerhört, aber irgendwie hatte sie die plötzliche Reaktion des Mannes mehr erregt denn je. Sie begann zu kichern.

»Ich habe Sie für einen Einbrecher gehalten«, fuhr Faber fort. Er wußte, daß es lächerlich klang.

»Und woher sollte ein Einbrecher kommen?« lachte sie. Ihr Gesicht bekam plötzlich Farbe.

Lucy trug ein sehr loses, altmodisches Flanellnachthemd, das ihren Körper vom Hals bis zu den Knöcheln bedeckte. Ihr dunkelrotes Haar lag aufgelöst über Fabers Kissen gebreitet. Ihre Augen schienen sehr groß zu sein, und ihre Lippen waren feucht.

»Sie sind sehr schön«, sagte Faber leise.

Sie schloß die Augen.

Faber beugte sich vor und küßte ihren Mund. Ihre Lippen öffneten sich sofort, und sie erwiderte hungrig seinen Kuß. Mit den Fingerspitzen streichelte er ihre Schultern, ihren Hals und ihre Ohren. Sie bewegte sich unter ihm.

Er hätte sie gern lange geküßt, ihren Mund erforscht und die Nähe ihres Körpers genossen, doch er erkannte, daß sie keine Zeit für Zärtlichkeiten hatte. Lucy griff in seine Pyjamahose und faßte zu. Sie stöhnte leise und begann schwer zu atmen.

Ohne den Kuß zu unterbrechen, streckte Faber die Hand nach der Lampe aus und löschte das Licht. Er nahm seinen Oberkörper etwas hoch und warf seine Pyjamajacke ab. Rasch, damit sie nicht merkte, was er tat, zog er an der Dose, die an seine Brust geklebt war, wobei er nicht auf den Schmerz achtete, als das Heftpflaster von seiner Haut gerissen wurde. Er ließ die Photographien unters Bett gleiten. Dann knöpfte er die Stiletthalterung an seinem linken Unterarm auf und ließ sie fallen.

Er schob ihr Nachthemd bis zur Hüfte hoch. Sie trug nichts darunter.

»Schnell«, sagte sie. »Schnell.«

Faber senkte seinen Körper zu ihrem hinab.

Lucy war danach nicht im geringsten schuldbewußt. Sie fühlte sich einfach nur froh, befriedigt und satt. Ihr Wunsch war in Erfüllung gegangen. Sie lag mit geschlossenen Augen still da und streichelte die borstigen Haare in Henrys Nacken, die sich so herrlich rauh anfühlten.

Nach einer Weile sagte sie: »Ich hatte es so eilig...«

»Es ist noch nicht vorbei«, flüsterte er.

Sie runzelte im Dunkeln die Stirn. »Bist du nicht...?«

»Nein. Du auch kaum.«

Sie lächelte. »Da bin ich anderer Meinung.«

Er knipste das Licht an und betrachtete sie. »Das werden wir sehen.«

Er ließ sich nach unten gleiten, bis er zwischen ihren Schenkeln lag, und küßte ihren Leib. Seine Zunge schnellte in ihren Nabel. Es war angenehm. Dann bewegte sich sein Kopf weiter nach unten. Da will er mich doch bestimmt nicht küssen, dachte sie. Er tat es, und er küßte sie nicht nur. Seine Lippen zupften an ihren weichen Hautfalten. Sie war wie gelähmt, als seine Zunge plötzlich weiter in sie drang und dann, als er ihre Öffnung mit seinen Lippen geweitet hatte, tief in sie hineinstieß.

Schließlich fand seine unruhige Zunge eine winzige, empfindliche Stelle – so klein, daß sie nichts von ihr gewußt hatte, so reizbar, daß seine Berührung zunächst fast schmerzhaft war. Sie vergaß den Schock und wurde von dem durchdringendsten Gefühl überwältigt, das sie je erlebt hatte. Sie war unfähig, sich zu beherrschen, bewegte die Hüften immer schneller auf und ab und rieb ihr schlüpfriges Fleisch über seinen Mund, sein Kinn, seine Nase, seine Stirn. Sie war vollkommen in ihre eigene Lust versunken. Ohne ihr Zutun baute sich die Spannung wie die Rückkopplung in einem Mikrophon immer weiter auf, bis die Wonne völlig von ihr Besitz ergriffen hatte und sie den Mund öffnete, um zu schreien. Henry legte die Hand über ihr Gesicht, damit sie nicht das ganze Haus aufweckte doch der Schrei setzte sich in ihrer Kehle fort, während der Höhepunkt anhielt und anhielt und mit einer Art Explosion endete. Danach war sie so erschöpft, daß sie glaubte, nie wieder aufstehen zu können.

Für eine Weile schien ihr Kopf völlig leer zu sein. Sie spürte undeutlich, daß Henrys stoppelige Wange immer noch an der weichen Innenseite ihres Schenkels lag und daß seine Lippen sich sanft und liebevoll bewegten.

Endlich sagte sie leise: »Jetzt weiß ich, was Lawrence gemeint hat.«

Er hob den Kopf. »Ich verstehe nicht.«

Sie seufzte. »Ich wußte nicht, daß es so sein kann. Es war wunderbar.«

»War?«

»O Gott, ich habe keine Kraft mehr...«

Er wechselte die Stellung und kniete sich über ihre Brust. Sie erkannte, was er wollte, und war zum zweitenmal vor Schrecken gelähmt. Er war einfach zu *groß*... aber plötzlich *wollte* sie es tun, sie *mußte* ihn in den Mund zu nehmen. Sie hob den Kopf, ihre Lippen schlossen sich um ihn, und Faber stöhnte leise.

Er hielt ihren Kopf in den Händen, bewegte ihn hin und her und seufzte verhalten. Sie schaute in sein Gesicht. Er starrte sie mit weit aufgerissenen Augen an und weidete sich an dem Anblick dessen, was sie tat. Sie fragte sich, was sie tun würde, wenn er... käme... aber es war ihr egal. Alles andere mit ihm war so schön gewesen, daß ihr sogar das Freude machen würde.

Aber es sollte nicht sein. Als sie glaubte, er könne nun nicht länger an sich halten, ließ er von ihr ab, glitt nach unten und drang wieder in sie ein. Diesmal war der Akt sehr langsam und ruhig, wie der Rhythmus des Meeres am Strand, bis er die Hände unter ihre Hüften schob und ihre Gesäßhälften ergriff. Lucy blickte in sein Gesicht und wußte, daß er nun bereit war, seine Beherrschung aufzugeben und sich in ihr zu verlieren. Das erregte sie noch mehr; als er sich, das Gesicht zu einer Maske des Schmerzes verzogen, aufbäumte und ein Stöhnen sich ihm entrang, da schlang sie die Beine um seine Hüften und überließ sich ihrer eigenen Ekstase. Und dann endlich hörte sie die Trompetenstöße und Donnerschläge und das Schlagen der Zimbeln, die Lawrence versprochen hatte.

Eine lange Zeit herrschte Schweigen. Lucy war es so heiß, als glühe sie.

Als sie weniger schwer atmeten, konnte sie den Sturm draußen toben hören. Henry lag auf ihr, aber sie wollte nicht, daß er sich bewegte – sie genoß sein Gewicht und den schwachen Schweißgeruch seiner weißen Haut. Von Zeit zu Zeit strich er mit den Lippen über ihre Wange.

Er war der ideale Partner für ein Verhältnis, da er mehr über ihren Körper wußte als sie selbst. Sein eigener Körper war sehr attraktiv: Die Schultern waren breit und muskulös, Taille und Hüften schmal, die Beine lang, kräftig und behaart. Lucy glaubte, daß er ein paar Narben hatte, war sich aber nicht sicher. Stark, zärtlich und männlich. Perfekt. Sie wußte, daß sie sich jedoch nie in ihn verlieben, nie den Wunsch verspüren würde, mit ihm durchzubrennen und ihn zu heiraten. In seinem tiefsten Innern fühlte sie etwas Kaltes und Hartes – seine Reaktion, als sie in das Zimmer gekommen war, war höchst ungewöhnlich gewesen und die Erklärung ebenso... aber sie wollte darüber nicht nachdenken. Doch es gab da einen Teil von ihm, der anderswo gebunden war... Sie würde ihn auf Distanz halten müssen und vorsichtig mit ihm umgehen wie mit einer gefährlichen Droge.

Nicht, daß sie viel Zeit haben würde, süchtig zu werden. In kaum mehr als vierundzwanzig Stunden würde er verschwunden sein.

Lucy bewegte sich endlich. Er rollte sofort von ihr herunter und drehte sich auf den Rücken. Sie stützte sich auf einen Ellbogen und betrachtete seinen nackten Körper. Ja, er hatte Narben: eine lange auf der Brust und eine kleine, die wie ein Stern aussah – sie mochte von einer Brandwunde stammen –, auf der Hüfte. Sie rieb mit der Handfläche über seine Brust.

»Es ist nicht sehr damenhaft, aber ich möchte mich bedanken«, sagte sie.

Er streckte die Hand aus, um ihre Wange zu berühren, und lächelte. »Du bist sehr damenhaft.«

»Du weißt nicht, was du getan hast. Du hast –«

Er legte einen Finger auf ihre Lippen. »Ich weiß genau, was ich getan habe.«

Sie biß in seinen Finger und legte dann seine Hand auf ihre Brust. Er streichelte ihre Brustwarze. »Bitte, mach's noch einmal«, sagte Lucy.

»Ich glaube nicht, daß ich's kann«, antwortete er.

Doch er konnte.

Lucy verließ ihn zwei Stunden nach Tagesanbruch. Ein leises Geräusch drang aus dem anderen Schlafzimmer, und da schien ihr plötzlich einzufallen, daß sie einen Mann und einen Sohn im Haus hatte. Faber wollte ihr sagen, daß es keine Rolle spielte, daß sie beide nicht den geringsten Grund hatten, sich um das zu sorgen, was ihr Mann wissen oder denken mochte. Aber er schwieg und ließ sie gehen. Lucy küßte ihn noch einmal sehr leidenschaftlich. Dann stand sie auf, zog ihr zerknittertes Nachthemd glatt und schlich auf Zehenspitzen hinaus.

Faber blickte ihr nach. Die hat's in sich, dachte er. Er ließ sich wieder auf den Rücken sinken und betrachtete die Decke. Sie war recht naiv und sehr unerfahren, aber trotzdem war sie sehr gut gewesen. Ich könnte mich in sie verlieben, dachte er.

Er stand auf und holte die Filmdose und das Messer mit der Scheide unter dem Bett hervor. Sollte er sie weiterhin am Körper tragen? Vielleicht würde er tagsüber mit ihr schlafen wollen... Er beschloß, das Messer zu tragen – ohne es würde er sich nicht richtig angezogen vorkommen – und die Dose irgendwo zu verstecken. Er legte sie auf die Kommode, unter seine Papiere und seine Brieftasche. Natürlich brach er damit alle Regeln, aber er war sicher, daß dies sein letzter Auftrag war; er fand, daß er es verdient hatte, sich mit einer Frau zu vergnügen. Es würde kaum etwas ausmachen, wenn sie oder ihr Mann die Bilder sahen – selbst wenn sie deren Bedeutung verstanden, was unwahrscheinlich war, was könnten sie dagegen schon tun?

Er legte sich aufs Bett, stand dann aber wieder auf. Jahrelange Gewohnheit erlaubte es ihm einfach nicht, ein Risiko einzugehen. Er steckte die Dose zusammen mit seinen Papieren in die Jackentasche. Nun konnte er beruhigt sein.

Faber hörte die Stimme des Kindes, darauf Lucys Schritte, als sie die Treppe hinunterging, und David, der sich zum Badezimmer schleppte. Er würde aufstehen und mit der Familie frühstücken müssen. Er wollte jetzt ohnehin nicht schlafen.

Er trat ans Fenster, gegen das der Regen trommelte, und sah zu, wie der Sturm wütete, bis er hörte, wie sich die Badezimmertür öffnete. Dann zog er seine Pyjamajacke an und ging ins Bad, um sich zu rasieren. Er benutzte Davids Rasiermesser, ohne um Erlaubnis gebeten zu haben.

Es schien nun bedeutungslos geworden zu sein.

24

Erwin Rommel hatte gleich gewußt, daß er sich mit Heinz Guderian streiten würde.

Der Generalinspekteur der Panzertruppen war genau der Typ von preußischem Offizier, den Rommel haßte. Er kannte ihn schon eine ganze Weile. Sie hatten beide zu Beginn ihrer militärischen Laufbahn das Jägerbataillon Goslar befehligt und waren einander während des Polenfeldzuges wieder begegnet. Als Rommel seines Kommandos in Afrika enthoben wurde, hatte er Guderian als seinen Nachfolger empfohlen, da er wußte, daß der Feldzug ohnehin nicht mehr zu gewinnen war. Der Winkelzug hatte sich als Fehlschlag erwiesen, da Guderian damals nicht in Hitlers Gunst stand und die Empfehlung deshalb kurzerhand abgewiesen wurde.

Der Generalinspekteur war nach Rommels Meinung einer von den Männern, die sich beim Trinken im Herrenklub ein seidenes Taschentuch aufs Knie legen, um sich ihre Bügelfalte nicht zu verderben. Er war Offizier, weil sein Vater Offizier und sein Großvater reich gewesen war. Rommel, der Lehrersohn, der in nur vier Jahren vom Oberstleutnant zum Feldmarschall aufgestiegen war, verachtete diese militärische Kaste, zu der er nie gehört hatte.

Jetzt starrte er über den Tisch hinweg den General an, der bei den französischen Rothschilds beschlagnahmten Cognac schlürfte. Guderian und sein Gesinnungsgenosse General Geyr von Schweppenburg waren in Rommels Hauptquartier bei La Roche-Guyon in Nordfrankreich gekommen, um ihn zu instruieren, welche Bereitstellungsräume seine Truppen zu beziehen hatten. Rommels Reaktion auf solche Besuche reichte von Ungeduld bis Wut. Seiner Ansicht nach hatte der Generalstab die Aufgabe, für verläßliche Feindaufklärung und regelmäßigen Nachschub zu sorgen. Seine Erfahrung in Afrika hatte ihn allerdings gelehrt, daß der Generalstab beidem nicht gewachsen war.

Guderian hatte einen kleinen blonden Schnurrbart, und in seinen Augenwinkeln saßen so viele Falten, daß er ständig zu grinsen schien. Er war groß und gutaussehend, was ihn dem kleinen, häßlichen, kahl werdenden Rommel nicht sympathischer machte. Guderian wirkte entspannt – und jeder deutsche Generalstabsoffizier, der so etwas angesichts der herrschenden Kriegslage noch fertigbrachte, mußte verrückt sein. Auch die Mahlzeit, die sie gerade beendet hatten – Kalbfleisch und Wein aus weiter südlichen Gebieten –, rechtfertigte eine solche Haltung nicht.

Rommel blickte aus dem Fenster und sah zu, wie der Regen von den Linden in den Hof tropfte, während er darauf wartete, daß Guderian das Gespräch eröffnete. Als dieser schließlich zu sprechen begann, wurde sofort deutlich, daß der Generalinspekteur darüber nachgedacht hatte, wie er seine Argumente am besten vortragen solle. Er hatte sich für den indirekten Weg entschieden.

»In der Türkei werden die britische 9. und 10. Armee mit der türkischen Armee an der Grenze nach Griechenland zusammengezogen. In Jugoslawien nimmt die Partisanentätigkeit stark zu.

Die Franzosen in Algerien bereiten sich darauf vor, an der Riviera zu landen. Die Russen scheinen in Schweden landen zu wollen, und in Italien sind die Alliierten drauf und dran, auf Rom zu marschieren.

Es gibt weniger gravierende Anzeichen – auf Kreta wurde ein General entführt; in Lyon hat man einen Geheimdienstoffizier erschossen; eine Radarstation auf Rhodos, die angegriffen wurde; ein Flugzeug, das falsch gewartet wurde und in der Nähe von Athen abstürzte; ein Kommandoüberfall auf Sagvaag; eine Explosion in der Sauerstoff-Fabrik in Boulogne-sur-Seine; ein entgleister Munitionszug in den Ardennen; ein Brand in einem Treibstoffdepot bei Boussens... Ich könnte noch mehr Beispiele nennen.

Die Lage ist klar. In den besetzten Gebieten häufen sich Sabotage und Verrat. An allen unseren Fronten, überall, trifft der Feind Vorbereitungen, durchzustoßen. Keiner von uns bezweifelt, daß in diesem Sommer eine große alliierte Offensive stattfinden wird, und wir können sicher sein, daß all diese Scharmützel uns davon ablenken sollen, herauszufinden, wo genau der Feind zuschlagen wird.«

Der Generalinspekteur machte eine Pause. Der oberlehrerhafte Vortrag reizte Rommel. Er nutzte die Gelegenheit, um einzuwerfen: »Dafür haben wir einen Generalstab, um solche Meldungen ins militärische Gesamtbild einzuordnen, die Bewegungen des Feindes einzuschätzen und frühzeitig zu erkennen.«

Guderian lächelte nachsichtig. »Auch Hellseherei dieser Art hat ihre Grenzen. Ich bin sicher, daß Sie Ihre eigenen Vorstellungen davon haben, wo der Angriff stattfinden wird. Solche Vorstellungen haben wir alle. Unsere Strategie muß die Möglichkeit mit einbeziehen, daß unsere Vermutungen falsch sind.«

Rommel verstand jetzt, worauf der umständliche Vortrag des Generals abzielte. Er mußte sich beherrschen, um nicht lauthals Widerspruch zu äußern, bevor Guderian zum Ende seiner Ausführungen gekommen war.

»Sie befehligen vier Panzerdivisionen«, fuhr Guderian fort. »Die 2. Panzerdivision in Amiens, die 116. in Rouen, die 21. in Caen und die 2. SS-Division in Toulouse. General von Schweppenburg hat Ihnen schon vorgeschlagen, daß all diese Verbände weit von der Küste entfernt massiert werden sollten, um an jeder Stelle sofort zurückschlagen zu können. Diese strategische Variante spielt in den Planungen des OKW eine entscheidende Rolle. Trotzdem haben Sie sich nicht nur von Schweppenburgs Vorschlag widersetzt, sondern die 21. sogar bis ganz an die Atlantikküste vorgezogen.«

»Und die drei anderen müssen so schnell wie möglich nachrücken«, sagte Rommel zornig. »Wann wird man im Generalstab endlich begreifen? *Die Alliierten haben die Luftherrschaft.* Wenn die Invasion erst einmal angelaufen ist, liegen die Panzerverbände – von wenigen, unbedeutenden Ausnahmen abgesehen – fest. Eine bewegliche Truppenführung ist dann nicht mehr möglich. Wenn Ihre kostbaren Panzer bei der Landung der Alliierten in Paris stehen, werden sie auch in Paris bleiben – festgenagelt von der RAF –, bis die Alliierten über den Boulevard St. Michel marschieren. Ich kenne das – denn mir ist es schon passiert. Zweimal!« Er schöpfte Atem. »Wenn wir unsere Panzerdivisionen als Einsatzreserve zurückziehen, werden sie nutzlos. Wir können keine Gegenangriffe unternehmen. Wir müssen die Invasionstruppen an der Küste bekämpfen, wo sie am verwundbarsten sind, und sie ins Meer zurückwerfen.«

Die Röte wich aus seinem Gesicht, während er seine eigenen Vorstellungen darlegte. »Ich habe Unterwasserhindernisse bauen, den Atlantikwall verstärken, Minenfelder legen und Pfähle in jede Wiese treiben lassen, die im Hinterland als Flugplatz benutzt werden könnte. Alle meine Truppen heben Verteidigungsstellungen aus, wenn sie nicht gerade exerzieren.

Meine Panzerdivisionen müssen an die Küste vorrücken. Die Reserve des OKW sollte nach Frankreich verlegt werden. Man muß die 9. und 10. SS-Division von der Ostfront abziehen. Unsere ganze Strategie muß darauf abzielen, die Alliierten an der Errichtung eines Brückenkopfes zu hindern. Denn wenn ihnen das gelingt, ist die Schlacht verloren... vielleicht sogar der Krieg.«

Guderian beugte sich vor; seine Augen waren zu diesem aufreizenden, ironischen Lächeln zusammengekniffen.

»Sie wollen also, daß wir die ganze europäische Küstenlinie von Tromsö in Norwegen um die Iberische Halbinsel herum bis nach Rom verteidigen. Und woher sollen wir die Armeen dafür nehmen?«

»Diese Frage hätte man sich 1938 stellen sollen«, knurrte Rommel.

Ein verlegenes Schweigen entstand nach dieser Bemerkung, die um so bestürzender war, als sie von Rommel stammte, der an sich an Politik völlig desinteressiert war.

Von Schweppenburg überspielte die peinliche Situation, indem er fragte: »Herr Feldmarschall, wo findet denn der Angriff Ihrer Meinung nach statt?«

Rommel dachte nach. »Bis vor kurzem war ich davon überzeugt, daß die Pas-de-Calais-Theorie zutrifft. Als ich jedoch das letzte Mal beim Führer war, haben mich seine Argumente für die Normandie beeindruckt. Außerdem halte ich viel von seinem Instinkt, der ihm fast immer recht gegeben hat. Deshalb glaube ich, daß unsere Panzer vor allem an der Normandieküste aufgestellt werden sollten. Eine Division käme vielleicht für die Mündung der Somme in Frage – unterstützt von Streitkräften, die nicht zu meiner Heeresgruppe gehören.«

Guderian schüttelte ernst den Kopf. »Nein, nein, nein. Das ist viel zu riskant.«

»Ich bin dazu bereit, dem Führer selbst meine Meinung vorzutragen«, sagte Rommel drohend.

»Ihnen wird nichts anderes übrigbleiben«, sagte Guderian, »denn ich werde Ihrem Plan nicht zustimmen, es sei denn...«

»Ja?« Rommel war überrascht, daß der Generalinspekteur eine Einschränkung gelten ließ.

Guderian rückte auf seinem Stuhl hin und her. Es widerstrebte ihm, einem so halsstarrigen Gegner wie Rommel ein Zugeständnis zu machen. »Sie wissen vielleicht, daß der Führer auf einen Bericht von einem außerordentlich tüchtigen Agenten in England wartet.«

»Ich erinnere mich«, nickte Rommel. »Von der Nadel.«

»Ja. Er hat den Auftrag, die Stärke der First United States Army Group unter Patton in Ostengland zu erkunden. Wenn er herausfindet – wovon ich überzeugt bin –, daß diese Armee groß, schlagkräftig und einsatzbereit ist, werde ich mich weiter gegen Ihren Plan aussprechen. Wenn er jedoch herausfindet, daß FUSAG ein Bluff ist – eine kleine Armee, die sich als Invasionsstreitmacht tarnt –, dann gebe ich zu, daß Sie recht haben, und Sie werden Ihre Panzer bekommen. Akzeptieren Sie diesen Kompromiß?«

Rommel nickte zustimmend. »Also hängt alles von der Nadel ab.«

Fünfter Teil

25

Lucy merkte ganz plötzlich, daß das Haus schrecklich klein war. Während sie ihren morgendlichen Arbeiten nachging – den Ofen anmachte, den Haferbrei zubereitete, aufräumte und Jo anzog –, schienen die Wände sie zu erdrücken. Schließlich waren es nur vier Räume, die durch einen kleinen Gang und eine Treppe verbunden waren; man konnte sich kaum bewegen, ohne dabei jemandem auf die Füße zu treten. Wenn man still stand und lauschte, konnte man hören, was jeder tat: Henry ließ Wasser in das Waschbecken laufen, David rutschte die Treppe hinunter, und Jo schimpfte seinen Teddybären im Wohnzimmer aus. Lucy wäre am liebsten eine Zeitlang allein gewesen, um die Ereignisse der Nacht ein wenig zu verarbeiten, so daß sie nicht ständig im Vordergrund ihrer Gedanken standen. Dann könnte sie sich ohne bewußte Anstrengung normal verhalten.

Lucy fürchtete, daß die Verstellung ihr nicht leichtfallen würde, da sie damit keinerlei Erfahrung hatte. Sie versuchte, sich an eine andere Gelegenheit in ihrem Leben zu erinnern, bei der sie jemanden täuschen mußte, der ihr nahestand, aber es gelang ihr nicht. Dabei richtete sie ihr Leben nicht an hohen Idealen aus – der Gedanke an eine Lüge machte ihr nichts aus. Aber sie hatte einfach nie einen Grund gehabt, unehrlich zu sein. Bedeutete das, daß sie sehr behütet aufgewachsen war?

David und Jo setzten sich an den Küchentisch und begannen zu essen. David war schweigsam, während Jo pausenlos vor sich hinbrabbelte, weil es ihm Spaß machte. Lucy wollte nichts essen.

»Möchtest du nichts?« fragte David beiläufig.

»Ich habe schon.« Ihre erste Lüge. Es war gar nicht so schlimm.

Der Sturm schien das Gefühl der Enge noch zu verstärken. Der Regen fiel so dicht, daß Lucy den Schuppen vom Küchenfenster aus kaum sehen konnte. Der niedrige stahlgraue Himmel und die Nebelfetzen schufen ein ständiges Zwielicht. Im Garten strömte der Regen zwischen den Reihen der

Kartoffelpflanzen hindurch, und im Gemüsebeet hatte sich ein kleiner Teich gebildet. Das Spatzennest unter der Dachkante des Schuppens war fortgeschwemmt worden, und die Vögel flatterten immer wieder aufgeschreckt unter den Dachvorsprung, kamen jedoch sogleich wieder hervor.

Lucy hörte, wie Henry die Treppe herunterkam, und fühlte sich besser. Aus irgendeinem Grunde war sie davon überzeugt, daß es ihm sehr leichtfiel, sich zu verstellen.

»Guten Morgen!« sagte Faber laut und herzlich. David, der in seinem Rollstuhl am Tisch saß, blickte auf und lächelte. Lucy machte sich am Herd zu schaffen. Ihr ganzes Gesicht spiegelte ihre Schuldgefühle wider. Faber stöhnte innerlich, doch David schien Lucys Miene nicht zu bemerken. Faber begann David für einen Trottel zu halten.

»Setzen Sie sich und frühstücken Sie, Henry«, sagte Lucy.

»Vielen Dank.«

»Auf einen Kirchgang müssen Sie leider verzichten«, meinte David. »Mehr als fromme Gesänge aus dem Radio können wir nicht bieten.«

Faber fiel ein, daß Sonntag war. »Gehen Sie regelmäßig in die Kirche?«

»Nein«, erwiderte David. »Sie?«

»Nein.«

»Ein Sonntag unterscheidet sich für einen Farmer kaum von anderen Tagen«, fuhr David fort. »Ich fahre zum anderen Teil der Insel hinüber, um meinen Hirten zu treffen. Sie können mitkommen, wenn Sie sich dazu imstande fühlen.«

»Gern«, antwortete Faber. Auf diese Weise konnte er alles auskundschaften. Er mußte den Weg zu dem Häuschen mit dem Funkgerät kennen. »Möchten Sie, daß ich fahre?«

David sah ihn scharf an. »Ich komme ganz gut zurecht.« Ein kurzes gespanntes Schweigen folgte. »Bei diesem Wetter gibt es die Straße nur noch in meinem Kopf. Mit mir am Steuer werden wir viel besser dran sein.«

»Natürlich.« Faber begann zu essen.

»Mir ist es gleich«, sagte David, für den das Thema noch nicht beendet war. »Ich will auf keinen Fall, daß Sie mitkommen, wenn es Ihnen zuviel ist –«

»Aber nicht doch, es würde mich freuen.«

»Haben Sie gut geschlafen? Ich habe nicht daran gedacht, daß Sie noch müde sein könnten. Hoffentlich mußten Sie wegen Lucy nicht zu lange aufbleiben.«

Faber zwang sich, Lucy nicht anzusehen. Aus den Augenwinkeln konnte er erkennen, daß sie bis zu den Haarwurzeln rot wurde. »Ich habe gestern den ganzen Tag geschlafen«, sagte er und versuchte, Davids Blick auf sich zu lenken.

Es gelang nicht. David schaute seine Frau an. Er wußte Bescheid. Sie wandte ihm den Rücken zu.

David würde jetzt feindselig sein, und Feindseligkeit und Mißtrauen lagen dicht beieinander. Das war nicht gefährlich, doch es könnte lästig werden.

David gewann rasch seine Fassung zurück. Er schob seinen Rollstuhl vom Tisch weg und fuhr zur Hintertür. »Ich hole den Wagen aus dem Schuppen«, murmelte er. Dann nahm er eine Ölhaut von einem Haken, zog sie über den Kopf, öffnete die Tür und war im Freien.

In den wenigen Augenblicken, da die Tür offenstand, blies der Sturm in die kleine Küche hinein, so daß der ganze Fußboden naß wurde. Als sie wieder geschlossen war, zitterte Lucy und begann das Wasser von den Fliesen aufzuwischen.

Faber streckte die Hand aus und berührte ihren Arm.

»Nicht.« Als Warnung warf sie ruckartig den Kopf in Richtung des kleinen Jungen.

»Du bist albern«, sagte Faber.

»Ich glaube, er weiß alles.«

»Aber, wenn du mal kurz nachdenkst, es macht dir in Wirklichkeit nichts aus, ob er es weiß oder nicht, oder?«

»Es sollte mir was ausmachen.«

Faber zuckte die Achseln. Die Hupe des Geländewagens ertönte ungeduldig. Lucy reichte ihm eine Ölhaut und ein Paar Gummistiefel.

»Sprecht nicht von mir«, bat sie.

Faber zog die wasserdichte Kleidung an und ging zur Vordertür. Lucy folgte ihm und schloß die Tür zur Küche, in der Jo zurückgeblieben war.

Mit der Hand auf der Verriegelung drehte Faber sich um und küßte sie.

Sie erwiderte seinen Kuß leidenschaftlich, wandte sich dann um und ging in die Küche zurück.

Faber rannte über ein Meer aus Schlamm durch den Regen und sprang neben David in das Fahrzeug, der sofort anfuhr.

Der Geländewagen war auf die Bedürfnisse eines Fahrers zugeschnitten, der keine Beine hatte. Der Gashebel konnte von Hand bedient werden, und es gab eine Automatikschaltung. Ein Griff am Lenkrad machte es möglich, daß der Wagen auch einhändig gesteuert werden konnte. Der zusammengeklappte Rollstuhl paßte in ein besonderes Fach hinter dem Fahrersitz. In einem Netz oberhalb der Windschutzscheibe lag eine Schrotflinte.

David fuhr mit großem Geschick. Mit der Straße hatte er recht gehabt: Sie war nicht mehr als ein Streifen, der von den Rädern des Wagens durch die Heidelandschaft radiert worden war. Der Regen sammelte sich in den tiefen Spurrillen. Es schien David Vergnügen zu bereiten, daß der Wagen im Matsch hin und her rutschte. Er hatte eine Zigarette zwischen den Lippen und wirkte unangemessen herausfordernd. Vielleicht war dies sein Ersatz für das Fliegen.

»Was tun Sie, wenn Sie nicht angeln?« Die Worte kamen gequetscht aus seinem Mund.

»Bin Beamter.«

»In welcher Sparte?«

»Finanzen. Ich bin nur ein Rädchen im Getriebe.«

»Schatzamt, was?«

»Hauptsächlich.«

Sogar diese idiotische Antwort hielt David nicht davon ab, ihn weiter zu verhören. »Interessant?«

»Ziemlich.« Faber nahm all seine Energie zusammen, um eine Geschichte zu erfinden. »Ich verstehe ein bißchen davon, wieviel Technik kosten darf. Meistens passe ich auf, daß der Steuerzahler nicht übers Ohr gehauen wird.«

»Haben Sie eine besondere Sparte?«

»Alles, von Büroklammern bis zu Flugzeugmotoren.«

»Ach so. Na, jeder trägt eben auf seine Weise dazu bei, den Krieg zu gewinnen.«

Es war eine gehässige Bemerkung, und David hatte natürlich keine Ahnung, weshalb Faber sie ihm nicht übelnahm. »Ich bin zu alt, um Soldat zu sein«, sagte er freundlich.

»Waren Sie beim erstenmal dabei?«

»Zu jung.«

»Glück gehabt.«

»Zweifellos.«

Die Fahrspur führte recht dicht am Rand der Klippen entlang, doch David verlangsamte das Tempo nicht. Faber kam der Verdacht, daß er sie beide umbringen wollte. Er suchte einen Haltegriff.

»Fahre ich zu schnell für Sie?« fragte David.

»Sie scheinen den Weg gut zu kennen«, antwortete Faber.

»Sie sahen erschrocken aus.«

Faber sagte nichts, und David verringerte die Geschwindigkeit. Anscheinend war er zufrieden, weil er irgend etwas bewiesen hatte.

Die Insel war recht flach und kahl, wie Faber bemerkte. Der Boden hob und senkte sich leicht, aber er hatte noch keine Hügel gesehen. Die Vegetation bestand vor allem aus Gras mit einigen Farnsträuchern und Büschen, aber wenigen Bäumen. Es gab fast keinen Schutz vor dem Wetter. David Roses Schafe müssen widerstandsfähig sein, dachte er.

»Sind Sie verheiratet?« fragte David plötzlich.

»Nein.«

»Sehr klug.«

»Oh, ich weiß nicht.«

»Ich wette, daß Sie in London einiges aufreißen«, sagte David mit einem lüsternen Seitenblick.

Faber hatte die zweideutige, verächtliche Art, mit der manche Männer über Frauen sprechen, nie gefallen. Er gab deshalb scharf zurück: »Ich glaube, daß Sie mit Lucy viel Glück gehabt haben.«

»Oh, tatsächlich?«

»Ja.«

»Aber nichts geht über Abwechslung, oder?«

Faber dachte: Worauf, zum Teufel, will er hinaus? »Ich hatte noch keine Gelegenheit, die Vorzüge der Monogamie zu entdecken.« Er beschloß, nichts weiter zu sagen, da jedes seiner Worte das Feuer nur zu schüren schien. Keine Frage, David wurde allmählich unangenehm.

»Ich muß sagen, daß Sie nicht gerade wie ein Beamter vom Finanzamt aussehen. Wo sind der zusammengerollte Regenschirm und die Melone?«

Faber rang sich ein dünnes Lächeln ab.

»Und Sie wirken ziemlich fit für einen Bürohengst.«

»Ich fahre Rad.«

»Sie müssen sehr zäh sein. Sonst hätten Sie den Schiffbruch nicht überlebt.«

»Vielen Dank.«

»Sie sehen auch nicht so aus, als seien Sie zu alt für den Krieg.«

Faber blickte David an. »Was soll das alles, David?« fragte er ruhig.

»Wir sind da.«

Faber schaute durch die Windschutzscheibe und sah ein Häuschen, das dem von Lucy sehr ähnlich war – mit Steinmauern, einem Schieferdach und kleinen Fenstern. Es stand auf einer kleinen Anhöhe, dem einzigen Hügel, der Faber auf der Insel aufgefallen war. Das Haus wirkte niedrig und unverwüstlich. Beim Hinauffahren kamen sie an einer kleinen Gruppe Kiefern vorbei. Faber fragte sich, warum das Haus nicht im Schutz der Bäume gebaut worden war.

Neben dem Haus stand ein Weißdornbaum mit nassen Blüten. David hielt den Wagen an. Faber sah zu, während David den Rollstuhl aufklappte und sich aus dem Fahrersitz hineingleiten ließ; ein Hilfsangebot hätte er sicher übelgenommen.

Sie betraten das Haus durch eine Brettertür ohne Schloß. Im Flur wurden sie von einem schwarzweißen Collie begrüßt, einem schottischen Schäferhund mit breitem Schädel, der mit dem Schwanz wedelte, aber nicht bellte. Der Grundriß des Hauses war identisch mit dem von Lucy, doch die Atmosphäre war anders: Alles war kahl, freudlos und nicht sehr sauber.

David rollte voran in die Küche. Der Schafhirte saß an einem altmodischen, mit Holz befeuerten Herd und wärmte sich die Hände. Er stand auf.

»Henry, das ist Tom McAvity«, stellte David vor.

»Sehr erfreut«, sagte Tom steif.

Faber schüttelte ihm die Hand. Tom war ein kleiner, breiter Mann mit einem Gesicht, das einem alten Koffer aus gegerbtem Leder glich. Er trug eine Wollmütze und rauchte eine riesige Bruyèrpfeife mit Deckel. Sein Händedruck war fest, und seine Haut fühlte sich wie Sandpapier an. Faber mußte sehr genau hinhören, um ihn zu verstehen, da sein schottischer Akzent sehr breit war.

»Ich hoffe, daß ich Ihnen nicht im Wege bin«, sagte Faber. »Ich wollte nur mitfahren.«

David rollte zum Tisch hinüber. »Ich glaube nicht, daß wir heute morgen viel tun werden, Tom – wir wollen uns nur etwas umsehen.«

»Gut. Aber erst mal trinken wir 'n bißchen Tee.«

Tom goß starken Tee in drei Becher und gab jeweils einen Schuß Whisky hinzu. Die Männer sagten nichts und tranken schlürfend. David rauchte eine Zigarette, und Tom zog sanft an seiner Pfeife. Faber war sicher, daß die beiden auf diese Weise viel Zeit zusammen verbrachten.

Als sie ausgetrunken hatten, stellte Tom die Becher in den flachen Steinausguß, und sie fuhren mit dem Geländewagen hinaus. Faber saß auf dem Rücksitz. David fuhr jetzt langsam. Der Hund, er hieß Bob, rannte in großen Sätzen neben ihnen her, was ihn offenbar keine große Anstrengung kostete. Es fiel auf, daß David das Gelände sehr gut kannte, denn er lenkte den Wagen sicher über das offene Grasland, ohne daß er ein einziges Mal in sumpfigem Boden steckenblieb. Die Schafe schienen sehr unzufrieden mit ihrem Los. Ihre Vliese trieften, sie drängten sich in Senken, in der Nähe von Brombeersträuchern oder an windgeschützten Hängen zusammen und schienen nicht grasen zu wollen. Selbst die Lämmer versteckten sich hinter ihren Müttern.

Faber beobachtete den Hund, der plötzlich stehenblieb, einen Moment lang lauschte und dann wie ein Pfeil davonschoß.

Auch Tom hatte ihn beobachtet. »Bob hat was gefunden«, sagte er.

Der Wagen fuhr etwa eine Viertelmeile dem Hund hinterher. Als sie anhielten, konnte Faber das Meer hören. Sie waren dicht am nördlichen Ende der Insel. Der Hund stand am Rand einer kleinen Schlucht. Als die Männer ausgestiegen waren, konnten sie den Grund für Bobs Verhalten erkennen: sie hörten das Blöken eines Schafes in Not. Sie schauten vom Rand der Schlucht hinab.

Das Tier lag etwa zwanzig Fuß tief auf der Seite und hielt gerade noch das Gleichgewicht auf dem steil abfallenden Ufer. Ein Vorderlauf stand ungelenk ab. Tom kletterte vorsichtig hinunter und untersuchte das Bein. »Hammel heute abend«, rief er.

David holte das Gewehr aus dem Fahrzeug und ließ es hinabgleiten. Tom erlöste das Schaf von seiner Qual.

»Sollen wir es mit dem Seil hochziehen?« fragte David.

»Ja – oder vielleicht kann Henry runterkommen und mir helfen.«

»Natürlich«, sagte Faber. Er bahnte sich seinen Weg zu Tom hinab. Sie packten beide je ein Bein und schleiften das tote Tier den Hang empor. Fabers Ölhaut verfing sich in einem Dornenbusch, und er wäre fast gestürzt, ehe er sich mit einem lauten Ratschen losreißen konnte.

Sie warfen das Schaf in den Wagen und fuhren weiter. Faber war sehr naß geworden. Er bemerkte, daß er fast den ganzen Rückenteil der Ölhaut abgerissen hatte. »Ich fürchte, ich habe das gute Stück ruiniert«, sagte er.

Die Deutschen ziehen natürlich Kanonen vor; ihre Me 109 haben nur zwei Maschinengewehre, dafür aber eine 2-cm-Kanone in der Propellernabe. Eine Kanone richtet mehr Schaden an, aber unsere Brownings sind schneller und präziser.«

»Wirklich?« fragte Faber höflich.

»Später hat man Kanonen in die Hurricanes eingebaut, aber die Spitfire hat die *Battle of Britain* gewonnen.«

Faber ärgerte sich über diese Prahlerei. »Wie viele feindliche Maschinen haben Sie abgeschossen?« fragte er gereizt.

»Ich habe meine Beine verloren, als ich noch in der Ausbildung war.«

Faber warf ihm einen verstohlenen Blick zu: Sein Gesicht war ausdruckslos, doch die Haut war gespannt, als müsse sie reißen.

David fuhr fort: »Nein, ich habe keinen einzigen Deutschen getötet, noch nicht.«

Faber wurde sehr wachsam. Er hatte keine Ahnung, zu welcher Schlußfolgerung David gekommen war oder was er entdeckt hatte, aber es gab keinen Zweifel, daß der Mann etwas im Busch gesehen hatte, und nicht nur Fabers Nacht mit seiner Frau. Faber drehte sich ein wenig zur Seite, um David im Auge behalten zu können, stemmte sich mit dem Fuß gegen den Kardantunnel auf dem Boden und ließ die rechte Hand leicht auf dem linken Unterarm ruhen. Er wartete auf Davids nächsten Schachzug.

»Interessieren Sie sich für Flugzeuge?« fragte David.

»Nein.« Fabers Stimme klang matt.

»Es ist so etwas wie ein nationales Freizeitvergnügen geworden – Flugmelder zu spielen. So, wie Vögel zu beobachten. Viele kaufen sich Bücher, um die Typen zu bestimmen. Liegen ganze Nachmittage auf dem Rücken und betrachten den Himmel durch Fernrohre. Ich dachte, daß Sie sich auch für so etwas begeistern.«

»Wieso?«

»Bitte?«

»Wie kommen Sie darauf?«

»Oh, ich weiß nicht.« David hielt an, um sich eine Zigarette anzuzünden. Sie waren genau in der Mitte der Insel, je fünf Meilen von Toms und Lucys Haus entfernt. David warf das Streichholz auf den Boden. »Vielleicht lag es an dem Film, den ich in Ihrer Jackentasche gefunden habe –«

Während er sprach, warf er die brennende Zigarette in Fabers Gesicht und griff nach der Flinte über der Windschutzscheibe.

26

Sid Cripps blickte aus dem Fenster und fluchte still vor sich hin. Die Wiese war voller amerikanischer Panzer – mindestens achtzig an der Zahl. Er sah natürlich ein, daß sich sein Land im Krieg befand, aber man hätte ihn ja auch fragen können. Er hätte ihnen ein anderes Feld anbieten können, auf dem das Gras nicht so üppig stand. Inzwischen mußten die Panzerketten sein bestes Weideland zerstört haben.

Er zog seine Stiefel an und ging hinaus. Ein paar Yankees zeigten sich auf dem Feld, und er fragte sich, ob sie den Bullen bemerkt hatten. Am Zaun blieb er stehen und kratzte sich den Kopf.

Irgend etwas stimmte da nicht.

Die Panzer hatten das Gras nicht zermalmt. Sie hatten keine Spuren hinterlassen, aber die amerikanischen Soldaten machten Panzerspuren mit einem Gerät, das wie eine Egge aussah.

Während Sid versuchte, sich einen Reim darauf zu machen, nahm der Bulle die Panzer wahr. Er starrte sie eine Zeitlang an, scharrte dann den Boden auf und setzte sich schwerfällig in Bewegung. Er wollte einen Panzer angreifen.

»Blöder Kerl, du brichst dir das Genick«, murmelte Sid.

Auch die Soldaten beobachteten den Bullen. Sie schienen das Ganze für sehr lustig zu halten.

Der Bulle rannte mit voller Wucht gegen das Fahrzeug. Seine Hörner durchbohrten dessen Panzerung. Sid hoffte inbrünstig, daß britische Panzer mehr aushielten als amerikanische.

Ein lautes Zischen ertönte, während der Bulle die Hörner zurückzog. Der Panzer fiel in sich zusammen wie ein aufgespießter Ballon. Die amerikanischen Soldaten kugelten sich vor Lachen.

Sid Cripps kratzte sich wieder den Kopf. Es war alles sehr seltsam.

Percival Godliman schritt rasch über den Parliament Square, einen aufgespannten Regenschirm in der Hand. Er trug einen Regenmantel und darunter einen dunkelgestreiften Anzug, und seine schwarzen Schuhe waren auf Hochglanz poliert – jedenfalls hatten sie danach ausgesehen, bevor er in den Regen hinausgegangen war. Schließlich kam es nicht jeden Tag vor, nicht einmal jedes Jahr, daß er eine Privataudienz bei Churchill hatte.

Ein Berufssoldat wäre nervös gewesen, wenn er seinem Oberbefehlshaber so schlechte Nachrichten hätte überbringen müssen. Nicht so Godliman, denn ein hervorragender Historiker hat von Soldaten und Politikern nichts zu befürchten, es sei denn, daß seine Einstellung zur Geschichte bei weitem radikaler gewesen wäre, als es bei Godliman der Fall war. Nervös war er somit nicht, aber beunruhigt. Äußerst beunruhigt.

Er dachte an all die Mühe, die Planung, die Sorgfalt, das Geld und die Arbeitskraft, die darauf verwendet worden waren, eine Geisterarmee – the First United States Army Group in Ostengland – zu schaffen: die vierhundert Landungsboote, die dichtgedrängt in den Häfen und Flußmündungen lagen und nur aus Segeltuch, Brettern und darunter treibenden Ölfässern bestanden; die mühsam hergestellten aufblasbaren Nachbildungen von Panzern, Geschützen, Lastwagen, Schützenpanzern und sogar Munitionslagern; die getürkten Klagen in den Leserbriefen der örtlichen Zeitungen über den Verfall der guten Sitten, seitdem Tausende von amerikanischen Soldaten in der Gegend stationiert worden waren; das falsche Öldock in Dover, das von dem bekanntesten britischen Architekten entworfen und – aus Kartons und alten Abflußrohren – von Handwerkern aufgebaut worden war, die man sich aus Filmstudios geborgt hatte; die sorgfältig gefälschten Berichte, die ›umgedrehte‹ deutsche Agenten nach Hamburg durchgegeben hatten; und das unaufhörliche Geplauder im Radio, das von Berufsschreiberlingen ersonnen und einzig und allein für die deutschen Abhörposten gesendet wurde. Darunter befanden sich einmalige Meldungen wie die folgende: »Das 5th Queen's Royal Regiment meldet, daß sich, vermutlich unerlaubterweise, Zivilistinnen im Gepäckwagen befinden. Was sollen wir mit ihnen machen – sie nach Calais mitnehmen?«

Keine Frage, man hatte eine Menge geleistet. Alle Anzeichen deuteten darauf hin, daß die Deutschen wirklich darauf hereingefallen waren. Und jetzt flog das sorgfältig inszenierte Täuschungsmanöver womöglich auf wegen eines einzigen Spions – eines Spions, der Godliman entkommen war. Was natürlich der Grund war, weshalb man ihn heute herkommandiert hatte.

Mit kurzen trippelnden Schritten ging er über das Pflaster von Westminster zu dem schmalen Eingang von No. 2, Great George Street. Der bewaffnete Posten neben dem Wall aus Sandsäcken prüfte seinen Passierschein und winkte ihn durch. Godliman durchquerte die Halle und stieg die Treppe zu Churchills unterirdischem Hauptquartier hinunter.

Es war, als ginge man auf einem Schlachtschiff unter Deck. Der Befehlsbunker war durch eine vier Fuß starke Decke aus Stahlbeton vor Bomben geschützt, verfügte über eiserne Türen, die an Schiffsschotten erinnerten, und Dachstützen aus alten Spanten. Als Godliman den Kartenraum betrat, verließ ein Schwarm jüngerer Leute mit ernsten Gesichtern das Konferenzzimmer dahinter. Ein Adjutant folgte ihnen wenig später und entdeckte Godliman.

»Sie sind sehr pünktlich, Sir«, sagte der Adjutant. »Sie werden erwartet, gehen Sie hinein!«

Godliman betrat das kleine, bequem eingerichtete Konferenzzimmer. Auf dem Fußboden lagen Teppiche, und ein Portrait des Königs hing an der Wand. Ein elektrischer Ventilator verteilte den Tabakrauch gleichmäßig im Raum. Churchill saß am Kopf eines alten spiegelglatten Tisches, in dessen Mitte die Statuette eines Fauns stand – das Symbol von Churchills eigener Scheineinheit, der London Controlling Section.

Godliman entschied sich, nicht zu salutieren.

»Setzen Sie sich, Professor«, sagte Churchill.

Godliman fiel plötzlich auf, daß Churchill nicht sehr groß war – aber er saß da wie ein großer Mann: mit hochgezogenen Schultern, die Ellbogen auf die Armlehnen seines Stuhls gestützt, das Kinn gesenkt, die Beine gespreizt. Statt seiner berühmten Luftschutzwart-Kombination trug er die kurze schwarze Jacke und die gestreifte graue Hose eines Anwalts, dazu eine gepunktete blaue Fliege und ein glänzendweißes Hemd. Trotz seiner untersetzten Gestalt und seines Bauches waren seine Finger zart und dünn. Sein Gesicht war rosig wie das eines Babys. In der einen Hand hielt er einen Füllfederhalter, in der anderen eine Zigarre, und auf dem Tisch stand neben den Papieren ein Glas, in dem so etwas wie Whisky zu sein schien.

Er machte Anmerkungen am Rand eines maschinengeschriebenen Berichtes und murmelte beim Kritzeln gelegentlich vor sich hin. Godliman empfand nicht die geringste Scheu vor dem großen Mann. Als Politiker des Friedens war Churchill seiner Meinung nach eine Katastrophe gewesen. Jetzt im Krieg bewies er jedoch die Qualitäten eines großen Anführers, und deswegen respektierte Godliman ihn auch. (Jahre später stritt Churchill bescheiden ab, daß er der britische Löwe gewesen sei. Er habe nur die Ehre gehabt, brüllen zu dürfen. Godliman glaubte, daß diese Selbsteinschätzung in etwa stimmte.)

Churchill blickte jäh auf und fragte: »Es besteht also kein Zweifel, daß dieser verdammte Spion herausgefunden hat, was wir vorhaben?«

»Nicht der geringste, Sir«, antwortete Godliman.

»Sie meinen, daß er entkommen ist?«

»Wir haben ihn bis nach Aberdeen gejagt. Es ist fast sicher, daß er von dort aus vor zwei Nächten mit einem gestohlenen Boot hinausfuhr – vermutlich zu einem Treffpunkt in der Nordsee. Er kann aber nicht weit gekommen sein, als der Sturm losbrach. Vielleicht hat er das U-Boot vor Ausbruch des Sturms getroffen, aber das ist unwahrscheinlich. Aller Voraussicht nach ist er ertrunken. Es tut mit leid, daß wir Ihnen nichts Genaueres berichten können.«

»Mir auch«, sagte Churchill. Plötzlich wirkte er verärgert, wenn auch nicht wegen Godliman. Er stand auf, ging hinüber zu der Uhr an der Wand und starrte gebannt auf die Inschrift: Victoria R. I., Ministry of Works, 1889. Dann begann er, am Tisch entlang auf und ab zu schreiten und vor sich hin zu murmeln, als habe er Godlimans Anwesenheit vergessen. Godliman konnte jedes Wort verstehen und war überrascht. Der große Mann flüsterte: »Diese untersetzte, leicht vornübergebeugte Gestalt schreitet auf und ab und scheint sich plötzlich nur noch ihrer eigenen Gedanken bewußt zu sein ...« Es mutete an, als folge Churchill einem Hollywood-Drehbuch, das er gleichzeitig verfaßte.

Die Vorstellung endete so jäh, wie sie begonnen hatte. Wenn Churchill wußte, daß er sich exzentrisch verhalten hatte, so ließ er es sich nicht anmerken. Er setzte sich, übergab Godliman ein Bündel Papiere und sagte: »Das war die deutsche Truppenstärke in der letzten Woche.«

Godliman las:

Ostfront:	122	Infanteriedivisionen
	25	Panzerdivisionen
	17	sonstige Divisionen
Italien	37	Infanteriedivisionen
und Balkan:	9	Panzerdivisionen
	4	sonstige Divisionen
Westfront:	64	Infanteriedivisionen
	12	Panzerdivisionen
	12	sonstige Divisionen

Reich:	3	Infanteriedivisionen
	1	Panzerdivision
	4	sonstige Divisionen

»Von diesen zwölf Panzerdivisionen im Westen steht nur eine einzige an der Küste der Normandie«, erklärte Churchill. »Die großen SS-Divisionen Das Reich und Adolf Hitler stehen bei Toulouse beziehungsweise Brüssel. Eine Verlegung scheint nicht geplant. Was sagt Ihnen das alles, Professor?«

»Bei der Täuschung des Feindes und der Verschleierung unserer eigentlichen Absichten sind wir sehr erfolgreich gewesen«, erwiderte Godliman und erkannte plötzlich, welches Vertrauen Churchill damit in ihn setzte. Bis zu diesem Augenblick war die Normandie ihm gegenüber nie erwähnt worden, weder von seinem Onkel Colonel Terry noch von irgend jemandem sonst, obwohl er aus der vorgetäuschten Stoßrichtung, die auf Calais ging, wohl entsprechende Schlüsse gezogen hatte. Natürlich kannte er das Datum der Invasion – D-Day – immer noch nicht, und er wollte es auch gar nicht wissen.

»Völlig!« bellte Churchill. »Sie sind verwirrt und unsicher, und selbst mit den Vermutungen, die der Wahrheit noch am nächsten kommen, liegen sie weit daneben. Und trotzdem!« Er machte eine Pause, um die Wirkung des Satzes zu erhöhen. »Und trotz alledem heißt es ...« Er nahm ein weiteres Stück Papier vom Tisch und las laut vor: »›Unsere Aussichten, den Brückenkopf zu halten, besonders wenn die Deutschen Verstärkung heranführen, stehen fünfzig zu fünfzig.‹«

Er legte seine Zigarre hin, und seine Stimme wurde ganz leise. »Die gesamte militärische und wirtschaftliche Macht der Englisch sprechenden Welt – der größten Zivilisation seit dem Römischen Reich – hat vier Jahre gebraucht, um sich diese Fünfzig-zu-fünfzig-Chance zu schaffen. Wenn der Spion entkommt, verlieren wir selbst diese. Und das heißt, wir verlieren alles.«

Er starrte Godliman einen Moment lang an und nahm den Füllfederhalter in seine schmale, weiße Hand. »Servieren Sie mir keine Mutmaßungen, Professor. Bringen Sie mir die Nadel.«

Er blickte nach unten und fing an zu schreiben. Nach einer Weile stand Percival Godliman auf und verließ leise das Zimmer.

27

Zigarettentabak verbrennt bei 800 Grad Celsius, doch die Glut einer Zigarette ist gewöhnlich von einer dünnen Ascheschicht umgeben. Erst wenn eine Zigarette länger als eine halbe Sekunde auf die Haut gedrückt wird, entsteht eine Brandwunde; eine flüchtige Berührung spürt man kaum. Das gilt sogar für die Augen, denn Blinzeln ist die schnellste unwillkürliche Reaktion des menschlichen Körpers. Nur Dilettanten werfen Zigaretten, und David Rose war ein Dilettant – ein völlig frustrierter und nach Aktion gierender Dilettant. Profis ignorieren sie.

Faber achtete nicht auf die Zigarette, die David Rose nach ihm geworfen hatte. Er handelte richtig, denn sie prallte von seiner Stirn ab und fiel auf den Metallboden des Geländewagens. Dann machte er allerdings den Fehler, nach Davids Flinte zu greifen. Er hätte sein Stilett ziehen und seinen Gegner erstechen sollen. Zwar hätte David ihn zuerst erschießen können, doch er hatte noch nie ein Gewehr auf einen Menschen gerichtet, geschweige denn einen getötet. Er hätte sicherlich gezögert, und in diesem Moment hätte Faber ihn umbringen können. Faber sagte sich, daß sein jüngster Rückfall in die Gefühlsduselei der Grund für solch eine unentschuldbare Fehlkalkulation war. Es würde nie wieder vorkommen.

David hatte beide Hände um den Mittelteil der Flinte gelegt – die linke um den Kolben, die rechte um den Abzug – und hatte die Waffe etwa zehn Zentimeter aus dem Netz gezogen, als Faber den Lauf mit einer Hand zu fassen bekam. David versuchte, die Flinte an sich zu reißen, doch Faber griff fester zu, so daß die Mündung auf die Windschutzscheibe zeigte.

Faber war ein kräftiger Mann, aber David war ungewöhnlich stark. Mit Schultern, Armen und Handgelenken hatte er seit vier Jahren seinen Rollstuhl bewegt, so daß die Muskeln überentwickelt waren. Außerdem hatte er beide Hände an der Flinte, während Faber sie nur mit einer Hand, noch dazu in einem ungünstigen Winkel, festhielt. David zerrte noch einmal, dieses Mal entschlossener, und die Mündung entglitt Fabers Fingern.

In diesem Moment – die Schrotflinte war auf seinen Bauch gerichtet, und Davids Finger krümmte sich um den Abzug – fühlte Faber sich dem Tode sehr nahe.

Mit einem plötzlichen Ruck katapultierte er sich aus seinem Sitz. Sein Kopf stieß gegen das Stoffdach des Wagens, während die Flinte mit einem

Krachen losging, das die Ohren betäubte und Schmerzen hinter den Augen verursachte. Das Fenster neben dem Beifahrersitz zersplitterte in unzählige kleine Stücke, und der Regen drang durch den leeren Rahmen herein. Faber krümmte sich und fiel zurück, nicht auf seinen eigenen Sitz, sondern auf David. Er legte beide Hände auf Davids Kehle und drückte mit beiden Daumen zu.

David versuchte, die Flinte zwischen ihre Körper zu schieben, um den anderen Lauf abzufeuern, aber die Waffe war zu groß.

Faber blickte in Davids Augen und sah... was mochte es sein? Freude! Natürlich – endlich hatte der Mann Gelegenheit, für sein Land zu kämpfen. Dann veränderte sich sein Gesichtsausdruck, weil ihm langsam der Sauerstoff ausging, und er begann nach Atem zu ringen.

David ließ die Flinte los und schob beide Ellbogen so weit zurück, wie er konnte, dann stieß er zwei mächtige Gerade in Fabers untere Rippen.

Der Schmerz war kaum zu ertragen. Faber verzog das Gesicht vor Qual, lockerte den Druck auf Davids Kehle aber nicht. Er wußte, daß er den Schlägen länger zu widerstehen vermochte, als David den Atem anhalten konnte.

David mußte der gleiche Gedanke gekommen sein. Er verschränkte die Unterarme und stieß Faber zurück. Als der Abstand ein paar Zoll betrug, riß er die Hände nach oben und zur Seite und konnte sich so aus Fabers Würgegriff befreien. Er ballte die rechte Faust und schlug unwahrscheinlich heftig, jedoch wenig gekonnt zu; er traf Fabers Wangenknochen und erreichte damit, daß seinem Gegner das Wasser in die Augen schoß.

Faber antwortete mit einer Serie von Geraden zum Körper; David bearbeitete weiterhin sein Gesicht. Der Abstand zwischen ihnen war einfach zu gering, als daß sie sich gegenseitig schnell ernsthafte Verletzungen zufügen konnten, doch Davids größere Kraft begann sich bemerkbar zu machen.

Wütend stellte Faber fest, daß David geschickt Ort und Zeit für die Auseinandersetzung gewählt hatte. Er konnte drei Vorteile für sich verbuchen: das Überraschungsmoment, die Wahl der Waffen und den Kampf auf engstem Raum, wo seine Muskelkraft viel besser zum Tragen kam. Faber hatte zwar das größere Durchhaltevermögen und war auch körperlich weit beweglicher, aber das nützte ihm in dieser Lage nicht viel.

Als sich Faber ein wenig zur Seite drehte, berührte seine Hüfte die Schaltung, so daß ein Vorwärtsgang eingelegt wurde. Weil der Motor noch lief, ruckte der Wagen voran, wodurch Faber das Gleichgewicht verlor. David nutzte die Gelegenheit, eine lange linke Gerade abzufeuern, die – mehr durch Glück als durch Geschick – Faber voll am Kinn traf und ihn auf die andere Seite des Fahrzeugs warf. Sein Kopf krachte gegen den A-förmigen Träger, und er rutschte mit der Schulter auf den Türgriff. Die Tür sprang auf, er purzelte rückwärts aus dem Wagen und fiel mit dem Gesicht in den Matsch.

Einen Moment lang war Faber so benommen, daß er sich nicht bewegen konnte. Als er die Augen öffnete, sah er nichts als blaue Blitze auf einem verschwommenen roten Hintergrund. Er hörte den Motor des Geländewagens jaulen. Er schüttelte den Kopf und versuchte verzweifelt, das Feuerwerk vor seinen Augen zu verscheuchen. Es gelang ihm, so weit hochzukommen, daß er sich auf Hände und Knie stützen konnte. Das Geräusch des Wagens wurde leiser und kam dann wieder näher. Faber wandte den Kopf dem Lärm zu, und während sich die Farben vor seinen Augen auflösten und verschwanden, sah er, daß der Geländewagen sich ihm mit hoher Geschwindigkeit näherte.

David wollte ihn überfahren.

Die vordere Stoßstange war nur noch Zentimeter von seinem Gesicht entfernt, als er sich zur Seite warf. Er spürte einen Windstoß. Ein Kotflügel streifte seinen ausgestreckten Fuß, und der Wagen donnerte vorbei; die breitspurigen Reifen rissen den schwammigen Grasboden auf und schienen Schlick zu spucken. Faber drehte sich zweimal im nassen Gras herum und kam auf die Knie hoch. Sein Fuß schmerzte. Er sah zu, wie der Wagen in einer engen Drehung wendete und wieder auf ihn zugerast kam.

Faber konnte Davids Gesicht durch die Windschutzscheibe sehen. Der junge Mann hatte sich über das Lenkrad gebeugt, und ein wildes, fast wahnsinniges Grinsen entblößte seine Zähne. Er glaubte wohl, im Cockpit einer Spitfire zu sitzen, die aus der Sonne heraus auf ein feindliches Flugzeug herunterstößt, während die acht Browning-Maschinengewehre 1260 Schüsse pro Minute abfeuern.

Faber bewegte sich auf den Klippenrand zu. Der Geländewagen wurde schneller. Faber wußte, daß er im Moment nicht in der Lage war, zu laufen. Er blickte über die Klippe: Es war ein felsiger, fast senkrechter Hang, der steil auf das dreißig Meter tiefer liegende tosende Meer abfiel. Das Fahrzeug raste direkt am Klippenrand auf ihn zu. Verzweifelt suchte Faber nach einem Gesims oder wenigstens einem Felsvorsprung, um einen Halt zu finden. Es gab keinen.

Der Geländewagen war noch vier oder fünf Meter entfernt; er hatte ein Tempo von etwa vierzig Meilen pro Stunde. Seine Räder waren weniger als zwei Fuß vom Klippenrand entfernt. Faber ließ sich flach hinfallen und schwang die Beine ins Leere hinaus. Dabei stützte er sein Gewicht auf die Unterarme.

Die Räder verfehlten ihn um wenige Zentimeter. Einige Meter weiter rutschte ein Rad über die Kante. Einen Augenblick lang dachte Faber, das ganze Fahrzeug würde umkippen und ins Meer stürzen, doch die drei anderen Räder brachten den Wagen wieder in Sicherheit.

Der Boden unter Fabers Armen gab nach. Die durch das Fahrzeug hervorgerufene Erschütterung hatte die Erde gelockert. Er spürte, daß er ein klein wenig abrutschte. Dreißig Meter unter ihm brodelte das Meer zwischen den Klippen. Faber streckte einen Arm so weit wie möglich aus und grub die Finger tief in den weichen Boden. Ein Nagel brach ab, aber er achtete nicht darauf. Jetzt ließ er den anderen Arm folgen. Als beide Hände fest im Erdreich verankert waren, zog er sich hoch. Es ging quälend langsam, aber schließlich lag sein Kopf auf gleicher Höhe mit seinen Händen, und seine Hüften erreichten festen Boden, so daß er sich herumdrehen und vom Rand wegrollen konnte.

Der Geländewagen wendete erneut. Faber rannte darauf zu.

Sein Fuß schmerzte, war aber nicht gebrochen. David beschleunigte, um wieder anzugreifen. Faber wandte sich um und lief im rechten Winkel in Richtung des Wagens, wodurch er David zwang, in die Kurve zu gehen und langsamer zu werden.

Faber war klar, daß er das nicht lange durchhalten konnte. Er würde bestimmt eher ermüden als David. Einen weiteren Versuch mußte er vereiteln.

Er lief schneller. David wollte ihn abfangen und hielt auf einen Punkt vor Faber zu. Faber rannte zurück, der Wagen fuhr zickzack. Er war inzwischen sehr nahe gekommen. Faber begann zu sprinten; sein Kurs nötigte David, auf engstem Raum zu wenden. Der Wagen wurde langsamer, und Faber kam immer näher. Zwischen ihnen lagen nur noch ein paar Meter. David bemerkte, was Faber vorhatte. Er riß das Lenkrad herum, aber es war zu spät. Faber rannte seitlich auf das Gefährt zu und sprang an ihm hoch, so daß er mit dem Gesicht nach unten auf dem Leinenverdeck landete.

Er blieb ein paar Sekunden lang regungslos liegen und schöpfte Atem. Sein verletzter Fuß fühlte sich an, als würde er über ein Feuer gehalten, und er hatte stechende Schmerzen in der Lunge.

Das Auto fuhr immer noch. Faber zog das Stilett aus der Scheide unter seinem Ärmel und machte einen langen gezackten Schnitt in das Verdeck. Der Stoff flatterte nach unten, und Faber sah unvermittelt Davids Hinterkopf vor sich.

David blickte hoch. Ein Ausdruck der Überraschung glitt über sein Gesicht. Faber holte aus, um zuzustoßen.

David gab Vollgas und riß das Lenkrad herum. Der Geländewagen sprang nach vorn und stellte sich auf zwei Räder, während er quietschend eine enge Kurve beschrieb. Faber versuchte mit aller Kraft, sich festzuhalten. Das Fahrzeug, das immer schneller wurde, fiel krachend auf seine vier Räder zurück und hob sich dann von neuem. Schwankend fuhr er ein paar Meter weiter, dann verloren die Räder den Halt auf dem durchweichten Boden, und das Fahrzeug kippte mit knirschenden Reifen auf die Seite.

Faber wurde mehrere Meter weit durch die Luft geschleudert und landete unglücklich. Der Aufprall raubte ihm den Atem. Es dauerte einige Sekunden, bis er sich bewegen konnte.

Der Zickzackkurs hatte das Fahrzeug wieder gefährlich nahe an die Klippe gebracht.

Faber sah sein Messer ein paar Meter von sich entfernt im Gras liegen. Er hob es auf und wandte sich dem Wagen zu. David saß im Rollstuhl – er hatte ihn irgendwie durch das aufgeschlitzte Verdeck aus dem Auto herausgezwängt – und schob sich gerade vom Klippenrand weg. David hatte Mut – das mußte Faber anerkennen.

David mußte seine Schritte gehört haben, denn kurz bevor Faber ihn einholte, hielt er abrupt an und wirbelte herum. Faber bemerkte einen schweren Schraubenschlüssel in Davids Hand.

Faber warf sich gegen den Rollstuhl und stieß ihn um. Sein letzter Gedanke war, daß sie beide zusammen mit dem Stuhl ins Meer stürzen könnten – dann traf der Schraubenschlüssel seinen Hinterkopf, und er verlor das Bewußtsein.

Als er wieder zu sich kam, lag der Rollstuhl neben ihm, doch David war nirgends zu sehen. Faber rappelte sich auf und blickte sich erstaunt und benommen um.

»Hierher!«

Die Stimme tönte hinter dem Abhang hervor. Anscheinend war David aus dem Stuhl geschleudert worden und über die Klippe gerutscht. Faber kroch an den Felsrand und schaute hinunter.

David klammerte sich mit der einen Hand an einen Strauch, der genau unter dem Überhang wuchs. Die andere Hand hatte er in eine schmale Felsspalte geklemmt. Er hing frei in der Luft – genau wie Faber ein paar Minuten zuvor. In seinen Augen stand nacktes Entsetzen. »Zieh mich hoch, um Gottes willen«, rief er mit heiserer Stimme.

Faber beugte sich näher zu ihm. »Woher wußtest du von dem Film?«

»Hilf mir, bitte!«

»Erzähl mir von dem Film.«

»O Gott!« David machte eine gewaltige Anstrengung, um sich zu konzentrieren. »Als du zu Tom nach oben gegangen bist, hing deine Jacke zum Trocknen in der Küche. Da habe ich deine Taschen durchsucht. Dabei fand ich die Negative.«

»Und das genügt dir als Beweis, um mich töten zu wollen?« sagte Faber verblüfft.

»Das und was du in meinem Haus mit meiner Frau gemacht hast. Kein Engländer würde sich so benehmen.«

Faber konnte ein Lachen nicht unterdrücken. »Wo sind die Negative jetzt?«

»In meiner Tasche.«

»Gib sie mir, und ich ziehe dich hoch.«

»Du mußt sie dir selbst nehmen – ich kann nicht loslassen.«

Faber legte sich flach auf den Bauch und schob die Hand unter Davids Ölhaut in die Brusttasche seiner Jacke. Er seufzte befriedigt auf, als seine Finger die Filmdose berührten und herauszogen. Er schaute nach: Kein Film schien zu fehlen. Er steckte die Dose in seine Jackentasche, knöpfte die Klappe zu und schob die Hand wieder zu David hinunter.

Er packte den Strauch, an den David sich klammerte, und riß ihn mit einem heftigen Ruck aus.

David schrie: »Nein!« Er tastete verzweifelt nach einem Halt, während seine andere Hand unerbittlich aus der Felsspalte glitt.

»Das ist nicht fair!« brüllte er. Dann löste sich seine Hand aus der Spalte.

Zunächst schien er mitten in der Luft zu hängen, dann fiel er schneller und schneller, prallte zweimal gegen die Klippe und klatschte mit einem gewaltigen Platschen ins Wasser.

Faber wartete eine Weile, um sicher zu sein, daß David nicht wieder auftauchte. »Nicht fair?« murmelte er vor sich hin. »Nicht fair? Weißt du nicht, daß Krieg ist?«

Er blickte ein paar Minuten lang hinunter ins Meer. Einmal glaubte er, eine gelbe Ölhaut an der Oberfläche aufleuchten zu sehen, doch sie war sofort wieder verschwunden.

Plötzlich fühlte er sich schrecklich müde. Seine Verletzungen wurden ihm nach und nach bewußt: der verwundete Fuß, die Beule am Kopf, die Prellungen überall im Gesicht.

David Rose war ein Narr, ein Aufschneider und ein schlechter Ehemann gewesen, und er hatte vor seinem Tod um Gnade gebettelt. Doch er war auch ein mutiger Mann gewesen, und er war für England gestorben – wie er es sich gewünscht hatte.

Faber fragte sich, ob sein eigener Tod genauso ehrenvoll sein würde.

Endlich wandte er sich vom Klippenrand ab und ging zu dem umgestürzten Geländewagen zurück.

28

Percival Godliman fühlte sich gestärkt, entschlossen und sogar – was selten vorkam – beflügelt.

Bei näherem Nachdenken bereitete diese Tatsache ihm Unbehagen: Durchhalteparolen machen doch nur auf die breiten Massen Eindruck, Intellektuelle hingegen halten sich in dieser Hinsicht nicht für anfällig. Und doch – obwohl er wußte, daß der Auftritt des großen Mannes sorgfältig geplant, die Crescendi und Diminuendi seines Redeflusses so exakt gesetzt waren wie die Noten einer Symphonie – hatte dies auf ihn gewirkt.

Er ging in sein Büro zurück und brannte darauf, irgend etwas zu tun.

Godliman ließ seinen Schirm in den Ständer fallen, hängte seinen nassen Regenmantel auf und betrachtete sich im Spiegel an der Innenseite der Schranktür. Zweifellos hatte sich sein Gesicht irgendwie verändert, seitdem er zu Englands Agenten-Jägern zählte. Vor kurzem war ihm zufällig ein Photo von 1937 in die Hände geraten, das ihn mit einer Gruppe von Studenten bei einem Seminar in Oxford zeigte. Damals hatte er älter ausgesehen als heute: bleiche Haut, dünnes Haar, die stoppelige Rasur und die schlechtsitzenden Kleider eines Pensionärs. Das dünne Haar war verschwunden; von einem mönchsartigen Haarkranz abgesehen, war er jetzt kahl. Seine Kleidung war die eines Managers, nicht die eines Professors. Ihm schien – vielleicht bildete er es sich nur ein –, daß sein Kinn jetzt mehr Entschlossenheit ausdrückte und seine Augen heller waren. Außerdem gab er sich mehr Mühe beim Rasieren.

Er setzte sich hinter seinen Schreibtisch und zündete eine Zigarette an. Diese neue Angewohnheit stimmte ihn nicht froh; er hatte einen Raucherhusten entwickelt, versucht, es aufzugeben und festgestellt, daß er süchtig war. Aber rauchten jetzt im Krieg nicht fast alle Engländer? Sogar einige Frauen? Nun ja, sie übten schließlich Männerberufe aus – also durften sie auch männliche Laster haben. Der Rauch biß ihn in der Kehle, machte ihn husten. Er drückte die Zigarette in dem Deckel aus, den er als Aschenbecher benutzte (Porzellan war selten).

Das Problem mit der Beflügelung, das Unmögliche wagen zu wollen, bestand darin, daß die Inspiration allein keinen Hinweis auf die Mittel und Wege bot. Er erinnerte sich an seine Dissertation über die Reisen eines fast unbekannten mittelalterlichen Mönches namens *Thomas of the Tree.* Godliman hatte sich die nicht allzu wichtige, aber schwierige Aufgabe gestellt, den Reiseweg des Mönches über einen Zeitraum von fünf Jahren nachzuzeichnen. Es hatte eine rätselhafte Lücke von acht Monaten gegeben, in denen er entweder in Paris oder Canterbury gewesen war. Godliman konnte den Aufenthaltsort nicht näher bestimmen, wodurch der Wert der ganzen Arbeit gefährdet war. Die Dokumente, die er benutzte, schwiegen sich darüber aus. Wenn nicht irgendwo schriftlich niedergelegt war, wo der Mönch sich aufgehalten hatte, gab es keine Möglichkeit, ihm auf die Spur zu kommen – damit mußte man sich abfinden. In seinem jugendlichen Optimismus hatte Godliman sich jedoch geweigert zu glauben, daß es nicht doch einen Hinweis gab. Er war von der Voraussetzung ausgegangen, daß irgendwo verzeichnet war, wie Thomas diese Monate verbracht hatte – trotz der bekannten Tatsache, daß fast alles, was im Mittelalter geschah, nicht dokumentiert ist. Wenn Thomas weder in Paris noch in Canterbury gewesen war, mußte er sich auf der Überfahrt zwischen den beiden befunden haben – so hatte Godliman geschlossen. Dann hatte er Dokumente in einem Amsterdamer Museum gefunden, aus denen hervorging, daß Thomas sich nach Dover eingeschifft hatte; das Boot war vom Kurs abgekommen und schließlich an der irischen Küste gestrandet. Diese Art beispielhafter historischer Forschung hatte Godliman schließlich seine Professur eingebracht.

Er könnte versuchen, mit dieser Denkweise an Fabers rätselhaftes Verschwinden heranzugehen.

Vermutung Nummer eins: Faber war ertrunken. Vermutung Nummer zwei: Er hatte inzwischen deutsches Hoheitsgebiet erreicht. Weil Godliman nichts mehr tun konnte, falls eine dieser beiden Möglichkeiten zutraf, brauchte er auch nicht länger über sie nachzudenken. Er mußte davon ausgehen, daß Faber noch lebte und irgendwo an Land gegangen war.

Er verließ sein Büro und stieg die Treppe zum Kartenraum hinunter. Dort stand sein Onkel, Colonel Terry, eine Zigarette zwischen den Lippen, nachdenklich vor einer Europakarte. In diesen Tagen war dies ein vertrauter Anblick im Kriegsministerium: Männer von hohem Rang, die in Karten versunken waren und schweigend ihre eigenen Berechnungen darüber anstellten, ob man den Krieg gewinnen oder verlieren werde. Sie konnten das jetzt tun, weil die Pläne alle fertig auf dem Tisch lagen und die riesige Kriegsmaschinerie in Bewegung gesetzt worden war. Diejenigen, welche die

»Alles für 'n guten Zweck.«

Kurz darauf waren sie wieder in Toms Haus. Faber zog das zerrissene Ölzeug und seine nasse Arbeitsjacke aus, und Tom legte die Jacke zum Trocknen über den Ofen. Faber setzte sich dazu.

Tom setzte den Kessel auf und ging dann nach oben, um eine neue Flasche Whisky zu holen. Faber und David wärmten ihre klammen Hände.

Der Gewehrschuß ließ sie zusammenzucken. Faber stürzte in die Diele und die Stufen hinauf. David folgte ihm und hielt seinen Rollstuhl am Fuß der Treppe an.

Faber fand Tom in einem kleinen, kahlen Raum. Der Alte lehnte aus dem Fenster und schüttelte die Faust gegen den Himmel. »Daneben«, sagte er.

»Was war's?«

»Adler.«

Unten lachte David.

Tom legte die Schrotflinte neben einen Pappkarton. Er nahm eine neue Flasche Whisky aus dem Karton und ging voraus die Treppe hinab.

David war schon wieder in der Küche, im Warmen. »Das erste Schaf, das wir dieses Jahr verloren haben«, sagte er, in Gedanken zu dem toten Schaf zurückgekehrt.

»Ja.«

»Im Sommer zäunen wir die Schlucht ein.«

»Ja.«

Faber spürte, daß die Stimmung sich verändert hatte. Sie saßen, tranken und rauchten wie zuvor, doch David wirkte unruhig. Zweimal ertappte Faber ihn dabei, daß er ihn, tief in Gedanken versunken, anstarrte.

Schließlich sagte David: »Ich überlasse es Ihnen, das Schaf zu zerlegen, Tom.«

»Ja.«

David und Faber verließen das Haus. Tom blieb sitzen, doch der Hund begleitete sie zur Tür.

Bevor er sein Fahrzeug startete, nahm David die Schrotflinte aus dem Netz über der Windschutzscheibe, lud sie wieder und legte sie zurück.

Auf der Rückfahrt wechselte Davids Laune wieder, er wurde gesprächig. »Wissen Sie, ich habe früher Spitfires geflogen. Wunderbare Mühlen. Vier Maschinengewehre in jeder Tragfläche – amerikanische Brownings, die eintausendzweihundertundsechzig Schüsse in der Minute abfeuern können.

großen Entscheidungen trafen, mußten jetzt abwarten, ob sie recht gehabt hatten.

Terry sah Godliman kommen und fragte: »Wie hast du den großen Mann angetroffen?«

»Er trank Whisky«, sagte Godliman.

»Er trinkt den ganzen Tag, aber es scheint ihm nichts auszumachen. Was hat er gesagt?«

»Er möchte, daß wir ihm den Kopf der Nadel auf einem Tablett überbringen.« Godliman ging zur Landkarte, die an der gegenüberliegenden Wand hing, und legte einen Finger auf Aberdeen. »Wenn du ein U-Boot aussenden müßtest, um einen Spion abzuholen, wie nahe könnte es deiner Meinung nach an die Küste herankommen, ohne sich zu gefährden?«

Terry stellte sich neben ihn und betrachtete die Karte. »Es müßte außerhalb der Drei-Meilen-Zone bleiben. Wahrscheinlich würde ich sogar Anweisung geben, daß das Boot zehn Meilen vor der Küste stoppt.«

»Richtig.« Godliman zog mit einem Bleistift zwei Linien, die parallel zur Küste verliefen – die eine im Abstand von drei, die andere im Abstand von zehn Meilen. »Und wenn du ein Hobbysegler wärest, der von Aberdeen aus in einem kleinen Fischerboot in See sticht, wie weit würdest du hinausfahren, bevor du nervös wirst?«

»Du meinst: Wie weit kommt man vernünftigerweise mit so einem Boot?«

»Genau.«

Terry zuckte die Schultern. »Frag die Navy. Ich würde sagen, fünfzehn oder zwanzig Meilen.«

»Einverstanden.« Godliman schlug einen Kreis mit einem Radius von zwanzig Meilen um Aberdeen herum. »Sollte Faber noch am Leben sein, ist er also entweder wieder auf dem Festland oder irgendwo in dieser Gegend.« Er zeigte auf das Gebiet, das von den parallelen Linien und dem Bogen eingegrenzt wurde.

»Dort gibt's kein Land.«

»Haben wir eine größere Karte?«

Terry öffnete eine Schublade und entnahm ihr eine entsprechende Karte von Schottland. Er breitete sie auf der Truhe aus. Godliman übertrug die Markierungen von der kleineren auf die größere Karte.

Auch jetzt war innerhalb des Gebietes kein Land zu erkennen.

»Sieh doch, hier!« sagte Godliman. Knapp östlich der Zehnmeilenzone befand sich eine lange, schmale Insel.

Terry kniff die Augen zusammen. »Storm Island«, las er. »Wie treffend.«

Godliman schnalzte mit den Fingern. »Ich wette, daß er dort steckt.«

»Kannst du jemanden dorthin schicken?«

»Wenn der Sturm nachläßt. Bloggs ist da oben. Ich werde ein Flugzeug für ihn bereitstellen lassen. Sobald das Wetter besser ist, kann er starten.« Er ging zur Tür.

»Viel Glück!« rief Terry ihm nach.

Godliman lief die Treppe zum nächsten Stockwerk hoch und betrat sein Büro. Er hob den Telefonhörer ab. »Verbinden Sie mich mit Mr. Bloggs in Aberdeen, bitte.«

Während er wartete, zeichnete er die Insel auf seinen Tintenlöscher. Sie war geformt wie die obere Hälfte eines Spazierstocks, mit dem Griff am westlichen Ende. Sie mußte etwa zehn Meilen lang und vielleicht eine Meile breit sein. Bestand sie aus einem unfruchtbaren Felsbrocken, oder lebte dort eine blühende Gemeinde von Kleinbauern? Wenn Faber dort war, konnte er vielleicht immer noch Verbindung mit seinem U-Boot aufnehmen. Bloggs mußte die Insel vorher erreichen. Es würde schwierig werden.

»Ich verbinde Sie mit Mr. Bloggs«, sagte die Telefonistin.

»Fred?«

»Hallo, Percy.«

»Ich glaube, er ist auf einer Insel, die Storm Island heißt.«

»Nein, ist er nicht«, widersprach Bloggs. »Wir haben ihn gerade verhaftet.«

Das Stilett war neun Zoll lang; es hatte einen mit Gravierungen versehenen Griff und ein kurzes, dickes Querstück. Seine Spitze war fein wie eine Nadel. Bloggs schien es eine höchst wirksame Mordwaffe zu sein. Es war vor kurzem poliert worden.

Bloggs und Detektiv-Chefinspektor Kincaid betrachteten das Messer. Keiner von beiden wollte es anfassen.

»Er wollte einen Bus nach Edinburgh nehmen«, erklärte Kincaid. »Ein Polizist entdeckte ihn am Fahrkartenschalter und forderte ihn auf, sich auszuweisen. Er ließ seinen Koffer fallen und rannte davon. Eine Schaffnerin schlug ihm ihre Tasche mit dem Wechselgeld über den Schädel. Er war zehn Minuten bewußtlos.«

»Ich möchte ihn mir ansehen«, sagte Bloggs.

Sie schritten den Korridor zu den Zellen hinab. »Hier«, meinte Kincaid.

Bloggs blickte durch das Guckloch. Der Mann saß auf einem Schemel in der hinteren Ecke der Zelle und lehnte mit dem Rücken an der Wand. Er hatte die Beine übereinander geschlagen, die Augen geschlossen und die Hände in die Taschen gesteckt. »Der ist nicht zum erstenmal in einer Zelle«, bemerkte Bloggs. Der Mann war groß, hatte ein langes, gut geschnittenes Gesicht und dunkles Haar. Es hätte der Mann auf der Photographie sein können, doch das war schwer zu entscheiden.

»Wollen Sie rein?« fragte Kincaid.

»Sofort. Was war in seinem Koffer außer dem Stilett?«

»Einbruchswerkzeug, eine Menge Geld in kleinen Scheinen, eine Pistole und etwas Munition, schwarze Kleidung und Schuhe mit Kreppsohlen, zweihundert Zigaretten – Lucky Strike.«

»Keine Photos?«

Kincaid schüttelte den Kopf.

»Mist«, sagte Bloggs unwillig.

»Seine Papiere weisen ihn als Peter Fredericks aus Wembley in Middlesex aus. Er behauptet, stellungsloser Werkzeugmacher auf der Suche nach Arbeit zu sein.«

»Ein Werkzeugmacher?« wiederholte Bloggs mißtrauisch.

»In den letzten vier Jahren hat es in Großbritannien keinen arbeitslosen Werkzeugmacher mehr gegeben. Ein Spion müßte das doch wissen. Trotzdem...«

»Soll ich mit dem Verhör anfangen, oder wollen Sie's?«

»Sie.«

Kincaid öffnete die Tür, und Bloggs folgte ihm. Der Mann in der Ecke öffnete desinteressiert die Augen. Er änderte auch seine Körperhaltung nicht.

Kincaid setzte sich an einen kleinen, einfachen Tisch. Bloggs lehnte sich gegen die Wand.

»Wie heißen Sie wirklich?« fragte Kincaid.

»Peter Fredericks.«

»Warum sind Sie so weit von zu Hause weg?«

»Ich suche Arbeit.«

»Warum sind Sie nicht Soldat?«

»Schwaches Herz.«

»Wo sind Sie in den letzten Tagen gewesen?«

»Hier in Aberdeen. Davor in Dundee, davor in Perth.«

»Wann sind Sie nach Aberdeen gekommen?«

»Vorgestern.«

Kincaid warf Bloggs einen Blick zu. Bloggs nickte. »Ihre Geschichte ist lächerlich«, fuhr Kincaid fort. »In England herrscht Mangel an Werkzeugmachern, da brauchen Sie nicht nach Arbeit zu suchen. Sie sollten die Wahrheit sagen.«

»Ich sage die Wahrheit.«

Bloggs nahm sein ganzes Kleingeld aus der Tasche und legte es in ein Taschentuch, das er an den Enden zusammenband. Er hörte zu, ohne etwas zu sagen, und er schwenkte das kleine Bündel in der rechten Hand hin und her.

»Wo sind die Photos?«

Die Miene des Mannes änderte sich nicht. »Ich weiß nicht, wovon Sie sprechen.«

Kincaid zuckte die Achseln und schaute Bloggs an. Bloggs sagte: »Aufstehen.«

»Bitte?«

»AUFSTEHEN!« brüllte Bloggs.

Der Mann erhob sich lässig.

»Vorwärts!«

Er machte zwei Schritte auf den Tisch zu. »Name?«

»Peter Fredericks.«

Bloggs stieß sich von der Wand ab und schlug mit dem ›Klingelbeutel‹ zu. Der Hieb traf den Mann genau auf den Nasenrücken, und er schrie auf. Er hielt die Hände vor das Gesicht.

»Stillgestanden!« rief Bloggs. »Name!«

Der Mann stellte sich aufrecht hin, ließ die Hände an die Seiten sinken und flüsterte: »Peter Fredericks.«

Bloggs schlug wieder auf dieselbe Stelle. Diesmal sank der Mann in die Knie, und seine Augen tränten.

»Wo sind die Photos?« schrie Bloggs.

Der Mann schüttelte stumm den Kopf.

Bloggs riß ihn hoch, stieß ihm ein Knie in den Unterleib und versetzte ihm einen Schlag in den Magen. »Was hast du mit den Negativen gemacht?«

Der Mann fiel auf den Boden und übergab sich. Bloggs trat ihm ins Gesicht. Ein scharfes Krachen war zu hören, als sei etwas gebrochen. »Was ist mit dem U-Boot? Wo ist der Treffpunkt? Was für ein Zeichen habt ihr vereinbart?«

Kincaid packte Bloggs von hinten. »Es reicht, Bloggs. Das ist meine Dienststelle, und ich kann nicht ewig beide Augen zudrücken.«

Bloggs fuhr ihn an: »Wir haben es nicht mit einem kleinen Einbruch zu tun, Kincaid – wegen dieses Mannes könnten wir den Krieg verlieren.« Er hielt dem Kriminaldirektor drohend einen Finger unter die Nase. »Vergessen Sie nicht: Ich gehöre zum MI5 und kann in Ihrer Dienststelle tun, was mir gefallt, verdammt noch mal. Wenn der Gefangene stirbt, übernehme ich die Verantwortung.« Er wandte sich wieder dem Mann auf dem Boden zu.

Der Mann starrte Bloggs und Kincaid an. Sein blutbedecktes Gesicht war ungläubig verzerrt. »Wovon reden Sie?« fragte er schwach. »Was soll das?«

Bloggs riß ihn wieder hoch. »Sie sind Heinrich Rudolph Hans von Müller-Guder, geboren am 26. Mai 1900 in Oln, auch als Henry Faber bekannt und Oberstleutnant im deutschen Geheimdienst. Innerhalb von drei Monaten werden Sie wegen Spionage gehängt, wenn Sie lebend für uns nicht nützlicher sind als tot. Es wird Zeit, daß Sie sich nützlich machen, Oberstleutnant Müller-Guder.«

»Nein«, sagte der Mann. »Nein, nein! Ich bin ein Dieb, kein Spion. Bitte!« Er wich vor Bloggs' erhobener Faust zurück. »Ich kann's beweisen.«

Bloggs schlug wieder zu, und Kincaid griff zum zweitenmal ein. »Warten Sie. Also gut, Fredericks – wenn das Ihr Name ist –, beweisen Sie, daß Sie ein Dieb sind.«

»Ich habe letzte Woche am Jubilee Crescent in drei Häuser eingebrochen«, keuchte der Mann. »Aus dem ersten habe ich fünfhundert Pfund geholt und aus dem zweiten etwas Schmuck – Diamantringe und ein paar Perlen. In dem anderen habe ich nichts gekriegt, wegen dem Hund... Sie müssen mir glauben, ich sage die Wahrheit. Wurde denn nichts angezeigt? O mein Gott –«

Kincaid blickte Bloggs an. »Diese Einbrüche hat es tatsächlich gegeben.«

»Er könnte es aus der Zeitung haben.«

»Über den dritten stand aber nichts in der Presse.«

»Vielleicht war er's wirklich – aber er könnte trotzdem ein Spion sein. Auch Spione stehlen.«

»Aber das war in der letzten Woche. Da war Ihr Mann doch in London, oder nicht?«

Bloggs schwieg einen Moment lang. Dann sagte er: »Ach, Scheiße« und ging hinaus.

Peter Fredericks sah mit seinem starren blutigen Gesicht zu Kincaid auf. »Wer ist das – 'n Gestapo-Mann?«

Kincaid blickte ihn nachdenklich an. »Sie sollten froh sein, daß Sie nicht der Mann sind, den er sucht.«

»Also?« sagte Godliman ins Telefon.

»Blinder Alarm.« Bloggs' Stimme klang schrill und verzerrt über die Fernverbindung. »Ein kleiner Einbrecher, der zufällig ein Stilett bei sich hat und wie Faber aussieht.«

»Es geht also wieder von neuem los. Verflucht.«

»Sie haben eine Insel erwähnt.«

»Ja. Storm Island – ungefähr zehn Meilen vor der Küste, genau östlich von Aberdeen. Sie finden sie auf einer Karte mit großem Maßstab.«

»Wieso sind Sie so sicher, daß er dort ist?«

»Ich bin überhaupt nicht sicher. Wir müssen noch immer mit allem rechnen – andere Städte, die Küste, alles. Aber wenn er dieses Boot gestohlen hat, die ...«

»Marie II.«

»Ja. Wenn er sie gestohlen hat, lag sein Treffpunkt wahrscheinlich in der Nähe dieser Insel. Und wenn das stimmt, ist er entweder ertrunken oder auf der Insel gestrandet.«

»Das-klingt vernünftig.«

»Wie ist das Wetter da oben?«

»Unverändert.«

»Könnten Sie die Insel mit einem großen Schiff erreichen?«

»Wenn das Schiff groß genug ist, kann man wahrscheinlich bei jedem Sturm auslaufen. Aber die Insel hat doch bestimmt keinen geeigneten Pier, oder?«

»Das müßten Sie herausfinden. Aber ich nehme an, daß Sie recht haben. Hören Sie zu. In der Nähe von Edinburgh ist ein Stützpunkt der RAF. Bis

Sie dort sind, steht Ihnen ein Wasserflugzeug zur Verfügung. Ich werde mich darum kümmern. Sobald der Sturm nachläßt, starten Sie. Sehen Sie zu, daß auch die Küstenwache von einer Sekunde auf die andere auslaufen kann. Ich weiß natürlich nicht, ob die schneller sind als Sie.«

»Hm.« Bloggs schien Zweifel zu haben. »Wenn das U-Boot auch darauf wartet, daß sich der Sturm legt, wird es vor uns da sein.«

»Das stimmt.« Godliman zündete sich eine Zigarette an und suchte krampfhaft nach einem neuen Einfall. »Nun, wir können eine Korvette zu der Insel schicken, die sie ständig umkreisen und auf Fabers Funksignal warten soll. Wenn der Sturm aufhört, können die ein Boot aussetzen, um auf die Insel zu gelangen. Ja, das ist eine gute Idee.«

»Wie steht's mit ein paar Jagdflugzeugen?«

»Einverstanden. Aber die müssen, genau wie Sie, warten, bis sich das Wetter gebessert hat.«

»Das kann nicht mehr allzu lange dauern.«

»Was meinen die schottischen Meteorologen?«

»Sie schätzen, daß es mindestens noch einen Tag so bleibt.«

»Verdammt.«

»Das ist ziemlich egal. Solange wir uns nicht rühren können, sitzt er auch fest.«

»Wenn er überhaupt dort ist.«

»Natürlich.«

»In Ordnung«, sagte Godliman. »Wir haben also eine Korvette, die Küstenwache, ein paar Jäger und ein Wasserflugzeug. Sie machen sich jetzt besser auf den Weg. Rufen Sie mich aus Rosyth an. Seien Sie vorsichtig.«

»Tschüs.«

Godliman hängte ein. Seine Zigarette, die er im Aschenbecher vergessen hatte, war zu einem winzigen Stummel niedergebrannt. Er steckte sich eine neue an, nahm den Hörer wieder in die Hand und ließ sich mit der Küstenwache verbinden.

29

Wie er so auf der Seite lag, wirkte der Geländewagen kraftvoll, aber hilflos – ein verwundeter Elefant. Der Motor war abgewürgt. Faber gab dem Wagen eine kräftigen Stoß, so daß er sich würdevoll wieder auf alle vier Räder stellte. Der Wagen hatte den Kampf relativ unbeschadet überstanden. Das Leinenverdeck war natürlich unbrauchbar: Der Schnitt von Fabers Messer war zu einem langen Riß geworden, der von einer Seite zur anderen reichte. Der linke Kotflügel, der sich in den Boden gebohrt und das Fahrzeug zum Stehen gebracht hatte, war zusammengedrückt. Der Scheinwerfer auf dieser Seite war zertrümmert, ebenso das Fenster, das von dem Schuß aus der Flinte getroffen worden war. Die Windschutzscheibe war wie durch ein Wunder unversehrt.

Faber kletterte auf den Fahrersitz, nahm den Gang heraus und betätigte den Anlasser: Der Motor zündete und starb wieder ab. Beim nächsten Versuch sprang er an. Faber seufzte vor Erleichterung. Im Augenblick hätte er keine längere Strecke zu Fuß bewältigen können.

Er blieb eine Weile sitzen und prüfte, wo am Körper er Verletzungen davongetragen hatte. Vorsichtig berührte er seinen rechten Knöchel, der mächtig anschwoll. Vielleicht war ein Knochen angebrochen. Es war ein Glück, daß das Fahrzeug für einen Mann ohne Beine ausgerüstet war, denn Faber hätte kein Bremspedal niedertreten können. Die Beule an seinem Hinterkopf fühlte sich riesig an, wie ein Golfball; wenn er sie berührte, klebte Blut an seiner Hand. Er besah sich genau sein Gesicht im Rückspiegel. Es war von kleinen Schnittwunden und starken Prellungen übersät wie das Gesicht des Verlierers nach einem Boxkampf.

Faber hatte seine Ölhaut in Toms Häuschen gelassen. Seine Jacke und Hose waren jetzt vom Regen durchweicht und voller Schlamm. Er mußte sich rasch aufwärmen und abtrocknen.

Als er das Lenkrad packte, durchzuckte ein brennender Schmerz seine Hand. Er hatte den abgerissenen Fingernagel vergessen. Dies war die unangenehmste seiner Verletzungen. Er würde mit einer Hand fahren müssen.

Faber gab langsam Gas und fand das, was er für die Straße hielt. Auf dieser Insel konnte er sich nicht verirren – er brauchte nur dem Klippenrand zu folgen, bis er Lucys Haus erreichte.

Er mußte sich eine Lüge ausdenken, um Lucy zu erklären, was aus ihrem Mann geworden war. Natürlich könnte er ihr die Wahrheit sagen. Was sollte sie schon unternehmen? Wenn sie aber Schwierigkeiten machte, würde er sie töten müssen, doch in seinem Herzen fand er diese Vorstellung abscheulich. Während er langsam an der Klippe entlang durch den strömenden Regen und den heulenden Wind fuhr, wunderte er sich selbst über dieses neue Gefühl, diese Gewissensbisse, die er nie gekannt hatte. Es war das erste Mal, daß er jemanden widerwillig töten würde. Faber war nicht bar jeder Ethik – im Gegenteil. Er war zu der Überzeugung gelangt, daß das, was er tat, moralisch auf einer Ebene stand mit dem, was auf den Schlachtfeldern geschah. Seine Gefühle wurden in diesem Fall von seinem Verstand bestimmt. Zwar war er immer wieder der gleichen körperlichen Reaktion, der Übelkeit, ausgesetzt, nachdem er getötet hatte, aber das war und blieb ihm unverständlich, und deswegen ging er der Sache auch nicht auf den Grund.

Weshalb also wollte er Lucy nicht töten?

Das Gefühl stand auf einer Ebene mit jenem inneren Drang, aus dem heraus er der Luftwaffe seinerzeit falsche Koordinaten für St. Paul's übermittelt hatte. Es war der Wunsch, etwas Schönes vor der Vernichtung zu bewahren. Lucy war ein erstaunliches Geschöpf, schön und schwer faßbar wie ein Kunstwerk. Faber konnte damit leben, ein Mörder zu sein, aber er eignete sich nicht zum Bilderstürmer. Sobald ihm dieser Gedanke gekommen war, merkte er, daß er auf eine seltsame Lebenseinstellung hindeutete. Aber Spione sind schließlich seltsame Menschen.

Ihm fielen einige Kameraden ein, die zur selben Zeit wie er von der Abwehr angeworben worden waren: Otto, der nordische Riese, der nach japanischem Vorbild zierliche Statuetten aus Seidenpapier herstellte und Frauen haßte; Friedrich, das listige kleine Mathematikgenie, das vor einem Schatten zusammenschrak und fünf Tage lang deprimiert war, wenn er ein Schachspiel verlor; Helmut, der Bücher über die Sklaverei in Amerika las und kurz darauf in die SS eintrat – alle waren unterschiedlich und auf ihre Weise seltsam. Wenn sie sonst noch etwas miteinander verband, wußte er nicht, was es war.

Faber schien immer langsamer zu fahren. Der Regen und der Nebel wurden noch undurchdringlicher. Er begann wegen des Abgrundes zu seiner Linken unruhig zu werden. Obwohl ihm sehr heiß war, litt er unter Schüttelfrost. Plötzlich bemerkte er, daß er laut über Otto, Friedrich und

Helmut geredet hatte; das waren Anzeichen von Fieberwahn. Mit aller Kraft dachte er nur daran, geradeaus zu fahren. Das Geräusch des Windes wurde immer gleichförmiger, und er fühlte sich zunehmend schläfrig. Einmal ertappte er sich dabei, daß er angehalten hatte und auf das Meer hinausstarrte. Er wußte aber nicht, wie lange er schon so gestanden hatte.

Stunden schienen vergangen zu sein, als Lucys Haus ins Blickfeld rückte. Er steuerte darauf zu und dachte: Ich muß bremsen, bevor ich gegen die Wand pralle. In der Tür stand eine Gestalt, die ihn durch den Regen hindurch ansah. Er mußte sich so lange beherrschen, bis er ihr die Lüge erzählt hatte. Er durfte nicht vergessen, was er sagen wollte, nicht vergessen...

Es war schon später Nachmittag, als der Geländewagen zurückkam. Lucy machte sich Sorgen um die Männer und war gleichzeitig ärgerlich, weil sie nicht zum Lunch erschienen waren. Während es immer später wurde, hatte sie immer mehr Zeit am Fenster verbracht und Ausschau gehalten.

Als das Fahrzeug den leichten Abhang zum Haus herabrollte, wußte sie sofort, daß etwas nicht stimmte. Er fuhr äußerst langsam und in Schlangenlinien den Weg entlang und nur eine Person saß darin. Aus der Nähe sah sie, daß er vorne verbeult und der Scheinwerfer zertrümmert war.

»O Gott«, murmelte sie.

Das Fahrzeug kam ruckelnd vor dem Haus zum Stehen, und sie erkannte, daß Henry am Steuer saß. Er machte keine Anstalten, auszusteigen. Lucy lief in den Regen hinaus und öffnete die Fahrertür.

Henry saß mit zurückgelegtem Kopf und halbgeschlossenen Augen da. Seine Hand lag auf der Bremse, sein Gesicht war blutig und von Prellungen übersät.

Lucy fragte: »Was ist passiert? Was ist passiert?«

Henrys Hand glitt von der Bremse, so daß der Wagen nach vorne rollte. Lucy beugte sich über ihn und legte den Leerlauf ein. »Habe David in Toms Haus gelassen... Hatte Unfall auf dem Rückweg...« Die Worte schienen Henry große Mühe zu kosten.

Nun, da sie wußte, was geschehen war, ließ Lucys Panik nach. »Komm ins Haus«, befahl sie. Henry nahm den Nachdruck in ihrer Stimme wahr. Er drehte sich zu ihr, stellte den Fuß auf das Trittbrett, um auszusteigen, und fiel sofort zu Boden. Lucy sah, daß sein Knöchel wie ein Ballon geschwollen war.

Sie legte die Hände unter seine Achseln und zog ihn hoch. »Du mußt dein Gewicht auf den anderen Fuß verlagern und dich auf mich stützen.« Dann schlang sie seinen rechten Arm um ihren Nacken und schleppte ihn ins Haus.

Jo schaute mit großen Augen zu, während sie Henry ins Wohnzimmer und auf das Sofa half. Faber legte sich mit geschlossenen Augen hin. Seine Kleidung war durchnäßt und voller Schlamm.

»Jo, geh nach oben und zieh deinen Schlafanzug an, bitte.«

»Aber meine Geschichte ist noch nicht zu Ende. Ist er tot?«

»Er ist nicht tot, aber er hat einen Unfall gehabt, und heute abend gibt es keine Geschichte. Jetzt geh!«

Als der Junge zu jammern anfangen wollte, blickte Lucy ihn drohend an. Er ging hinaus.

Lucy holte die große Schere aus ihrem Nähkorb und schnitt Henry die Kleidung vom Leib: zuerst die Jacke, dann die Latzhose und das Hemd. Verblüfft runzelte sie die Stirn, als sie das an seinen linken Unterarm geschnallte Messer sah. Wahrscheinlich diente es zum Fischesäubern. Henry schob ihre Hand weg, als sie versuchte, es abzunehmen. Lucy zuckte die Achseln und kümmerte sich um seine Stiefel. Der linke und die Socke darunter ließen sich leicht ausziehen, aber Henry schrie vor Schmerz auf, als sie den rechten berührte.

»Er muß herunter«, erklärte sie ihm. »Du mußt tapfer sein.«

Er lächelte seltsam belustigt und nickte dann zustimmend. Sie durchschnitt den Schnürsenkel, faßte den Stiefel behutsam an und zog ihn aus. Danach trennte Lucy das Gummiband der Socke durch und zog sie ebenfalls aus.

Jo kam herein und sagte: »Er hat ja nur eine Unterhose an!«

»Seine Kleider sind alle naß.« Sie gab dem Jungen einen Gutenachtkuß. »Geh schon ins Bett, Liebling. Ich decke dich nachher richtig zu.«

»Gib Teddy einen Kuß.«

»Gute Nacht, Teddy.«

Jo ging hinaus. Lucy blickte sich wieder nach Henry um. Seine Augen waren geöffnet, und er lächelte. »Gib Henry einen Kuß«, sagte er.

Sie beugte sich über ihn und küßte sein übel zugerichtetes Gesicht. Dann entfernte sie vorsichtig die Unterhose. Bei der Hitze im Wohnzimmer würde seine nackte Haut rasch trocknen. Lucy füllte in der Küche eine Schüssel mit warmem Wasser und gab einige Tropfen eines Desinfizierungsmittels hinzu, um seine Wunden zu säubern. Sie fand eine Packung Watte und kam ins Wohnzimmer zurück.

»Das ist das zweite Mal, daß du halbtot hier auftauchst.« Sie machte sich an die Arbeit.

»Der übliche Funkspruch«, sagte Henry. Seine Worte kamen abrupt.

»Bitte?«

»Warten-in-Calais-auf-eine-Phantomarmee…

»Henry, wovon sprichst du?«

»Jeden-Freitag-und-Montag… Sie merkte, daß er im Fieberwahn redete. »Sei ganz ruhig.«

Sie hob seinen Kopf leicht an, um das getrocknete Blut an der Beule abzuwischen.

Plötzlich setzte er sich aufrecht hin, blickte sie grimmig an und fragte: »Welcher Tag ist heute? Welcher Tag ist heute?«

»Es ist Sonntag, ganz ruhig.«

»Gut.«

Danach schwieg er, und sie durfte sein Messer abschnallen. Sie wusch sein Gesicht, verband den Finger, der den Nagel verloren hatte, und bandagierte seinen Knöchel. Als sie fertig war, betrachtete sie ihn für eine Weile. Er schien zu schlafen. Sie berührte die lange Narbe auf seiner Brust und das sternförmige Mal an seiner Hüfte. Der Stern war bestimmt ein Muttermal.

Lucy leerte seine Taschen, bevor sie die zerrissene Kleidung wegwarf. Sie fand nicht viel: etwas Geld, seine Papiere, eine lederne Brieftasche und eine Filmdose. Sie stapelte alles auf dem Kaminsims neben seinem Fischmesser. Er würde ein paar von Davids Kleidungsstücken benötigen.

Sie ging nach oben, um nach Jo zu sehen. Der Junge war eingeschlafen; er lag auf seinem Teddybär und hatte die Arme ausgestreckt. Lucy küßte ihn auf seine weiche Wange und steckte ihn unter die Decke. Dann fuhr sie den Wagen in den Schuppen.

Schließlich holte sie sich in der Küche etwas zu trinken, setzte sich ins Wohnzimmer und sah Henry an. Sie wünschte sich, daß er aufwachen und sie wieder lieben würde.

Es war fast Mitternacht, als er erwachte. Er öffnete die Augen, und in seinem Gesicht lief wieder das dreiteilige Mienenspiel ab, das sie inzwischen kannte: erst Angst, dann der argwöhnische Rundumblick, dann die Entspannung. Sie fragte unvermittelt: »Wovor hast du Angst, Henry?«

»Ich weiß nicht, was du meinst.«

»Du siehst immer verängstigt aus, wenn du aufwachst.«

»Keine Ahnung.« Er zuckte die Schulter, und die Bewegung schien ihm weh zu tun. »Mein Gott, bin ich fertig.«

»Erzähle mir bitte, was passiert ist.«

»Ja, wenn du mir einen Brandy gibst.«

Sie holte den Brandy aus dem Schrank. »Du kannst ein paar von Davids Sachen haben.«

»Gleich .... wenn es dir nichts ausmacht.«

Sie reichte ihm lächelnd das Glas. »Es gefällt mir sogar.«

»Was ist mit meinen Sachen?«

»Ich mußte sie abschneiden und wegwerfen.«

»Nicht die Papiere, hoffe ich.« Er lächelte, doch unmittelbar hinter seinem Lächeln schien sich eine andere Empfindung zu verbergen.

»Auf dem Kamin.« Sie zeigte mit dem Finger darauf. »Das Messer ist wohl zum Fischesäubern?«

Seine rechte Hand fuhr zu seinem linken Unterarm, wo die Scheide gewesen war. »So was Ähnliches.« Er schien sich einen Augenblick lang unbehaglich zu fühlen, gab sich aber sofort Mühe, gelöst zu wirken, und schlürfte seinen Drink. »Das tut gut.«

Nach einer Weile sagte sie: »Also?«

»Was?«

»Warum hast du meinen Mann zurückgelassen, und wie ist der Unfall passiert?«

»David beschloß, über Nacht bei Tom zu bleiben. Einige Schafe waren in die Schlucht gestürzt –«

»Ich weiß, wo das ist.«

»– und sechs oder sieben von ihnen wurden verletzt. Sie sind alle in Toms Küche, werden verarztet und machen einen Höllenlärm. David meinte, ich solle zurückfahren und dir sagen, daß er dortbleibt.

Ich weiß eigentlich nicht, wieso es zu diesem Unfall kam. Der Wagen ist mir eben fremd, es gibt keine richtige Straße, und ich bin auf etwas geprallt und ins Schleudern gekommen. Plötzlich lag das Auto auf der Seite. Die Einzelheiten ...« Er zuckte die Achseln.

»Du mußt sehr schnell gefahren sein; du warst in einem fürchterlichen Zustand.«

»Wahrscheinlich bin ich im Jeep hin und her geschleudert worden. Dabei habe ich mir den Kopf angestoßen, den Knöchel verstaucht ...«

»Einen Fingernagel verloren, überall Prellungen im Gesicht und fast eine Lungenentzündung geholt. Unfälle müssen dich magisch anziehen.«

Er schwang die Beine auf den Fußboden, stand auf und ging zum Kamin.

»Es ist unglaublich, wie schnell du dich erholst.«

Er schnallte sich das Messer an den Arm. »Wir Fischer sind sehr gesund. Was ist mit der Kleidung?«

Sie erhob sich und stellte sich dicht neben ihn. »Wozu willst du dich anziehen? Es ist Zeit zum Schlafengehen.«

Er zog sie an sich, drückte sie gegen seinen nackten Körper und küßte sie leidenschaftlich. Sie streichelte seine Schenkel.

Nach einer Weile löste er sich von ihr. Er nahm seine Sachen vom Kaminsims, ergriff ihre Hand und ging mit ihr humpelnd in das obere Stockwerk hinauf, wo er sie ins Bett begleitete.

30

Die breite, weiße Autobahn schlängelte sich durch das bayrische Tal in die Berge hinauf. Feldmarschall Gerd von Rundstedt saß still und müde auf dem ledernen Rücksitz des Stabs-Mercedes. Von Rundstedt war neunundsechzig Jahre alt und wußte, daß er zuviel von Champagner, aber zuwenig von Hitler hielt. Sein langes, trauriges Gesicht spiegelte eine militärische Laufbahn wider, die länger und unberechenbarer gewesen war als die jedes anderen Offiziers in Hitlers Wehrmacht; er konnte nicht mehr genau sagen, wie oft er in Ungnade gefallen und entlassen worden war. Aber immer wieder bat ihn der Führer, zurückzukommen.

Während der Wagen an den vierhundert Jahre alten Gebäuden von Berchtesgaden vorbeifuhr, stellte der Feldmarschall sich die Frage, warum er immer wieder ein Kommando übernahm, wenn Hitler ihm verzieh. Geld bedeutete ihm nichts, er hatte schon den allerhöchsten Rang erreicht, Auszeichnungen waren im Dritten Reich wertlos, und er glaubte nicht, daß man sich in diesem Krieg ehrenvolle Verdienste erwerben könnte.

Der Mann, den Hindenburg den »böhmischen Gefreiten« genannt hatte, wußte weder etwas von der soldatischen Tradition Deutschlands, noch verstand er etwas – trotz seiner gelegentlichen Eingebungen – von militärischer Strategie. Sonst hätte er diesen aussichtslosen Krieg nicht angefangen. Von Rundstedt war der beste Soldat des Reiches – er hatte es in Polen, Frankreich und Rußland bewiesen –, aber er hatte nicht die geringste Hoffnung, daß der Krieg gewonnen werden könnte.

Trotzdem wollte er nichts mit der kleinen Gruppe von Generalen zu tun haben, die sich, wie er wußte, verschworen hatten, um Hitler zu stürzen. Er ließ sie gewähren, aber es war ihm nicht möglich, seinen Fahneneid zu brechen und sich der Verschwörung anzuschließen. Das war vermutlich auch der Grund, weshalb er dem Reich weiterhin diente. Ob es im Recht war oder nicht, sein Land war in Gefahr, und ihm blieb nichts anderes übrig, als es zu schützen. Ich bin wie ein altes Kavalleriepferd, dachte er. Wenn ich zu Hause bliebe, müßte ich mich schämen.

Er kommandierte jetzt fünf Armeen an der Westfront. Eineinhalb Millionen Mann standen unter seinem Befehl. Sie waren nicht so stark, wie sie hätten sein können – manche Divisionen waren kaum mehr als eine

Art Sanatorium für Invaliden von der Ostfront, es fehlte an Panzern, und es gab viele ausländische Zwangsrekrutierte in ihren Reihen –, aber von Rundstedt konnte die Alliierten immer noch an der Eroberung Frankreichs hindern, wenn er seine Kräfte geschickt einsetzte.

Über diesen Punkt mußte er nun mit Hitler sprechen.

Der Mercedes fuhr die Kehlsteinstraße hoch, bis sie vor einer riesigen Bronzetür am Fuße des Kehlsteins endete. Ein SS-Posten drückte auf einen Knopf, die Tür öffnete sich mit einem Summen, und der Wagen fuhr in einen langen Marmortunnel, der von Bronzelaternen erhellt wurde. Am Ende des Tunnels hielt der Fahrer das Auto an. Von Rundstedt schritt zum Lift und setzte sich auf einen der Ledersitze, um sich die einhundertdreißig Meter zum Adlerhorst hinauftragen zu lassen.

Im Vorzimmer nahm Rattenhuber seine Pistole entgegen und ließ ihn allein. Der Feldmarschall starrte gleichgültig auf Hitlers Porzellansammlung und überlegte sich noch einmal seine Formulierungen.

Kurz darauf kehrte der blonde Leibwächter zurück und führte ihn in den Konferenzsaal.

Der Saal erinnerte von Rundstedt an einen Palast aus dem 18. Jahrhundert. Die Wände waren mit Ölgemälden und Gobelins bedeckt; zum Mobiliar gehörten eine Büste von Richard Wagner und eine gewaltige Uhr, auf der ein Bronzeadler saß. Die Sicht aus dem Seitenfenster war bemerkenswert: Man konnte die Berge von Salzburg und die Spitze des Untersberges erkennen, in dem der Legende nach Karl der Große darauf wartete, von den Toten aufzuerstehen und das Vaterland zu retten. Im Innern des Saales, auf den merkwürdig rustikalen Stühlen, saßen Hitler und nur drei Angehörige seines Stabes: Admiral Theodor Krancke, Marinebefehlshaber West, General Alfred Jodl, Chef des Wehrmachtführungsstabes, und Admiral Karl Jesko von Puttkamer, Hitlers Adjutant.

Von Rundstedt salutierte, und man bedeutete ihm, sich auf einen der Stühle zu setzen. Ein Diener brachte einen Teller mit Kaviarschnitten und ein Glas Champagner. Hitler stellte sich an das große Fenster und blickte hinaus, die Hände auf dem Rücken verschränkt. Ohne sich umzudrehen, sagte er plötzlich: »Herr von Rundstedt hat seine Meinung geändert. Er stimmt jetzt mit Rommel überein, daß die Alliierten in der Normandie landen werden. Das hat mir mein Instinkt von Anfang an gesagt. Aber Krancke glaubt immer noch an Calais. Herr Feldmarschall, erklären Sie Admiral Krancke, wie es zu diesem Sinneswandel gekommen ist.«

Von Rundstedt schluckte einen Bissen hinunter und hüstelte kurz hinter vorgehaltener Hand. »Zweierlei spielte dabei eine Rolle«, begann er, »neue Erkenntnisse und eine neue Theorie. Erstens die Nachrichtenlage: Das Ziel der alliierten Luftangriffe in Frankreich in der letzten Zeit läßt sich dahingehend zusammenfassen, daß alle Brücken über die Seine zerstört werden sollen. Wenn sie bei Calais landen, ist die Seine für die Invasion bedeutungslos; wenn sie aber in der Normandie landen, müssen all unsere Entsatztruppen die Seine überqueren, um in das Kampfgeschehen einzugreifen.

Zweitens, die Logik: Ich habe mir überlegt, wie ich als alliierter Oberbefehlshaber bei einer Invasion in Frankreich vorgehen würde. Ich komme zu dem Schluß, daß zunächst ein Brückenkopf errichtet werden muß, durch den unverzüglich Menschen und Material geschleust werden können. Also muß der erste Stoß auf ein Gebiet mit einem großen und geräumigen Hafen abzielen. Dafür bietet sich wie von selbst Cherbourg an. Sowohl die Art der Bombardierungen«, beendete Rundstedt seine Darlegungen, »als auch die strategischen Erfordernisse deuten auf die Normandie hin.«

Er nahm sein Glas und leerte es. Die Ordonnanz kam sofort, um nachzufüllen.

Jodi sagte: »Alle Geheimdienstberichte deuten auf Calais –«

»Und ich habe gerade den Chef der Abwehr wegen Verrats abgesetzt«, unterbrach ihn Hitler. »Herr Krancke, haben diese Ausführungen Sie überzeugt?«

»Nein, mein Führer«, erwiderte der Admiral. »Auch ich habe darüber nachgedacht, wie ich die Invasion anlegen würde, wenn ich auf der anderen Seite wäre – aber ich habe dabei eine Reihe von seemännischen Faktoren berücksichtigt, die Herr von Rundstedt vielleicht außer acht gelassen hat. Ich meine, daß sie im Schutze der Dunkelheit, bei Mondlicht und Flut, angreifen werden, um Rommels Unterwasserhindernisse zu überwinden, und weit entfernt von Klippen, Gewässern mit felsigem Untergrund und starken Strömungen. Die Normandie? Niemals.«

Hitler schüttelte empört den Kopf.

»Es gibt noch eine Nachricht, die ich für bedeutsam halte«, sagte Jodl. »Die Garde-Panzerdivision ist aus dem Norden Englands nach Hove an der Südostküste verlegt worden, um sich der First United States Army Group unter General Patton anzuschließen. Das wissen wir durch unseren Abhördienst – unterwegs wurde Gepäck vertauscht, eine Einheit hatte die silbernen Bestecke einer anderen, und die Dummköpfe haben sich über Funk darüber gestritten. Es handelt sich um eine britische Elitedivision, sehr traditionsbewußt, die von General Sir Allan Henry Shafto Adair kommandiert wird. Ich bin sicher, daß sie an vorderster Front kämpfen wird, wenn es soweit ist.«

Hitlers Hände wiesen Anzeichen von Nervosität auf, und in seinem Gesicht konnte man die Qualen sehen, die ihm dieses Hin und Her bereitete. »Generäle!« knurrte er. »Entweder bekomme ich widersprüchliche Ratschläge oder überhaupt keine! Alles muß ich ihnen sagen – alles!«

Mit der ihm eigenen Kühnheit griff von Rundstedt in die Debatte ein. »Mein Führer, Sie haben vier ausgezeichnete Panzerdivisionen untätig im Reich stehen. Wenn meine Theorie stimmt, können sie niemals schnell genug die Normandie erreichen, um die Invasion zurückzuschlagen. Ich bitte Sie, diese Verbände nach Frankreich zu verlegen und Feldmarschall Rommel zu unterstellen. Wenn wir uns täuschen und die Invasion in Calais beginnt, werden sie immer noch nahe genug sein, um in den Kampf eingreifen zu können.«

»Ich weiß nicht – ich weiß nicht!« Hitlers Augen weiteten sich, und von Rundstedt fragte sich, ob er wieder einmal zu weit gegangen war.

Von Puttkamer sprach zum erstenmal. »Mein Führer, heute ist Sonntag.«

»Und?«

»Morgen abend könnte das U-Boot den Spion abholen – die Nadel.«

»Ach ja! Dem kann ich trauen.«

»Natürlich könnte er jederzeit seinen Bericht funken, wenngleich das gefährlich wäre –«

»Wir haben keine Zeit, Entscheidungen aufzuschieben«, widersprach von Rundstedt. »Luftangriffe und Sabotageakte haben dramatisch zugenommen. Wir müssen jeden Tag mit der Invasion rechnen.«

»Ich bin anderer Meinung«, sagte Krancke. »Die Witterungsbedingungen werden erst Anfang Juni dafür geeignet sein.«

»Das ist nicht mehr lange!«

»Genug!« rief Hitler. »Ich habe mich entschieden. Meine Panzer bleiben in Deutschland. Am Dienstag, wenn wir von der Nadel gehört haben, werde ich den Einsatz dieser Truppen überdenken. Wenn seine Nachricht auf die Normandie hinweist – wovon ich überzeugt bin –, werde ich die Panzer verlegen.«

Von Rundstedt fragte leise: »Und wenn er nichts von sich hören läßt?«

»Dann werde ich die Lage trotzdem neu überdenken.«

Von Rundstedt hielt diesen Vorschlag für annehmbar. Er verneigte sich also und sagte: »Mit Ihrer Erlaubnis kehre ich auf meinen Posten zurück.«

»In Ordnung.«

Von Rundstedt stand auf, salutierte und ging hinaus. In dem mit Kupfer ausgekleideten Lift schien sich sein Magen umzudrehen, während er die einhundertdreißig Meter zu der unterirdischen Garage hinabbefördert wurde. Er wußte nicht, ob das Gefühl durch die Geschwindigkeit der Abfahrt oder durch den Gedanken hervorgerufen wurde, daß das Schicksal seines Landes in den Händen eines einzigen Spions lag, von dessen Aufenthaltsort niemand wußte.

Sechster Teil

31

Lucy wachte langsam auf. Nur allmählich, träge, stieg sie aus der behaglichen Leere tiefen Schlafes durch die tiefen Schichten des Unterbewußtseins nach oben und nahm die Welt um sich herum zunächst nur Stück für Stück wahr: zuerst den harten, warmen Männerkörper neben sich; das ungewohnte kleine Bett; den Lärm des Sturms vor dem Haus, der so wütend und unermüdlich wie an den beiden Tagen zuvor tobte; den schwachen Geruch der Haut des Mannes; ihren über seinen Körper gelegten Arm, ihr Bein, das sie über das seine gelegt hatte, als wolle es ihn festhalten; ihre gegen seine Seite gepreßten Brüste; das Tageslicht, das an ihre Augenlider drang; den regelmäßigen, leichten Atem, der sanft über ihr Gesicht wehte. Und dann schlagartig – als löse sie ein Rätsel – fügte sich alles in eins, und sie kam zu der Erkenntnis, daß sie schamlos und ehebrecherisch mit einem Mann zusammen in einem Bett lag, den sie kaum 24 Stunden zuvor erst kennengelernt hatte. Beide waren sie nackt – und das im Hause ihres Mannes!

Sie öffnete die Augen und erblickte Jo. Mein Gott... sie hatte verschlafen!

Er stand in seinem zerknitterten Schlafanzug neben dem Bett, mit zerzaustem Haar, eine arg mitgenommene Stoffpuppe unter dem Arm. Er lutschte am Daumen und starrte mit weit aufgerissenen Augen auf seine Mutter und den fremden Mann, die sich in seinem Bett aneinanderschmiegten. Lucy konnte seinen Gesichtsausdruck nicht deuten, denn zu dieser Tageszeit musterte er fast immer alles so erstaunt, als sei die Welt an dem Morgen neu erschaffen worden und wunderbar. Sie sah ihn schweigend an und wußte nicht, was sie sagen sollte.

Dann war Henrys tiefe Stimme zu hören: »Guten Morgen.«

Jo nahm den Daumen aus dem Mund, antwortete: »Guten Morgen«, drehte sich um und ging aus dem Schlafzimmer.

»Verdammt, verdammt, verdammt«, sagte Lucy.

Henry rutschte im Bett nach unten, bis sein Gesicht mit dem ihren auf gleicher Höhe war, und küßte sie. Seine Hand glitt zwischen ihre Schenkel und hielt sie besitzergreifend fest.

Sie stieß ihn zurück. »Um Himmels willen, hör auf.«

»Warum?«

»Jo hat uns gesehen!«

»Na und?«

»Er kann sprechen. Früher oder später wird er etwas zu David sagen. Was soll ich tun.«

»Nichts. Dann erfährt David es eben. Wäre das so schlimm?«

»Aber ja.«

»Ich verstehe nicht, wieso. Er hat dir unrecht getan, und das sind die Folgen. Du brauchst dich nicht schuldig zu fühlen.« Lucy merkte plötzlich, daß Henry einfach keine Ahnung von dem undurchschaubaren Gewirr aus Treue und Pflicht hatte, die eine Ehe ausmachen. »So leicht ist es nicht.«

Sie stand auf und ging über den Treppenabsatz in ihr eigenes Schlafzimmer. Dort zog sie Schlüpfer, Hose und Pullover an; dann fiel ihr ein, daß sie Henrys Kleidung zerschnitten hatte und ihm ein paar von Davids Sachen leihen mußte. Sie fand Unterwäsche und Socken, ein Strickhemd, einen Pullover mit V-förmigem Ausschnitt und schließlich – ganz unten im Schrank – eine Hose, die nicht in Kniehöhe abgeschnitten und zugenäht war. Während der ganzen Zeit beobachtete Jo sie schweigend.

Lucy trug die Kleider in das andere Schlafzimmer.

Henry war im Badezimmer verschwunden, um sich zu rasieren. Sie rief durch die Tür: »Die Sachen für dich liegen auf dem Bett.«

Sie ging nach unten, machte den Herd in der Küche an und setzte einen Topf mit Wasser auf. Sie wollte gekochte Eier zum Frühstück machen. Sie wusch Jos Gesicht am Küchenausguß, kämmte sein Haar und zog ihn rasch an. »Du bist sehr ruhig heute morgen«, sagte sie munter. Er antwortete nicht.

Henry kam herunter und setzte sich an den Tisch – so selbstverständlich, als hätte er das seit Jahren so getan. Es berührte sie seltsam, ihn in Davids Sachen vor sich zu sehn, ihm ein Frühstücksei zu geben und einen Toaster vor ihn zu stellen.

Jo fragte plötzlich: »Ist mein Daddy tot?«

Henry warf dem Jungen einen seltsamen Blick zu und sagte nichts.

»Sei nicht albern«, erwiderte Lucy. »Er ist in Toms Haus.«

Jo beachtete sie nicht und wandte sich an Henry. »Du hast die Sachen von meinem Daddy an, und du hast meine Mummy. Bist du jetzt mein Daddy?«

Lucy murmelte: »Kindermund tut Wahrheit ...«

»Hast du meine Sachen gestern abend gesehen?« fragte Henry.

Jo nickte.

»Na, dann weißt du ja, warum ich ein paar Sachen von deinem Daddy borgen mußte. Ich gebe sie ihm zurück, wenn ich wieder eigene habe.«

»Gibst du ihm auch Mummy zurück?«

»Natürlich.«

»Iß dein Ei, Jo«, sagte Lucy.

Anscheinend gab sich der Junge mit der Erklärung zufrieden, jedenfalls machte er sich über sein Frühstück her. Lucy blickte aus dem Küchenfenster. »Das Boot wird heute nicht kommen.«

»Freut es dich?« wollte Henry wissen.

Sie sah ihn an. »Ich weiß nicht.«

Lucy war nicht hungrig. Sie trank eine Tasse Tee, während Jo und Henry aßen. Danach ging Jo zum Spielen nach oben, und Henry räumte den Tisch ab. Während er das Geschirr im Ausguß stapelte, sagte er: »Hast du Angst, daß David dir weh tun wird? Körperlich, meine ich?«

Sie schüttelte verneinend den Kopf.

»Du solltest ihn vergessen.« fuhr Henry fort. »Du hattest doch sowieso vor, ihn zu verlassen. Da ist es doch egal, ob er es erfährt oder nicht?«

»Er ist mein *Mann*. Das bedeutet etwas. Trotz allem ... habe ich nicht das Recht, ihn zu demütigen.«

»Aber du hast das Recht, dich nicht darum zu scheren, ob er sich gedemütigt fühlt oder nicht.«

»Das läßt sich nicht mit dem Verstand lösen. Es geht um Gefühle.«

Faber hob resignierend die Hände. »Ich fahre also besser zu Tom hinüber, um herauszufinden, ob dein Mann zurückkehren will. Wo sind meine Stiefel?«

»Im Wohnzimmer. Ich hole dir eine Jacke.«

Sie ging nach oben und holte Davids alte Reitjacke aus dem Schrank. Sie war aus feinem graugrünen Tweed, sehr elegant mit betonter Taille und schrägen Taschenklappen. Lucy hatte Lederflicken auf die Ellbogen gesetzt, um den Stoff zu schonen. Kleidungsstücke wie dieses konnte man jetzt nicht mehr kaufen. Sie brachte die Jacke hinunter ins Wohnzimmer, wo

Henry seine Stiefel anzog. Er hatte den linken zugeschnürt und schob seinen verletzten rechten Fuß behutsam in den anderen. Lucy kniete sich hin, um ihm zu helfen.

»Die Schwellung ist zurückgegangen«, sagte sie.

»Aber es tut immer noch verdammt weh.«

Sie zogen den Stiefel an, schnürten ihn aber nicht zu und zogen den Senkel heraus. Henry stand versuchsweise auf.

»Es geht.«

Lucy half ihm in die Jacke. Sie war etwas eng in den Schultern. »Wir haben keine Ölhaut mehr.«

»Dann werde ich eben naß.« Er zog sie an sich und küßte sie ungestüm. Sie legte die Arme um ihn und hielt ihn einen Moment lang fest.

»Fahr heute vorsichtiger.«

Er lächelte, nickte, küßte sie noch einmal – diesmal ganz kurz – und ging hinaus. Sie sah ihm nach, während er hinüber zum Schuppen hinkte, und stand am Fenster, als er den Geländewagen anließ und hinter der leichten Anhöhe aus dem Blickfeld verschwand. Nachdem er verschwunden war, fühlte sie sich zwar erleichtert, jedoch auch irgendwie leer.

Lucy begann das Haus in Ordnung zu bringen. Sie machte Betten, wusch Geschirr ab, säuberte die Zimmer und räumte auf, ohne jedoch für diese Aufgabe den rechten Arbeitseifer aufbringen zu können. Sie war nervös. Die Frage, was sie mit ihrem Leben anfangen sollte, beunruhigte sie. Immer wieder kreisten ihre Gedanken nur um altvertraute Argumente, machten sie unfähig, sich auf andere Dinge zu konzentrieren. Sie empfand das Haus als engen Käfig. Irgendwo dort draußen gab es eine große Welt, die voll von Krieg und Heldentum war, von Farbe und Leidenschaft und Menschen, Millionen von Menschen; sie wollte dazugehören, mittendrin sein, neuen Gedanken begegnen, andere Städte kennenlernen, Musik hören. Sie schaltete das Radio an. Ein sinnloses Unterfangen, denn die Nachrichtensendung vermittelte ihr noch stärker das Gefühl, von allem ausgeschlossen zu sein. Es gab eine Reportage über Kämpfe aus Italien; die Rationierungsvorschriften waren ein wenig entschärft worden; der Londoner Stilettmörder befand sich noch immer auf freiem Fuß; Roosevelt hatte eine Rede gehalten. Sandy Macpherson begann auf einer Kino-Orgel zu spielen, und Lucy schaltete das Radio aus. Nichts von alledem berührte sie, denn sie lebte nicht in jener Welt.

Sie hätte schreien mögen.

Trotz des Wetters trieb es sie aus dem Haus. Es würde nur eine symbolische Flucht sein; denn es waren nicht die Steinmauern des Hauses, die sie gefangenhielten. Sie holte Jo herunter, nachdem sie ihn mit Mühe von einem Regiment Spielzeugsoldaten getrennt hatte, und zog ihm wasserdichte Kleidung an.

»Warum gehen wir raus?« fragte er.

»Um zu sehen, ob das Boot kommt.«

»Du hast doch gesagt, es kommt heute nicht.«

»Nur für alle Fälle.«

Sie setzten hellgelbe Südwester auf, banden sie unter dem Kinn fest und traten vor die Tür.

Der Wind versetzte Lucy einen fast körperlichen Schlag, so daß sie das Gleichgewicht verlor und taumelte. In Sekundenschnelle war ihr Gesicht so naß, als ob sie es in eine Wasserschüssel getaucht hätte. Die Haarsträhnen, die unter dem Südwester hervorlugten, klebten schlaff an ihren Wangen und den Schultern ihrer Ölhaut. Jo kreischte vor Begeisterung und platschte in eine Pfütze.

Sie gingen an den Klippen entlang zum oberen Ende der Bucht und blickten hinab auf die riesigen Nordseewellen, die selbstzerstörerisch gegen die Klippen und den Strand peitschten. Der Sturm hatte Wasserpflanzen in Gott weiß welcher Tiefe entwurzelt und warf sie jetzt in großen Mengen auf den Sand und die Felsen. Mutter und Sohn wurden gefesselt von den sich ständig verändernden Mustern der Wellen. Dies war schon oft vorgekommen. Die See übte hypnotische Wirkung auf sie beide aus, und Lucy wußte danach nie ganz genau, wie lange sie in stummer Betrachtung verharrt hatten.

Diesmal wurde der Bann gebrochen, als ihr etwas auffiel. Zuerst war es nur das Aufblitzen von etwas Farbigem in einem Wellental, so flüchtig, daß sie nicht einmal sicher sein konnte, um welche Farbe es sich gehandelt hatte. Sie hielt danach Ausschau, sah es jedoch nicht wieder. Ihr Blick schweifte zurück zu der Bucht und der kleinen Anlegestelle, auf der sich immer wieder Treibgut sammelte, um von der nächsten großen Welle hinweggeschwemmt zu werden. Nach dem Sturm, am ersten schönen Tag, würden sie und Jo den Strand nach den Schätzen absuchen, die das Meer ausgespien hatte. Sie würden mit seltsam gefärbten Steinen, Holzstücken von rätselhafter Herkunft, riesigen Muscheln und verbogenen, rostigen Metallteilen zurückkehren.

Wieder zeigte sich der Farbtupfer, viel näher und diesmal einige Sekunden lang. Er war hellgelb wie die Ölkleidung der ganzen Familie. Angestrengt spähte sie durch den strömenden Regen, trotzdem konnte sie seine Umrisse nicht erkennen, bevor er wieder verschwand. Doch die Strömung trug ihn näher heran; so wie sie alles wertlose Zeug in die Bucht trieb und auf den Sand warf wie ein Mann, der den Inhalt seiner Hosentaschen auf einem Tisch ausleert.

Es war eine Ölhaut. Sie konnte dies erkennen, als das Meer sie auf einen Wellenkamm hob und zum dritten und letzten Mal zeigte. Henry war gestern ohne seine zurückgekommen, aber wie war sie ins Meer geraten? Die Welle brach sich über der Anlegestelle und schleuderte das Objekt auf die nassen Holzbretter der Rampe. Lucy erkannte, daß es nicht Henrys Ölhaut sein konnte; denn es steckte noch ein Körper darin. Ihr entsetztes Keuchen wurde vom Wind fortgepeitscht, so daß nicht einmal sie selbst es hören konnte. Wer war es? Woher war er gekommen? Noch ein Schiffbrüchiger?

Sie mußte sich davon überzeugen, ob er noch am Leben war. Lucy bückte sich und rief Jo ins Ohr: »Bleib hier – beweg dich nicht von der Stelle.« Dann hastete sie die Rampe hinab.

Auf halbem Wege hörte sie Schritte hinter sich: Jo folgte ihr. Die Rampe war schmal und glitschig und deshalb sehr gefährlich. Lucy hielt an, drehte sich um, hob das Kind in ihre Arme und schimpfte: »Du ungezogener Junge, ich habe dir doch gesagt, daß du warten sollst!« Ihr Blick glitt zwischen dem Körper und der sicheren Klippenspitze hin und her, sie zögerte einen Moment lang in schmerzlicher Unschlüssigkeit; ihr war klar, daß das Meer den Körper in jeder Sekunde zurückschwemmen konnte, deshalb setzte sie den Weg nach unten fort, Jo auf den Armen tragend.

Eine kleinere Welle bedeckte den Körper. Als das Wasser zurückflutete, war Lucy nahe genug herangekommen, um sich davon überzeugen zu können, daß es ein Mann war. Er war so lange im Wasser gewesen, daß seine Gesichtszüge verschwollen und entstellt waren. Das bedeutete, daß er tot sein mußte. Lucy konnte also nichts mehr für ihn tun, und sie wollte ihr Leben und das ihres Sohnes nicht aufs Spiel setzen, um eine Leiche zu bergen. Schon war sie im Begriff umzukehren, als ihr etwas an dem aufgedunsenen Gesicht vertraut vorkam. Sie starrte es verständnislos an und versuchte, es in ihre Erinnerung einzuordnen. Dann, ganz plötzlich, erkannte sie das Gesicht. Lähmendes Entsetzen übermannte sie; ihr Herz schien auszusetzen, und sie flüsterte: »Nein, David, nein!«

Jetzt achtete sie nicht mehr auf die Gefahr und ging weiter vorwärts. Eine kleinere Welle brach sich an ihren Knien und füllte ihre Gummistiefel mit schäumendem Salzwasser, doch sie merkte es nicht. Jo wand sich in ihren Armen, um nach vorn blicken zu können, aber sie schrie ihm »Sieh nicht hin!« ins Ohr und drückte sein Gesicht gegen ihre Schulter. Er begann zu weinen.

Lucy kniete sich neben den Körper und berührte das fürchterliche Gesicht mit der Hand. Es war David. Daran gab es keinen Zweifel. Er war tot, und zwar seit einiger Zeit. Irgendein tiefer Instinkt veranlaßte sie, ganz sicherzugehen: Sie hob den unteren Rand der Ölhaut hoch und schaute nach den Stümpfen seiner Beine.

Es war ihr unmöglich, die Tatsache des Todes zu verkraften. Sie hatte ihm zwar gewissermaßen den Tod gewünscht; aber ihre Empfindungen waren eine verworrene Mischung aus Schuldgefühlen und der Furcht, ihre Untreue könne entdeckt werden. In ihrem Inneren rangen Trauer, Entsetzen, Erleichterung und das Wissen darum, frei zu sein, miteinander, ohne daß eines dieser Gefühle die Oberhand gewonnen hätte.

Sie wäre wie angewurzelt stehen geblieben, doch die nächste Welle war stark. Ihre Wucht warf Lucy um, so daß sie eine Menge Salzwasser schluckte. Irgendwie gelang es ihr, Jo nicht loszulassen und nicht von der Rampe geschwemmt zu werden. Als sich die Brandung beruhigte, stand sie auf und flüchtete vor dem gierigen Zugriff des Ozeans.

Sie kletterte bis zum Klippenrand empor, ohne sich umzublicken. Das Haus wurde sichtbar, und der Geländewagen stand davor. Henry war zurück.

Ohne Jo abzusetzen, lief Lucy stolpernd los. Sie sehnte sich danach, ihren Schmerz mit Henry zu teilen, seine Arme um sich zu spüren und von ihm getröstet zu werden. Ihr Atem ging stoßweise und sie schluchzte, und Tränen mischten sich unsichtbar mit dem Regen in ihrem Gesicht. Sie ging um das Haus herum, riß die Küchentür auf und setzte Jo eilig auf den Boden.

Beiläufig sagte Henry: »David hat beschlossen, noch einen Tag bei Tom zu bleiben.«

Sie starrte ihn ungläubig an, ohne einen klaren Gedanken fassen zu können. Dann – immer noch zweifelnd – begriff sie rein intuitiv: Henry hatte David ermordet.

Die Schlußfolgerung traf sie zuerst wie ein Hieb in den Magen, der ihr den Atem raubte; die Gründe verstand sie einen Sekundenbruchteil später.

Der Schiffbruch, das seltsam geformte Messer, an dem er so hing, der beschädigte Jeep, die Radiomeldung über den Stilettmörder von London – alles paßte plötzlich zusammen wie die Teile eines Puzzlespiels, das in die Luft geworfen wird und entgegen aller Vernunft fertig zusammengesetzt herunterfällt.

»Kein Grund, so überrascht auszusehen.« Henry lächelte.

»Sie haben da drüben viel zu tun, und ich habe ihn nicht ermuntert zurückzukommen.«

Tom. Sie mußte zu Tom. Er würde wissen, was zu tun war, und sie und Jo beschützen, bis die Polizei kam. Er hatte einen Hund und ein Gewehr.

Für einen Moment wurde ihre Angst unterbrochen von der Trauer um den Henry, dem sie vertraut und den sie fast geliebt hätte; natürlich existierte er nicht – sie hatte ihn sich nur eingebildet. Statt eines warmherzigen, starken, liebevollen Mannes sah sie vor sich ein Ungeheuer, das lächelte und ihr seelenruhig erlogene Botschaften des Mannes überbrachte, den er ermordet hatte.

Sie unterdrückte ein Schaudern. Mit Jo an der Hand verließ sie die Küche, ging durch den Flur und trat aus der Vordertür hinaus. Sie stieg in den Wagen, setzte Jo neben sich und ließ den Motor an.

Aber Henry war sofort da. Er hielt Davids Schrotflinte in der Hand, stellte den Fuß lässig auf das Trittbrett und fragte: »Wohin willst du?«

Sie verlor den Mut. Wenn sie jetzt losfuhr, würde er vielleicht schießen – welcher Instinkt hatte ihn nur dazu gebracht, die Flinte diesmal mit ins Haus zu nehmen? –, und sie durfte Jo nicht gefährden. »Ich stelle nur den Wagen unter.«

»Geht das nicht ohne Jos Hilfe?«

»Die Fahrt gefällt ihm. Was sollen diese Fragen?«

Henry zuckte die Achseln und trat zurück.

Sie betrachtete ihn einen Moment lang, wie er in Davids Reitjacke dastand und Davids Flinte wie zufällig in der Hand hielt, und fragte sich, ob er wirklich schießen würde, wenn sie einfach davonführe. Dann erinnerte sie sich an die eisige Kälte, die sie von Anfang an in ihm verspürt hatte, und wußte, daß er um des Zieles willen, dem er sich letzten Endes verschworen hatte, rücksichtslos zu allem bereit wäre.

Sie fühlte sich plötzlich furchtbar erschöpft und gab nach. Sie legte den Rückwärtsgang ein und fuhr den Geländewagen in den Schuppen. Dann stellte sie den Motor ab, stieg aus und ging zusammen mit Jo ins Haus zurück. Sie hatte keine Ahnung, was sie mit Henry reden, was sie in seiner Gegenwart tun und wie sie ihr Wissen verbergen sollte – wenn sie sich nicht schon bereits verraten hatte.

Sie hatte keine Pläne.

Aber sie hatte die Schuppentür offengelassen.

32

»Das ist die Insel, Erster«, sagte der Captain und senkte sein Fernrohr.

Der Erste Offizier spähte durch den Regen und die Gischt. »Nicht gerade der ideale Urlaubsort, nicht wahr, Sir? Ganz schön trostlos, würde ich sagen.«

»Stimmt.« Der Captain war ein altmodischer Navy-Offizier mit angegrautem Bart, der schon während des ersten Weltkriegs gegen Deutschland auf See gekämpft hatte. Er hatte sich daran gewöhnt, über die lockere Redeweise seines Ersten Offiziers hinwegzusehen, denn der Junge hatte sich – allen Erwartungen zum Trotz – als ausgezeichneter Seemann erwiesen.

Der »Junge«, der über dreißig und nach den Maßstäben dieses Krieges ein alter Seebär war, hatte keine Ahnung, welche Großmut ihm da zuteil wurde. Er hielt sich mit aller Kraft an der Reling fest, während die Korvette eine steile Welle erklomm, sich auf dem Kamm ausrichtete und ins Tal abtauchte. »jetzt sind wir also hier, und was machen wir nun, Sir?«

»Wir umkreisen die Insel.«

»Jawohl, Sir.«

»Und halten Ausschau nach einem U-Boot.«

»Bei diesem Wetter wird bestimmt keines nahe an die Oberfläche kommen – und selbst wenn, würden wir es erst sehen, wenn wir bereits darauf spucken könnten.«

»Der Sturm wird heute nacht abflauen – spätestens morgen.« Der Captain stopfte sich seine Pfeife.

»Glauben Sie?«

»Ich bin sicher.«

»Seemännischer Instinkt, nehme ich an?«

»Wettervorhersage.«

Die Korvette fuhr um eine Landzunge herum, und sie sahen eine kleine Bucht mit einem Anlegeplatz. Auf der Felsenspitze darüber stand ein kleines, viereckiges Haus, das dem Wind trotzte.

Der Captain wies in die Richtung: »Wir werden übersetzen, sobald es geht.«

Der Erste Offizier nickte. »Trotzdem ...«

»Ja?«

»Ich würde sagen, wir brauchen jedesmal eine ganze Stunde, um die Insel einmal zu umrunden.«

»Und?«

»Nun, wenn wir nicht großes Glück haben und zum richtigen Zeitpunkt genau an der richtigen Stelle sind…«

»… wird das U-Boot auftauchen, seinen Passagier an Bord nehmen und wieder wegtauchen, und wir sehen noch nicht einmal das Kräuseln der Wellen, die es dabei macht«, fuhr der Captain fort.

»Genau.«

Mit einem Geschick, das auf große Erfahrung bei stürmischer See schließen ließ, zündete der Captain seine Pfeife an. Er schmauchte einige Male, dann nahm er einen tiefen Lungenzug. »Ich folge nur meinen Befehlen«, sagte er und blies Rauch durch seine Nase. »Der Rest geht mich nichts an.«

»Das haben die Reiter im Krimkrieg auch gesagt, Sir.«

»Was?«

»Der Angriff der Leichten Brigade. Gefeiert von Tennyson, dem Dichter. Aber ein militärisches Desaster.«

Der Captain schmauchte weiter. »Es geht eben nichts über die klassische Bildung.«

Am östlichen Ende der Insel stand ein weiteres Haus. Der Captain betrachtete es durch das Fernrohr genau und bemerkte, daß es eine große Funkantenne hatte, die einem Profi gehören mußte. »Sparks«, rief er. »Versuchen Sie, mit dem Haus Verbindung aufzunehmen. Nehmen Sie die Frequenz des Königlichen Flugmeldecorps.«

Als das Haus außer Sichtweite war, rief der Funker: »Keine Antwort, Sir.«

»In Ordnung, Sparks«, sagte der Captain. »Es war nicht so wichtig.«

Im Hafen von Aberdeen saß die Besatzung des Kutters der Küstenwache unter Deck, spielte um halbe Pennys *Pontoon* und sann über den Schwachsinn nach, der offenbar unweigerlich mit einem höheren Offiziersrang einherzugehen schien.

»Karte«, sagte Jack Smith, der schottischer als sein Name war.

Albert »Slim« Parish, ein dicker Londoner fern der Heimat, gab ihm einen Buben.

»Ich bin raus«, sagte Smith.

Slim raffte den Gewinn zusammen. »Eineinhalb Pennys«, sagte er mit gespieltem Erstaunen. »Ich hoffe nur, daß ich noch Zeit habe, sie zu verjubeln.«

Smith wischte mit dem Ärmel über eines der beschlagenen Bullaugen und spähte hinaus zu den Booten, die im Hafen auf und nieder schaukelten. »So, wie der Alte sich anstellt, könnte man glauben, daß wir Berlin anlaufen, nicht Storm Island.«

»Wußtest du etwa nicht, daß wir die Speerspitze der alliierten Landetruppen sind?«

»Was ist das eigentlich für ein Kerl – ein Deserteur? Wenn du mich fragst, das ist nicht unsere Sache, das ist Sache der Militärpolizei.«

Slim mischte die Karten. »Ich sage dir, was er ist: ein entflohener Kriegsgefangener.«

Hohnrufe wurden laut.

»Na schön, hört nicht auf mich. Aber wenn wir ihn schnappen, achtet auf seinen Akzent.« Er legte die Karten nieder. »Welche Boote fahren nach Storm Island?«

»Nur der Lebensmittelhändler«, sagte irgend jemand.

»Wenn er also ein Deserteur ist, kann er nur mit dem Boot des Lebensmittelhändlers zum Festland zurückkommen. Die Militärpolizei braucht also nur auf Charlies normale Fahrt zur Insel zu warten und den Deserteur zu ergreifen, wenn er hier aus dem Boot steigt. Wir brauchten also nicht hier herumzusitzen und zu warten, daß wir auslaufen und mit Lichtgeschwindigkeit rüberjagen können, sobald das Wetter besser ist, es sei denn ...«, er machte eine bedeutungsvolle Pause, »... es sei denn, er könnte noch auf andere Weise von der Insel runterkommen.«

»Wie zum Beispiel?«

»Mit 'nem U-Boot.«

»Quatsch«, knurrte Smith verächtlich.

Slim teilte Karten für eine weitere Runde aus. Diesmal gewann Smith, alle anderen verloren.

»Ich habe einen Shilling rausgeholt«, sagte Slim. »Endlich kann ich mich in mein hübsches, kleines Häuschen in Devon zurückziehen. Wir werden ihn natürlich nicht fangen.«

»Den Deserteur?«

»Den Kriegsgefangenen.«

»Wieso nicht?«

Slim klopfte sich an den Schädel. »Streng deinen Grips an.

Wenn der Sturm nachläßt, sind wir hier, und das U-Boot liegt vor der Insel auf dem Grund der Bucht. Wer wird also zuerst da sein? Die Deutschen.«

»Warum machen wir's dann?« fragte Smith.

»Weil die Leute, die die Befehle geben, nicht so ausgeschlafen sind wie meine Wenigkeit, Albert Parish. Lacht nur!« Er gab von neuem die Karten aus. »Eure Einsätze. Ihr werdet sehen, daß ich recht habe. Was ist das denn, Smithie, ein Penny? Mensch, übernimm dich nicht. Ich will euch was sagen, ich wette fünf zu eins, daß wir mit leeren Händen von Storm Island wiederkommen. Wer hält dagegen? Und wenn ich zehn zu eins sage? Na? Zehn zu eins?«

»Kein Interesse«, sagte Smith. »Du gibst.«

Slim teilte die Karten aus.

Major Peterkin Blenkinsop (er hatte schon oft versucht, Peterkin zu Peter zu verkürzen, aber irgendwie kamen die Männer immer dahinter) stand steif wie ein Ladestock vor der Karte und wandte sich an die im Raum Versammelten. »Wir fliegen in Dreierformationen. Die ersten drei starten, sobald das Wetter es zuläßt. Unser Ziel« – er deutete mit seinem Zeigestock auf die Karte – »ist hier: Storm Island. Dort kreisen wir zwanzig Minuten bei geringer Höhe und suchen nach U-Booten. Nach zwanzig Minuten kehren wir zum Stützpunkt zurück.« Er machte eine Pause. »Diejenigen von Ihnen, die logisch denken können, werden inzwischen herausgefunden haben, daß die zweite Formation – um eine lückenlose Überwachung zu gewährleisten – genau zwanzig Minuten nach der ersten starten muß und so weiter. Fragen?«

»Sir?« meldete sich Oberleutnant Longman.

»Longman?«

»Was sollen wir tun, wenn wir das U-Boot entdecken?«

»Es mit Bordwaffen beschießen natürlich. Ein paar Granaten abwerfen. Ihm die Hölle heiß machen.«

»Aber wir sind Jagdflieger, Sir – wie sollen wir mit einem U-Boot fertig werden. Das ist doch was für Schlachtschiffe, oder?«

Blenkinsop seufzte. »Wie gewöhnlich dürfen diejenigen, denen bessere Methoden eingefallen sind, den Krieg zu gewinnen, direkt an Mr. Winston Churchill, 10 Downing Street, London Südwest 1, schreiben. Nun, gibt's also noch Fragen – im Gegensatz zu dämlicher Kritik?«

Es gab keine Fragen.

Bloggs dachte darüber nach, daß die letzten Kriegsjahre einen neuen Typ des RAF-Offiziers geschaffen hatten. Er saß im Bereitschaftsraum in einem weichen Sessel dicht neben dem Feuer, lauschte, wie der Regen auf das Blechdach trommelte, und döste ab und zu ein. Die Piloten der Battle of Britain hatten unverbesserlich munter gewirkt mit ihrem Studentenslang, ihrer ständigen Trinkerei, ihrer Unermüdlichkeit und ihrer unbekümmerten Mißachtung des Flammentodes, dem sie jeden Tag ins Auge sahen. Dieser schülerhafte Heldenmut hatte jedoch nicht ausgereicht, sie auch die folgenden Jahre hindurch bei Laune zu halten, als sich der Schwerpunkt des Kriegsgeschehens in weit von der Heimat entfernte Schauplätze verlagert hatte und die bravourösen Einzelleistungen in den Luftkämpfen abgelöst wurden vom mechanischen Einerlei der Bombenflüge. Die Piloten tranken immer noch und hatten ihre eigene Sprechweise, doch sie wirkten älter, härter und zynischer. Nichts erinnerte mehr an Tom Brown's Schultage. Bloggs rief sich ins Gedächtnis, was er mit dem armen Wald- und Wiesen-einbrecher in der Polizeistelle in Aberdeen gemacht hatte, und er kam zu dem Schluß: Es geht uns allen nicht anders.

Sie saßen sehr still um ihn herum. Einige dösten wie er selbst, andere lasen Bücher oder beschäftigten sich mit Brettspielen. In einer Ecke lernte ein bebrillter Navigator Russisch.

Während Bloggs den Raum mit halbgeschlossenen Augen überblickte, trat ein weiterer Pilot ein, der anscheinend im Krieg nicht gealtert war. Er grinste breit über ein frisches Gesicht, das aussah, als müsse es höchstens einmal in der Woche rasiert werden. Seine Jacke war geöffnet. Er trug seine Lederkappe in der Linken und ging schnurgerade auf Bloggs zu.

»Kriminalinspektor Bloggs?«

»Das bin ich.«

»Famos, famos. Ich bin Ihr Pilot, Charles Calder.«

»Freut mich.« Bloggs schüttelte ihm die Hand.

»Die Mühle steht bereit, fliegt prächtig. Sie wissen sicher, daß es ein Wasserflugzeug ist.«

»Ja.«

»Famos, famos. Wir landen auf dem Meer, lassen uns bis auf zehn Meter an den Strand herangleiten und setzen Sie in einem Schlauchboot aus.«

»Dann warten Sie, bis ich zurückkomme.«

»Richtig. Jetzt brauchen wir nur noch geeignetes Wetter.«

»Ja. Hören Sie, Charles. Ich habe diesen Burschen sechs Tage und

Nächte durch das ganze Land verfolgt. Jetzt hole ich etwas Schlaf nach, so gut es geht. Sie haben doch nichts dagegen?«

»Natürlich nicht!« Der Pilot setzte sich und holte ein dickes Buch unter seiner Jacke hervor. »Muß was für meine Bildung tun«, sagte er. *»Krieg und Frieden.«*

»Famos, famos«, gab Bloggs zurück und schloß die Augen.

Percival Godliman und sein Onkel Colonel Terry saßen nebeneinander im Kartenraum, tranken Kaffee und klopften die Asche ihrer Zigaretten in einen Feuerlöscheimer auf dem Boden. Godliman wiederholte sich.

»Mir fällt nichts mehr ein, was wir noch tun könnten.«

»Ich weiß.«

»Die Korvette ist schon da, und die Jäger sind in ein paar Minuten auch zur Stelle. Das U-Boot gerät also sofort unter Feuer, wenn es sich an der Oberfläche zeigt.«

»Wenn man es sieht.«

»Die Korvette setzt so schnell wie möglich einen Landungstrupp aus. Bloggs wird kurz danach eintreffen, und die Küstenwache bildet die Nachhut.«

»Aber keiner von ihnen kann garantieren, rechtzeitig da zu sein.«

»Ich weiß«, sagte Godliman müde. »Wir haben getan, was wir können, aber ist es genug?«

Terry steckte sich eine weitere Zigarette an. »Was ist mit den Bewohnern der Insel?«

»Ach ja. Es gibt dort nur zwei Häuser. In einem wohnen ein Schafzüchter und seine Frau – sie haben ein kleines Kind –, und in dem anderen wohnt ein alter Schafhirte. Der Schafhirt hat einen Sender – Königliches Flugmeldekorps –, aber wir können ihn nicht erreichen. Wahrscheinlich hat er das Gerät auf ›Senden‹ eingestellt. Er ist alt.«

»Der Schafzüchter klingt vielversprechender«, meinte Terry »Wenn er auf Draht ist, könnte er deinen Spion erwischen.«

Godliman schüttelte den Kopf. »Der arme Kerl sitzt im Rollstuhl.«

»Mein Gott, wir haben wirklich kein Glück.«

»Nein«, sagte Godliman. »Alles Glück ist auf der Seite der Nadel.«

33

Lucy wurde ganz ruhig, ein Betäubungsmittel schien allmählich ihre Empfindungen zu vereisen, ihre Emotionen abzutöten und ihre Sinne zu schärfen. Immer seltener lähmte sie der Gedanke, daß sie das Haus mit einem Mörder teilte, und eine kaltblütige Wachsamkeit hatte von ihr Besitz ergriffen, die sie selbst überraschte.

Während sie ihrer Hausarbeit nachging und um Henry herumfegte, der im Wohnzimmer saß und einen Roman las, fragte sie sich, wieviel er von der Veränderung ihrer Gefühle bemerkt hatte. Ihm entging wenig, und bei der Auseinandersetzung um den Wagen hatte er eine gewisse Vorsicht, wenn nicht sogar unverhohlenen Argwohn gezeigt. Er mußte gewußt haben, daß irgend etwas sie aus der Fassung gebracht hatte. Andererseits war sie schon vor seiner Abfahrt verstimmt gewesen, da Jo sie zusammen im Bett entdeckt hatte. Vielleicht meinte er, daß dies die einzige Ursache für ihr Verhalten war.

Lucy hatte das merkwürdige Gefühl, daß Henry genau wußte, was in ihr vorging, aber lieber so tat, als sei nichts geschehen.

Sie hängte ihre Wäsche zum Trocknen auf ein Wäschereck in der Küche. »Tut mir leid, aber ich kann nicht ewig warten, bis der Regen aufhört.«

Er schaute gleichgültig auf die Sachen und sagte: »Das macht nichts.« Dann ging er zurück ins Wohnzimmer.

Unter den nassen Kleidungsstücken war eine vollständige Garnitur sauberer, trockener Sachen für Lucy.

Zum Lunch machte sie nach einem Sparrezept eine Gemüsepastete. Sie rief Jo und Henry zum Essen und trug die Mahlzeit auf.

Davids Flinte lehnte in einer Ecke der Küche. Lucy sagte: »Ich habe nicht gern ein geladenes Gewehr im Haus, Henry.«

»Ich bringe es nach dem Lunch hinaus«, antwortete er. »Die Pastete schmeckt gut.«

»Bah«, sagte Jo.

Lucy nahm die Flinte und legte sie auf den Küchenschrank. »Mit ist wohler, wenn Jo sie nicht erreichen kann.«

»Wenn ich erwachsen bin, will ich Deutsche erschießen«, erklärte Jo.

»Ich möchte, daß du heute nachmittag schläfst«, entgegnete Lucy ihm.

Sie ging ins Wohnzimmer und nahm eine von Davids Schlaftabletten aus dem Fläschchen im Schrank. Zwei Tabletten waren eine starke Dosis für einen Mann von 160 Pfund, also sollte eine Vierteltablette ausreichen, daß ein Junge von fünfzig Pfund einen Nachmittag lang schläft. Sie legte ein Viertel auf einen Löffel, zerdrückte es mit dem Rücken eines weiteren Löffels und rührte das Pulver in ein kleines Glas Milch. Dann gab sie Jo das Glas und sagte: »Trink das aus!«

Henry sah zu und sagte nichts.

Nach dem Lunch legte sie Jo mit einem Stapel Bücher auf das Sofa. Er konnte natürlich nicht lesen, aber er hatte die Geschichten so oft vorgelesen bekommen, daß er sie auswendig kannte. Er konnte die Seiten der Bücher umschlagen, sich die Bilder ansehen und den Text der jeweiligen Seiten aus dem Gedächtnis wiederholen.

»Möchtest du etwas Kaffee?« fragte sie Henry.

»Echten Kaffee?« Er war überrascht.

»Ich habe einen kleinen Vorrat.«

»Ja, gern!«

Er beobachtete sie, während sie den Kaffee machte. Vielleicht fürchtete er, daß sie versuchen könnte, auch ihm Schlaftabletten zu geben. Sie hörte Jos Stimme aus dem Nebenzimmer: *»Ich habe gesagt: ›Ist jemand zu Hause?‹ rief Pu sehr laut. ›Nein!‹ antwortete eine Stimme...«* und er lachte herzhaft, wie er es bei diesem Scherz immer tat. O Gott, dachte Lucy, laß Jo nichts passieren!

Sie goß den Kaffee ein und nahm Henry gegenüber Platz. Er griff über den Tisch hinweg und hielt ihre Hand. Eine Weile saßen sie schweigend da, nippten an ihrem Kaffee und lauschten dem Regen und Jos Stimme.

»Wie lange braucht man, um dünn zu werden?‹ fragte Pu angstvoll. ›Ungefähr eine Woche, glaube ich.‹ – ›Aber ich kann keine ganze Woche hierbleiben!«

Seine Stimme begann schläfrig zu klingen, und dann war er still. Lucy ging zu ihm hinüber und deckte ihn zu. Sie hob das Buch auf, das aus seinen Fingern auf den Boden geglitten war. Sie hatte es als Kind bekommen und kannte auch alle Geschichten auswendig. Auf dem Deckblatt stand in der gestochenen Schrift ihrer Mutter: »Für Lucy zum vierten Geburtstag mit lieben Wünschen von Mutter und Vater.« Sie legte das Buch auf die Anrichte.

Dann kam sie in die Küche zurück. »Er schläft.«

»Und...?«

Lucy streckte die Hand aus. Henry ergriff sie. Sie zog sanft, und er stand auf. Nun führte sie ihn nach oben ins Schlafzimmer, schloß die Tür und zog sich den Pullover über den Kopf.

Einen Moment lang stand er still und betrachtete ihre Brüste. Dann begann er sich auszuziehen.

Während sie sich ins Bett legte, betete sie: Gib mir Kraft. Das war es, wovor sie sich gefürchtet hatte – vortäuschen zu müssen, daß ihr sein Körper Lust bereitete, obwohl sie nichts als Angst, Ekel und Schuld empfand.

Er kam ins Bett und nahm sie in die Arme.

Nach kurzer Zeit erkannte sie, daß sie nicht heucheln mußte.

Ein paar Sekunden lang lag sie in seiner Armbeuge. Wie konnte ein Mann so kaltherzig morden und sich doch so liebevoll zeigen?

Sie fragte: »Möchtest du eine Tasse Tee?«

Er grinste. »Nein, danke.«

»Aber ich.« Lucy löste sich von ihm und stand auf. Als er sich bewegte, legte sie die Hand auf seinen flachen Bauch und sagte: »Nein, du bleibst hier. Ich hole mir den Tee. Ich bin noch nicht mit dir fertig.«

Er grinste wieder. »Du willst wohl nachholen, was du in den vier Jahren versäumt hast.«

Sobald sie das Zimmer verlassen hatte, fiel das Lächeln wie eine Maske von ihrem Gesicht. Das Herz hämmerte in ihrer Brust, während sie nackt die Treppe hinunterlief. In der Küche knallte sie den Kessel auf den Herd und klapperte mit dem Porzellangeschirr, um ihn zu täuschen. Dann begann sie die Kleidung anzuziehen, die sie unter der nassen Wäsche versteckt hatte. Ihre Hände zitterten so sehr, daß sie kaum die Hose zuknöpfen konnte.

Lucy hörte, wie das Bett oben knarrte. Sie blieb wie erstarrt stehen, lauschte und dachte: Bleib da! Aber er änderte nur seine Lage.

Als sie fertig war, betrat sie das Wohnzimmer. Jo schlief tief und knirschte mit den Zähnen. Lieber Gott, laß ihn nicht aufwachen, betete Lucy. Sie hob ihn hoch. Er murmelte im Schlaf etwas über Christopher Robin, den Jungen aus *Pu, der Bär.* Lucy preßte die Augen zusammen und zwang ihn nur durch ihre Willenskraft, still zu sein.

Sie wickelte die Decke fest um ihn. Dann ging sie zurück in die Küche und streckte die Hand nach der Flinte auf dem Küchenschrank aus. Die Waffe entglitt ihr, fiel auf das Schrankbrett und zerschmetterte einen Teller und zwei Tassen. Der Krach war ohrenbetäubend. Sie blieb wie angewurzelt stehen.

»Was ist los?« rief Henry von oben.

»Mir ist eine Tasse runtergefallen«, antwortete Lucy. Sie konnte das Beben in ihrer Stimme nicht unterdrücken.

Das Bett knarrte wieder, und auf dem Fußboden der oberen Etage waren Schritte zu hören. Doch jetzt war es zu spät, den Plan rückgängig zu machen. Sie ergriff die Flinte, öffnete die Hintertür und rannte, Jo fest an sich gedrückt, hinüber zum Schuppen.

Für einen Moment geriet sie in Panik: Hatte sie die Autoschlüssel stecken lassen? Bestimmt, das tat sie doch immer.

Sie rutschte auf dem nassen Schlamm aus und fiel auf die Knie. Plötzlich brach sie in Tränen, aus. Eine Sekunde lang war sie versucht zu bleiben, sich von ihm fangen und ermorden zu lassen, wie er ihren Mann ermordet hatte. Dann dachte sie an das Kind in ihren Armen, und sie stand auf und lief weiter.

Lucy betrat den Schuppen und öffnete die Beifahrertür des Geländewagens. Sie setzte Jo ab, doch er glitt zur Seite. Lucy schluchzte: »O Gott!« und setzte Jo wieder aufrecht hin. Diesmal blieb er sitzen. Sie rannte zur anderen Seite des Wagens, stieg ein und ließ die Flinte zwischen ihren Beinen auf den Boden fallen.

Sie drehte den Zündschlüssel.

Der Motor hustete und erstarb.

»Bitte, bitte!«

Sie drehte den Schlüssel noch einmal.

Der Motor sprang donnernd an.

Henry kam aus der Hintertür gerannt.

Lucy ließ den Motor aufheulen und legte den Vorwärtsgang ein. Das Auto machte einen Satz aus dem Schuppen. Sie gab Vollgas, die Räder drehten einen Moment lang im Matsch durch, dann griffen sie wieder. Quälend langsam kam der Geländewagen auf Touren. Sie steuerte von Henry weg, aber er jagte barfüßig durch den Schlamm dem Fahrzeug hinterher.

Lucy bemerkte es mit Entsetzen.

Sie zog mit aller Kraft am Handgaszug, so daß sie fast den dünnen Hebel abbrach. Am liebsten hätte sie vor Verzweiflung geschrien. Henry war nur noch rund einen Meter entfernt, fast auf gleicher Höhe mit ihr. Er lief wie ein durchtrainierter Sportler, seine Arme pumpten wie Kolben, seine nackten Füße stampften über den matschigen Boden, seine Wangen blähten sich, und seine nackte Brust hob und senkte sich.

Der Motor kreischte auf, und als das automatische Getriebe in einen höheren Gang schaltete, gab es einen Ruck, und mehr Energie wurde frei.

Lucy blickte wieder zur Seite. Henry schien einzusehen, daß sie ihm entkommen würde, und er machte einen Satz nach vorn. Er bekam den Türgriff mit der linken Hand zu packen und schob die rechte nach. Vom Wagen gezogen, lief er ein paar Schritte nebenher, dabei berührten seine Füße kaum den Boden. Lucy starrte in sein Gesicht, das ihrem so nahe war: Es war rot vor Anstrengung und schmerzverzerrt, die Sehnen seines kräftigen Halses traten unter der Belastung hervor.

Plötzlich wußte sie, was sie zu tun hatte.

Sie nahm die Hand vom Lenkrad, steckte sie durch das offene Fenster und stach ihm den langen Nagel des Zeigefingers ins Auge.

Er ließ los und fiel zurück. Seine Hände waren vors Gesicht geschlagen.

Die Entfernung zwischen ihm und dem Geländewagen vergrößerte sich rasch.

Lucy merkte, daß sie weinte wie ein kleines Kind.

Zwei Meilen von ihrem Haus entfernt sah sie den Rollstuhl.

Er stand auf der Höhe der Klippen wie ein Denkmal; der unaufhörliche Regen konnte seinem Metallrahmen und den großen Gummireifen nichts anhaben. Lucy näherte sich ihm aus einer leichten Mulde. Seine schwarze Silhouette war von dem schiefergrauen Himmel und dem brodelnden Meer eingerahmt. Er sah verletzt aus, wie das Loch, das ein entwurzelter Baum hinterläßt, oder ein Haus mit zerbrochenen Fenstern, als ob sein Besitzer ihm entrissen worden sei.

Sie dachte an das erste Mal, als sie ihn gesehen hatte. Es war im Krankenhaus. Blitzblank und neu hatte er neben seinem Bett gestanden, und David hatte sich gekonnt hineingeschwungen und war den Korridor auf und ab geflitzt. Er wollte ein wenig angeben. »Er ist federleicht, aus einer Legierung, wie sie für Flugzeuge verwendet wird«, sagte er mit dünn aufgetragener Begeisterung und fuhr zwischen den Bettreihen davon. Er hielt am anderen Ende des Ganges und drehte ihr den Rücken zu. Nach einer Minute ging sie hin und sah, daß er weinte. Sie kniete vor ihm nieder und hielt schweigend seine Hände.

Es war das letzte Mal gewesen, daß sie David hatte trösten können.

Dort auf der Klippe würden der Regen und der salzige Wind die Legierung bald angreifen. Sie würde schließlich rosten und abblättern, das Gummi der Reifen würde brüchig werden und das Leder des Sitzes vermodern.

Lucy fuhr vorbei, ohne die Geschwindigkeit zu verringern.

Drei Meilen weiter, auf halber Strecke zwischen den beiden Häusern, ging ihr das Benzin aus.

Sie verdrängte ihre Panik und versuchte logisch zu denken, während der Geländewagen ruckelnd zum Stehen kam.

Irgendwo hatte sie gelesen, daß Menschen in einer Stunde zu Fuß etwa vier Meilen zurücklegen. Henry war durchtrainiert, aber er hatte sich den Knöchel verletzt. Obwohl er schnell zu heilen schien, konnte ihm der Spurt hinter dem Wagen her kaum gut bekommen sein. Sie hatte also einen sicheren Vorsprung von einer guten Stunde.

Lucy hatte nicht den geringsten Zweifel daran, daß er sie verfolgen würde. Er wußte genausogut wie sie, daß in Toms Haus ein Funkgerät stand.

Sie hatte genügend Zeit. Hinten im Fahrzeug befand sich für Fälle wie diesen ein Reservekanister mit zwei Litern Benzin. Sie stieg aus, kramte den Kanister hervor und schraubte den Deckel ab.

Dann hatte sie einen Einfall, der so teuflisch war, daß er sie selbst überraschte.

Lucy schraubte den Deckel wieder zu und ging nach vorne.

Sie überzeugte sich, daß die Zündung abgeschaltet war, und öffnete die Motorhaube.

Sie verstand zwar nicht viel von Technik, aber sie konnte die Verteilerkappe und die Leitungen zum Motor ausfindig machen. Sie klemmte den Benzinkanister fest neben die Radwölbung und nahm den Deckel ab.

Im Werkzeugkasten war ein Zündkerzenschlüssel. Lucy schraubte die Kerze heraus, steckte sie in die Öffnung des Kanisters und befestigte sie mit Klebeband. Darauf schloß sie die Motorhaube.

Wenn Henry kam, würde er mit Sicherheit versuchen, den Wagen zu starten. Er würde den Anlasser betätigen, die Kerze würde zünden, und die zwei Liter Benzin würden explodieren.

Sie war sich nicht sicher, wieviel Schaden damit angerichtet werden mochte; jedenfalls würde es ihn aufhalten.

Eine Stunde später bedauerte sie ihre eigene Klugheit.

Während sie sich, bis auf die Haut durchnäßt, mit dem schlafenden Kind als schwerer Last auf der Schulter durch den Matsch schleppte, wünschte sie sich nichts mehr, als sich hinzulegen und zu sterben. Im Rückblick erschien die Falle von zweifelhaftem Wert und riskant. Das Benzin würde verbrennen, nicht explodieren. Wenn nicht genügend Luft in der Kanisteröffnung war, würde es vielleicht nicht einmal Feuer fangen. Aber am schlimmsten war, daß Henry vielleicht mit einer Falle rechnen, unter die Motorhaube schauen, die Bombe entschärfen, das Benzin in den Tank gießen und hinter ihr herfahren könnte.

Lucy überlegte, ob sie eine Pause machen solle, kam aber zu dem Schluß, daß sie vielleicht nicht mehr imstande wäre aufzustehen, wenn sie sich jetzt hinsetzte.

Inzwischen hätte Toms Haus in Sichtweite kommen müssen. Sie konnte sich auf keinen Fall verirrt haben – selbst wenn sie diesen Weg nicht schon Dutzende von Malen zurückgelegt hätte. Die ganze Insel war einfach nicht groß genug, um sich darauf zu verirren.

Sie erkannte ein Dickicht, in dem sie und Jo einmal einen Fuchs beobachtet hatten. Sie mußte ungefähr eine Meile vom Haus des Schafhirten entfernt sein. Wenn der Regen nicht gewesen wäre, hätte sie es sehen können.

Lucy legte Jo auf ihre andere Schulter, nahm die Schrotflinte von einer Hand in die andere und quälte sich weiter voran.

Als das Haus endlich durch den strömenden Regen hindurch sichtbar wurde, hätte sie vor Erleichterung weinen können. Die Entfernung war geringer, als sie gedacht hatte – vielleicht noch eine Viertelmeile.

Plötzlich schien Jo leichter geworden zu sein. Obwohl das letzte Stück bergan führte – den einzigen Hügel auf der Insel hinauf –, legte sie es, so schien es ihr, in Sekundenschnelle zurück.

»Tom !« rief Lucy, während sie sich der Vordertür näherte. »Tom, oh, Tom!«

Bob, der Schäferhund, antwortete mit einem Bellen.

Sie trat durch die Vordertür ins Haus. »Tom, schnell!« Bob sprang aufgeregt um ihre Füße und bellte heftig. Tom konnte nicht weit sein – wahrscheinlich war er draußen auf der Toilette. Lucy ging nach oben und legte Jo auf Toms Bett.

Das Funkgerät stand im Schlafzimmer. Es bestand aus einer verwirrenden Konstruktion aus Drähten, Skalen und Knöpfen. Ein Teil erinnerte sie an eine Morsetaste. Sie berührte sie versuchsweise, ein Piepton erklang. Aus den Tiefen ihrer Kindheitserinnerungen – wahrscheinlich aus einer Detektivgeschichte für Mädchen – erinnerte sie sich an die Morsezeichen für SOS. Sie berührte die Taste von neuem: drei kurz, drei lang, drei kurz.

Wo war Tom?

Sie hörte ein Geräusch und rannte ans Fenster.

Der Geländewagen kam den Hügel herauf Henry hatte die Falle entdeckt und das Benzin benutzt, um den Tank zu füllen.

Wo war Tom?

Sie eilte aus dem Schlafzimmer, um draußen an die Toilettentür zu klopfen. Oben an der Treppe hielt sie inne. Bob stand in der offenen Tür des anderen Schlafzimmers, das unbenutzt war.

»Komm her, Bob«, befahl Lucy. Der Hund blieb stehen und bellte. Sie ging zu ihm und bückte sich, um ihn hochzuheben. Dann sah sie Tom.

Er lag auf dem Rücken auf den nackten Holzbrettern des unmöblierten Schlafzimmers, seine Augen starrten blind an die Decke, seine Mütze lag umgekehrt hinter seinem Kopf. Seine Jacke war geöffnet, und auf dem Hemd darunter war ein kleiner Blutfleck. Dicht neben seiner Hand stand ein Kasten mit Whiskyflaschen, und Lucy ertappte sich plötzlich bei dem unsinnigen Gedanken: Ich wußte gar nicht, daß er so viel trinkt.

Sie fühlte seinen Puls.

Er war tot.

Denk nach, denk nach!

Gestern war Henry übel zugerichtet zu Lucys Haus zurückgekehrt, als sei er in einen Kampf verwickelt gewesen. Dabei mußte er David getötet haben. Heute war er hierher, zu Toms Haus, gekommen, »um David zu holen«. Er hatte aber doch gewußt, daß David nicht hier war. Warum hatte er also die Fahrt unternommen?

Es lag auf der Hand: um Tom zu töten.

Welches Motiv hatte er? Welche Absicht trieb ihn so sehr an, daß er in ein Auto steigen, zehn Meilen fahren, einen alten Mann erstechen und ruhig und gefaßt zurückkehren konnte, als hätte er nur kurz Luft geschnappt? Ein Schauder lief Lucy über den Rücken.

Jetzt war sie auf sich allein gestellt.

Sie packte das Halsband des Hundes und zog ihn von der Leiche seines Herrn fort. Sie folgte einer plötzlichen inneren Eingebung und knöpfte die Jacke über der kleinen Stilettwunde zu, die den Schafhirten getötet hatte.

Dann schloß sie die Tür hinter sich. Sie sagte zu dem Hund: »Er ist tot, ich aber brauche dich.«

Lucy ging wieder ins vordere Schlafzimmer und blickte aus dem Fenster. Der Geländewagen fuhr gerade vor und hielt an. Henry stieg aus.

34

Lucys Notrufzeichen wurden auf der Korvette gehört.

»Sir«, sagte Sparks. »Ich habe gerade ein SOS von der Insel aufgefangen.«

Der Captain runzelte die Stirn. »Wir können erst etwas unternehmen, wenn wir ein Boot aussetzen können. Kam sonst noch was durch?«

»Überhaupt nichts, Sir. Es wurde nicht einmal wiederholt.«

Der Captain überlegte noch einmal kurz. »Wir können nichts machen«, stellte er erneut fest. »Machen Sie dem Festland Meldung, und spitzen Sie weiter die Ohren.«

»Aye, aye, Sir.«

Das Notrufzeichen wurde auch von einem Horchposten des MI8 auf der Spitze eines schottischen Berges aufgefangen. Der Funker, ein junger Mann, der eine schwere Verwundung im Unterleib davongetragen hatte und wegen Untauglichkeit aus der RAF ausgemustert worden war, versuchte, deutsche Marinesignale aus Norwegen abzufangen, beachtete das Funksignal nicht. Weil sein Dienst jedoch fünf Minuten später beendet war, erwähnte er es beiläufig gegenüber seinem Kommandeur.

»Es wurde nur einmal gesendet«, sagte er. »Wahrscheinlich ein Fischerboot vor der schottischen Küste – bei diesem Wetter könnten kleinere Schiffe hier und dort in Schwierigkeiten sein.«

»Überlassen Sie's mir«, antwortete der Kommandeur. »Ich rufe die Navy an, und am besten informiere ich auch Whitehall. Vorschrift, wie Sie wissen.«

»Vielen Dank, Sir.«

Auf dem Stützpunkt des Königlichen Flugmeldekorps war so etwas wie Panik ausgebrochen. Natürlich sollte ein Beobachter nicht SOS senden, wenn er feindliche Maschinen sichtete, doch man wußte, daß Tom alt war, und wer konnte ahnen, was er in seiner Aufregung senden würde? Also heulten die Luftschutzsirenen, alle anderen Posten wurden gewarnt, Flakgeschütze wurden an der ganzen Ostküste von Schottland hervorgerollt, und der Funker versuchte verzweifelt, Tom zu erreichen.

Natürlich erschienen keine deutschen Bomber. Das Kriegsministerium wollte wissen, warum Vollalarm ausgelöst worden war, obwohl außer ein paar durchnäßten Gänsen nichts am Himmel zu sehen war.

Man teilte dem Ministerium den Grund mit.

Auch die Küstenwache hörte es.

Sie hätte darauf reagiert, wenn das Zeichen auf der richtigen Frequenz gewesen wäre, wenn sie den Standort des Senders hätte ermitteln können und wenn dieser Standort nicht allzu weit von der Küste entfernt gewesen wäre.

Unter den gegebenen Umständen schloß man, daß der alte Tom das Signal gesendet haben mußte, da es auf der Frequenz des Flugmeldekorps gekommen war. Und mit der Klärung der Sachlage, was immer das alles auch zu bedeuten hatte, waren sie schon vollauf beschäftigt.

Als die Nachricht die Kartenspieler unter dem Deck des Kutters im Hafen von Aberdeen erreichte, teilte Slim eine weitere Runde Pontoon aus und erklärte: »Ich sage euch, was passiert ist. Der alte Tom hat den Kriegsgefangenen geschnappt. Jetzt sitzt er auf dessen Kopf und wartet auf die Armee, damit sie den Burschen abholt.«

»Quatsch«, sagte Smith. Seine Ansicht fand allgemeine Zustimmung.

Und die U-505 hörte es.

Das U-Boot war immer noch über dreißig Seemeilen von Storm Island entfernt, aber Weißmann graste die Frequenzen ab – er hoffte gegen alle Vernunft, vom *American Forces Network* in Großbritannien gesendete Glenn-Miller-Platten aufzufangen. Zufällig hatte er zum richtigen Zeitpunkt gerade die richtige Wellenlänge eingestellt. Er gab die Meldung an Kapitänleutnant Heer weiter und fügte hinzu: »Es war nicht auf der Frequenz unseres Mannes.«

Major Wohl, der natürlich in der Nähe und so unerträglich wie immer war, sagte: »Dann hat es nichts zu bedeuten.«

Heer verpaßte die Gelegenheit, ihn zu korrigieren, nicht. »Es hat etwas zu bedeuten. Es bedeutet, daß an der Oberfläche einiges vor sich gehen könnte, wenn wir auftauchen.«

»Aber das ist wahrscheinlich kein Problem für uns.«

»Höchstwahrscheinlich«, stimmte Heer zu.

»Dann hat es nichts zu bedeuten.«

»Es hat wahrscheinlich nichts zu bedeuten.«

Auf der ganzen Fahrt zur Insel stritten sie sich darüber.

So ergab es sich, daß innerhalb von fünf Minuten die Navy, das Königliche Flugmeldekorps, der MI8 und die Küstenwache Godliman anriefen, um ihm von dem Notruf zu berichten.

Und Godliman verständigte Bloggs, der vor dem prasselnden Kaminfeuer im Bereitschaftsraum endlich in tiefen Schlaf gesunken war. Das schrille Klingeln des Telefons schreckte ihn auf. Er sprang hoch, weil er dachte, daß die Maschinen zum Start bereitstünden.

Ein Pilot hob den Hörer ab, sagte zweimal »Ja« und reichte ihn weiter an Bloggs. »Ein Mr. Godliman für Sie.«

»Hallo, Percy.«

»Fred, jemand hat gerade von der Insel SOS gefunkt.« Bloggs schüttelte den Kopf, um auch den letzten Rest von Schläfrigkeit zu verscheuchen. »Wer?«

»Das wissen wir nicht. Es gab nur dieses eine Signal, es wurde nicht wiederholt, und dort scheinen sie nichts zu empfangen.«

»Immerhin, jetzt gibt's kaum noch Zweifel.«

»Nein. Ist dort oben alles soweit?«

»Alles außer dem Wetter.«

»Viel Glück.«

»Danke.« Bloggs legte den Hörer auf und wandte sich an den jungen Piloten, der immer noch *Krieg und Frieden* las. »Eine gute Nachricht. Der Scheißkerl ist ganz bestimmt auf der Insel.« »Famos, famos«, sagte der Pilot.

35

Henry schlug die Autotür zu und kam langsam auf das Haus zu. Er trug wieder Davids Reitjacke. Seine Hose war nach dem Sturz voller Matsch, und das Haar klebte naß an seinem Kopf. Er hinkte leicht mit dem rechten Fuß.

Lucy trat vom Fenster zurück, verließ das Schlafzimmer und lief die Treppe hinab. Die Schrotflinte lag auf dem Boden im Flur, wo sie sie hatte fallen lassen. Sie hob die Waffe auf. Plötzlich erschien sie ihr sehr schwer. Lucy hatte noch nie mit einem Gewehr geschossen und wußte nicht einmal, wie man feststellen konnte, ob es geladen war.

Sie atmete tief ein und stieß die Vordertür auf. »Halt!« rief sie.

Der Tonfall ihrer Stimme war höher als beabsichtigt und klang schrill und hysterisch.

Henry lächelte freundlich und ging weiter.

Lucy richtete die Flinte auf ihn. Sie hielt den Lauf mit der linken Hand und den Verschluß mit der rechten. Ihr Finger lag am Abzug. »Ich bringe dich um!« schrie sie.

»Sei nicht albern, Lucy«, sagte er nachsichtig. »Wie könntest du mir weh tun? Nach allem, was wir zusammen erlebt haben? Haben wir uns nicht geliebt – wenigstens ein bißchen?«

Es stimmte. Sie hatte sich selbst gesagt, daß sie sich nicht in ihn verlieben könne, und auch das stimmte. Aber sie hatte etwas für ihn empfunden – wenn nicht Liebe, so doch etwas sehr Ähnliches.

»Du wußtest schon heute nachmittag über mich Bescheid.« Jetzt war er nur noch dreißig Schritte entfernt. »Aber da hat es dir doch auch nichts ausgemacht.

Er hatte recht. Einen Moment lang sah sie sich vor ihrem inneren Auge sehr deutlich, wie sie über ihm saß und seine gefühlvollen Hände an ihre Brüste preßte. Dann merkte sie, was er vorhatte –

»Wir können eine Lösung finden, Lucy, wir können immer noch zusammenbleiben –«

– und sie drückte den Abzug durch.

Es krachte ohrenbetäubend, die Waffe zuckte in ihren Händen hoch als sei sie lebendig, und durch den Rückstoß des Kolbens erlitt sie eine Prellung an der Hüfte. Vor Schreck ließ sie die Flinte beinahe zu Boden fallen. Sie hatte sich niemals vorgestellt, daß man sich so fühlen würde, wenn man ein Gewehr abgefeuert hatte. Einen Moment lang war sie völlig taub.

Die Ladung pfiff hoch über Henrys Kopf hinweg, aber er duckte sich trotzdem, drehte sich um und rannte im Zickzack zum Geländewagen zurück.

Lucy hätte am liebsten noch einmal geschossen, doch sie überlegte es sich im letzten Augenblick anders. Wenn er wüßte, daß beide Läufe leer waren, würde ihn nichts daran hindern zurückzukommen.

Er riß die Tür des Wagens auf, sprang hinein und raste den Hügel hinab.

Lucy wußte, daß er wieder auftauchen würde.

Plötzlich war sie zufrieden, fast fröhlich. Sie hatte die erste Runde gewonnen, sie hatte ihn fortgejagt – sie, eine Frau!

Aber er würde wiederkommen.

Jedenfalls war sie im Vorteil. Sie war im Haus, besaß die Flinte und hatte Zeit, Vorbereitungen zu treffen.

Beim nächstenmal würde er raffinierter vorgehen. Er würde bestimmt versuchen, sich anzuschleichen.

Lucy hoffte, daß er bis zum Einbruch der Dunkelheit damit warten würde, damit sie mehr Zeit hatte.

Zuerst mußte sie die Flinte wieder laden.

Sie ging in die Küche. Tom bewahrte alles in der Küche auf – Lebensmittel, Kohle, Werkzeug, Vorräte –, und er hatte die gleiche Flinte wie David. Sie wußte das, weil David Toms Gewehr ausprobiert hatte und sich dann eines dieser Marke hatte schicken lassen. Die beiden Männer hatten sich oft lange über Waffen unterhalten.

Lucy fand Toms Flinte und eine Schachtel Munition. Sie legte die beiden Flinten und die Schachtel auf den Küchentisch.

Sie war davon überzeugt, daß Maschinen einfach gebaut waren. Frauen verhielten sich aus Angst, nicht aus Dummheit ungeschickt im Umgang mit technischen Dingen.

Sie fingerte an Davids Flinte herum, wobei sie den Lauf von sich weg hielt, bis sich der Verschluß öffnete. Dann überlegte sie sich, was sie angestellt hatte, um ihn zu öffnen, und übte noch einige Male.

Es war unglaublich einfach.

Lucy lud beide Flinten. Um sicherzugehen, daß sie nichts falsch gemacht hatte, richtete sie Toms Waffe auf die Küchenwand und drückte den Abzug durch.

Mörtel regnete herab, Bob kläffte wie wahnsinnig, Lucy handelte sich einen weiteren Bluterguß ein und die Hüfte wurde für kurze Zeit taub. Aber sie war bewaffnet.

Sie mußte daran denken, den Hahn leicht abzudrücken, damit die Flinte nicht hochzuckte und sie richtig zielen konnte. Männer lernten so etwas wahrscheinlich in der Armee.

Was nun? Sie mußte es Henry so schwer wie möglich machen, ins Haus zu kommen.

Natürlich hatte keine der Türen ein Schloß. Wenn in eines der Häuser auf der Insel eingebrochen würde, konnte der Schuldige nur in dem anderen wohnen. Lucy stöberte in Toms Werkzeugkasten und fand eine schwarz glänzende Axt mit scharfer Schneide. Sie stellte sich auf die Treppe und begann auf das Geländer einzuhacken.

Ihre Arme schmerzten, doch nach fünf Minuten hatte sie sechs kurze Stangen aus kräftiger, gehärteter Eiche zurechtgezimmert. Sie fand einen Hammer und Nägel und brachte quer über Vorder- und Hintertür Riegel an; jede Tür erhielt drei Bretter, jedes Brett wurde mit vier Nägeln befestigt. Als sie fertig war, war der Schmerz in ihren Handgelenken kaum mehr zu ertragen, und der Hammer fühlte sich schwer wie Blei an, aber sie war noch nicht fertig.

Lucy holte sich noch eine Handvoll glänzender, zehn Zentimeter langer Nägel, ging der Reihe nach zu jedem Fenster des Hauses und nagelte es zu.

Dabei gewann sie die für sie neue Erkenntnis, daß Männer beim Hämmern die Nägel wohl deswegen in den Mund steckten, weil sie beide Hände brauchten und weil die in den Hosentaschen aufbewahrten Nägel unangenehm pieksten.

Die Arbeit war erledigt, und es war dunkel geworden; sie schaltete jedoch das Licht nicht an.

Natürlich konnte er noch immer ins Haus eindringen, aber auf jeden Fall nicht heimlich. Irgend etwas würde dabei zu Bruch gehen und ihn verraten – und dann würde sie mit den Gewehren zur Stelle sein.

Sie ergriff beide Waffen und ging nach oben, um nach Jo zu sehen. Eingewickelt in seine Decke, schlief er immer noch in Toms Bett. Lucy zündete ein Streichholz an, um sein Gesicht zu betrachten. Die Schlaftablette mußte eine starke Wirkung gehabt haben, aber seine Gesichtsfarbe war wie sonst auch, seine Temperatur schien normal zu sein, und er atmete leicht und regelmäßig. »Bleib so, mein Kleiner«, flüsterte Lucy. Nach diesem kurzen Anflug von Zärtlichkeit haßte sie Henry um so mehr.

Eine Weile streifte sie ruhelos durch das Haus und spähte durch die Fenster in die Dunkelheit. Der Hund folgte ihr ständig. Sie entschloß sich, nur eine Flinte bei sich zu tragen und die andere am Kopf der Treppe zurückzulassen. Doch sie hakte die Axt an ihren Hosengürtel.

Lucy erinnerte sich an das Funkgerät, und sie funkte noch mehrere Male ihr SOS. Sie hatte keine Ahnung, ob jemand sie hörte oder ob das Gerät überhaupt funktionierte. Da sie das Morsealphabet nicht kannte, konnte sie nichts anderes senden.

Ihr kam der Gedanke, daß auch Tom das Morsealphabet wahrscheinlich nicht beherrscht hatte. Ob er irgendwo ein Buch hatte? Wenn sie nur jemandem mitteilen könnte, was hier geschah! Sie durchsuchte das Haus, verbrauchte dabei Dutzende von Streichhölzern und geriet jedesmal in Angst und Schrecken, wenn sie eines in der Nähe der unteren Fenster ansteckte. Aber sie fand nichts.

Also gut, vielleicht hatte er das Morsealphabet ja doch gekannt.

Andererseits, wozu hätte er es gebraucht? Er hatte dem Festland nur Meldung machen sollen, wenn sich feindliche Flugzeuge näherten. Es gab keinen Grund, weshalb diese Nachricht nicht – wie hatte David sich ausgedrückt? – *au clair* übermittelt werden sollte.

Sie ging zurück ins Schlafzimmer und sah sich das Gerät noch einmal genau an. Neben dem größten Gehäuse befand sich ein Mikrophon, das ihr beim ersten flüchtigen Hinsehen vorher nicht aufgefallen war.

Wenn sie mit jemandem sprechen konnte, konnte er auch mit ihr sprechen.

Der Klang einer anderen menschlichen Stimme – einer normalen, vernünftigen Stimme vom Festland – schien ihr plötzlich begehrenswerter als alles andere auf der Welt.

Lucy nahm das Mikrophon und begann die verschiedenen Schalter auszuprobieren.

Bob knurrte leise.

Sie legte das Mikrophon hin und streckte in der Dunkelheit die Hand nach dem Hund aus. »Was ist los, Bob?«

Er knurrte wieder. Sie konnte fühlen, daß seine Ohren steif aufgerichtet waren. Plötzlich hatte sie schreckliche Angst. Das Selbstbewußtsein, das sie gewonnen hatte, nachdem sie Henry mit der Flinte gegenübergetreten war und auf ihn geschossen hatte, nachdem sie gelernt hatte, neu zu laden, die Türen verbarrikadiert und die Fenster zugenagelt hatte, war beim ersten Knurren eines wachsamen Hundes wie weggeblasen.

»Nach unten«, flüsterte sie. »Leise.«

Sie hielt ihn am Halsband fest und ließ sich von ihm die Treppe hinabführen. In der Dunkelheit tastete sie nach dem Geländer – sie vergaß, daß sie es für ihre Barrikaden in Stücke gehackt hatte – und verlor fast die Balance. Sie gewann ihr Gleichgewicht zurück und saugte an einem Splitter, den sie sich in den Finger getrieben hatte.

Der Hund blieb im Flur stehen, knurrte dann noch lauter und zerrte sie zur Küche. Sie hob ihn hoch und hielt ihm die Schnauze zu, um ihn ruhig zu halten. Dann schlich sie durch die Tür.

Lucy blickte zum Fenster hinüber, doch vor ihren Augen war nichts als samtene Schwärze.

Sie lauschte. Das Fenster knarrte, zuerst kaum hörbar, dann etwas lauter. Er versuchte, ins Haus zu kommen. Bob knurrte drohend, tief in der Kehle, aber er schien sie zu verstehen, als sie seine Schnauze jäh zudrückte.

Die Nacht wurde ruhiger. Der Sturm ließ unmerklich nach. Henry schien seine Bemühungen am Küchenfenster aufgegeben zu haben. Lucy schlich ins Wohnzimmer.

Wieder hörte sie das Knarren von altem Holz, auf das Druck ausgeübt wurde. Henry wirkte jetzt entschlossener. Dreimal erklang ein gedämpftes Dröhnen, als klopfe er mit dem Handballen gegen den Fensterrahmen.

Lucy setzte den Hund ab und wuchtete die Schrotflinte hoch. Es mochte nur ihre Phantasie sein, aber sie glaubte, das Fenster als graues Quadrat in der vollkommenen Dunkelheit auszumachen. Wenn es ihm gelang, das Fenster zu öffnen, würde sie sofort feuern.

Jetzt wurde das Dröhnen heftiger. Bob verlor die Beherrschung und bellte laut. Sie hörte von draußen her ein scharrendes Geräusch.

Dann ertönte die Stimme.

»Lucy?«

Sie biß sich auf die Lippe.

»Lucy?«

Es war die Stimme, mit der er im Bett gesprochen hatte: tief, einschmeichelnd und intim.

»Lucy, kannst du mich hören? Hab keine Angst. Ich will dir nichts tun. Antworte mir, bitte.«

Sie mußte gegen den Drang ankämpfen, sofort zweimal abzudrücken, nur um diese entsetzlichen Laute verstummen zu lassen und die Erinnerungen zu zerstreuen, die sich ihr unwillkürlich aufdrängten.

»Lucy, mein Liebling...« Sie glaubte, ein unterdrücktes Schluchzen zu hören. »Lucy, er griff mich an – ich mußte ihn töten... Ich habe für mein Land getötet, dafür solltest du mich nicht hassen.«

Was, in aller Welt, hatte dies zu bedeuten...? Es klang verrückt. War es möglich, daß er wahnsinnig war und dies zwei Tage lang verbergen konnte? Er hatte vernünftiger gewirkt als die meisten Menschen, und doch hatte er schon früher gemordet... es sei denn, man verfolgte ihn zu Unrecht... Verdammt. Sie wurde weich. Genau das mußte er beabsichtigt haben.

Sie hatte eine Idee.

»Lucy, sprich doch mit mir...«

Seine Stimme wurde leiser, während sie auf Zehenspitzen in die Küche schlich. Bob würde sie warnen, wenn Henry mehr tat, als nur zu reden.

Sie kramte in Toms Werkzeugkasten, bis sie eine Kneifzange fand. Dann ging sie ans Küchenfenster und tastete nach den Köpfen der drei Nägel, die sie eingehämmert hatte. Vorsichtig und so leise wie möglich zog sie sie heraus. Es erforderte ihre ganze Kraft.

Als sie fertig war, kehrte sie ins Wohnzimmer zurück, um zu lauschen.

»... mach mir keine Schwierigkeiten, und ich lasse dich in Ruhe...«

So geräuschlos wie möglich öffnete sie das Küchenfenster. Sie schlich ins Wohnzimmer zurück, griff sich den Hund und zog sich wieder in die Küche zurück.

»...dir weh zu tun würde mir nie einfallen... Sie streichelte den Hund ein- oder zweimal und flüsterte:

»Ich würde es nicht tun, wenn ich anders könnte, Bob.« Dann stieß sie ihn aus dem Fenster.

Lucy schloß es hastig, ergriff einen Nagel und hämmerte ihn mit drei kurzen Schlägen an einer anderen Stelle ein.

Sie ließ den Hammer fallen, packte die Flinte und lief ins Vorderzimmer. Dort preßte sie sich dicht neben dem Fenster gegen die Wand.

»...dir eine letzte Chance geben – ah!«

Lucy hörte das Trippeln von Pfoten, ein markerschütterndes Bellen, wie sie es einem schottischen Schäferhund nie zugetraut hätte, ein scharrendes

Geräusch und das Poltern eines großen Mannes, der zu Boden fiel. Henry keuchte und stöhnte, wieder vernahm sie das Tappen von Hundepfoten, einen Schmerzensschrei, einen Fluch in einer fremden Sprache und erneutes Bellen. Wenn sie nur sehen könnte, was geschah.

Die Geräusche wurden dumpfer, entfernten sich und hörten plötzlich auf. Lucy wartete – sie drückte sich immer noch gegen die Wand neben dem Fenster – und strengte ihre Ohren bis zum äußersten an. Sie wollte hinaufgehen und nach Jo sehen, noch einmal das Funkgerät ausprobieren oder auch nur husten, aber sie wagte nicht, sich zu bewegen. Blutrünstige Visionen dessen, was Bob mit Henry angestellt haben mochte, gingen ihr durch den Sinn. Sie sehnte sich danach, den Hund an der Tür schnuppern zu hören.

Sie betrachtete das Fenster. Dann *merkte* sie, daß sie das Fenster betrachtete. Sie konnte nicht nur ein Quadrat von schwach hellerem Grau erkennen, sondern den hölzernen Querbalken des Rahmens. Es war gerade noch Nacht: sie wußte, daß der Himmel, wenn sie nach draußen schauen würde, anstelle der undurchdringlichen Dunkelheit jetzt ganz schwach erhellt sein würde. Mit jeder Minute konnte es dämmern. Dann würde sie in der Lage sein, die Möbel im Zimmer zu sehen, und Henry würde sie nicht mehr in der Dunkelheit überraschen können.

Ein paar Zentimeter von ihrem Gesicht entfernt zersplitterte krachend die Fensterscheibe. Lucy fuhr zusammen. Sie spürte einen kurzen durchdringenden Schmerz an der Wange, berührte die Stelle und wußte, daß sie von einem durch die Luft gewirbelten Splitter verletzt worden war. Sie riß die Schrotflinte hoch und wartete auf Henry, der durch das Fenster klettern würde, doch nichts geschah. Erst als ein oder zwei Minuten vergangen waren, fragte sie sich, was das Fenster zerbrochen hatte.

Sie spähte angestrengt auf den Fußboden. Zwischen den Glasscherben lag etwas Großes, Dunkles. Sie stellte fest, daß sie von der Seite besser sehen konnte als unmittelbar von vorn. Erst allmählich erkannte sie die vertraute Gestalt des Hundes.

Lucy schloß die Augen, dann wandte sie den Blick ab. Sie war unfähig, irgend etwas zu empfinden. Ihre Gefühle waren durch die Gefahr und die Morde abgestumpft: erst David, dann Tom, dann die endlose, unerträgliche Spannung der nächtlichen Belagerung... Alles, was sie spürte, war Hunger. Gestern war sie den ganzen Tag über zu nervös gewesen, um etwas zu essen, was bedeutete, daß seit ihrer letzten Mahlzeit sechsunddreißig Stunden vergangen waren. Jetzt sehnte sie sich, so widersinnig und lächerlich es auch war, nach einem Käse-Sandwich.

Etwas anderes kam durch das Fenster.

Sie bemerkte es aus dem Augenwinkel heraus und drehte den Kopf, um direkt hinzusehen.

Es war Henrys Hand.

Lucy starrte sie wie hypnotisiert an: eine Hand mit langen unberingten Fingern, weiß unter dem Schmutz, mit gepflegten Nägeln und einer Bandage um die Spitze des Zeigefingers – eine Hand, die sie intim berührt, mit ihrem Körper wie mit einer Harfe gespielt und ein Messer in das Herz eines alten Schafhirten gestoßen hatte.

Die Hand brach ein Stück Glas ab, dann noch ein weiteres, so daß sich das Loch in der Scheibe vergrößerte. Dann griff sie bis zum Ellbogen herein, tastete sich an der Fensterbank entlang und suchte nach einem Verschluß, um ihn zu öffnen.

Lucy bemühte sich, ganz leise zu sein, ließ die Flinte quälend langsam in ihre linke Hand gleiten, zog die Axt mit der rechten aus dem Gürtel, hob sie hoch über den Kopf und hieb mit aller Kraft auf Henrys Hand ein.

Er mußte es geahnt oder den Lufthauch gespürt oder den Schatten einer gespenstischen Bewegung hinter dem Fenster gesehen haben, denn einen Sekundenbruchteil bevor der Schlag landete, zuckte er jäh zurück.

Mit einem dumpfen Schlag fuhr die Axt in das Holz der Fensterbank und blieb dort stecken. Eine Sekunde lang glaubte Lucy, ihn verfehlt zu haben, dann hörte sie von draußen einen Schmerzensschrei und sah neben dem Axtblatt zwei abgetrennte Finger, die wie Raupen auf dem lackierten Holz lagen.

Lucy hörte das Geräusch sich rasch entfernender Schritte.

Sie übergab sich.

Erschöpfung überwältigte sie, gefolgt von einem Anfall von Selbstmitleid. Hatte sie nicht endlich genug durchgemacht? Für Situationen wie diese gab es Polizisten und Soldaten – niemand konnte von einer gewöhnlichen Hausfrau und Mutter erwarten, daß sie einen Mörder für unbegrenzte Zeit in Schach hielt. Wer konnte es ihr verübeln, wenn sie jetzt aufgab? Wer konnte ernsthaft behaupten, daß er sich besser und ausdauernder geschlagen hätte, daß er auch nur eine Minute länger tapfer, entschlossen geblieben und noch auf neue Tricks verfallen wäre?

Lucy war am Ende ihrer Kräfte. Jetzt waren *sie* an der Reihe: die Welt da draußen, die Polizisten und Soldaten oder wer auch immer am anderen Ende der Funkverbindung zuständig war. Sie selbst hatte getan, was sie konnte.

Sie riß sich vom Anblick der bizarr anmutenden Finger auf der Fensterbank los und stieg müde die Treppe hinauf. Unterwegs hob sie die zweite Flinte auf und nahm beide Waffen mit sich ins Schlafzimmer.

Jo schlief zum Glück immer noch. Er hatte sich während der ganzen Nacht kaum bewegt und überhaupt nichts von dem grauenhaften Geschehen bemerkt, das sich um ihn herum abspielte. Lucy ahnte, daß er nicht mehr so fest schlief. Etwas an seinem Gesichtsausdruck und der Art, wie er atmete, verriet ihr, daß er bald aufwachen und sein Frühstück verlangen würde.

Jetzt sehnte sie sich nach ihrem früheren einfachen Leben, danach, morgens aufzustehen, Frühstück zu machen, Jo anzuziehen und langweilige, ungefährliche Hausarbeiten zu verrichten, zum Beispiel zu waschen und zu putzen, Kräuter oder Gemüse aus dem Garten zu holen und Tee oder Kaffee zu kochen. Es schien unglaublich, daß sie so unzufrieden gewesen war mit Davids Lieblosigkeit, den langen eintönigen Abenden und der endlosen öden Landschaft mit ihrem Gras, ihrer Heide und ihrem Regen.

Dieses Leben war für immer vorbei.

Sie hatte sich ein Leben in der Stadt, Musik, Menschen und geistige Herausforderungen gewünscht. Jetzt war ihr das Verlangen nach einem aufregenden Leben vergangen. Mit einem Mal konnte sie nicht mehr nachvollziehen, daß sie überhaupt jemals so etwas gewollt haben konnte. Vielmehr schien ihr nun nurmehr Friede das einzige Gut zu sein, wonach der Mensch streben sollte.

Sie saß vor dem Funkgerät und musterte die Schalter und Skalen. Das eine wollte sie noch tun, danach wollte sie endgültig aufgeben. Sie unternahm eine letzte ungeheuere Anstrengung und zwang sich, noch einige Augenblicke länger logisch zu denken. Es gab gar nicht so viele Kombinationsmöglichkeiten von Schaltern und Skalen. Sie fand einen Knopf mit zwei Einstellungen, drehte daran und tippte auf die Morsetaste. Kein Laut war zu hören. Das bedeutete vielleicht, daß das Mikrophon jetzt angeschlossen war.

Lucy zog es zu sich heran und sprach hinein. »Hallo, hallo, ist dort jemand? Hallo?«

Über einem Schalter stand »Senden« und darunter »Empfang«. Er war auf »Senden« gestellt. Wenn man ihr antworten sollte, mußte sie offensichtlich auf »Empfang« umschalten.

Sie sagte: »Hallo, hört mich jemand?« und stellte den Schalter auf »Empfang«. Nichts.

Dann: »Kommen, Storm Island, wir empfangen Sie klar und deutlich.«

Es war die Stimme eines Mannes. Sie wirkte jung und stark, fähig und selbstbewußt, ruhig und aufmerksam, lebendig und vor allem normal.

»Kommen, Storm Island, wir haben die ganze Nacht versucht, Sie zu erreichen... Wo, zum Teufel, sind Sie gewesen?«

Lucy schaltete auf »Senden«, wollte sprechen und brach in Tränen aus.

36

Percival Godliman hatte nach zu vielen Zigaretten und zu wenig Schlaf Kopfschmerzen. Er hatte den Fehler gemacht, etwas Whisky zu trinken, um die lange, sorgenvolle Nacht in seinem Büro zu überstehen. Alles bedrückte ihn: das Wetter, sein Büro, seine Arbeit, der Krieg. Zum erstenmal, seit er diesen Beruf ausübte, sehnte er sich zurück nach staubigen Bibliotheken, unleserlichen Manuskripten und mittelalterlichem Latein.

Colonel Terry kam mit zwei Tassen Tee auf dem Tablett herein. »Niemand hier scheint zu schlafen«, sagte er fröhlich und setzte sich. »Zwieback?« Er bot Godliman einen Teller an.

Godliman verzichtete auf den Zwieback und trank den Tee, der ihn ein wenig aufmunterte.

»Der Mann mit der dicken Zigarre hat mich gerade angerufen. Er hält mit uns Nachtwache.«

»Und wieso?« fragte Godliman mürrisch.

»Er macht sich Sorgen.«

Das Telefon klingelte.

»Godliman.

»Das Königliche Flugmeldekorps in Aberdeen für Sie, Sir.«

»Ja.«

Eine neue Stimme, die eines jungen Mannes, war zu hören. »Hier ist das Königliche Flugmeldekorps in Aberdeen, Sir.«

»Ja.«

»Sind Sie Mr. Godliman?«

»Ja.« Mein Gott, diese Militärs waren vielleicht Umstandskrämer!

»Wir haben Storm Island endlich erreicht, Sir.«

»Gott sei Dank!«

»Es ist nicht unser eigentlicher Beobachter – es ist eine Frau.«

»Was hat sie gesagt?«

»Noch nichts, Sir.«

»Was soll das heißen?« Godliman unterdrückte die wütende Ungeduld, die in ihm aufstieg.

»Sie ... sie weint nur, Sir.«

»Oh.« Godliman zögerte. »Können Sie mich mit ihr verbinden?«

»Ja, einen Moment.«

Eine Pause entstand, die durch mehrere Klickgeräusche und ein Summen unterbrochen wurde. Dann ertönte das Schluchzen einer Frau.

Godliman fragte: »Hallo, hören Sie mich?«

Sie schluchzte immer noch.

Der junge Mann unterbrach: »Sie kann Sie nicht hören, bis sie auf ›Empfang‹ stellt, Sir – ah, jetzt hat sie's getan. Fahren Sie fort.«

»Hallo, junge Frau«, sagte Godliman. »Wenn ich zu Ende gesprochen habe, sage ich ›over‹, dann schalten Sie auf ›Senden‹, um mit mir zu sprechen, und sagen ›Over‹, wenn Sie fertig sind. Verstehen Sie mich? Over.«

Die Stimme der Frau kam über die Leitung. »O Gott, endlich jemand, der vernünftig ist. Ja, ich verstehe. Over.«

»Erzählen Sie mir also, was passiert ist«, sagte Godliman sanft. »Over.«

»Ein Schiffbrüchiger ist hier vor zwei – nein, drei Tagen gelandet. Ich glaube, er ist der Stilettmörder aus London. Er hat meinen Mann und unseren Schafhirten ermordet, und jetzt ist er vor dem Haus, und ich habe meinen kleinen Jungen hier ... Ich habe die Fenster zugenagelt und mit einer Schrotflinte auf ihn geschossen und die Türen verriegelt und den Hund auf ihn gehetzt, aber er hat ihn getötet, und ich habe ihm einen Schlag mit der Axt versetzt, als er durchs Fenster klettern wollte, und ich kann nicht mehr, also kommen Sie bitte und retten Sie mich ... Over.«

Godliman legte die Hand über die Telefonmuschel. Sein Gesicht war weiß geworden. »Arme Frau«, flüsterte er, doch als er sich wieder an sie wandte, klang seine Stimme forsch. »Sie müssen noch etwas länger aushalten. Die Navy, die Polizei, die Küstenwache und alle möglichen Leute sind unterwegs zu Ihnen, aber sie können erst landen, wenn der Sturm aufhört. Jetzt möchte ich, daß Sie etwas tun. Ich kann Ihnen nicht sagen, warum Sie es tun müssen, weil uns vielleicht die falschen Leute zuhören, aber es ist absolut notwendig. Können Sie mich gut verstehen? Over.«

»Ja, sprechen Sie weiter. Over.«

»Sie müssen Ihr Funkgerät zerstören. Over.«

»Oh, nein, bitte ... wirklich?«

»Ja«, sagte Godliman. Dann merkte er, daß sie immer noch sendete.

»Ich ... kann nicht ...« Darauf folgte ein Schrei.

»Hallo, Aberdeen, was ist los?« fragte Godliman.

Der junge Mann meldete sich. »Das Gerät ist immer noch auf ›Senden‹ gestellt, Sir, aber sie spricht nicht. Wir können nichts hören.«

»Sie hat geschrien.«

»Ja, das haben wir mitbekommen.«

»Verdammt.« Godliman überlegte ganz kurz. »Wie ist das Wetter dort oben?«

»Es regnet, Sir.« Der junge Mann schien verblüfft.

»Ich mache nicht bloß Konversation«, schnauzte Godliman ihn barsch an. »Gibt es ein Zeichen dafür, daß der Sturm nachläßt?«

»In den letzten paar Minuten ist er etwas schwächer geworden, Sir.«

»Gut. Lassen Sie sofort von sich hören, wenn die Frau wieder sendet.«

»Jawohl, Sir.«

Godliman wandte sich an Terry. »Gott weiß, was das Mädchen dort oben durchmacht.« Er drückte mehrmals auf die Telefongabel.

Der Colonel schlug die Beine übereinander. »Wenn sie nur das Funkgerät in Stücke hauen würde, dann ...«

»Dann ist es uns egal, ob er sie umbringt.«

»Du sagst es.«

Godliman sprach in die Muschel. »Verbinden Sie mich mit Bloggs in Rosyth.«

Bloggs schrak aus dem Schlaf auf und lauschte. Es dämmerte. Alle anderen im Bereitschaftsraum lauschten ebenfalls. Nichts war zu hören. Genau deshalb lauschten sie.

Der Regen trommelte nicht mehr auf das Blechdach.

Bloggs ging zum Fenster. Der Himmel war grau, doch am östlichen Horizont zeigte sich ein weißer Streifen. Der Wind hatte sich plötzlich gelegt, und der Regen war zu einem leichten Nieseln geworden.

Die Piloten zogen ihre Jacken an, setzten ihre gefütterten Lederkappen auf, banden die Schnürsenkel zu und zündeten sich die letzte Zigarette an.

Eine Hupe ertönte, und eine Stimme dröhnte über den Flugplatz: »Alarm! Alarm!«

Das Telefon klingelte. Die Piloten beachteten es nicht und drängten zur Tür hinaus. Bloggs nahm den Hörer ab. »Ja?«

»Hier Percy, Fred. Wir haben gerade Verbindung zur Insel bekommen. Er ist da. Er hat die beiden Männer umgebracht. Die Frau hält ihn im Moment noch hin, aber sie ist am Ende ihrer Kraft.«

»Der Regen hat aufgehört«, sagte Bloggs. »Wir starten jetzt.«

»Beeilen Sie sich, Fred. Wiedersehen.«

Bloggs hängte ein und sah sich nach seinem Piloten um. Charles Calder war über Krieg und Frieden eingeschlafen. Bloggs schüttelte ihn unsanft. »Aufwachen, Schlafmütze, aufwachen!«

Er öffnete die Augen.

Bloggs hätte ihn prügeln mögen. »Los, aufwachen, wir starten, der Sturm ist zu Ende!«

Der Pilot sprang hoch. »Famos, famos«, sagte er.

Er lief zur Tür hinaus, und Bloggs folgte ihm.

Das Rettungsboot klatschte ins Wasser, das vor dem Kiel v-förmig aufspritzte. Die See war alles andere als ruhig, aber hier in der teilweise geschützten Bucht bestand keine Gefahr für ein stabiles, von erfahrenen Seeleuten gesteuertes Boot.

Der Captain sagte: »Weitermachen, Erster.«

Der Erste Offizier stand mit drei Matrosen an der Reling. Er trug eine Pistole in einem wasserdichten Halfter. »Los, Leute!« befahl er.

Die vier Männer kletterten die Leiter hinunter ins Boot. Der Offizier setzte sich ins Heck, und die drei Matrosen machten das Boot klar und legten sich in die Ruder.

Der Captain beobachtete einige Augenblicke lang, wie sie sich Zug um Zug der Anlegestelle näherten. Dann kehrte er auf die Brücke zurück und befahl, daß die Korvette weiterhin die Insel umkreisen solle.

Das schrille Klingeln einer Glocke beendete das Kartenspiel auf dem Kutter.

Slim sagte: »Ich dachte, daß sich was geändert hat. Wir schaukeln nicht mehr so sehr auf und ab. Bewegen uns eigentlich kaum noch. Macht mich richtig seekrank.«

Niemand hörte zu. Die Besatzungsmitglieder eilten auf ihre Posten; einige von ihnen legten Schwimmwesten an.

Die Maschinen sprangen dröhnend an, und durch das Schiff lief ein leichtes Zittern.

Smith stand am Bug und genoß die frische Luft und die Tropfen auf seinem Gesicht nach einem Tag und einer Nacht unter Deck.

Als der Kutter den Hafen verließ, hatte sich Slim zu ihm gesellt.

»Nun geht's wieder los«, sagte Slim.

»Ich wußte, daß es klingeln würde«, meinte Smith. »Weißt du, warum?«

»Sag schon.«

»Weißt du, was ich in der Hand hatte? As und König.«

Kapitänleutnant Werner Heer schaute auf seine Uhr und sagte: »Dreißig Minuten.«

Major Wohl nickte, ohne eine Miene zu verziehen. »Wie ist das Wetter?« fragte er.

»Der Sturm hat sich gelegt«, entgegnete Heer widerwillig. Er hätte diese Information am liebsten für sich behalten.

»Dann sollten wir auftauchen.«

»Wenn Ihr Mann da wäre, würde er uns ein Signal senden.«

»Der Krieg wird nicht durch Hypothesen gewonnen, Herr Kapitänleutnant«, sagte Wohl. »Ich schlage mit allem Nachdruck vor, daß wir auftauchen.«

Während das U-Boot im Dock lag, hatte es eine hitzige Auseinandersetzung zwischen Heers und Wohls Vorgesetzten gegeben. Wohls Vorgesetzter hatte sich durchgesetzt. Heer war immer noch der Kapitän des Schiffes, aber man hatte ihm unmißverständlich klargemacht, daß er beim nächstenmal einen verdammt guten Grund brauchte, wenn er einen von Major Wohls nachdrücklichen Vorschlägen mißachtete.

»Wir werden um Punkt 6 Uhr auftauchen«, erklärte er.

Wohl nickte noch einmal und wandte den Blick ab.

37

Das Geräusch von splitterndem Glas, dann eine Explosion wie die einer Brandbombe:

Wumm!

Lucy ließ das Mikrophon fallen. Irgend etwas war unten im Gange. Sie ergriff eine Schrotflinte und rannte hinunter.

Das Wohnzimmer stand in Flammen. Das Feuer ging von einem zerbrochenen Gefäß auf dem Fußboden aus.

Henry hatte mit dem restlichen Benzin aus dem Geländewagen eine Art Bombe hergestellt. Die Flammen breiteten sich hungrig über Toms fadenscheinigen Teppich aus und züngelten nach oben über die losen Bezüge seiner uralten dreiteiligen Garnitur. Ein Federkissen fing Feuer, und die Flammen erreichten die Zimmerdecke.

Lucy ergriff das Kissen und schleuderte es durch das zerbrochene Fenster. Dabei versengte sie sich die Hand. Sie riß sich den Mantel vom Leib, warf ihn auf den Teppich und stampfte darauf herum. Dann hob sie den Mantel auf und stülpte ihn über die geblümte Couch. Sie hatte Erfolg –

Wieder splitterte Glas. Es kam von oben.

Lucy schrie: »Jo!«

Sie ließ den Mantel fallen und raste die Treppe hinauf ins vordere Schlafzimmer.

Henry saß auf dem Bett und hielt Jo auf dem Schoß. Der Junge war wach, lutschte am Daumen und hatte die Augen, wie immer beim Aufwachen, weit aufgerissen. Henry streichelte sein zerzaustes Haar.

Er befahl: »Wirf die Flinte aufs Bett, Lucy.«

Niedergeschlagen und mit hängenden Schultern gehorchte sie. »Du bist an der Wand hochgeklettert und durchs Fenster gestiegen«, sagte sie tonlos.

Henry schob Jo von seinem Schoß herunter. »Geh zu Mummy.«

Jo lief zu ihr, und sie hob ihn hoch.

Henry nahm beide Flinten und ging zum Funkgerät. Er hatte seine rechte Hand unter die linke Achselhöhle geschoben und auf seiner Jacke hatte sich ein großer roter Blutfleck ausgebreitet. Er setzte sich. »Du hast mich verletzt«, sagte er. Dann wandte er seine Aufmerksamkeit dem Gerät zu.

Plötzlich war eine Stimme zu hören. »Kommen, Storm Island.«

Henry ergriff das Mikrophon. »Hallo?«

»Einen Moment.«

Nach einer Pause meldete sich eine andere Stimme. Lucy erkannte den Mann aus London, der ihr befohlen hatte, das Funkgerät zu zerstören. Er würde enttäuscht über sie sein. »Hallo, hier ist wieder Godliman«, sagte die Stimme. »Können Sie mich hören? Over.«

Henry antwortete: »Ja, ich kann Sie hören, Professor. In letzter Zeit schöne Kathedralen besichtigt? Over.«

»Was? Ist dort...«

»Ja.« Henry lächelte. »Wie geht's?« Das Lächeln war plötzlich wie weggewischt, als sei er nicht mehr zum Scherzen aufgelegt. Er änderte die Einstellung der Frequenz auf der Skala.

Lucy wandte sich ab und verließ das Zimmer. Es war vorbei, und sie hatte verloren. Teilnahmslos stieg sie die Treppe hinunter und betrat die Küche. Ihr blieb nichts anderes übrig, als darauf zu warten, daß er sie umbrachte. Sie konnte nicht fortlaufen – dazu fehlte ihr die Energie. Das wußte er offenbar.

Sie blickte aus dem Fenster. Der Sturm war vorbei. Der heulende Wind war zu einer steifen Brise geworden, es regnete nicht mehr, der östliche Himmel war hell und versprach Sonnenschein. Das Meer –

Lucy runzelte die Stirn und sah noch einmal hin.

Ja, o Gott, es war ein U-Boot.

Zerstören Sie das Funkgerät, hatte der Professor gesagt.

In der Nacht hatte Henry in einer fremden Sprache geflucht. *»Ich habe es für mein Land getan«*, hatte er erklärt.

Und im Fieberwahn: *Warten-bei-Calais-auf-eine-Phantomarmee... Zerstören Sie das Funkgerät!*

Warum würde ein Mann eine Filmdose mit Negativen auf eine Angelfahrt mitnehmen?

Sie hatte von Anfang an gewußt, daß er nicht wahnsinnig war.

Das war ein deutsches U-Boot, Henry war eine Art deutscher Agent – ein Spion? –, und in diesem Moment versuchte er wahrscheinlich, Funkkontakt zu dem U-Boot aufzunehmen.

Zerstören Sie das Funkgerät!

Sie hatte kein Recht, einfach aufzugeben, denn es ging nicht nur um ihr Leben. Sie mußte es für David und all die jungen Männer tun, die im Krieg gefallen waren. Und sie konnte nicht aufgeben, jetzt, da sie die Zusammenhänge begriff!

Sie wußte, was sie zu tun hatte. Zwar hatte sie Angst vor Schmerzen – es würde sicherlich sehr schmerzhaft sein und vielleicht würde sie sogar sterben –, aber sie hatte die Qualen einer Geburt ertragen, und das konnte nicht schlimmer sein.

Sie wußte, was sie zu tun hatte. Am liebsten hätte sie Jo fortgebracht, damit er es nicht sehen konnte. Aber dafür war keine Zeit, denn Henry würde seine Frequenz im nächsten Moment finden, und dann könnte es zu spät sein.

Sie wußte, was sie zu tun hatte. Sie mußte das Funkgerät zerstören, doch es war oben bei Henry. Er hatte beide Flinten und würde sie töten. Sie wußte, was sie zu tun hatte.

Lucy plazierte einen von Toms Küchenstühlen in die Mitte des Raumes, stellte sich darauf, griff nach oben und schraubte die Glühbirne heraus.

Sie stieg vom Stuhl, ging zur Tür und betätigte den Lichtschalter.

»Wechselst du die Birne aus?« fragte Jo.

Lucy kletterte wieder auf den Stuhl; zögerte einen kurzen Augenblick und stieß dann drei Finger in die unter Strom stehende Fassung.

Ein Knall, ein Moment der Qual, und sie verlor das Bewußtsein.

Faber hörte den Knall. Er hatte die richtige Frequenz gefunden, den Schalter auf »Senden« gestellt und das Mikrophon in die Hand genommen. Gerade als er sprechen wollte, knallte es. Unmittelbar danach erlosch die Beleuchtung der Skalen des Funkgeräts.

Sein Gesicht lief vor Wut dunkelrot an. Sie hatte die Stromversorgung des ganzen Hauses kurzgeschlossen. So viel Einfallsreichtum hätte er ihr nicht zugetraut.

Er hätte sie schon vorher töten sollen. Was war nur los mit ihm? Er hatte nie gezögert, niemals, bis er dieser Frau begegnet war.

Er nahm eine der Flinten und ging hinunter ins Erdgeschoß.

Das Kind weinte. Lucy lag betäubt in der Küchentür. Fabers Blick fiel auf die leere Glühbirnenfassung mit dem Stuhl darunter. Er runzelte verblüfft die Stirn.

Sie hatte es mit der *Hand* getan.

»Allmächtiger Gott«, sagte Faber.

Lucys Augen öffneten sich.

Ihr ganzer Körper schmerzte.

Henry stand mit der Flinte in der Hand über ihr. »Warum hast du die Finger benutzt? Warum keinen Schraubenzieher?«

»Ich wußte nicht, daß es mit einem Schraubenzieher geht.«

Er schüttelte ungläubig den Kopf. »Du bist wirklich eine erstaunliche Frau.« Er hob das Gewehr, richtete es auf sie und senkte es wieder. »Zur Hölle mit dir!«

Er schaute zum Fenster hinüber und schrak zusammen.

»Du hast es gesehen.«

Sie nickte.

Einen Moment lang blieb er angespannt stehen, dann schritt er zur Tür. Als er sie zugenagelt fand, zertrümmerte er das Fenster mit dem Kolben seiner Flinte und kletterte hinaus.

Lucy stand auf. Jo umklammerte ihre Beine, doch sie fühlte sich nicht kräftig genug, um ihn hochzuheben. Sie taumelte zum Fenster und blickte hinaus.

Henry lief auf die Klippe zu. Das U-Boot war immer noch da, vielleicht eine halbe Meile vom Strand entfernt. Er erreichte den Klippenrand und schob sich hinüber. Er würde versuchen, zu dem Unterseeboot zu schwimmen.

Sie mußte ihn aufhalten.

Lieber Gott, mach ein Ende...

Lucy kletterte aus dem Fenster, ignorierte das Weinen ihres Sohnes und rannte hinter Henry her.

Als sie den Klippenrand erreicht hatte, legte sie sich hin und schaute nach unten. Henry hatte die halbe Strecke zwischen ihr und dem Meer zurückgelegt. Er blickte hoch, sah sie, erstarrte für einen Augenblick und begann dann, sich schneller zu bewegen, gefährlich schnell.

Ihr erster Einfall war, daß sie ihm nachklettern mußte. Aber was sollte sie dann tun? Selbst wenn sie ihn einholte, konnte sie ihn nicht zurückhalten.

Der Boden unter ihr gab ein wenig nach. Sie kroch zurück, denn sie befürchtete die Klippe hinunterzustürzen, wenn er abbröckeln würde.

Aber es brachte sie auf eine Idee.

Mit beiden Fäusten hämmerte sie auf den felsigen Boden. Er schien noch etwas mehr nachzugeben, und ein Spalt tat sich auf. Sie legte eine Hand über den Rand und schob die andere in den Spalt. Ein erdfarbener Kreidebrocken von der Größe einer Wassermelone löste sich.

Lucy spähte über den Rand und erblickte Henry.

Sie zielte sorgfältig und ließ den Stein los.

Er schien sehr langsam zu fallen. Er sah ihn kommen und hielt schützend seinen Arm über den Kopf. Der Stein schien ihn zu verfehlen.

Der Steinbrocken verpaßte seinen Kopf um ein paar Zentimeter und traf seine linke Schulter. Er hielt sich mit der linken Hand fest. Sein Griff schien sich zu lösen. Einen Moment lang balancierte er unsicher. Seine verletzte rechte Hand tastete nach einem Halt. Dann schien er sich von der Felswand wegzudrehen. Mit rudernden Armen beugte er sich nach vorne, bis seine Füße von dem schmalen Sims rutschten und er plötzlich mitten in der Luft hing. Schließlich fiel er wie ein Stein den unteren Felsen entgegen.

Er gab keinen Laut von sich.

Er schlug auf einen flachen Felsen, der über die Wasseroberfläche hinausragte. Ihr wurde schlecht von dem entsetzlichen Geräusch, das sein Körper beim Aufprall machte. Er lag auf dem Rücken wie eine zerbrochene Puppe, mit ausgestreckten Armen und seltsam verdrehtem Kopf.

Irgend etwas sickerte aus seinem Körper auf den Felsen, und Lucy wandte sich ab.

Sie hatte ihn getötet.

Dann geschah alles auf einmal.

Vom Himmel war ein dröhnendes Geräusch zu vernehmen: Drei Jäger mit RAF-Zeichen auf den Tragflächen schossen aus den Wolken und strichen mit feuernden Bordkanonen im Tiefflug über das U-Boot.

Vier Seeleute liefen im Trab den Hügel zum Haus hinauf; einer kommandierte: »Links-rechts-links-rechts-links-rechts.«

Ein weiteres Flugzeug landete auf dem Meer, ein Schlauchboot wurde zu Wasser gelassen, und ein Mann mit einer Schwimmweste ruderte auf die Klippe zu.

Ein kleines Schiff umrundete die Landzunge und näherte sich schnell dem U-Boot.

Das U-Boot ging auf Tauchstation.

Das Schlauchboot stieß gegen die Felsen am Fuß der Klippe, und der Mann sprang heraus und untersuchte Fabers Körper.

Ein weiteres Schiff erschien, das Lucy als Kutter der Küstenwache erkannte.

Einer der Seeleute kam auf sie zu und sagte: »Alles in Ordnung, Herzchen? Im Haus ist ein kleines Mädchen, das weint und nach seiner Mutter ruft.«

»Es ist ein Junge«, entgegnete Lucy. »Ich muß ihm die Haare schneiden.«

Bloggs steuerte das Schlauchboot auf den Körper am Fuß der Klippe zu. Das Boot prallte gegen den Felsen, und er kletterte hinaus auf die flache Oberfläche.

Der Tote war »die Nadel«, und er war ohne jeden Zweifel tot.

Sein Schädel war wie ein Glaspokal zersprungen, als er auf den Felsen aufschlug. Bloggs sah genauer hin und entdeckte, daß der Mann schon vor dem Sturz arg zugerichtet gewesen war: Seine rechte Hand war verstümmelt, und mit seinem Knöchel war etwas nicht in Ordnung.

Bloggs durchsuchte die Leiche. Das Stilett war dort, wo er es vermutet hatte: in einer Scheide, die an den linken Unterarm geschnallt war. In der Innentasche der teuer aussehenden, blutbefleckten Jacke fand Bloggs eine Brieftasche, Papiere, Geld und eine kleine Filmdose mit vierundzwanzig 35mm-Negativen. Er hielt sie gegen das Licht. Es handelte sich um die Negative der Abzüge, die in den Umschlägen gefunden worden waren, welche Faber an die portugiesische Botschaft geschickt hatte.

Die Matrosen warfen von der Spitze des Felsens ein Seil herab. Bloggs steckte Fabers Habseligkeiten in seine eigenen Taschen und schlang dann das Seil um die Leiche. Sie wuchteten sie hoch und ließen anschließend das Seil für Bloggs wieder herunter.

Als er den Rand der Klippe erreicht hatte, sah er das Haus und die Seeleute; einer von ihnen sagte: »Sie haben sein Gehirn auf dem Felsen vergessen. Macht nichts!« Der Oberleutnant zur See stellte sich vor, und sie gingen hinüber zu dem Häuschen auf dem Hügel.

»Wir haben nichts angerührt, um kein Beweismaterial zu vernichten«, stellte der Oberleutnant fest.

»Das wäre nicht so schlimm gewesen«, meinte Bloggs. »Es wird ohnehin keine Anklage erhoben werden.«

Sie mußten durch das zerbrochene Küchenfenster in das Haus einsteigen. Die Frau saß mit dem Kind auf dem Schoß am Tisch. Bloggs lächelte ihr zu. Ihm fiel nichts ein, was er hätte sagen können.

Er blickte sich schnell in dem Häuschen um. Es war ein Schlachtfeld. Er sah die zugenagelten Fenster, die verbarrikadierten Türen, die Spuren des

Feuers, den Hund mit der durchschnittenen Kehle, die Flinten, das zerhackte Geländer und die Axt, die neben zwei abgetrennten Fingern tief im Holz der Fensterbank steckte.

Was für eine Frau, dachte Bloggs.

Er befahl den Matrosen, das Haus aufzuräumen, die Türen und Fenster zu entriegeln, die herausgeflogene Sicherung zu reparieren und Tee zu kochen.

Bloggs setzte sich vor die Frau und betrachtete sie. Sie trug Männerkleider, die viel zu groß waren, ihr Haar war naß und ihr Gesicht verschmutzt. Trotz allem war sie auffallend schön mit ihren bezaubernden bernsteinfarbenen Augen in dem ovalen Gesicht.

Er lächelte dem Kind zu und sprach ruhig mit der Frau. »Was Sie getan haben, ist ungeheuer wichtig für den Krieg. An einem der nächsten Tage werden wir Ihnen das erklären. Aber jetzt muß ich Ihnen zwei Fragen stellen. Geht das?«

Ihre Augen konzentrierten sich auf ihn, und nach einer Weile nickte sie.

»Ist es Faber gelungen, mit dem U-Boot Funkkontakt aufzunehmen?«

Die Frau schaute ihn nur verständnislos an.

Bloggs fand einen Toffee in der Hosentasche. »Darf ich dem Jungen einen Bonbon geben?« fragte er. »Er sieht hungrig aus.«

»Vielen Dank.«

»Also: Hat Faber mit dem U-Boot Kontakt aufgenommen?«

»Sein Name war Henry Baker«, entgegnete sie.

»Oh. Nun, hat er?«

»Nein, ich habe den Strom kurzgeschlossen.«

»Das war klug«, sagte Bloggs. »Wie haben Sie's gemacht?«

Sie zeigte auf die leere Fassung über ihnen.

»Schraubenzieher, wie?«

»Nein.« Sie lächelte dünn. »So klug war ich nicht. Finger!«

Bloggs sah sie entsetzt, ja ungläubig, an. Der Gedanke, daß sie absichtlich... Er schüttelte sich und wollte sich dies nicht weiter ausmalen. »So. Meinen Sie, daß man ihn vom U-Boot aus sehen konnte, als er die Klippe herunterkletterte?«

Die Anstrengung, mit der sie sich zu konzentrieren versuchte, spiegelte sich auf ihrem Gesicht. »Niemand ist aus der Luke gekommen. Da bin ich ganz sicher«, sagte sie. »Könnten sie ihn durch ihr Periskop gesehen haben?«

»Nein«, sagte er zuversichtlich. »Das ist eine gute, eine sehr gute Nachricht. Sie wissen also nicht, daß er gefangen und neutralisiert wurde. Egal...« Er wechselte hastig das Thema. »Sie haben genausoviel durchgemacht wie die Männer an der Front. Mehr sogar. Wir werden Sie und den Jungen in ein Krankenhaus auf dem Festland bringen.«

»Ja.«

Bloggs wandte sich an den Oberleutnant. »Gibt es irgendeinen fahrbaren Untersatz?«

»Ja, einen Geländewagen bei der kleinen Baumgruppe dort unten.«

»Gut. Können Sie diese beiden zur Anlegestelle fahren und sie an Bord nehmen?«

»Selbstverständlich.«

»Gehen Sie schonend mit ihnen um.«

»Natürlich.«

Bloggs wandte sich wieder der Frau zu. Ihn überkam ein Gefühl der Zuneigung und Bewunderung für sie. Sie wirkte jetzt zerbrechlich und hilflos, doch er wußte, daß sie nicht nur schön, sondern auch mutig und stark war. Impulsiv ergriff er ihre Hand. »Wenn Sie ein oder zwei Tage im Krankenhaus gewesen sind, werden Sie sich schrecklich niedergeschlagen fühlen. Das bedeutet, daß Sie auf dem Wege der Besserung sind. Ich werde in der Nähe sein, und die Ärzte werden mir Bescheid geben. Ich möchte mich noch weiter mit Ihnen unterhalten. Aber erst, wenn Sie es wünschen. Einverstanden?«

Endlich lächelte sie. Es war wie die Wärme eines Feuers.

»Sie sind sehr freundlich.«

Sie stand auf und trug ihr Kind aus dem Haus.

»Freundlich?« murmelte Bloggs vor sich hin. »Meine Güte, was für eine Frau.«

Er ging nach oben zum Funkgerät und stellte die Frequenz des Königlichen Flugmeldekorps ein.

»Hier Storm Island, over.«

»Kommen, Storm Island.«

»Geben Sie mir London.«

»Einen Moment.« Nach einer langen Pause meldete sich eine vertraute Stimme. »Godliman.«

»Percy. Wir haben den... Schmuggler gefangen. Er ist tot.«

»Wunderbar, wunderbar.« Aus Godlimans Stimme war unverhüllter

Triumph herauszuhören. »Ist es ihm gelungen, mit seinem Partner Verbindung aufzunehmen?«

»Mit an Sicherheit grenzender Wahrscheinlichkeit nein.«

»Gut gemacht, gut gemacht!«

»Gratulieren Sie nicht mir«, sagte Bloggs. »Als ich herkam, war schon alles vorbei. Wir mußten nur noch aufräumen.«

»Wer hat ihn dann getötet?«

»Die Frau.«

»Ach, verflucht toll. Wie ist sie?«

Bloggs grinste. »Sie ist eine Heldin, Percy.«

Und Godliman, der seinerseits lächelte, verstand, was er meinte.

38

Hitler stand am Panoramafenster und blickte auf die Berge hinaus. Er trug seine blaugraue Uniform und wirkte müde und deprimiert. In der Nacht hatte er seinen Leibarzt kommen lassen.

Admiral von Puttkamer salutierte und wünschte einen guten Morgen.

Hitler wandte sich um und musterte seinen Adjutanten. Seine glänzenden Knopfaugen machten von Puttkamer immer wieder nervös.

Hitler fragte: »Ist die Nadel abgeholt worden?«

»Nein. Es gab Schwierigkeiten am Treffpunkt – die englische Polizei jagte Schmuggler. Anscheinend war die Nadel sowieso nicht da. Er hat vor ein paar Minuten einen Funkspruch gesendet.« Er reichte Hitler ein Blatt Papier.

Hitler nahm es entgegen, setzte seine Brille auf und begann zu lesen:

> EUER TREFFPUNKT UNSICHER IHR ARSCHLÖCHER
> ICH BIN VERLETZT UND SENDE MIT DER LINKEN
> HAND FIRST UNITED STATES ARMY GROUP IN EAST
> ANGLIA UNTER PATTON ZUSAMMENGEZOGEN
> SCHLACHTORDNUNG WIE FOLGT EINUNDZWANZIG
> INFANTERIEDIVISIONEN FÜNF PANZERDIVISIONEN
> ETWA FÜNF TAUSEND FLUGZEUGE UND ERFORDER-
> LICHE TRUPPENTRANSPORTER IN THE WASH FUSAG
> GREIFT CALAIS AM FÜNFZEHNTEN JUNI AN GRÜSSE
> AN WILLI

Hitler gab von Puttkamer die Botschaft zurück und seufzte. »Also ist es doch Calais.«

»Können wir diesem Mann trauen?« fragte der Adjutant.

»Absolut.« Hitler drehte sich um und ging durch das Zimmer zu einem Stuhl. Seine Bewegungen waren steif, und er schien Schmerzen zu haben. »Er ist ein aufrechter, treuer Deutscher. Ich kenne seine Familie.«

»Aber Ihr Instinkt...«

»Ach... Ich habe gesagt, daß ich dem Bericht dieses Mannes trauen werde, und daran halte ich mich.«

Er entließ von Puttkamer mit einer Handbewegung.

»Sagen Sie Rommel und von Rundstedt, daß sie ihre Panzer nicht bekommen. Und schicken Sie den verdammten Arzt herein.«

Der Adjutant salutierte wieder und ging hinaus, um die Befehle weiterzugeben.

Epilog

Als Deutschland England im Viertelfinale der Fußballweltmeisterschaft von 1970 besiegte, war Großvater außer sich.

Er saß vor dem Farbfernseher und brummelte durch seinen Bart auf den Bildschirm ein.

»List!« sagte er zu den verschiedenen Experten, die nun das Spiel analysierten. »List und Tücke! So wird man mit den verdammten Deutschen fertig!«

Erst der Besuch seiner Enkelkinder stimmte ihn milder. Jos weißer Jaguar hielt auf der Auffahrt zu dem bescheidenen Einfamilienhaus, und dann kam Jo selbst herein, in einer schmucken Wildlederjacke, zusammen mit seiner Frau Ann und ihren Kindern.

»Hast du das Spiel gesehen, Papa?« fragte Jo.

»Schrecklich«, sagte Großvater. »Wir waren schwach.« Seit er aus dem Polizeidienst in den Ruhestand getreten war, hatte er mehr Freizeit und hatte begonnen, sich für Sport zu interessieren.

Jo kratzte sich am Schnurrbart. »Die Deutschen waren besser. Sie spielen guten Fußball. Wir können nicht jedesmal gewinnen.«

»Erzähl mir nichts von den verfluchten Deutschen. List und Tücke, so wird man mit ihnen fertig«, wiederholte Großvater. Er wandte sich an seinen Enkel auf seinem Schoß. »So haben wir sie im Krieg geschlagen, Davy – wir haben sie reingelegt.«

»Wie habt ihr sie reingelegt?« fragte Davy.

»Weißt du, wir haben sie glauben lassen –« Großvaters Stimme wurde leise und verschwörerisch, und das Kind kicherte voll Vorfreude. »Wir haben sie glauben lassen, daß wir Calais angreifen wollten –«

»Das ist in Frankreich, nicht in Deutschland.«

Ann brachte ihn zum Schweigen. »Laß Großvater seine Geschichten erzählen.«

»Wir ließen sie jedenfalls glauben«, fuhr Großvater fort, »daß wir Calais angreifen wollten. Deshalb brachten sie alle ihre Panzer und Soldaten hierher.« Er benutzte ein Kissen für Frankreich, einen Aschenbecher für die Deutschen und einen Brieföffner für die Alliierten. »*Aber* wir griffen die Normandie an, und dort war niemand außer dem alten Rommel und ein paar Knallbüchsen –«

»Haben sie nichts von dem Trick gemerkt?« wollte David wissen.

»*Fast* hätten sie's gemerkt. Es gab sogar einen Spion, der alles rausgefunden hat.«

»Was ist mit ihm passiert?«

»Wir haben ihn getötet, bevor er was verraten konnte.«

»Hast du ihn getötet, Opa?«

»Nein – das war Oma.«

Großmutter kam mit einer Teekanne in der Hand herein und sagte: »Fred Bloggs, machst du den Kindern angst?«

»Warum sollen sie's nicht erfahren?« knurrte er. »Sie hat einen Orden, wißt ihr. Aber sie sagt mir nicht, wo sie ihn aufbewahrt, weil sie nicht will, daß ich ihn Besuchern zeige.«

Sie goß den Tee ein. »Es ist alles vorbei, und wir sollten es vergessen.« Sie reichte Großvater eine Tasse.

Er nahm ihren Arm und hielt ihn fest. »Etwas ist geblieben«, sagte er, und seine Stimme war plötzlich sanft und ohne die Verdrießlichkeit des Alters.

Sie sahen einander einen Augenblick an. Ihr schönes Haar war jetzt graugesprenkelt, und sie trug es in einem Knoten. Sie war schwerer als früher. Aber ihre Augen waren unverändert: groß und bernsteinfarben und wunderschön. Diese Augen blickten ihn jetzt an, und beide, er und sie, waren ganz still und erinnerten sich daran, wie es gewesen war.

Dann sprang David vom Schoß seines Großvaters, daß die Tasse zu Boden fiel, und der Bann war gebrochen.